II. 煉獄篇

La Divina Commedia: Purgatorio by Dante Alighieri

神曲

但丁·阿利格耶里 ◎著　黃國彬 ◎譯註

增訂新版

目　錄

煉獄結構圖 5

第一章 7

第二章 25

第三章 41

第四章 57

第五章 71

第六章 87

第七章 101

第八章 119

第九章 133

第十章 149

第十一章 163

第十二章 177

第十三章 191

第十四章 207

第十五章 ………………………………………… 223

第十六章 ………………………………………… 237

第十七章 ………………………………………… 253

第十八章 ………………………………………… 265

第十九章 ………………………………………… 281

第二十章 ………………………………………… 297

第二十一章 ……………………………………… 317

第二十二章 ……………………………………… 331

第二十三章 ……………………………………… 349

第二十四章 ……………………………………… 363

第二十五章 ……………………………………… 381

第二十六章 ……………………………………… 397

第二十七章 ……………………………………… 413

第二十八章 ……………………………………… 429

第二十九章 ……………………………………… 445

第三十章 ………………………………………… 465

第三十一章 ……………………………………… 487

第三十二章 ……………………………………… 503

第三十三章 ……………………………………… 525

煉獄結構圖

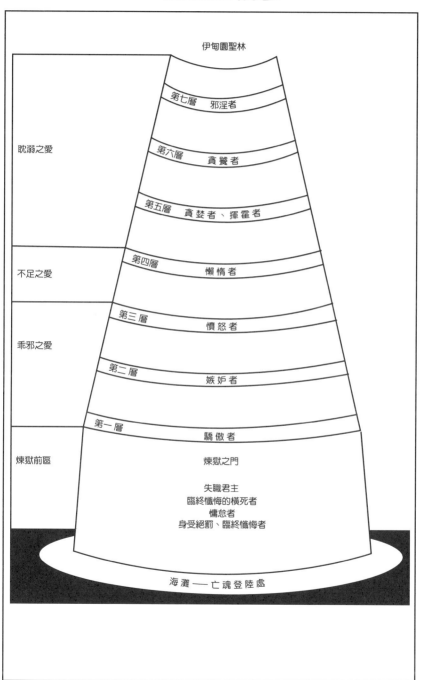

伊甸園聖林

第七層　邪淫者

耽溺之愛

第六層　貪饕者

第五層　貪婪者、揮霍者

不足之愛

第四層　懶惰者

乖邪之愛

第三層　憤怒者

第二層　嫉妒者

第一層　驕傲者

煉獄前區

煉獄之門

失職君主
臨終懺悔的橫死者
慵怠者
身受絕罰、臨終懺悔者

海灘──亡魂登陸處

第一章

復活節清晨，但丁與維吉爾從地獄出來，看見了慰眸的藍空和金星。
轉向右邊，望向南方時看見四顆星；回身北望，看見守衛煉獄山的
小加圖。小加圖詢問但丁和維吉爾的身分，問他們怎能到達煉獄的
山麓。維吉爾向小加圖解釋後，請求他放行。小加圖見兩人的旅程
出於天意，答應了維吉爾的請求，說出登山之法後，就不見了影蹤。
維吉爾用露水爲但丁洗臉，並按小加圖的指示，以燈心草爲但丁束
腰。燈心草一經採擷，馬上在被拔處復活。

現在，為了航過更美好的水域，
　　我才智的小舟把風帆高張
　　前進，留下了後面險惡的海區。　　　3
同時，我將為第二個國度歌唱。
　　在那裏，人的靈魂獲得滌洗，
　　然後取得條件而升登天堂。　　　6
在這裏，請把詩歌復興於死地，
　　因為呀，神聖的九繆斯，我屬於你們。
　　在這裏，卡莉奧佩呀，請你升起　　　9
片刻，用你當日的妙音，緊跟
　　我的歌。那妙音，可憐的眾鵲聽後
　　遭受打擊，得不到神祇開恩。　　　12
地獄的死氣，叫我的胸懷和雙眸

受盡折磨。我從裏面一出來，
　　東方那塊藍寶石的渥彩，就柔柔　　　15
在碧空澄澈的容顏上，自天頂一帶
　　凝聚，一直向第一個圓圈流滴，
　　使我的雙眸再度感到愉快。　　　　18
那顆美麗的行星——情愛的推動力，
　　正使整個東方為之嫣然，
　　把和她會合的雙魚座遮蔽。　　　　21
我轉向右邊，聚精會神地觀看
　　另一極，並且在那裏發現四顆星。
　　這四顆星，只有初民得覷；　　　　24
天空彷彿因它們的光燄而歡慶。
　　北方的區域呀，你的匹偶先亡；
　　你喪失了機會，看不到這奇景。　　27
當我從那幾顆星收回目光，
　　稍稍轉過身子，望向另一極，
　　即北斗七星消失的地方，　　　　　30
見身邊有一個老者單獨而立。
　　他的容顏所喚起的尊崇胸懷，
　　不遜於至孝兒子對父親的敬意。　　33
他披著長鬍，中間夾雜著斑白。
　　他的頭髮，狀貌和鬍子相仿，
　　正分成兩綹向胸膛前面垂下來。　　36
那四顆神聖的星發出炯芒，
　　以光輝照耀著他的臉頰，結果
　　我彷彿看見他和太陽相望。　　　　39

金星

那顆美麗的行星——情愛的推動力，／正使整個東
方為之嫣然，／把和她會合的雙魚座遮蔽。

（《煉獄篇》，第一章，十九—二一行）

小加圖

見身邊有一個老者單獨而立。／他的容顏所喚起的
尊崇胸懷，／不遜於至孝兒子對父親的敬意。

（《煉獄篇》，第一章，三一——三三行）

「你們是誰，逆著這秘河的水波

　　逃離那座天長地久的牢獄？——」

　　老人搖晃著兩綹可敬的長鬍說：　　42

「那長夜深邃無底，叫黑暗恆聚

　　地獄的冥谷。你們從黑夜出來時，

　　誰是明燈？誰是引路的先驅？　　45

難道深淵的律法已經廢弛？

　　難道天上的意旨有了變化，

　　使遭罰的你們向吾崖攀陟？」　　48

我的導師於是把我緊抓，

　　之後是言語、是兩手、是手勢並用，

　　叫我用雙膝和額頭把敬意表達。　　51

然後說：「我來這裏，非出於主動。

　　因從天而降的女士向我祈求，

　　我救了這個人，並且一路相送。　　54

不過，既然你想進一步探究，

　　要切切實實了解我們的情況，

　　我自然不能把你的意思逆扭。　　57

陽間的終夕，此人還未曾觀望，

　　愚行卻使他瀕臨終夕的邊沿，

　　結果，他只能短暫地留在世上。　　60

一如前述，我奉命來到他跟前，

　　把他拯救；而唯一可以依遵

　　採取的，只有我現在所走的路線。　　63

我已經帶他遍觀有罪的群倫；

　　現在正打算讓他看一看那批

在你眷顧下洗滌罪孽的靈魂。　　　　66
我如何帶他，有時間才說得詳細；
　　總之，上方有一股力量，助我
　　帶他來見你，向你領受教益。　　69
現在，請讓他此來得到福祚。
　　他來此，是為了尋自由。自由的寶貴，
　　為自由犧牲的人自能揣摩。　　　72
這道理你也明白。在烏提卡，你為
　　自由犧牲而不以為苦；衣褐
　　脫下後，到了大日子就燁燁生輝。　75
永恆的律法沒有因我們而破格。
　　他是活的。米諾斯也管不了我。
　　你的瑪克亞，眼睛充滿了懿德。　78
我跟她同圈。她的眼神仍默默
　　求你呀，聖潔的襟懷，收她為妻。
　　那麼，請看在她分上，對我們俯挪，　81
讓我們走過你七個王國的土地。
　　要是你俯允的話，我會在下邊
　　向她講述你對我的好意。」　　　84
「我在彼方的時候，瑪克亞的容顏，」
　　他聽後說：「使我的眼睛歡欣。
　　對他的祈求，我都答以恩典。　　87
現在，她是惡河另一邊的居民，
　　再不能左右我；我離開的時候，
　　上天已頒佈律法來約束牽禁。　　90
但假如上天有女士叫你這樣走——

一如你所說——就無須講好話；
　　以她的名義求我就已經足夠。　　　　93
好啦，走吧。你得用燈心草把他
　　圍捆——要柔滑的；並且替他洗臉，
　　好把上面的污穢全部滌刷；　　　　96
因為，眼睛被一點點的霧氣障掩，
　　就不宜接近第一位使者的身旁——
　　他與眾使者居於天堂上面。　　　　99
這個小島，在基礎周圍的地方，
　　也就是接受波浪拍擊的底部，
　　有燈心草在軟泥之上茁長。　　　　102
其他會變硬的草木，或者長出
　　葉子的植物，都不能在那裏生存；
　　因為它們不在拍擊下屈服。　　　　105
這路線，歸途中你們不要再依遵；
　　此刻上升的太陽，會帶你們攀爬
　　這座山，指出哪裏的斜坡較柔順。」　108
老人說完，就不見了。我起立，不發
　　一語，然後身體緊緊地靠住
　　導師，兩眼凝神注視著他。　　　　111
導師對我說：「跟著我的腳步，
　　一起向後走吧，因為在這裏，
　　平原會下降，止於斜坡窮盡處。」　　114
晨曦正使破曉的黑暗披靡；
　　黑暗在前面逃逸；結果我看見
　　遠處的大海在近岸的地方盪激。　　　117

孤寂的平原上，我們在向前，
　　就像一個人迷途之後，重返
　　原路前感到自己在徒然顛連。　　　120
我們來到另一處，見露水未乾，
　　在抵抗太陽。由於露水恰在
　　陰影裏面，鮮有因蒸發而消散。　　123
這時候，老師把兩隻手掌攤開，
　　然後柔柔地覆在青草上面。
　　他這個動作的意思我明白，　　　　126
於是把沾淚的兩頰靠向他面前……
　　我容顏的原色，曾被地獄隱藏；
　　經他一觸，就全部在臉上重現。　　129
之後，我們來到荒涼的涯岸旁。
　　那涯岸，從來不見有生人渡過
　　外面的水域而又可以回航。　　　　132
維吉爾按另一人的指示捆束我。
　　啊，真是不可思議！那株
　　卑微的植物，一經維吉爾採掇，　　135
馬上在被拔的地方復活如故。

註　釋：

1. **更美好的水域**：但丁離開了地獄，現在開始煉獄的旅程，所以說「更美好的水域」。在一──三行，但丁用了航海意象。

2. **我才智的小舟**：但丁把自己的才智比作小舟，是自謙。《天堂

篇》第二章一——十八行和《筵席》也用了航海意象。參看
Convivio, II, I, 1：“lo tempo chiama e domanda la mia nave
uscir di porto.”（「時間在喚我，在呼召我的船離開港口。」）

3.　**險惡的海區**：指地獄。

4.　**第二個國度**：指煉獄。煉獄的構思屬天主教，不為日後的新
　　教所採用。稱為「第二」，是相對於第一國度（地獄）和第
　　三國度（天堂）而言。參看 Sapegno, *Purgatorio*, 5。

7-11.　**在這裏……我的歌**：這幾行是但丁對繆斯的祈呼。對繆斯祈
　　呼，是歐洲史詩的一個公式，自荷馬開始，一直為維吉爾、
　　米爾頓等詩人沿襲。在《地獄篇》第二章七—九行、《天堂
　　篇》第一章十三—二七行，但丁也分別向繆斯和阿波羅祈
　　呼。在這裏，由於題材比地獄更難，但丁要依靠掌管史詩的
　　繆斯卡莉奧佩之助（「請〔她〕升起」）。**死地**：在這章之
　　前，《神曲》吟頌的是地獄（「死地」）；現在不再吟頌地
　　獄，因此說「復興於死地」。參看 Venturi, Tomo II, 3-4。**卡
　　莉奧佩**：Καλλιόπη(Calliope)，宙斯和記憶女神言莫涅摩辛
　　涅(Μνημοσύνη, Mnemosyne)的女兒，有的神話說她是塞壬
　　(Σειρῆνες, Sirens)、奧爾甫斯、(Ὀρφεύς, Orpheus)、利諾斯
　　(Λίνος, Linus)的母親。奧爾甫斯是卡莉奧佩與阿波羅所生。
　　升起／片刻：此刻是復活節，「升起」既指史詩繆斯升起，
　　也暗指耶穌復活。布提(Buti)在 *Commento di Francesco da
　　Buti sopra la Divina Commedia di Dante Alighieri* 一書裏指
　　出：“dice *alquanto* perché nella terza〔cantica〕al tutto si
　　leverá.”（「〔但丁〕說『片刻』，是因為到了第三篇〔指天
　　堂〕，他的歌聲才能完全升起。」）參看 Bosco e Reggio,
　　Purgatorio, 14。**那妙音……開恩**：據奧維德《變形記》第九

卷二九四—六七八行的敘述：馬其頓國(Μακεδονία, Mocedonia) 埃馬忒亞 ('Ημαθία, Emathia) 王庇厄洛斯 (Πίερος, Pierus)有九個女兒，名字和九繆斯一樣。這九個女兒膽敢向九繆斯挑戰，要跟她們比賽唱歌。在這場比賽中，由一群仙女任評判。九繆斯派卡莉奧佩為代表，擊敗了庇厄洛斯的九個女兒，並且把她們變為聒噪的喜鵲。庇厄洛斯的九個女兒輸後不服氣，因此得不到繆斯原諒（「得不到神祇開恩」）。這一典故在《煉獄篇》第一章出現，有特別意義：《煉獄篇》強調謙卑，庇厄洛斯的九個女兒囂張傲慢，其行為與謙卑形成強烈對比。參看本章一零零—一零五行、一三三—三六行所寫的「燈心草」及有關註釋。

15. **東方那塊藍寶石**：原文為"oriental zaffiro"，名貴寶石，天藍色。據布提(Buti)的說法，產於東方梅迪亞(Media)的藍寶石特別美麗。轉引自 Sapegno, *Purgatorio*, 6。

16. **天頂**：原文為"mezzo"。有的論者（如 Singleton, *Purgatorio 2*, 7）認為，這一詞該解作「空氣」或「空間」。這一解釋雖然也說得通，卻不像「天頂」一樣，能給讀者具體的空間感。

17. **第一個圓圈**：指水平圈。

19. **那顆美麗的行星**：指金星。**情愛的推動力**：金星把聖靈的大能傳給地球的人類，人類乃按稟賦相愛。在《筵席》(*Convivio*, II, V, 13-14)中，但丁說：

> Per che ragionevole è credere che li movitori de la Luna siano de l'ordine de li Angeli…e quelli di Venere siano li Troni；li quali, naturati de l'amore del Santo Spirito, fanno la loro operazione, connaturale ad essi, cioè lo movimento

di quello cielo, pieno d'amore, dal quale prende la forma
del detto cielo uno ardore virtuoso, per lo quale le anime
di qua giuso s'accendono ad amore, secondo la loro
disposizione. E perché li antichi s'accorsero che quello
cielo era qua giù cagione d'amore, dissero Amore essere
figlio di Venere….

因此有理由相信，月亮的原動力是奉使天神⋯⋯金星的
原動力是上座天神。上座天神秉聖靈之愛而生，其運作
（使金星天運行）與生俱來。金星天的運行充滿了愛。
其形態從這種愛獲得熾情；下界的生靈再由這種熾情按
本身的稟性燃起愛。古人認為下界之愛由金星天產生，
因此說愛神是維納斯（金星）之子。

21. **把和她會合的雙魚座遮蔽**：雙魚座先於白羊座升起，時間和
金星相同。此刻大約是日出前一個鐘頭，即復活節上午五時
左右。不過據文獻記載，公元一三零零年的春天，金星並不
在雙魚座，但丁可能被當時通行的曆書誤導。參看 Sayers,
Purgatory, 78。

22. **我轉向右邊**：指面向南極(Vandelli, 351)。

23. **另一極**：指南極。但丁是北半球的人，因此提到南半球時說
「另」。**四顆星**：這「四顆星」象徵四樞德(cardinal virtues)：
智 德 (prudenza)、 義 德 (giustizia)、 勇 德 (fortezza)、節 德
(temperanza)。參看 Benvenuto, Tomus Secundus, 15。有的論
者認為，但丁可能聽過馬可・波羅或其他旅行家提到南十字
座(the Southern Cross)，因此「四顆星」可能指「南十字座」。
不過這一說法不為一般論者接受。對於這一說法，Porena

的駁斥最為有力。參看 Bosco e Reggio, *Purgatorio*, 15；
Singleton, *Purgatorio 2*, 9-10。

24. **只有初民得覘**：伊甸園在煉獄山之頂。亞當和夏娃（「初民」）在伊甸園時，看得到這四顆星。兩人犯了原罪，被逐出樂園後，這四顆星再無人得睹。

26. **北方的區域呀，你的匹偶先亡**：亞當和夏娃犯了原罪後，要移居北半球，不能再看見這四顆星，結果北半球等於喪失了匹偶。而喪失匹偶，等於喪失了四樞德。參看 Chimenz, 325; Vandelli, 351；Singleton, *Purgatorio 2*, 10。

29. **另一極**：指北半球，相對於但丁所在的南半球而言。

30. **即北斗七星消失的地方**：就北半球而言，北斗始終在地平之上；就南半球而言，北斗隱沒在地平線之下。所謂「北斗七星消失的地方」，指北方的地平線。

31. **一個老者**：指小加圖（Marcus Porcius Cato，公元前九四—公元前四六），古羅馬政治家，大加圖（Marcus Porcius Cato，公元前二三四—公元前一四九）的曾孫，斯多亞學派信徒，為人耿介正直，擁護共和。公元前六十二年任平民護民官。公元前六十三年，執政官西塞羅(Cicero)在元老院發表演說，揭露喀提林納(Lucius Sergius Catilina)的政變陰謀。小加圖支持西塞羅，認為策劃政變的人應該處死。他反對凱撒、龐培、克拉蘇三頭同盟的政策。內戰爆發後，他支持龐培，與凱撒為敵。法薩羅斯戰役（公元前四十八年）後逃往北非，聽到凱撒在塔普蘇斯(Thapsus)打敗了龐培的軍隊時，於烏提加(Utica)自殺。在古代和中世紀，小加圖是正直不屈的典範，為西塞羅、李維(Titus Livius Patavinus)、盧卡努斯(Marcus Annaeus Lucanus)所敬重。在《帝制論》和《筵席》中，但

丁向他致以極大的敬意。參看 *Monarchia*, II, V, 15；*Convivio*,
IV, V, 16；IV, VI, 9-10；IV, XXVII, 3。在《煉獄篇》裏，小
加圖是煉獄的守護者。在歷史上，小加圖卒時未滿五十。在
這裏稱「老者」，是因為在但丁的心目中，老年始於四十六
歲。參看《筵席》(*Convivio*,IV, XXIV, 4)；Chimenz, 325-26;
Toynbee, 157-58, "Catone"條。

34-36. **他披著長鬚……垂下來**：據盧卡努斯的《法薩羅斯紀》第二
卷三七二—七六行，古羅馬的內戰爆發後，小加圖即不再剪
髮，也不再刮鬍子。

40. **秘河**：指《地獄篇》第三十四章一三零—三二行所描寫的溪
水。有的論者(Chimenz, 326; Musa, *Purgatorio*, 11)認為這條
河的水源是忘川，即勒忒河 (Λήθη, Lethe)。有的論者
(Mandelbaum, *Purgatorio*, 319)認為，「秘河」就是忘川。參
看《地獄篇》第三十四章一三零行註。

41. **天長地久的牢獄**：指地獄。小加圖以為但丁和維吉爾都是地
獄的陰魂。

46. **難道深淵的律法已經廢弛**：地獄的律法規定，陰魂要永囚地
獄，在那裏永受苦刑；現在小加圖見但丁和維吉爾兩人在煉
獄出現，以為地獄的律法失效。

51. **叫我用雙膝和額頭把敬意表達**：意思是：叫我下跪叩頭。

53. **從天而降的女士**：指貝緹麗彩。參看《地獄篇》第二章五三—
一一八行。

58. **陽間的終夕，此人還未曾觀望**：「陽間的終夕」，指陽間最
後的一個晚上。整行的意思是：此人（旅人但丁）未死，仍
然活著。

59. **愚行**：指但丁在陽間離開正道，有愚蠢的行為。參看《地獄

篇》第一章二—三行。

60. **結果……世上**：但丁的愚行，幾乎使他經歷精神上的死亡。
參看《地獄篇》第二章一零六—一零八行。

64. **有罪的群倫**：指地獄裏有罪的陰魂。

66. **在你眷顧下洗滌罪孽的靈魂**：小加圖負責看管煉獄，煉獄裏
滌罪的亡魂都由他眷顧。

68. **上方有一股力量**：指天上的力量，即上帝的力量。

71-72. **他來此……自能揣摩**：但丁來煉獄，是為了解脫罪孽的束縛
而重獲自由。小加圖為了捍衛自由而獻出生命，在但丁的心
目中代表自由，最能體會自由的寶貴。參看《帝制論》
(*Monarchia,* II, V, 15)。

73. **烏提卡**：原文第七十四行的"Utica"，北非城鎮，在今日的
突尼斯以北約三十英里，小加圖在這裏自殺。參看 Toynbee,
632, "Utica"條。此外參看本章第三十一行註。

74-75. **衣褐／……燁燁生輝**：「衣褐」（原文"vesta"（第七十五
行）），指肉體。這兩行的意思是：最後審判之後，小加圖
會升上天堂。有些論者指出，小加圖並非基督徒，而且有自
殺之罪，升天之說是個疑問。參看 Singleton, *Purgatorio 2*,
5-16。不過另一些論者認為，但丁在這方面有一貫的看法，
能夠自圓其說。參看 Sayers, *Purgatory*, 79。

77. **米諾斯也管不了我**：「米諾斯」，地獄衛士，負責審判地獄
第二層及其下的陰魂。參看《地獄篇》第五章四—十五行和
第四行註。維吉爾在地獄邊境（即幽域），不在地獄本身，
因此米諾斯管不了他。

78. **瑪克亞**：意大利文為"Marzia"，拉丁文為 Marcia，路克烏斯．
馬克烏斯．菲利普斯(Lucius Marcius Philippus)之女，小加圖

的第二位妻子，與小加圖生下三個孩子之後，遭丈夫讓給朋友霍廷修斯(Hortensius)為妻，並為他生子。霍廷修斯死後，瑪克亞請求小加圖再度娶她。參看《法薩羅斯紀》第二卷三二六—三四九行。瑪克亞的事跡，但丁的《筵席》(Convivio, IV, XXVIII)也有詳細的敘述。

79.　　**我跟她同圈**：指維吉爾和瑪克亞同處地獄邊境。

82.　　**七個王國**：指七層煉獄。

83-84.　**要是你俯允……對我的好意**：如果小加圖准許，維吉爾返回地獄邊境後，會向瑪克亞報告小加圖的好意。參看《地獄篇》第四章一二八行。

85.　　**我在彼方的時候**：「彼方」，指世上。整句的意思是：我仍然在生的時候。

88.　　**現在，她是惡河另一邊的居民**：「惡河」，指冥界五河之一的禍川，即阿刻戎（參看《地獄篇》第三章）。惡河另一邊：指地獄邊境。

89-90.　**再不能左右我**：意思是：瑪克亞再不能影響我。**我離開的時候……約束牽禁**：基督往地獄拯救亡魂時，小加圖也獲救，成為受佑的靈魂之一。此後，根據上天的律法，獲救的靈魂再不為地獄的罪魁所動，因為上帝的裁判絕對公平，絕對正確。

91-93.　**但假如……就已經足夠**：小加圖的意思是：天上有女士（指貝緹麗彩）叫你到煉獄，你就不必講好話，我也會遵命的。

94-95.　**好啦……要柔滑的**：「燈心草」象徵謙卑；「柔滑的」象徵順從，與《地獄篇》第十六章一零六行的「繩索」、一一一行的「糾結纏裹」對照。「繩索」可以象徵力量；「糾結纏裹」可以象徵機心。力量和機心可以捕捉「斑豹」（見《地獄篇》第十六章一零八行）和「怪物」（見《地獄篇》第十

六章一一二—三六行），卻不能助旅人但丁攀上煉獄山。

96. **污穢**：指地獄的污穢。參看《地獄篇》第九章八十二行：「重濁的瘴氣和煙霧」。

98. **第一位使者**：指煉獄的第一位天使，負責把守煉獄的入口。

100-105.**這個小島……屈服**：這幾行既寫實，也象徵：「基礎」是煉獄的最底部，象徵卑下。「波浪拍擊」象徵神力威猛。在神力之下，只有柔順的植物方能生長（「燈心草在軟泥之上茁長」）；桀驁不馴、矜誇自大的植物（「變硬的草木」、「長出／葉子的植物」）都「不能……生存」。「燈心草」能夠生存，是因為順從上帝的力量和意旨（「在拍擊下屈服」）。

107. **太陽**：象徵上帝的啟迪。

109-111.**我起立……兩眼凝神注視著他**：但丁顯出順從的樣子，隨時按導師（維吉爾）的吩咐行動。

113. **一起向後走吧**：暫時向後的動作也象徵謙卑。參看 Singleton, *Purgatorio 2*, 21。

119-120.**就像一個人……在徒然顛連**：開始時，但丁不能攀登煉獄山，因為他不夠謙卑。缺乏謙卑，就只能「徒然顛連」。「迷途」一詞，回應《地獄篇》第一章一—三行。

126. **他這個動作的意思我明白**：維吉爾「把兩隻手掌攤開，／然後柔柔地覆在青草上面」，表示他要用露水為但丁清潔面龐。在這裏，露水象徵上帝的慈恩。

127-29. **於是……重現**：但丁在地獄的旅程中流過淚，臉龐也遭污穢沾染，經維吉爾的手以露水一洗，恢復了原來的顏色。參看本章九五—九六行。

130-32. **之後……可以回航**：這場景與《地獄篇》第一章二二—二七行相近，同時也回應《地獄篇》第二十六章有關尤利西斯的

片段。該章一三三—三五行所描寫的山,就是煉獄山。這座大山,徒靠智巧、勇力的尤利西斯無從到達;依靠謙卑、順從的但丁方能攀登。但丁寫這幾行的時候,可能受了《埃涅阿斯紀》第六卷四二四—二五行啟發:"occupat Aeneas aditum custode sepulto, /evaditque celer ripam inremeabilis undae." (「守衛沉睡間,埃涅阿斯衝進了入口,/並竄離河岸。那條河呀,可往而不可返。」)

133. **維吉爾按另一人的指示捆束我**:指維吉爾按小加圖(「另一人」)的指示,用燈心草把但丁捆束。參看本章九四—九五行。在地獄裏,維吉爾有足夠的智慧引導但丁;在這裏,他要仰仗小加圖的「指示」。可見煉獄之旅需要更高層次的能力。在但丁即將升天的時刻,維吉爾更要把嚮導的任務讓給貝緹麗彩。

135-36. **卑微的植物……復活如故**:「卑微的植物」,指本章一零二行的「燈心草」。這兩行的構思大概受了維吉爾《埃涅阿斯紀》的啟發。在《埃涅阿斯紀》第六卷一四三—四四行,摘去的金枝也會重生:"primo avulso non deficit alter / aureus, et simili frondescit virga metallo。"(「第一枝被折去,第二枝就萌生;/——也是金枝,長出同一金屬的葉子。」)

第二章

煉獄此刻是復活節的黎明。維吉爾和但丁在瀕海處猶疑間，看見一位天使駕飛舟越海而來。但丁遵維吉爾的指示下跪，見船上屹立著天使，逾百個亡魂齊聲唱著頌歌。眾亡魂下船，向維吉爾和但丁問路。其中一個叫卡塞拉，在陽間是但丁的好友。卡塞拉走上來擁抱但丁；但丁回擁卡塞拉時，抱到的卻是虛空。卡塞拉告訴但丁，亡魂如何獲天使運載；然後應但丁的請求，唱起歌來。大家全神貫注間，響起小加圖督促的聲音。於是歌聲驟停，眾亡魂齊向山坡急奔。

    這時候，太陽已經降到了水平線。

      那裏的子午圈到達最高點的一刻，

      正好懸在耶路撒冷的中天；   3

    而與太陽相對、在另一邊運行的

      黑夜，正拿著勝晝時就從手上

      掉下來的那把天秤冒升自恆河。   6

    結果，在我那裏，美麗的曙光

      女神，因為年紀漸長，白裏

      泛著玫瑰色的雙頰就變成赤黃。   9

    這時，我們仍在瀕海處猶疑，

      就像考慮走甚麼途徑的人，

      心神在前行，身體卻留在原地。   12

    之後，突然間，如將近黎明的時辰，

低懸在西方海面之上的火星

閃耀，紅彤彤射穿濃厚的霧氛， 15

一道光，疾掠入眼簾——能再睹這奇景

就好了——並射過海面，速度之快，

遠勝過任何方式的翱翔飛凌。 18

俄頃間，我把視線從光芒移開，

去詢問導師。一瞬後回視，只見

光芒更亮更大，遠勝於剛才。 21

然後，每一邊都有白色出現——

我也不知道是甚麼——然後，又有

另一片白，慢慢地冒自光的下面。 24

這時候，我的老師仍沒有開口。

最初的兩片白色變成了雙翼。

他清晰無誤地認出了舵手之後， 27

就對我喊道：「快點，快點屈膝。

是神的使者。把你的兩手握抱。

此後，你還會見到他的儔匹。 30

你看，他不屑以凡人的工具代勞；

他不用槳，也不需要甚麼帆；

憑兩翼就越過了遙岸之間的廣袤。 33

看他怎樣把兩翼舉向霄漢，

一邊在虛空中拍擊著不朽的翅膀。

那翅膀，不會像凡羽那樣變換。」 36

那神鳥越是接近我們這一方，

身上發出的光芒就越發耀眼，

叫吾眸不能在近處逼視盱張 39

天使之舟

他清晰無誤地認出了舵手之後，／就對我喊道：「
快點，快點屈膝。／是神的使者。」
（《煉獄篇》，第二章，二七—二九行）

而要下垂。神鳥抵達了岸邊，
　　載他前來的船輕靈而迅疾，
　　海水沾不到船身的一點半點。　　　　　42
船尾上，天降的舵手在赫然屹立，
　　身體彷彿有至福在上面刻鏤。
　　船裏，逾百個亡魂坐在一起。　　　　　45
「In exitu Israel de Aegypto,」
　　船上所有的靈魂在齊聲歌唱；
　　然後把聖詩的其餘部分詠謳，　　　　　48
獲天使把聖十字畫在身上。
　　接著，全部從船上跳落海灘；
　　天使則以來時的高速回航。　　　　　51
留在海灘上的那群亡魂，茫然
　　感到陌生，驚詫地向四周環顧，
　　就像探究新的事物一般。　　　　　54
太陽正從八方把白天射出，
　　並且以一枝枝準確不失的利箭
　　從天空的中央把摩羯座驅逐。　　　　　57
這時，那些新來的人，仰臉
　　向著我們說：「兩位如認識這一帶，
　　請告訴我們上山的路線。」　　　　　60
維吉爾聞言，回答說：「你們大概
　　以為我們兩個人熟悉此地。
　　但我們像你們一樣，也是新來；　　　　　63
早你們半頃，才沿另一條險蹊
　　到達。那條險蹊，艱難崎嶇，

天降的舵手
身體彷彿有至福在上面刻鏤。
（《煉獄篇》，第二章，第四十四行）

　　使此刻的登山像遊戲般容易。」　　　66
那些亡魂，看見我仍然在呼呼
　　呼吸，知道我是個活著的人，
　　不禁臉色蒼白，神情訝瞿。　　　　69
於是，如大眾要聆聽消息而紛紛
　　趨前，靠近帶來橄欖枝的使者時
　　不怕踐踏，人人都奮不顧身，　　　72
那些幸運的亡魂都擁擠而至，
　　每個人都凝神望著我的面孔，
　　彷彿忘記了要向美善競馳。　　　　75
我見一個人走上來，離開了大眾，
　　張臂把我擁抱。他這麼熱情，
　　我不禁向他報以相同的行動。　　　78
除了皮相啊，都是虛幻的幽靈！
　　我一連三次，伸手摟他的背脊，
　　卻一連三次，都是兩手拊膺。　　　81
我猜，這時候，我一定是滿臉驚疑。
　　幽靈見我這樣，就微笑著退後；
　　而我，則仍然跟著他向前面進逼。　84
他柔聲叫我停下來，別再空摟。
　　這時，我認出了他。於是請他
　　稍留片刻，跟我談談再走。　　　　87
「我是凡軀時憐惜你，」他這樣回答：
　　「現在解脫了，仍懷當日的情操。
　　那就留一會吧。不過，你來此幹嗎？」　90
「我的卡塞拉呀，我要再度回到

這地方，」我說：「才會走上這旅程。
　你呢，怎會遭到這麼久的阻撓？」　　93
亡魂答道：「那甄選乘客和遠征
　時間的，即使多次拒絕引渡我，
　也不會因此對我犯半點咎責。　　96
他的意旨有公正的意旨做規模。
　不過，三個月來，他一直在運走
　有意登船的亡魂，安舒而穩妥。　　99
當時，我到了海岸，在特韋雷河口
　入海變鹹的地方。由於這緣故，
　就獲得這位天使惠然接收。　　102
這一刻，天使已展翅向河口騫翥，
　因為，靈魂只要不曾向冥河
　下沉，總會全部聚集於該處。」　　105
於是我說：「昔日，有一些情歌
　常常使我的欲念平息。如果
　新法下你可以吟唱，而你又記得　　108
這些歌，就請你以歌聲稍稍振作
　我的靈魂吧；它跟我的肉體
　來到這地方，已經氣虛力弱。」　　111
「愛情在我的心中與我論理，」
　於是，他開始吟唱，音調之優美，
　迄今仍在我腦裏繚繞不已。　　114
老師和我，以及亡魂的同輩，
　都在那裏顯得無比地快樂，
　彷彿其他事物再打動不了誰。　　117

我們正在全神貫注，傾聽著
　　他的歌聲，那德高望重的老人
　　突然叫道：「懶靈魂哪，這算甚麼？　　120
真是玩忽職守，耽誤了時辰！
　　快跑向那座山，去脫下你們的俗皮。
　　那俗皮，妨礙了上主向你們現身。」　　123
群鴿覓食，靜靜地聚在一起，
　　到處啄著穀物、麥粒時，就不再
　　像平時那樣，顯得自信無比。　　126
因某一事物出現而感到驚駭，
　　他們倉猝間會棄掉食物而飛遁，
　　叫更重要的考慮侵佔胸懷。　　129
在我眼前，那群剛出現的亡魂
　　也如此：都驟然停唱，向山坡趲趕，
　　像前行的人不知何路可遵。　　132
我們離開的速度，也不比他們慢。

註　釋：

1-6.　**這時候……升自恆河**：一──三行所寫是北半球；時間是但丁
　　　旅程的第四天。在《神曲》裏，但丁常以耶路撒冷為時間的
　　　定點。在北半球，東方的邊陲是印度的恆河；西極是直布羅
　　　陀海峽（參看《地獄篇》第二十六章一零六──一零七行）；
　　　煉獄與耶路撒冷相距一百八十度。此刻，耶路撒冷是黃昏六
　　　時，恆河是深夜十二時，煉獄是早晨六時，直布羅陀海峽是

正午十二時。意大利比耶路撒冷慢三小時。春分之後，太陽位於白羊宮，黑夜位於天秤宮；秋分之後，黑夜離開天秤宮，由太陽取代。秋分之後，黑夜開始延長，白晝開始縮短（因此第五行說「勝晝」），天秤座離開黑夜（用但丁的說法，是天秤從黑夜的「手上／掉下來」）。此刻春分剛過，黑夜還沒有「勝晝」，手裏還握著天秤，所以說「正拿著勝晝時就從手上／掉下來的那把天秤」。第五、六行的意思是：「此刻，恆河是黑夜」。但丁大概爲了押韻，不得不迂迴其辭，從當時的春分預說到遙遠的秋分。由此可見，即使但丁這樣的巨匠，爲了用三韻體(terza rima)，有時也不得不叫詩意遷就韻腳。

7-9. **結果……變成赤黃**：在這裏，但丁用擬人法描寫曙光女神。隨著太陽在地平線下面漸漸上升，天空由白裏泛著玫瑰紅的顏色變爲赤黃。

13-15. **之後……霧氛**：在《筵席》第二章第十三節第二十一句(*Convivio*, II, XIII, 21)裏，但丁引用了亞里士多德的說法，提到火星受水氣包裹時，水氣會自燃，使火星顯得更紅。「紅彤彤」，指天使臉孔的光芒。不過，但丁暫時不說明，「紅彤彤」的是甚麼，以增加詩的懸疑效果。

16-17. **能再睹這奇景／就好了**：這句是詩人在敘事時間外的讚嘆。意思是：如果我能夠再度置身煉獄，跟獲救的靈魂一起就好了。這樣，他就能滌罪，進入永生。

22. **每一邊都有白色出現**：天使的白翅，在光芒兩邊出現。不過出於敘事的需要，但丁沒有明言。

24. **另一片白**：指天使的白袍。**光的下面**：「光」，指天使臉龐所發的光。

27. **舵手**：即本章第四十三行的「舵手」，也就是天使。

30. **他的儔匹**：指其他天使。

33. **遙岸之間的廣袤**：指羅馬附近特韋雷(Tevere)河口奧斯提亞 (Ostia)岸邊到煉獄海岸之間的旅程。新近辭世的亡魂，都在 奧斯提亞岸邊等遠航的輪渡。

34. **把兩翼舉向霄漢**：天使的體型如何碩大，由此可見一斑。

36. **那翅膀⋯⋯變換**：凡羽會脫落，然後重生；天使的羽毛不受 這種局限。

37. **神鳥**：指天使。《地獄篇》第三十四章第四十七行稱撒旦爲 「鳥」("uccello")，因爲撒旦也是有翼的天使。

41-42. **載他前來的⋯⋯一點半點**：指天使不是凡軀，沒有重量，站 在船上，船身也不會吃水。

46. **In exitu Israel de Aegypto**：《舊約・詩篇》第一一四篇(《拉 丁通行本聖經》第一一三篇)第一節，漢譯爲「以色列出了 埃及」；是感謝神恩的頌歌，寫以色列人感謝上帝解放他們， 讓他們脫離奴役，離開埃及。在這裏，船上的靈魂歌唱同一 首歌，是爲了感謝上帝把他們從罪惡和撒旦的奴役中解放出 來，並讓他們到達煉獄滌罪，獲神恩眷顧。但丁的《書信集》 第十三章第二十一句(*Epistole*, XIII, 21)，曾提到《詩篇》的 這一節：

> Nam si ad litteram solam inspiciamus, significatur nobis exitus filiorum Israel de Egipto, tempore Moysis ; si ad allegoriam, nobis significatur nostra redemptio facta per Christum ; si ad moralem sensum, significatur nobis conversio anime de luctu et miseria peccati ad statum

gratie；si ad anagogicum, significatur exitus anime sancte ab huius corruptionis servitute ad eterne glorie libertatem. 因為，光按字面層次解釋，〔這幾行詩〕指以色列子孫在摩西時期逃出埃及；按寓言層次解釋，指我們獲基督救贖；按道德層次解釋，指我們的靈魂從罪惡的愁苦中獲得解脫，進入慈恩境界；按《聖經》的神秘層次解釋，指聖靈從敗壞的奴役中獲解脫，在永恆的榮耀中得到自由。

《筵席》第二章第一節第七句(Convivio, II, I, 7)說："ne l'uscita de l'anima dal peccato, essa sia fatta santa e libera in sua potestate."（「靈魂一旦脫離罪惡，就會變得聖潔自由，恢復力量。」）

49. **獲天使把聖十字畫在身上**：指天使在眾魂身上畫十字，一方面為他們祝福；一方面向他們表示，他們已到達此行的目的地。

55-57. **太陽……驅逐**：但丁在這裏用了擬人法寫太陽，使讀者想起阿波羅。摩羯座和白羊座彼此形成直角。黎明時，摩羯座在煉獄山的中天（「天空的中央」），這時偏離了子午圈，開始下斜，太陽則和白羊座從地平線下面升起，「把摩羯座驅逐」。

63. **但我們像你們一樣，也是新來**：在地獄裏，維吉爾一直是但丁可靠的嚮導，而且充滿信心；在煉獄裏，維吉爾自認「新來」，說明了他的局限。

64. **另一條險蹊**：指地獄的旅途。

65. **艱難崎嶇**：原文"aspra e forte"，在《地獄篇》第一章第五行

用來形容"selva selvaggia"(荒林);在這裏用來形容「險蹊」。由於實際意義有別,譯成漢語時須按語境加以調整。

67-68. **看見我仍然在吁吁／呼吸,知道我是個活著的人**:在《地獄篇》第二十三章第八十八行,但丁用了類似的手法:陰魂發覺但丁的「喉嚨在動」,知道但丁仍活著。在《煉獄篇》裏,當太陽升起,亡魂就會憑影子推測旅人但丁的生死狀況。

71. **帶來橄欖枝的使者**:在古代,帶來喜訊或和平信息的使者都攜橄欖枝。

73. **幸運的亡魂**:亡魂有機會在煉獄滌罪,所以稱爲「幸運的亡魂」。

75. **彷彿忘記了要向美善競馳**:亡魂此來的目的,是攀登煉獄山,趨向美善。可是見了但丁後,感到太興奮,彷彿忘記了此來的目的。

76. **一個人**:指本章第九十一行的卡塞拉。卡塞拉是翡冷翠(一說皮斯托亞)的音樂家,但丁的好友,曾爲但丁的詩歌配樂。參看 Bosco e Reggio, *Purgatorio*, 36-37;Sapegno, *Purgatorio*, 21, Vandelli, 364;Singleton, *Purgatorio 2*, 35-36。

79-81. **除了皮相啊……兩手拊膺**:但丁一連三次想擁抱卡塞拉,摟到的都是虛空,兩手只拍到自己的胸膛。論者(Bosco e Reggio, *Purgatorio*, 36;Sapegno, *Purgatorio*, 21;Vandelli, 364;Singleton, *Purgatorio 2*, 36-37)指出,這幾行的描寫受維吉爾《埃涅阿斯紀》第六卷七零零—七零二行啓發:

> ter conatus ibi collo dare bracchia circum,
>
> ter frustra comprensa manus effugit imago,
>
> par levibus ventis volucrique simillima somno.

> 埃涅阿斯三度張手要摟父親的脖子，
> 卻三度落空；幽靈從他的手裏逃逸，
> 像一陣輕風，一場飛快消逝的夢幻。

而 Singleton(*Purgatorio 2*, 37)又指出，維吉爾的描寫則受荷馬《奧德修紀》第十一卷二零四—二零八行影響：

> " Ὥς ἔφατ᾽, αὐτὰρ ἐγώ γ᾽ ἔθελον φρεσὶ μερμηρίξας
> μητρὸς ἐμῆς ψυχὴν ἑλέειν κατατεθνηυίης.
> τρὶς μὲν ἐφωρμήθην, ἑλέειν τέ με θυμὸς ἀνώγει
> τρὶς δέ μοι ἐκ χειρῶν σκιῇ εἴκελον ἢ καὶ ὀνείρῳ
> ἔπτατ᾽.

> 　她的話有如上述。我的心，
> 亟想摟住先母的幽靈。
> 我三次撲向她，內心叫我擁抱她，
> 她三次從我的臂裏逃逸，如夢
> 又如影。

在地獄裏，幽靈沒有重量（參看《地獄篇》第八章二五—二七行；第二十四章第三十二行），卻可觸可摸（參看《地獄篇》第三十二章七七—七八行，第九十七行，第一零三行）；在煉獄裏，亡魂既不可觸，也不可感。

91-92.　我要再度回到／這地方……才會走上這旅程：但丁來煉獄（「走上這旅程」），是為了拯救自己，死後到煉獄滌罪（「再度回到／這地方」）。

93.　你呢，怎會遭到這麼久的阻撓：但丁的意思是：你為何遲至

現在，才到煉獄呢？卡塞拉遲來的原因，但丁沒有交代。不
過從這句話可以看出，卡塞拉大概卒於一三零零年之前。
Bosco e Reggio(*Purgatorio*, 37)指出，關於卡塞拉遲來的原
因，論者有不同的說法，但都不能令人滿意。

97. **他的意旨**：指天使的意旨。天使的意旨絕對正確，即使多次
拒絕卡塞拉，也不會有差忒。

98. **三個月來**：教皇卜尼法斯八世把一三零零年定為大赦年。這
一年，天主教徒到指定的教堂禮拜，參與大赦儀式，即可免
罪。教皇訓令的生效日期，追溯到一二九九年聖誕。但丁和
許多人一樣，認為訓令也適用於亡魂。但丁的煉獄之旅，約
於教皇訓令生效後三個月展開。有關卜尼法斯八世所頒的大
赦年，參看《地獄篇》第十八章二八—三三行註。

100-101.**在特韋雷河口／入海變鹹的地方**：指羅馬附近奧斯提亞岸
邊，即特韋雷河口。

103. **這一刻，天使已展翅向河口騫翥**：指天使再度航向特韋雷河
口運載亡魂。

104-105.**因為⋯⋯該處**：意思是：人死後不到地獄，就到煉獄。在《地
獄篇》第三章九一—九三行，卡戎所謂的「別的渡頭」，就
指奧斯提亞岸邊；「輕一點的小舟」，則指運載亡魂到煉獄
的船。

106. **情歌**：指按照普羅旺斯和意大利早期傳統寫成的詩歌。

108. **新法**：指卡塞拉目前所遵守的律法。

112. **愛情在我的心中與我論理**：原文"Amor che ne la mente mi
ragiona"。《筵席》(*Convivio*)第二首詩的第一行。但丁在該
書第三章提到這首詩。卡塞拉在世時，曾為這首詩配樂。
Bosco e Reggio(*Purgatorio*, 38-39)認為，詩中所詠的女子，

是人格化的哲學(Filosofia)。

113-114.**於是⋯⋯不已**：《天堂篇》第二十三章一二八—二九行描寫
　　　了類似的經驗。

119.　　**那德高望重的老人**：指《煉獄篇》第一章的小加圖。

122.　　**俗皮**：原文"scoglio"，指蛇蛻下的皮，這裏指凡人的軀殼。
　　　凡人的軀殼有罪而污穢，所以稱「俗皮」。

124-29.**群鴿覓食⋯⋯侵佔胸懷**：但丁再用日常意象描摹煉獄經驗。

第三章

眾亡魂被小加圖訓斥後四處竄奔，維吉爾為此感到不安。但丁側望，發覺只有自己的身影，心中吃驚。於是，維吉爾向他解釋，亡魂沒有投影的原因，並且指出，凡間的人要安於「知其然」。兩人來到山麓的一隅，碰見另一群亡魂。這些亡魂，在世上曾被教會開除教籍。他們為但丁和維吉爾說明登山的途徑。接著，亡魂之一的曼弗雷德與但丁說話，講述生平，並請他向女兒康斯坦絲傳遞信息。

那些亡魂雖然逃跑得倉皇，
　　在曠野上朝各個方向竄奔，
　　再擁向有公理審查我們的山岡，　　　3
可是，我仍然緊挨著可靠的同路人。
　　要是沒有他，我哪裏可以奔跑？
　　有誰會帶我向那座高山上臻？　　　6
我覺得他內心好像遭到嚙咬。
　　啊，高貴而又純潔的良知，
　　些微小錯，就給你這麼大的苦惱！　　9
當老師的雙足不再忙亂地竄馳，
　　不再使每個動作失去穩重，
　　我侷促不安的心神，開始　　　12
躍躍欲試，向四周顧盼移動。
　　我轉身前望，只見一座山坡，

　　巍峨無比地從大海直插青空。　　　　　15
在我後面，太陽赤紅如火，
　　因前路被我遮斷而投出人影，
　　光線停在我背上不能通過。　　　　　　18
我轉身向旁邊側望，心中吃驚，
　　生怕被遺棄，因爲我當時發現，
　　只有我面前的地上有身影同行。　　　　21
於是，我的安慰者向我這邊
　　轉身，對我說：「怎麼仍狐疑忐忑？
　　不相信我會引導你，跟你並肩？　　　　24
我在吾軀内投過身影。此刻，
　　埋葬吾軀的地方已經日暝。——
　　吾軀是從布林迪西卜葬那波利的。　　　27
現在，你見我前面沒有投影，
　　情形就好像看見諸天不遮蔽
　　彼此的光芒，無須感到吃驚。　　　　　30
大能使這裏的凡軀俗體
　　經受得起酷熱和嚴霜之苦，
　　卻不願向我們昭示其中的玄機。　　　　33
一體三位所走的那條道路
　　無盡無窮，有誰敢指望我們
　　以凡智去跨越，誰就是愚魯之徒。　　　36
安於知其然吧，你們這些凡人。
　　如果你們早已把萬物識遍，
　　又何須煩勞瑪利亞去分娩妊娠？　　　　39
你們已見過一些人在徒然想念。

按理，他們早已得到了安舒；
　　可是想念卻變成了痛苦無限。　　　42
我是指亞里士多德和柏拉圖
　　和很多別的人。」至此，維吉爾俯首，
　　沒有再說話，顯得心神恍惚。　　　45
這時，我們已到達山麓的一阪，
　　發覺那裏的懸崖險峻嶙峋，
　　會叫靈巧的腳莫展一籌。　　　48
和它相比，圖爾比亞和雷里切
　　之間最荒蕪、最破敗的崩谷，也會
　　暢通無阻，成爲開闊的梯階。　　　51
「此刻，誰知道這座山下降的方位？」
　　老師一邊說，一邊停下了腳步：
　　「好讓無翼者也能攀上這陡陂。」　　　54
正當維吉爾的臉向下傾俯，
　　端詳著道路，內心在左右忖度，
　　而我也繞過了巨石向上方舉目，　　　57
突然間，我們的左邊出現一夥
　　亡魂，舉著步走向我們這邊；
　　但速度太慢了，不像向我們移挪。　　　60
我說：「老師呀，請抬頭望望你眼前。
　　你看，要是你自己想不出辦法，
　　那邊的人會給我們意見。」　　　63
維吉爾朝那邊一望，就釋然回答：
　　「他們的步子太慢；我們往那邊走。
　　好孩子，可不要放棄希望啊。」　　　66

煉獄山麓
突然間，我們的左邊出現一夥／亡魂，舉著步走向
我們這邊；／但速度太慢了，不像向我們移挪。
（《煉獄篇》，第三章，五八—六零行）

那群人和我們之間的距離，仍有

　　善擲者一擲之遙──我是說，當我們

　　兩個向前面走了一千步之後──　　　69

就全部挨向峻崖那邊，紛紛

　　靠著堅岩駐足，彼此相傍，

　　像感到困惑而停步張望的人。　　　72

「你們哪，都獲善終，且蒙選於天堂，」

　　維吉爾說：「我相信，安舒的福境

　　正在等你們。就看在這福境分上，　75

告訴我們，這座山在哪裏的地形

　　傾斜得較緩，能讓人向上登攀。

　　一個人越明白，就越以失時為病。」　78

當一群小綿羊離開羊欄，

　　一隻、兩隻、三隻起了步，同類

　　就會羞怯地低著頭，眼睛往下看；　81

領先的一隻做甚麼，其餘的就追隨；

　　領先的一停，後至的就向前推擁，

　　戇直而溫馴，不知道事情的原委。　84

只見那幸運的一群，行動也相同：

　　聞言後，領先的就走向我們這邊，

　　神色謙和，走路的姿態莊重。　　　87

那些走在前面的人，一見

　　光線在我右邊的地上被阻，

　　影子從我的身邊投到崖壁前，　　　90

就停了下來，向後面退了幾步。

　　所有在後面跟著前進的人，

不知發生了甚麼事，也照樣踟躕。　　93
「各位不必問了。我告訴你們，
　　大家所見的這個人，是凡軀俗體，
　　陽光照落地面時被他擘分。　　96
你們不要驚詫，也不必猜疑；
　　要是沒有天上的大能支持，
　　他不會企圖去攀登這堵崖壁。」　　99
德劭的一群，等老師的話語停止，
　　就答道：「那就回頭吧，請向前走。」
　　一邊說，一邊用手背打著手勢。　　102
然後，其中一人又這樣啓口：
　　「不管你是誰，離開前請回過臉
　　想想，在那邊，你可見過我沒有？」　　105
於是我轉身，凝視著他的容顏：
　　是個金髮的俊男，器宇大方，
　　只是有一道眼眉被切成兩邊。　　108
當我謙遜地告訴他，我未嘗
　　在哪裏見過他，他就說：「你看這個──」
　　接著就展示胸口之上的舊傷。　　111
然後笑著說：「我是曼弗雷德，
　　康斯坦絲皇后是我的祖母；
　　因此我求你，返回陽的一刻，　　114
就去找我的乖女兒，也就是生出
　　西西里和阿拉貢之尊的萱堂。
　　世上有謠諑，就把真相複述。　　117
當日，吾軀受了兩刀致命傷

而擘為兩半，我就把自己交給
　　寬宏的神，一邊涕泗浪浪。　　　　　120
真是可怕，我生時所犯的罪！
　　不過大慈大悲有廣闊的襟懷；
　　投靠它的，它都會摟諸臂內。　　　　123
科森扎的主教，受克萊門特指派，
　　當日曾經要把我獵捕追趕。
　　如果他細讀過神的那頁記載，　　　　126
吾軀的骨骸，相信迄今仍安然
　　在本內文托附近的橋頭
　　躺臥，由那堆沉重的石頭照看。　　　129
可是，在蠟燭熄滅的時候，
　　吾骨被運出了國外，在韋爾德河
　　之濱遭暴雨沖洗、狂風鞭抽。　　　　132
一個人儘管遭他們詛咒譴謫，
　　但是，只要希望仍有綠意，
　　永恒之愛重返時就不受阻遏。　　　　135
不錯，一個人跟神聖的教會為敵
　　而死，即使在生命的盡頭懺悔，
　　也要被擯於這崖岸；在世上無禮　　　138
一年，死後到了這裏，就得
　　等三十年。刑期因虔誠的祈禱
　　而縮短，則不在這規限之內。　　　　141
現在，不知道你能否為我行行好，
　　向我賢淑的康斯坦絲講述，
　　你怎樣見到我，我又怎樣在苦熬。　　144

那邊的人，能夠給這邊大幫助。」

註　釋：

3.　　**公理審查我們**：靈魂是否得救，有公理來審查。

4.　　**可靠的同路人**：指維吉爾。

6.　　**那座高山**：指煉獄山。

7-9.　　**他內心好像遭到嚙咬。／⋯⋯苦惱**：亡魂遭小卡圖斥責，維吉爾也感到內疚，自覺失職，沒有叫旅人但丁掌握時間。詩人但丁在這裏再度暗示，在地獄，維吉爾事事稱職；到了煉獄，維吉爾也有局限了。

12.　　**我侷促不安的心神**：但丁因亡魂受責竄奔而感到不安。

16-18.　　**在我後面⋯⋯不能通過**：Singleton(*Purgatorio* 2, 44)指出，這時，但丁和維吉爾面向煉獄山（也就是向西），太陽從東方升起，但丁的身影就投到地上。

21.　　**只有⋯⋯同行**：但丁以身影顯示凡軀與靈魂有別。

22.　　**我的安慰者**：指維吉爾。

25.　　**我在吾軀內投過身影**：指維吉爾生時的肉體也能投影。

25-26.　　**此刻，／⋯⋯日暝**：意大利是埋葬維吉爾的地方，比耶路撒冷慢三小時。這時正值黃昏，大約是下午三時至六時。

27.　　**吾軀是從布林迪西卜葬那波利的**：維吉爾於公元前十九年九月二十一日卒於布林迪西（Brindisi，拉丁文 Brundusium 或 Brundisium）。後來，其骨殖由奧古斯都移葬阿普利亞(Apulia)的布林迪西鎮。

29-30.　　**諸天不遮蔽／彼此的光芒**：諸天的軌跡由空氣、火、水、土

之外的第五原質(quintessence)構成，不會阻擋光芒。參看
Convivio, II, VI, 9。

31-33. **大能……玄機**：「大能」，指上帝的神力。「凡軀俗體」，
指煉獄的亡魂。在這裏，玄機尚未透露。到了《煉獄篇》第
二十五章三四——一零八行，斯塔提烏斯就會把「玄機」闡釋。

34-36. **一體三位……愚魯之徒**：「一體三位」，指聖父、聖子、聖
靈。這幾行強調凡智有局限，無從探測神的意旨和大能。

37. **安於知其然吧，你們這些凡人**：原文為"State contenti, umana
gente, al quia"。"quia"是拉丁文，「為甚麼」或「因為」的
意思。亞里士多德提出兩種論證。第一種是後天的，歸納的
(a posteriori)，從結果推斷原因，得知事物是甚麼，也就是
說，知道事物之「然」。這種論證稱為"quia"。第二種是先
驗的，演繹的(a priori)，從原因推斷結果，得知事物何以會
如此，也就是說，知道事物之「所以然」。這種論證稱為
"propter quid"。凡智既然不能知天道之「所以然」，只能知
天道之「然」，就應該安分，不應僭越。這一論點，日後為
經院哲學家（如托馬斯・阿奎那）所繼承。在《神學大全》
(*Summa theologica*, I, q. 32, a. I resp.)裏，阿奎那說：

> Impossibile est per rationem naturalem ad cognitionem
> Trinitatis divinarum personarum pervenire. Ostensum
> est enim supra, qu. 12, art. 4, et 12, quod homo per
> rationem naturalem in cognitionem Dei pervenire non
> potest nisi ex creaturis. Creaturae autem ducunt in Dei
> cognitionem sicut effectus in causam.
>
> 藉自然智慧不能思探三位一體。因為，正如上文(qu. 12,

art. 4, et 12)所釋，凡人不能藉自然智慧，而只能藉創造物去思探上帝。創造物引導我們認識上帝，猶結果導向原因。

維吉爾在這裏指出，人智有所局限。一三二零年，在《水土探究》(*Questio de aqua et terra*)第二十二節，但丁表達了相同的看法："Desinant ergo, desinant homines querere que supra eos sunt, et querant usque quo possunt……"（「那麼，人類啊，不要，不要探究凌越你們的事物；只宜探究能力範圍内的事物……」）。參看 Bosco e Reggio, *Purgatorio*, 50；Sapegno, *Purgatorio*, 28；Vandelli, 371；Singleton, *Purgatorio 2*, 47-49。

38-39.　**如果……妊娠**：意思是：如果你們能識遍萬物（包括上帝和天道），就無需瑪利亞生下基督去拯救你們了。

40-42.　**你們已見過……痛苦無限**：亞里士多德、柏拉圖等人身在地獄邊境，一直想認識上帝而不能。受佑的福靈則不同；他們的渴念會得到滿足。**按理，他們早已得到了安舒**：意思是：地獄邊境的人，如果也得到基督降臨的啓示，早該獲基督拯救，無須受渴念之苦。他們既然出生於基督降臨前，就沒有這福分。參看《地獄篇》第四章二五—四二行。

44-45.　**至此，維吉爾俯首，／沒有再說話**：維吉爾談到別的亡魂時，知道自己的處境相同，也要受永渴之苦，於是「俯首」，「顯得心神恍惚」。

49.　**圖爾比亞**：原文"Turbia"。法國東南部的一個村莊，即今日尼斯(Nice)附近的拉圖爾比(La Turbie)，離地中海不遠。參看 Toynbee, 622, "Turbia"條。**雷里切**：原文"Lerice"，今日叫 Lerici，意大利利古里亞(Liguria)海的一個港口，位於拉

斯佩齊亞(La Spezia)灣東岸。參看 Toynbee, 387, "Lerice"
條。兩地之間的海岸地帶，陡峭而崎嶇，峻崖從海面直削而
上，在但丁時期幾乎無路可通。

54. **好讓無翼者也能攀上這陡陂**：這行極言地形之險，插翼方能
凌跨。

56. **內心在左右忖度**：維吉爾在盤算，路途該怎樣走。

58-59. **突然間……走向我們這邊**：這夥亡魂，在陽間曾被開除教籍
（天主教稱為「絕罰」，受絕罰的人稱為「絕罰者」）。
Singleton(*Purgatorio 2*, 51)指出，他們正逆著時針方向前
進，從左邊向但丁和維吉爾走來。逆時針方向，是煉獄旅程
的正確方向。

68. **善擲者一擲之遙**：指善於擲石的人用手投擲一次的距離。

70-72. **就全部……張望的人**：在地獄，除了極少數的例外，但丁和
維吉爾前進時總是向左，也就是說，順時針方向；煉獄中，
前進的方向恰巧相反，也就是說，兩人該逆著時針方向朝右
邊走。眾亡魂見但丁和維吉爾的前進方向不對，乃「感到困
惑而停步張望」。參看 Singleton, *Purgatorio 2*, 52。這三行
形容煉獄的亡魂膽小而羞怯，與地獄的陰魂有別。

73-77. **你們哪……向上登攀**：維吉爾要向亡魂問路，可見他到了煉
獄，就有不足之處。

78. **失時**：指浪費時間，耽誤旅程。

79-84. **當一群小綿羊……事情的原委**：這裏的羊群意象回應七零—
七二行，強調亡魂的謙卑。在《聖經》裏，羊群意象一再出
現，例如《路加福音》第十二章第三十一—三十二節就這樣
說：

Verumtamen quaerite primum regnum Dei et iustitiam eius, et haec omnia adiicientur vobis. Nolite timere, pusillus grex, quia complacuit Patri vestro dare vobis regnum."

你們只要求他的國〔和他的公義〕，這些東西就必加給你們了。你們這小群〔指羊群〕，不要懼怕，因爲你們的父樂意把國賜給你們。

此外參看《約翰福音》第十章第一——十八節；《使徒行傳》第二十章第二十八——二十九節。

87. **神色謙和，走路的姿態莊重**：無論在神色或姿態上，煉獄的亡魂都與地獄的陰魂有別。

89-90. **光線……崖壁前**：太陽從但丁和維吉爾的左邊照來，但丁的影子就投向右邊的崖壁。

98. **要是沒有天上的大能支持**：在《神曲》裏，維吉爾一再強調，旅人但丁的旅程獲上天准許、支持、安排。

100. **德劭的一群**：原文爲"quella gente degna"。也可譯作「福有應得（或值得尊敬）的一群」。

101. **那就回頭吧，請向前走**：亡魂指出，但丁和維吉爾的方向不對。這句話也有象徵意義：維吉爾是凡智的楷模，卻缺乏基督的啓示，沒有信德、愛德、望德，因此比不上謙卑的亡魂。

104. **離開前請回過臉**：從這句可以看出，但丁和維吉爾已經按照指示，轉身朝正確的方向前進。參看 Singleton, *Purgatorio 2*, 55。

105. **在那邊**：「那邊」，指凡間。「在那邊」，指亡魂辭世前。

107-08. **是個金髮的俊男……切成兩邊**：指一一二行的曼弗雷德。曼

弗雷德是阿普利亞（Apulia，即普利亞(Puglia)）和西西里國
王，生於一二三二年，卒於一二六六年，腓特烈二世（參看
《地獄篇》第十章一一九行）和波尼法茲奧・蘭查(Bonifazio
Lancia)伯爵之女比安卡(Bianca)的私生子。其後成爲父親的
合法繼承人。美姿容，常穿綠色的衣服，驕奢淫逸處一如其
父，甚或過之。一二五零年，腓特烈二世卒，曼弗雷德在西
西里攝政；一二五八年獲民眾支持，成爲該國君主；在同一
年遭教皇亞歷山大四世和烏爾班四世開除教籍，王位遭教會
褫奪，奉與法王路易九世而遭拒，再奉與路易九世的兄弟安
茹伯爵沙爾(Charles d'Anjou)。一二六六年一月六日，沙爾
加冕，成爲西西里國王，並率軍前來，要奪取西西里。在本
內文托(Benevento)一役中，曼弗雷德抵抗沙爾時戰敗身死
（參看《地獄篇》第二十八章第十三行註）。曼弗雷德卒後，
但丁再不能寄望神聖羅馬帝國去遏止教皇勢力的膨脹。參看
Bosco e Reggio, *Purgatorio*, 55；Sapegno, *Purgatorio*, 33-34；
Vandelli, 374-75；Singleton, *Purgatorio 2*, 56-59；Toynbee,
417-19, "Manfredi"條。

113. **康斯坦絲**：意文"Costanza"，德文 Konstanz。康斯坦絲生於
一一五二年，卒於一一九八年。西西里國王羅哲爾二世
（Roger II，約一零九三——一一五四）的女兒兼王位繼承人，
德意志國王、神聖羅馬帝國皇帝亨利六世（Heinrich VI，一
一六五——一一九七）的妻子，腓特烈二世的母親。參看《天
堂篇》第三章一零九——一二零行。參看 Bosco e Reggio,
Purgatorio, 55；Sapegno, *Purgatorio*, 34；Vandelli, 375；
Singleton, *Purgatorio 2*, 59-60；Toynbee, 203, "Costanza[1]"條。

115. **我的乖女兒**：指曼弗雷德與薩瓦(Savoie)貝阿特里克斯

(Béatrix)所生的女兒康斯坦絲（一三零二年卒）。一二六二年，康斯坦絲嫁西班牙阿拉貢的佩德羅(Pedro)三世，生阿方索（Alfonso，一二八五——一二九一年爲阿拉貢國王）、海梅（Jaime，一二八五——一二九五年爲西西里國王；一二九一——一三二七年爲阿拉貢國王）、費德里戈（Federigo，一二九六——一三三七年爲西西里國王）。佩德羅三世娶康斯坦絲後，於一二八二年得以即西西里國王之位。《煉獄篇》第七章一一九行，曾提到海梅和費德里戈。參看 Bosco e Reggio, *Purgatorio*,55; Singleton, *Purgatorio 2*, 60。

116.　**西西里和阿拉貢之尊的萱堂**：意爲「西西里和阿拉貢國王的母親」。

117.　**世上有謠諑，就把眞相複述**：這句的意思是：如果世人說我跟罪魂一起在地獄受天罰，就把眞相告訴她（即「我的乖女兒」），說我已經得救，身在煉獄。

119-20.　**我就把自己交給／寬宏的神**：指皈依上帝。參看《地獄篇》第二十七章第八十三行；本章第一二三行。

121.　**眞是可怕，我生時所犯的罪**：據維蘭尼(G. Villani)的《編年史》(*Cronica*, VI, 46)所載，曼弗雷德生時驕奢淫逸，與教會僧侶爲敵。其對頭甚至說他謀殺父親、兄弟康拉德和兩個姪兒，其後還企圖殺害另一個姪兒康拉丁。參看 Vandelli, 374-75；Singleton, *Purgatorio 2*, 59。

124-32.　**科森扎的主教……狂風鞭抽**：「科森扎」，意大利卡拉布里亞(Calabria)北部的一個城鎮，離第勒尼安海(Tyrrhenian Sea)約十二英里。「科森扎的主教」，有的論者認爲是紅衣主教兼大主教巴爾托洛梅奧・皮亞泰里(Bartolomeo Pignatelli)，有的認爲是皮亞泰里的繼承人托馬索・丹伊(Tommaso d'Agni)。曼弗雷德在生時遭教皇克萊門特四世開除教籍；卒後，安茹伯爵沙爾一世不能把他的屍骸葬於教會土地，只能把他葬在「本內文托附近〔卡洛雷（Calore）河〕的橋頭」（第一二八行）。沙爾的軍隊經過時，都向曼弗雷德的墳頭擲石致敬，乃有「那堆沉重的石頭」（第一二九行）之語。其後，科森扎主教下令把曼弗雷德的骨骸掘起，「在蠟燭熄滅的時候……運出……國外」，重葬於教會領土外的韋爾德(Verde)河畔。當時，教徒一旦被開除教籍或定爲異端邪說的追隨者，其屍骨下葬時，蠟燭必須熄滅。**細讀過神的那頁記載**：「那頁記載」，原文爲"questa faccia"，旣可解作「神的容顏、臉孔」，也可解作「《聖經》的書頁」或「《聖經》」，引申爲「上帝的悲憫」。「如果他細讀過神的那頁記載」，就是說：如果他心生悲憫。曼弗雷德的意思是：科森扎主教沒有憐憫之情。**國外**：指那波里(Napoli)王國之外。**韋爾德河**：意大利南部的主要河流，發源於薩姆布魯伊尼(Sambruini)山脈，流入噶耶塔(Gaeta)灣，上游的四分之三稱爲利里(Liri)，與拉皮多(Rapido)河會合後稱爲噶里利阿諾(Garigliano)河。

133. **詛咒譴謫**：開除教籍的懲罰，波拿文都拉(Bonaventura)和阿奎那都稱爲「詛咒」("maledictio")。參看 Singleton, *Purgatorio* 2, 64。

134. **只要希望仍有綠意**：意爲：只要希望仍有生命，也就是說，只要仍抱希望。

135. **永恆之愛**：指神的恩慈。

136. **跟神聖的教會爲敵**：不服從教會。

138. **被摒於這崖岸**：被摒於煉獄門外，等候懺悔時辰。

138-40. **在世上無禮／一年……等三十年**：凡人在世上反抗教會時，反抗（「無禮」）一年，到了煉獄就要等三十年，方有懺悔的資格。這種刑罰，固然是但丁的構思，但是在某一程度上，也受了維吉爾《埃涅阿斯紀》第六卷三二九—三零行啓發：

> centum errant annos volitantque haec litora circum；
> tum demum admissi stagna exoptata revisunt.
> 〔亡魂〕在這裏的河岸浪蕩漂泊一百年，
> 然後才獲准重臨他們思戀的水澤。

論者指出，曼弗雷德於一二五七年被開除教籍，於一二六六年卒。按照這一刑罰懲處，他要再等二百三十六年才能進煉獄懺悔。參看 Singleton, *Purgatorio 2*, 67。

140. **虔誠的祈禱**：指蒙恩者的祈禱，不是罪魂本身的祈禱。

143-44. **講述，／你怎樣見到我，我又怎樣在苦熬**：意思是：告訴康斯坦絲，你看見我在煉獄，並且要等候一大段時間才可以懺悔。

145. **那邊的人，能夠給這邊大幫助**：根據基督教傳統，世間（「那邊」）的生人，能夠靠祈禱減輕亡魂的刑罰。Vandelli(378) 和 Singleton(*Purgatorio 2*, 67-68) 都把這一意念上溯至阿圭那的《神學大全》："Charitas, quae est vinculum Ecclesiae membra uniens, non solum ad vivos se extendit, sed etiam ad mortuos…."（「慈愛是團結教會信衆的力量，不僅施諸生人，也施諸死者……。」）參看 *Summa theologica* III, Suppl., q. 71, a. 2, resp.

第四章

但丁傾聽曼弗雷德說話時，太陽已上升了五十度；經眾亡魂提醒，才跟隨維吉爾沿一條窄道上躋。途中，但丁感到困倦；獲維吉爾激勵後，來到一個平台之邊；發覺太陽從左邊照來，不禁大詫；經維吉爾解釋後才明白個中道理。維吉爾見但丁驚嘆山高，就告訴他，旅程中，越是向上攀爬，辛勞就越會減輕。語畢，兩人聽到一個聲音。循聲走去，發覺一塊巨石後有一群亡魂在休憩；其中一人，顯得慵怠勞累。於是，但丁上前跟他談話，知道他叫貝拉夸，因命終時沒有悔過，此刻要在煉獄的入口前滯留。貝拉夸的話語剛停，但丁發覺維吉爾已繼續上攀，並促他啟程。

當我們的某種官能，在經歷
　　某些痛苦，或經歷某些快感，
　　靈魂就會向這一官能凝集；　　　　3
別的力量，它彷彿不能再照看。
　　這一現象，否定了舊說，證明
　　人體內不會有多個靈魂點燃。　　　　6
由於這緣故，我們凝望或諦聽
　　某物時，靈魂會貫注地致志專心，
　　結果，我們再不覺時間在運行。　　　　9
因為一種官能負責聽聲音，
　　另一種則把整個靈魂吸住。

前者寬舒，後者則會收緊。　　　　　12

這一點，我體驗得清清楚楚。

我驚詫不已，傾聽著幽靈說話，

太陽向上爬升了整整五十度，　　　　15

我也沒有為意。到我們抵達

某一點，聽見眾亡魂一起叫喊

「這就是你們的目的地」，才瞿然覺察。18

葡萄成熟時，農夫往往會叉滿

一叉荊棘，把樹籬的缺口堵起來。

亡魂離開後，導師就爬攀　　　　　　21

向上；我呢，則在他後面陟踩；

兩個人，獨自沿一條通道上躋。

那通道，比農夫堵塞的缺口狹窄。　　24

一個人要往聖雷奧，要降落諾利，

或向比斯曼托瓦之巔攀陟，

靠雙腳就行了；在這裏卻要插翼——　27

我的意思是，以熱望的羽毛和疾翅

飛翔，跟著那位把希望和光輝

賜我的人，即引導我的老師。　　　　30

我們爬進那塊裂開的石頭內，

岩壁幾乎緊貼著身體兩側。

要匍匐過地面，就得用手用腿。　　　33

到了危崖較高一邊的嵯峨，

置身於沒有障蔽的開闊山麓，

我就問：「老師呀，該走哪一條路呢？」36

維吉爾答道：「不要下退一步；

攀登煉獄山

我們爬進那塊裂開的石頭內，／岩壁幾乎緊貼著身
體兩側。

（《煉獄篇》，第四章，三一——三二行）

　　仍然跟著我，攀向這座山的峰巔，

　　　到碰見英明的嚮導才可以駐足。」　　　39

山頂太高了，極目也無從得見。

　　　高峻的山坡，斜度也遠遠超過

　　　從九十度弧的中間向圓心劃直線。　　42

我感到困倦慵怠，於是這樣說：

　　　「好父執呀，請你轉過身來看看，

　　　你不等我，我就會一個人後墮。」　　45

「好孩子呀，」維吉爾說：「請向那邊登攀。」

　　　邊說邊指著比我稍高的平台——

　　　平台在另一邊環繞著高山。　　　　48

老師的話，激勵了我的情懷。

　　　於是，我勉強後隨，匍匐著攀躋，

　　　到腳踏平台之邊才停下來。　　　　51

在那裏，我們一起坐下來稍息，

　　　向著東方，即我們攀登過的來路，

　　　因為，東望時我們總欣喜不已。　　54

首先，我朝下方的海岸注目，

　　　然後，仰望太陽時，瞿然發現，

　　　太陽正從左邊向我們曬曝。　　　　57

我的反應，詩人瞭然在身邊

　　　目睹：面對光戰車，我目瞪口呆。

　　　那戰車，正馳過我們北方的空間。　60

於是他說：「如果雙子星現在

　　　跟那面帶著光芒，在北方和南方

　　　往復來回的鏡子會合起來，　　　　63

你就會看見黃道帶發著紅光，
　旋轉得更近大小熊座——除非其軌跡
　有變，不再運行於原來的路線上。　　66
如果你要思索其中的道理，
　請專心致志，設想錫安山峰
　和這座山同時屹立於大地，　　69
在水平線上，兩者的位置相等，
　卻處於不同的半球。法厄同當年
　因驅車失敗而遭殃。如果你能　　72
按這點細加尋繹，你就會發現，
　法厄同昔日的道路，要在這一頭
　越過此峰，那一頭越過彼巔。」　　75
「是的，老師，」我答道：「我的雙眸
　從未像現在那樣看得清楚。
　以前，我的才智似乎有缺漏。　　78
我看得出，由於你提到的緣故，
　天體運行的中圈在我們北方；
　希伯來人向南方眺望炎土，　　81
與中圈所隔的距離和我們相當。
　這中圈，某一學科稱為赤道；
　太陽和冬季，總在它兩旁。　　84
不過，未知你能否惠然見告，
　我們還要走多遠。這座山亭亭
　峭立，我的目力不能夠登造。」　　87
維吉爾聞言答道：「這座山的情形
　是這樣的：在山腳啟程時艱難辛苦；

越是向上，辛勞就越會減輕。　　　90
因此，當你的上升路程，有如
　　一葉小舟順水流而下那麼
　　輕鬆，旅途顯得暢快安舒，　　93
你已經到達這條山徑的終點了。
　　在那裏，你就可以好好地休憩。
　　就答到這裏吧。我的話都正確無訛。」96
維吉爾剛把上述的話語說畢，
　　附近就響起一個聲音：「我猜
　　在此之前，你得坐下來稍息！」　99
我們倆聽了，都回過身來，
　　發覺左方有巨大的岩石橫亙，
　　在此之前，都不覺得它存在。　102
我們走了過去，見那裏有人
　　休憩，地點是岩石後的陰影內。
　　他們彷彿疲倦了，到該處養神。　105
其中一個，顯得慵怠勞累，
　　正坐在那裏，用兩手抱著雙膝，
　　臉孔則在雙膝之間低垂。　108
於是我說：「我的好先生啊，請你
　　看看那個人。他樣子忘倦無神，
　　與慵懶為兄妹也不能跟此刻相比。」111
那人聞言，就轉身注視著我們，
　　臉龐僅僅抬到了兩股之上，
　　然後說：「那就上去吧，你這個勇人！」114
我這時認出了他；雖然疲倦難當，

臨終懺悔者
我們走了過去，見那裏有人／休憩，地點是岩石後
的陰影內。／他們彷彿疲倦了，到該處養神。

（《煉獄篇》，第四章，一零三—一零五行）

呼吸由於勞累而稍微加快，
　　還是走向他蹲坐的地方。　　　　　　117
我到了他身邊，他頭也不想抬，
　　只是說：「有沒有好好看清楚，日馭
　　怎樣從你的左肩驅戰車而來？」　　　120
他慵懶的動作、草率的語句，
　　叫我的嘴角微掀，莞爾不已。
　　接著，我說：「貝拉夸，以後我無須　123
爲你擔憂了；不過告訴我，在這裏
　　坐著，是甚麼原因？等嚮導來引路？
　　還是恢復了故態，一如往昔？」　　　126
亡魂說：「兄弟呀，往上也沒有好處；
　　神的使者正在入口前端坐，
　　不肯放行，讓我去承受痛苦。　　　　129
我先要在外邊等待，看穹蒼繞著我
　　運行，久暫跟我的前生相同。
　　因爲，命終時我仍然沒有悔過。　　　132
禱告自蒙恩的心裏升起，並從中
　　給我幫助，這處境才會改善。
　　禱告而不獲天聽，又有何用？」　　　135
這時候，詩人已在我前面上攀，
　　並且說：「來吧。你看，太陽已觸著
　　子午線。這時候，在遠方的海岸，　　138
黑夜的腳已經踐落摩洛哥。」

註　釋：

1.　　**某種官能**：指視、聽、嗅、味、觸五種官能之一。

4.　　**力量**：指人體的三種功能：生命、感覺、理智。傳統哲學家認爲，靈魂有三種力量：生長力量、感覺力量、心智力量；有時更稱這三種力量爲靈魂。參看 Sisson, *The Divine Comedy*, 580；Singleton, *Purgatorio 2*, 69。

5-6.　　**這一現象……點燃**：這幾行在駁斥柏拉圖學派的論點。柏拉圖認爲，人有多個靈魂，每一靈魂有一種力量。亞里士多德則認爲，人只有一個靈魂，分司各種力量或功能（參看亞里士多德的《論靈魂》第三章第九節）。但丁則和阿奎那一樣，都相信亞里士多德的說法。阿奎那在《駁異教徒大全》(*Summa contra Gentiles*, II, 58)裏說："Quod nutritiva, sensitiva et intellectiva non sunt in homine tres animae"（「人類並沒有三個靈魂，分司長育、感覺、心智。」）。在《筵席》裏，但丁也提到這三種功能："vivere, sentire e ragionare"（「生長、感覺、論理」）。參看 *Convivio*, III, II, 11 和《煉獄篇》第二十五章五二——一零八行。參看 Bosco e Reggio, *Purgatorio*, 64；Singleton, *Purgatorio 2*, 73-75。

10-12.　**因爲……收緊**：一個人僅運用聽覺，他的靈魂仍然自由；如果他運用的功能是凝聚整個靈魂的一種（旅人但丁的注意力全部集中在曼弗雷德時，就運用了這種官能），就不覺時間流逝。在這裏，但丁講的是兩種心智活動：一種是日常的官能活動；一種是全神貫注。在一般的官能活動中，其他官能仍會獨立自主（知道時間在流逝）；全神貫注時，所有官能

都集中在一點，再難兼顧其他事物。因此說「前者寬舒，後者則會收緊」。

13. **這一點，我體驗得清清楚楚**：下文（十五—十八行）就敘述這種體驗。

14. **幽靈**：指曼弗雷德。

15. **太陽向上爬升了整整五十度**：太陽每爬升十五度，就相等於一小時；爬升五十度，相等於三小時二十分鐘。太陽由上午六時開始爬升，此刻是上午九時二十分。

18. **這就是你們的目的地**：在《煉獄篇》第三章七五—七七行，維吉爾向亡魂問路。在同一章一零一行，亡魂給維吉爾和但丁指示。現在兩人已到達登山旅程的起點，因此亡魂提醒他們。也就是說，維吉爾和但丁已到達「地形／傾斜得較緩」（第三章七六——七七行）之處。

19-20. **葡萄成熟時……堵起來**：葡萄成熟時，農夫爲了防賊，就會把缺口堵起來。這一意象，也取自日常景物。

24. **那通道……狹窄**：Singleton(*Purgatorio 2*, 77)指出，這行既寫實，也象徵，回應《新約‧馬太福音》第七章第十三—十四節：

"Intrate per angustam portam, quia lata porta et spatiosa via est quae ducit ad perditionem, et multi sunt qui intrant per eam. Quam angusta porta et arcta via est quae ducit ad vitam, et pauci sunt qui inveniunt eam！"

「你們要進窄門。因爲引到滅亡，那門是寬的，路是大的，進去的人也多；引到永生，那門是窄的，路是小的，找著的人也少。」

25-26.　**聖雷奧**：San Leo，在昔日烏爾比諾(Urbino)公爵的領地，在聖馬里諾(San Marino)附近，位於險峻的山巔。**諾利**：Noli，利古里亞(Liguria)城市，位於薩沃納(Savona)以西，瀕臨熱那亞(Genova)灣。在但丁時期，要到達諾利，只有兩條途徑：海路或後面陡峭的山徑。**比斯曼托瓦**：Bismantova，昔日是一座城堡，位於險峻的山巔，在意大利艾米利亞(Emilia)區，雷焦(Reggio)之南，卡諾薩(Canossa)附近。

42.　**從九十度弧的中間向圓心劃直線**：即四十五度。但丁和維吉爾此刻所攀的山坡非常陡峭，超過四十五度。

54.　**因爲……欣喜不已**：這行有兩重意義：（一）回看來路，知道剛才攀登的路途有多艱險，因而感到欣喜。（二）神的啓示來自東方。望向東方，就會感到欣慰。參看 Bosco e Reggio, *Purgatorio*, 41。

57.　**太陽……曬曝**：在北半球，早晨過後不久，太陽應該從東南照來。可是但丁和維吉爾此刻在南半球；向東眺望，見太陽位於北方，從他們的左邊照來。參看 Sapegno, *Purgatorio*, 42。

59.　**光戰車**：太陽的戰車。**目瞪口呆**：但丁見太陽出現在另一方位，感到驚詫。

61-66.　**如果雙子星……路線上**：這幾行的意思是：如果雙子星座與太陽一起，那麼，太陽此刻會在更北的天空照耀（更接近大熊座）。**雙子星**：原文爲"Castore e Polluce"，希臘神話中的卡斯托 (Κάστωρ, Castor) 與波呂丟克斯 (Πολυδεύκης, Polydeuces)。宙斯化爲天鵝，誘姦了麗達(Λήδα, Leda)後，麗達生下兩隻蛋。一隻孵出海倫；一隻孵出卡斯托和波呂丟克斯一對孿生兄弟。兄弟倆卒後，獲宙斯安置在天上的群星間，成爲雙子星。**鏡子**：指太陽。**黃道帶**：在天文學上，「地

　　　　球繞太陽公轉的軌道平面與天球(celestial sphere)相交的大
　　　　圓」（《中國大百科全書・天文學》，頁一五四）稱爲「黃
　　　　道」(ecliptic)。從托勒密天文學的觀點看，這是太陽「環繞」
　　　　地球一年的軌跡；從現代天文學的觀點看，這是「太陽周年
　　　　視運動軌跡在天球上的投影」（《中國大百科全書・天文學》，
　　　　頁三七九）。黃道兩邊各九度的天域稱爲「黃道帶」。黃道
　　　　帶均分爲十二宮（即均等的十二份），每宮三十六度，以宮
　　　　裏的星座命名。

68.　　**錫安**：以色列的山，山上有舊耶路撒冷城，在這裏指耶路撒
　　　　冷。耶路撒冷與煉獄山對極，兩者之間有相同的地平線（或
　　　　水平線）。

71-72.　**法厄同……遭殃**：參看《地獄篇》第十七章一零六行註。

74-75.　**法厄同……彼嶺**：黃道位於耶路撒冷（在北半球）和煉獄山
　　　　（在南半球）之間。一年當中，太陽就在這南北兩山之間或
　　　　上或下地移動，有時靠近錫安山（耶路撒冷所在地），有時
　　　　靠近煉獄山。因此，法厄同的旅程在北邊會經過錫安山，在
　　　　南邊則經過煉獄山。

80.　　**天體運行的中圈**：指天赤道（也稱「天球赤道」）。原文稱
　　　　"Equatore"，沒有說明是地球赤道(equatore terrestre)還是天球
　　　　赤道(equatore celeste)，因此可以兼指二者。**在我們北方**：赤
　　　　道在煉獄山的北方。

81.　　**希伯來人**：指耶路撒冷人。**向南方眺望炎土**：望向赤道一帶。

82.　　**與中圈所隔的距離和我們相當**：赤道與北半球耶路撒冷的距
　　　　離，相等於赤道與南半球煉獄山的距離。

83.　　**某一學科**：中世紀的大學有所謂「四高科」(quadrivium)：
　　　　算術、幾何、音樂、天文。這裏指天文。

84.　　**太陽和冬季，總在它兩旁**：太陽移向南半球時，冬季就在北半球；移向北半球時，冬季就在南半球。換言之，冬季總在太陽的另一端；因此，但丁說：「太陽和冬季，總在〔赤道〕兩旁」。

89-90.　**在山腳啓程時艱難辛苦；／越是向上，辛勞就越會減輕**：靈魂越是向上，罪孽就越因懺悔而減輕，身體下墜的拖力也隨著減少。

98.　　**附近就響起一個聲音**：即本章一二三行貝拉夸(Belacqua)的聲音。貝拉夸是翡冷翠人，生性懶惰，以製造樂器爲業，在陽間是但丁的朋友。

103-05.　**那裏有人／……到該處養神**：這些亡魂大概像貝拉夸一樣，生性懶惰，「命終時……仍然沒有悔過」（一三二行）。

107-08.　**正坐在那裏……低垂**：這一姿勢，把慵怠勞累的神態刻畫得鮮明而逼眞。

109.　　**我的好先生啊**：指維吉爾。

123-24.　**以後我無須／爲你擔憂了**：但丁發覺貝拉夸不在地獄，而在煉獄，於是感到放心。

126.　　**還是恢復了故態，一如往昔？**：意思是：還是像以前一樣，懶惰慵怠？

128.　　**入口**：指煉獄本身的入口。

129.　　**讓我去承受痛苦**：讓我去懺悔滌罪。

130.　　**穹蒼**：指諸天。

131.　　**久暫跟我的前生相同**：貝拉夸在世時，躭擱了懺悔的機會，因此要在煉獄前等待；等待的時間，相等於天穹在他前生運行的時間。

133-34.　**禱告……改善**：蒙恩的人爲亡魂禱告，可以減輕亡魂要受的

刑罰。參看《煉獄篇》第三章一四零—四一行：「刑期因虔誠的祈禱／而縮短」；《煉獄篇》第三章一四五行：「那邊的人，能夠給這邊大幫助」。禱告何以能紓緩天律，但丁在《煉獄篇》第六章三四—三九行就會交代。

135.　**禱告而不獲天聽，又有何用？**：意思是：沒有蒙恩的人祈禱，不會獲上帝傾聽；不獲上帝傾聽，祈禱就沒有用處。

136.　**詩人**：指維吉爾。

137-38. **太陽已觸著／子午線**：時間是中午，太陽正位於子午線。

138-39. **在遠方的海岸，／黑夜的腳已經踐落摩洛哥**：摩洛哥的位置與直布羅陀相等，在但丁時期屬已知世界的西極，與北半球的耶路撒冷、南半球的煉獄山都相距九十度。這時，黑夜正開始降落摩洛哥。

第五章

一個亡魂，見光線沒有穿過但丁而感到詫異。但丁回身後望，被維
吉爾輕責，於是繼續前進。迎面碰見另一群亡魂橫過山坡，唱著
"Miserere"。這些亡魂，在世上遭暴力而喪生，因臨終時懺悔而有
幸到煉獄滌罪。其中一人，請但丁轉告法諾人爲他祈禱，並敍述他
如何中伏。另一個叫邦孔特的，也請但丁助他舒展心願，同時詳說
自己怎樣遇難，遇難後屍體的處境如何。第三個求助的亡魂叫琵亞，
是錫耶納人，婚後遭丈夫謀殺。

> 我離開了剛才那些幽靈，
>> 並且跟著導師的足跡上路。
>> 突然間，後面有一個亡魂的暗影　　　　3
> 戟指叫道：「看哪，光線似乎
>> 沒有照落下方那個人的左邊。
>> 看舉動，他好像是個活的人物！」　　　6
> 我聽見這話聲，就回身望向後面，
>> 只見眾幽靈驚詫不已，都駭然
>> 望著我，也望著被我遮斷的光線。　　　9
> 「你的心緒爲甚麼這樣糾纏？」
>> 老師說：「使得步子也慢了下來。
>> 那邊的喃喃跟你有甚麼相干？　　　　12
> 就讓這些人喋喋吧；你跟著我離開。

你要像一座堅塔，穩固地屹立，

　　塔頂從不因烈風的吹襲而搖擺。　　　15

一個人，如果心中一念未已，

　　一念又生，他就會跟目標遠隔，

　　因為諸念會虛耗彼此的元氣。」　　　18

除了一句「來了」，我還能答甚麼呢？

　　我說完這話，臉上微露羞慚——

　　有時候，羞慚是賺得原諒的顏色。　　21

此刻，在我們稍前的地方，一班

　　亡魂正朝著我們橫越過山坡，

　　一邊走，一邊把"Miserere"逐行詠嘆。　24

當他們發覺，我沒有讓光線穿過

　　身體，從身體之內穿射而出，

　　詠嘆變成了悠長沙啞的「哦！」　　　27

其中兩個人，貌如送信之徒，

　　見了我們就跑過來這樣發問：

　　「告訴我們，你們此身何屬？」　　　30

老師答道：「可以回去了，你們。

　　向那邊派遣你們的同伴這樣講：

　　這個人的軀體，是真正的肉身。　　　33

他們如果像我的猜想一樣——

　　要駐足看他的影子，這樣答就夠了。

　　尊敬此人，會有好處分享。」　　　　36

那兩個亡魂聽後，就飛快地

　　疾馳向上；和眾伴剛聚在一起，

　　就和他們旋回來，像騎兵不掣　　　　39

臨終懺悔者

此刻，在我們稍前的地方，一班／亡魂正朝著我們
橫越過山坡，／一邊走，一邊把"Miserere"逐行
詠嘆。

（《煉獄篇》，第五章，二二—二四行）

馬韁般衝至。在我過去的經驗裏，

　　燃燒的蒸汽疾掣過入夜的晴空

　　或八月的暮雲，也絕不會這麼迅疾。　　42

「擁向我們的亡魂人多勢眾，」

　　詩人說：「都為了求你而向你奔赴。

　　你儘管一邊聽，一邊向前方走動。」　　45

「生靈啊，為了求快樂，你走上這征途，

　　帶著有生俱來的肢體前行，」

　　眾亡魂邊走邊叫喊：「請稍微留步，　　48

看看你可曾見過哪一個幽靈，

　　以便把他的情況轉告世上。

　　欸，怎麼還在走？請你停一停。　　51

我們這些人，都遭暴力而死亡，

　　到臨終的一刻仍有罪愆。

　　然後，我們醒悟於上天的靈光，　　54

結果在懺悔和寬恕中離開凡間，

　　擺脫塵軀而恬然跟上主契合，

　　內心深受其驅使，要目睹其容顏。」　　57

於是我說：「那安恬，令我跟隨著

　　這位大嚮導，跨界去把它尋索。

　　我細察你們的容顏，卻沒有一個　　60

認得出。不過，有福的靈魂哪，如果

　　有甚麼可以效勞，就請見告。

　　看在那安恬分上，我必會辦妥。」　　63

「不必發誓，」其中一人答道：

　　「我們大家都相信你的好意——

除非你能力不足，意志受阻撓。　　　　66
因此，在眾人之前，我獨自請求你：
　有一天，如果你見到那片位於
　羅馬亞和沙爾王國之間的土地，　　69
煩勞尊駕做以下的善舉：
　懇求法諾人好好為我禱拜。
　我這樣做，只為了把重罪洗去。　　72
我生於法諾，以為安忐諾爾後代
　最可靠；想不到會在他們手中
　遭受重創。前世的生命所在——　　75
我體內的血液——就從創口外湧。
　叫人下手的是埃斯特人。他對我
　施怒，是大違公義準則的行動。　　78
不過，在奧里阿科被趕上時，如果
　我朝著拉米拉那邊的方向逃逸，
　我仍會置身於生靈呼吸之所。　　81
可是，我奔進了沼澤，被蘆葦和爛泥
　絆住。我倒了下來，在那裏眼看
　血管把一灘鮮血傾瀉於大地。」　　84
然後，另一個說：「但願牽引你上攀
　那座高山的意欲能夠成真。
　請發慈悲，也助我把心願舒展！　　87
我叫邦孔特，是蒙特菲爾特羅人。
　卓凡娜跟其他人都沒有對我關懷，
　我才會低著頭，跟這些人趨奔。」　　90
於是我說：「是甚麼力量或意外，

把你從坎帕爾迪諾向遠方曳捲？
迄今無人得知你埋葬所在。」　　　93
「啊！」他回答說：「有一道山泉，
名叫阿基阿諾。它流過卡森提諾之麓，
在亞平寧的修道院之上發源。　　　96
我喉部受了傷，流濺的鮮血汩汩
染紅了平原。我倚靠雙足竄匿，
最後逃到了該河失名的去處，　　　99
在那裏失去了說話和觀視的能力；
呼喚著瑪利亞的名字，在那裏跌倒，
結束了生命，只留下血肉的軀體。　　102
下述的眞相，請你向人間轉告：
『嗐，天上來的，幹嗎要劫我？』
魔鬼見天使接了我，就這樣大吵：　　105
『一滴淚，就從我手中把他攄奪，
叫你把他的不朽魂魄救起。
他的另一半，我會用他法去消磨！』　108
你十分清楚，天空怎麼樣聚集
濕氣；濕氣上升，一旦遇冷，
就凝結爲水，再度成爲液體。　　　111
魔鬼讓唯惡是務的念頭萌生，
使它與心智結合，並且以上天
所賦的能力，掀起霧氣和大風。　　114
然後，當白日消逝，他就驅雲煙
把普拉托馬約到大嶽的山谷覆垂，
並且令上面的蒼穹濃雲佈遍，　　　117

蒙特菲爾特羅人邦孔特

「『哼，天上來的，幹嗎要劫我？』／魔鬼見天使
接了我，就這樣大吵……」

（《煉獄篇》，第五章，一零四——一零五行）

使積聚凝滯的空氣變而爲水。

　　大雨滂沱下瀉；沒有被泥土

　　吸收的，就滔滔在溪谷裏相匯。　　　　　120

這些水流，聚成了浩浩湍瀑，

　　就洶洶向王者之河奔騰澎湃，

　　迅猛得甚麼東西都無從攔阻。　　　　　123

激湍的阿基阿諾河，在出口地帶

　　遇上我凍硬的屍體，於是把它

　　沖入阿爾諾河，把胸前的十字解開。　　126

那十字，是我不勝痛苦時所劃。

　　河水捲著我沿河岸和河床向前，

　　然後用渣滓把我覆蓋包紮。」　　　　　129

「啊，當你從這裏返回陽間，

　　在漫長的旅途後恢復了精神，」

　　第三個靈魂隨著第二個發言：　　　　　132

「請你不要忘記琵亞這個人：

　　吾生由錫耶納賜胚，遭馬雷馬摧毀。

　　這件事，那個訂婚時表示堅貞，　　　　135

然後以寶石娶我的，會知道原委。」

註　釋：

1.　　　**剛才那些幽靈**：指《煉獄篇》第四章裏面因怠惰而來不及懺
　　　　悔的人。

4-6.　　**看哪⋯⋯人物**：此刻，但丁和維吉爾面向西邊，背向東邊，

琵亞

「請你不要忘記琵亞這個人：／吾生由錫耶納賜胚
，遭馬雷馬摧毀。」

（《煉獄篇》，第五章，一三三─一三四行）

太陽從右邊照來，但丁的影子乃投向左邊，使不會投影的亡魂感到驚奇。

19. **除了……甚麼呢？**：但丁的神態和動作，活現紙上。

20. **臉上微露羞慚**：指但丁因羞慚而臉紅。

22-23. **此刻……山坡**：這批亡魂在世間橫死，其罪惡雖未獲赦免，但臨終時能夠懺悔，因此都到了煉獄。此刻，他們正在逆時針方向前進。

24. **"Miserere"**：指《拉丁通行本聖經・詩篇》第五十篇（希伯來文本第五十一篇）。該篇第三—五節（希伯來文本第一—三節）提到滌罪和懺悔：

> Miserere mei, Deus, secundum magnam misericordiam tuam；et secundum multitudinem miserationum tuarum dele iniquitatem meam.　Amplius lava me ab iniquitate mea, et a peccato meo munda me. Quoniam iniquitatem meam ego cognosco, et peccatum meum contra me est semper.
>
> 　神啊，求你按你的慈愛憐恤我！
> 按你豐盛的慈悲塗抹我的過犯！
> 求你將我的罪孽洗除淨盡，
> 並潔除我的罪！
> 因為，我知道我的過犯；
> 我的罪常在我面前。

36. **尊敬此人，會有好處分享**：但丁回到陽間，可以請亡魂的親屬為他們祈禱。而陽間的祈禱，對亡魂會有好處。參看《煉

獄篇》第三章一四零—四一行和一四五行。

41-42.　燃燒的蒸汽……暮雲：中世紀的人相信，流星和閃電都由燃燒的蒸汽形成。流星會「疾摯過入夜的晴空」；閃電會疾摯過「八月的暮雲」。

50.　以便……轉告世上：衆亡魂希望但丁在陽間爲他們傳遞信息。

51.　欸……停一停：從這句話可以看出，但丁聽亡魂說話時，在繼續前進。

56.　恬然跟上主契合：參看《煉獄篇》第十三章第一二五行：「我跟上主講和。」

59.　大嚮導：指維吉爾。

64.　不必發誓：所謂「誓」，指第六十三行但丁的話。但丁的「看在那安恬分上」，是發誓之詞。**其中一人**：但丁沒有交代亡魂的姓名，但論者一致認爲指雅科坡・迪烏古綽内・德爾卡塞羅（Jacopo di Uguccione del Cassero，約一二六零—一二九八）。雅科坡出身於法諾(Fano)的一個貴族家庭，一二八八—八九年助翡冷翠的圭爾佛黨攻打阿雷佐(Arezzo)，八年後任波隆亞(Bologna)的最高行政官(podestà)；因反對埃斯特(Este)侯爵阿佐八世(Azzo VIII)併吞波隆亞，招阿佐八世忌恨，於一二九八年，由帕多瓦(Padova)往米蘭途中，在奧里阿科（Oriaco，今日稱 Oriago）遭阿佐八世預埋殺手擊斃。但丁在這裏沒有提雅科坡的名字，因爲這一事件，當時盡人皆知。參看 Bosco e Reggio, *Purgatorio*, 84-85；Porena,381; Sapegno, *Purgatorio*, 52；Vandelli, 392-93；Singleton, *Purgatorio 2*, 97-98。

69.　羅馬亞和沙爾王國之間的土地：法諾在羅馬亞(Romagna)和

那波利(Napoli)王國之間；羅馬亞在北，那波利王國在南。後者由法國的安茹伯爵沙爾二世統治，因此又叫「沙爾王國」。

71. **法諾**：即今日安科納(Ancona)的邊境區(marca)，瀕臨亞德里亞海，位於佩薩羅(Pesaro)和安科納之間。

72. **把重罪洗去**：陽間的人為亡魂祈禱，對亡魂有好處。參看第三章一四零—四一行和一四五行；本章第三十六行。

73. **安忒諾爾**：安忒諾爾是特洛亞的叛徒，特洛亞陷落後到意大利建立帕多瓦城。這裏提到安忒諾爾，目的是暗示帕多瓦人出賣了雅科坡，同時回應《地獄篇》第三十二章的安忒諾爾界，強調出賣這一主題。參看《地獄篇》第三十二章第八十九行註。

76. **我體內的血液**：古人認為血液是生命所在。譬如《舊約・利未記》第十七章第十四節就說："anima enim omnis carnis in sanguine est"（「論到一切活物的生命，就在血中」）。

77. **埃斯特人**：指阿佐八世，一二九三年成為埃斯特侯爵。參看本章第六十四行註。

79. **在奧里阿科被趕上時**：Oriaco（現代稱 Oriago），當年是個村莊。由威尼斯出發，先到奧里阿科，然後才到拉米拉（第八十行）。

80. **拉米拉**：原文（七十九行）"la Mira"。拉米拉是個村莊，屬帕多瓦，位於帕多瓦和威尼斯之間。

81. **我仍會……呼吸之所**：意思是：我仍會活著。亡魂言下之意是，他走錯了方向。

85. **另一個**：指第八十八行的邦孔特。參看第八十八行註。

88. **邦孔特**：Boncote，全名邦孔特・達蒙特菲爾特羅(Buonconte

da Montefeltro)，圭多‧達蒙特菲爾特羅(Guido da Montefeltro)之子，吉伯林黨領袖。一二八七年與黨人把圭爾佛黨逐出阿雷佐。一二八九年，進攻翡冷翠的圭爾佛黨，在坎帕爾迪諾(Campaldino)戰敗身死，屍體不知所終。在該場戰役中，但丁是翡冷翠行伍的成員。有關圭多‧達蒙特菲爾特羅的生平，參看《地獄篇》第二十七章第十九行註。參看 Bosco e Reggio, *Purgatorio*, 86-87；Sapegno, *Purgatorio*, 53；Toynbee, 105, "Bonconte"條；Singleton, *Purgatorio 2*, 101-102。

89.　**卓凡娜**：Giovanna，邦孔特的妻子。**其他人**：指邦孔特的親人，其中包括他的女兒和兄弟。

90.　**我才會低著頭，跟這些人趨奔**：意思是：卓凡娜和其他人在世上沒有理我，我才淪落到這一地步。言下之意是：如果他們還記得我，為我祈禱，我的處境會好些。

92.　**坎帕爾迪諾**：位於卡森提諾(Casentino)平原，在坡皮(Poppi)和比比恩納(Bibbiena)之間。一二八九年六月十一日，邦孔特在這裏戰死。參看第八十八行註。

95.　**阿基阿諾**：Archiano，發源於亞平寧山脈的河，經眾水傾注後流過卡森提諾平原，然後在比比恩納(Bibbiena)附近匯入阿爾諾河。**卡森提諾**：托斯卡納的一個地區，位於阿爾諾河上游，在翡冷翠以東，包括亞平寧山山坡。參看《地獄篇》第三十章第六十四行。參看 Toynbee，150-51, "Casentino"條。

96.　**在亞平寧的修道院之上發源**：指卡馬爾多利(Camaldoli)修道院，創立於十一世紀，屬本篤會，建於高山之上，下臨卡森提諾平原，距翡冷翠約五十公里。阿基阿諾的一條支流，發

源於修道院附近。

99. **該河失名的去處**：指阿基阿諾河匯入阿爾諾河的地方，距坎帕爾迪諾約數公里。在這裏，阿基阿諾河不再是阿基阿諾河（「失名」）。

103-08. **下述的眞相……消磨**：這幾行寫邦孔特死後，天使和魔鬼的爭辯。基督教相信，一個人死後，天使和魔鬼會爭奪死者的靈魂。在《地獄篇》第二十七章一一二—一二二行，方濟各也與黑天使爭奪邦孔特父親圭多的靈魂，結果黑天使贏了，把圭多送進地獄。參看 Bosco e Reggio, *Purgatorio*, 88, Vandelli, 396；Singleton, *Purgatorio 2*, 103。**天上來的**：指天使。魔鬼見天使帶走了邦孔特的靈魂，認爲他(「天上來的」)在搶劫。**一滴淚**：指邦孔特臨終的懺悔。**他的另一半**：指邦孔特的肉體。**用他法去消磨**：用別的方法加以整治。有關魔鬼整治邦孔特肉體的方法，參看一一二—一九行。

112-14. **魔鬼……和大風**：Sapegno(*Purgatorio*, 55)、Vandelli(396)、Singleton(*Purgatorio 2*, 105)指出，魔鬼有意念，有心智，並能結合二者作惡。在這裏，魔鬼掀起霧氣、大風，是要「用他法去消磨」（一零八行）邦孔特的遺體。在古代的歐洲，許多人相信，天使不論正邪，都有興風作浪的能力。魔鬼是邪惡天使，因此能「掀起霧氣和大風」。《新約・以弗所書》第二章第二節稱魔鬼爲："princeps potestatis aeris"（「空中掌權者的首領」）。惡意和心智結合後會有甚麼後果，可參看《地獄篇》第三十一章五五—五七行。

116. **普拉托馬約**：高山名，在卡森提諾平原和阿爾諾河谷之間。**大嶽**：指卡森提諾東北部亞平寧山脈的高峰。**山谷**：指卡森提諾平原。西南和東北都有大山，平原上面有阿基阿諾河流

過，因此稱「山谷」（也可稱爲「河谷」或「流域」）。

122. **王者之河**：原文"lo fiume real"，指阿爾諾河。參看 Porena, 384。布提(Buti)指出，在意大利，奔流入海的河都稱爲「王者之河」；阿爾諾河之水，最後都注入大海，因此有「王者」之號。轉引自 Sapegno, *Purgatorio*, 55-56。

126-27. **把胸前的十字解開……不勝痛苦時所劃**：邦孔特受傷後，肉體痛苦，知道不久於人世，於是把雙臂在胸前合成十字，表示懺悔，並皈依上帝。阿基阿諾河的急湍把他凍硬的屍體沖進阿爾諾河後，他的雙臂鬆開，所以說「把胸前的十字解開」。

129. **渣滓**：指河泥、碎石等沖積物。

132. **第三個靈魂**：指一三三行的琶亞。原文的 "Pia"既是亡魂的名字，也是"pio"（虔誠，善良，慈悲）的陰性形容詞。琶亞的全名爲琶亞・德托洛梅(Pia dei Tolomei)，出身於錫耶納的一個貴族家庭。丈夫涅洛(Nello)，又名潘耶洛(Pagnello)，屬潘諾基耶斯基(dei Pannocchieschi)家族，是圭爾佛黨領袖，曾任沃爾泰拉(Volterra)和盧卡(Lucca)最高行政官，擁有馬雷馬（原文"Maremma"又指「近海沼澤地」。參看《地獄篇》第二十九章第四十八行註）的德拉皮耶特拉城堡（Castello della Pietra，也可意譯爲「石城」）。涅洛爲了再娶，以殘忍手段把琶亞謀殺。至於謀殺過程，論者有不同的說法。一說涅洛命手下把琶亞從窗口擲下摔死。參看 Bosco e Reggio, *Purgatorio*, 90；Porena, 384; Singleton, *Purgatorio 2*, 107-108；Toynbee, 502, "Pia la"條。原文在"Pia"之前加定冠詞"La"，是意大利語表示親切的說法。琶亞請但丁「在漫長的旅途後恢復了精神」（一三一行）才「不要忘記」（一三三行）她，可見琶亞謙卑善良，又能爲他人設想。有的論者

見琵亞没有請陽間的人爲她祈禱，推測她在世上再無親友。
參看 Sayers, *Purgatory*, 109。至於琵亞何以與臨終懺悔的亡
魂爲伍，但丁没有交代。讀者只能肯定，她在陽間橫死，因
此與橫死的亡魂在一起。

134. **吾生……遭馬雷馬摧毀**：指琵亞在錫耶納出生，在馬雷馬遭
丈夫謀殺。Singleton(*Purgatorio 2*, 109)指出，這行的句法大
概出自維吉爾的墓誌銘："Mantua me genuit, Calabri rapuere"
（「曼圖亞生我；卡拉布里亞殺我」）。原文"Siena mi fé；
disfecemi Maremma"的"fé"和"disfece"分別出現於句子前半
部之後和後半部之前，是修辭學所謂的「交錯配列法」
(chiasmus)。

135-36. **那個訂婚時表示堅貞，／然後以寶石娶我的，會知道原委**：
Sayers(*Purgatory*, 109)指出，在古代的意大利，訂婚是莊嚴
的儀式。訂婚後，雙方就立了盟約，受到約束，此後除了特
許，不得解約；接著的婚禮，只是儀式的完成。琵亞的丈夫
經過訂婚儀式而見異思遷，把妻子謀殺，其罪之大，不言而
喻。此外，參看 Vandelli, 398；Bosco e Reggio, *Purgatorio*,
91；Sapegno, *Purgatorio*, 56；Singleton, *Purgatorio 2*,
109-110。

第六章

亡魂紛紛趨前，求但丁返回陽間後囑他們的親人祈禱。但丁問維吉
爾，祈禱何以能改變天律。維吉爾向但丁解釋後，兩人繼續前進，
看見索爾德羅。接著，詩人因索爾德羅出現，一一聲討意大利和翡
冷翠的弊端，同時口誅失職的政治人物。

在賭場裏，擲骰賭博結束，
　　輸了的一個就會留下來，憮然
　　重擲，沮喪地從中吸取啟悟。　　　　　3
勝利者則離開，並獲眾人隨伴；
　　這個在前，那個在後面拉他，
　　另一個自稱故友的在旁邊侃侃。　　6
他一邊前行，一邊聽各人講話；
　　手伸向誰，誰就停止苦索。
　　就這樣，他把周圍的人群打發。　　9
那堆擁擠的亡魂，也這樣纏著我。
　　我在人群中把臉孔左轉右移，
　　答應著請求才能把他們擺脫。　　12
人群中，有阿雷佐人。他曾遭襲擊，
　　在格諾・迪塔科兇殘的手中遇害。
　　另一個，則在兵敗逃竄時溺斃。　　15
那邊是費德里戈・諾維洛，正張開

雙手祈求。還有那個比薩人，

曾彰顯賢人馬祖科的強態。 18

我看見奧爾索伯爵，以及因仇恨、

嫉忌而與軀體分離的魂魄。

據說那魂魄並非因罪孽而離身。 21

我是指皮耶・德拉布羅斯。如果

陽間的布拉邦女士，不想墮入

更壞的人群，她就要好自爲之喇！ 24

衆幽靈但求別人祈禱，幫助

他們快一點到達神聖之境。

擺脫了所有亡魂後，我突圍而出， 27

並且說：「啊，我的光明，

我好像讀過尊著的某一節，明言

祈禱不能夠扭轉天上的律令。 30

這些人祈禱，正想把天律改變。

那麼，是亡魂的希望要歸於空無，

還是我未能領會你的論點？」 33

維吉爾答道：「作品中，我說得很清楚。

如果你用正確的觀點審察，

這些亡魂的希望也沒有錯誤。 36

仁愛之火如果在短暫的刹那

爲這裏的人完成了應盡的事功，

不等於把天道的崇高標準下拉。 39

在記錄上述論點的段落中，

缺失之所以沒有藉祈禱變好，

是因爲祈禱不能向上主傳送。 42

老實說，對於這麼高深的天道，
　　你不要有主張，除非那位女士——
　　眞理與心智間的明燈——向你昭告。　　45
你明白嗎？貝緹麗彩是此語所指。
　　你會看見她置身高處，在這座
　　大山的巔峰粲然，怡悅而舒弛。」　　48
「老師呀，我們走得快些吧，」我說：
　　「我已經沒有剛才那麼累了。
　　你看，這座山已投下影子的輪廓。」　　51
「我們趁著這一天的餘光，走得
　　多遠就走多遠，」維吉爾答道：
　　「不過，事實跟你的想像有別呢；　　54
這座山的巔峰你尚未登造，
　　太陽就會重現。它現在隱蔽
　　於山後，光線沒有受你干擾。　　57
不過你看那邊的亡魂。他自己
　　一個人坐著，正望向我們這邊。
　　他會爲我們指出最快的捷蹊。」　　60
我們走到那倫巴第亡魂跟前。——
　　亡魂哪，你的舉止何其傲岸！
　　兩眼緩轉間又何其尊嚴！　　63
亡魂對我們甚麼都不說，只默然
　　讓我們走過，自己在旁邊覷察，
　　就像一頭獅子俯臥著旁觀。　　66
可是，維吉爾走了上去，求他
　　給我們指示上山的最佳途徑。

亡魂聽維吉爾說完，並沒有回答，　　69
只是詢問我們的籍貫和生平。

　於是，和藹的導師這樣答覆：

　「曼圖亞……」幽靈聽後就無比高興，　72
從獨坐的地方躍到了維吉爾那處，

　說：「曼圖亞人哪，我是索爾德羅，
　跟你同鄉！」說時把維吉爾摟住。　　75

啊，遭奴役的意大利──那愁苦之所，

　沒有舵手的船隻受襲於大風暴，

　你不是各省的公主；是娼妓窩！　　78

那位高尚的靈魂，只因為聽到

　自己故城的美名，就這樣急切，

　立即在那裏歡迎同鄉的文豪。　　81

此刻，你境內的生人還未終結

　無休無止的戰爭；由一城一溝

　圍起來的人，也在彼此咬嚙。　　84

可憐蟲啊，請你在自己海域的四周

　搜遍沿岸，然後望入你懷裏，

　看看你哪一部分有和平享受。　　87

鞍轡空虛，有查士丁尼給你

　重配韁繩又有甚麼用處？

　沒有韁繩，倒不致這麼可鄙。　　90

你們哪，如果好好聽上主吩咐，

　做人就應該虔虔敬敬，應該

　讓凱撒大帝坐在馬鞍上作主。　　93

看吧，自從那條馬韁落在

你們手中，這畜生如何因缺乏

鞭策教導而變得邪惡敗壞。　　　　96

德國人阿爾貝特呀，你棄了這匹馬，

讓她變得桀驁難馴。你應當

騎在她的鞍上，把她控拉。　　　　99

但願公正的判決，從眾星朗朗

落在你的家族，奇異而明顯，

好使你的繼承人為之驚惶！　　　　102

因為，貪婪把你和父親拘牽，

結果你們在遠方留在另一地，

讓帝國的花園變得荒涼蕪蔓。　　　105

過來呀，看看蒙特基、卡佩列提、

莫納爾迪、菲利佩斯基等家族哇，無心人。

前兩族已沒落；後兩族充滿了驚疑。　　108

過來呀，硬心人過來，看看你們

家鄉的貴族受厄，替他們醫病！

你會發覺聖菲奧拉一蹶不振。　　　111

過來呀，看看你的羅馬在伶仃

孤寡地啼泣，而且日夜都厲呼：

「我的凱撒呀，為甚麼不跟我同行？」　114

過來呀，看眾人相愛到甚麼程度！

你對我們毫無憐惜的心腸，

也該怕名聲蒙羞而來到此處。　　　117

至尊的宙甫哇，你為了我們，在地上

遭十字架釘死。請問一聲，

你正直的目光此刻移到了他方，　　120

還是你另有深邃的宏謨，爲完成

　　某種懿行而預先做好準備，

　　使我們的理解隔絕，要領會而不能？　123

不然，意大利所有的城市，怎會

　　充滿了暴君？結黨結派的粗人，

　　怎會成爲馬克魯斯的同類？　　　　126

這段打岔的話，跟你本身

　　無關，我的翡冷翠呀，你可以心安。

　　你能夠如此，要歸功於市民的勤奮。　129

許多人心懷公道，裁決卻射得慢，

　　因爲它來時不能不顧及那張弓；

　　但你的市民卻把它放在舌畔。　　　132

許多人推辭公職，不肯爲大衆；

　　你的市民卻敏捷地接納；

　　沒有人邀請，就大喊：「讓我來挑動！」135

好啦，你有足夠的理由高興啦！

　　你有錢，有識見，又有平和的心境。

　　我說的老實話，不會被事實抹煞。　138

雅典和拉克代蒙兩城，制定

　　古代的律法，使國家井然獲治；

　　但是跟你比較，做人的德性　　　　141

卻微而不顯。你的措施

　　是那麼細密，十月所紡的線，

　　未到十一月中，就已經廢弛。　　　144

在你的記憶裏，你不知有多少遍

　　更改了律法、貨幣、官職、風俗，

　　並且把你的成員更換、罷免！　　　　147
　如果你瞭然重擁昔日的明目，
　　　你就會發覺，自己像那個女病人，
　　　在絨羽床上不能夠安寧靜處，　　　150
　為了減少痛苦而轉側翻身。

註　釋：

1-9.　　**在賭場裏……打發**：但丁再以日常所見的景象描摹煉獄經
　　　　驗。**擲骰**：原文"zara"，由阿拉伯傳到西方。投擲時有人旁
　　　　觀，等贏者賞賜。**憮然／重擲……吸取啓悟**：輸了的人留下
　　　　來，獨自重溫剛才的賭局。

12.　　　**答應著請求**：答應回到陽間後，轉告亡魂的親人為他們祈禱。

13-14.　**阿雷佐人……遇害**：阿雷佐人本寧卡薩・達拉特里納
　　　　(Benincasa da Laterina)任錫耶納法官時，把基諾・迪塔科
　　　　(Ghin di Tacco)的一個親人判死。後來在羅馬遭基諾殺害。
　　　　基諾是拉迪科凡尼(Radicofani)一帶的大盜，本身後來也遭刺
　　　　殺，是薄伽丘《十日談》(*Decameron*, X, 2)的角色。參看 Bosco
　　　　e Reggio, *Purgatorio*, 99-100。

15.　　　**另一個……溺斃**：指古綽・德塔爾拉提(Guccio dei Tarlati)。
　　　　阿雷佐(Arezzo)皮耶特拉馬拉(Pietramala)人，本身屬吉伯林
　　　　黨，因追擊阿雷佐圭爾佛黨人波斯托利(Bostoli)家族而掉進
　　　　阿爾諾河遇溺。另一說法是：古綽在坎帕爾迪諾(Campaldino)
　　　　之役中逃避圭爾佛黨時罹難。參看 Bosco e Reggio,
　　　　Purgatorio, 100；Sapegno, *Purgatorio*, 59。

16. **費德里戈・諾維洛**：Federigo Novello，屬圭多(Guido)伯爵家族，圭多・諾維洛(Guido Novello)之子，約於一二八九年在比比恩納(Bibbiena)遇害。當時，他與皮耶特拉馬拉的塔爾拉提族並肩作戰，對抗阿雷佐的圭爾佛黨，結果身死。參看 Bosco e Reggio, *Purgatorio*, 100；Singleton, *Purgatorio 2*, 115。

17-18. **那個比薩人，/……強態**：「比薩人」，指比薩人馬祖科・德利斯科爾尼詹尼(Marzucco degli Scornigiani)，於一二八六年皈依方濟各會。他有兩個兒子：噶諾(Gano)和法里納塔(Farinata)，其中一個（一般論者認為是噶諾）約於一二八七年遭烏戈利諾(Ugolino)伯爵的孫子尼諾(Nino)殺害。兒子遇害後，馬祖科不但沒有設法報復，而且原諒了殺子仇人。這裏的「比薩人」指噶諾。兩行的意思是：噶諾遇害，讓父親有機會表現堅強勇毅的精神。有關烏戈利諾伯爵的故事，參看《地獄篇》第三十三章。該章第八十九行的布里噶塔就是尼諾。參看 Toynbee, 434-35, "Marzucco"條。

19. **奧爾索伯爵**：Conte Orso，納坡雷奧内・德利阿爾貝提(Napoleone degli Alberti)伯爵之子，於一二八六年遭堂兄弟阿爾貝托(Alberto)兇殘殺害。阿爾貝托是曼戈納(Mangona)人，父親阿列山德羅(Alessandro)和兄弟納坡雷奧内有宿仇，結果仇延下代，導致堂兄弟相殘。《地獄篇》第三十二章五五—五九行所提的，就是納坡雷奧内兄弟。參看該章第五十八行註。參看 Bosco e Reggio, *Purgatorio*, 100；Sapegno, *Purgatorio*, 60；Singleton, *Purgatorio 2*, 116-17。

19-20. **因仇恨、/嫉忌而與軀體分離的魂魄**：指第二十二行的皮耶・德拉布羅斯（原文 Pier da la Broccia，法文 Pierre de la

Brosse）。德拉布羅斯是個醫生，法王腓力三世的內侍；出身寒微，受寵於腓力三世，曾指控腓力三世的第二任妻子瑪麗・德布拉邦(Marie de Brabant)毒殺腓力和第一任妻子所生的王太子，為自己的兒子篡奪太子之位。一二七八年，德拉布羅斯遭法王下令拘捕，並於同年問吊。罪名是叛國（一說勾引王后）。但丁認為德拉布羅斯遭瑪麗誣陷，因此在二二一—二四行警告瑪麗。參看 Bosco e Reggio, *Purgatorio*, 100；Sapegno, *Purgatorio*, 60-61；Toynbee, 112-13, "Broccia, Pier da la"；Singleton, *Purgatorio 2*, 117-18。

23. **布拉邦女士**：即瑪麗・布拉邦。參看十九—二十行註。瑪麗・布拉邦卒於一三二一年。

28. **我的光明**：指維吉爾。在《煉獄篇》第四章二九—三零行，但丁這樣稱呼維吉爾："quel condotto/che speranza mi dava e facea lume"（「那位把希望和光輝／賜我的人」）。

29-30. **尊著的某一節……律令**：在《埃涅阿斯紀》第六卷三七三—七七行裏，女預言家對帕利努洛斯(Palinurus)的幽靈說：

"unde haec, o Palinure, tibi tam dira cupido ?
tu Stygias inhumatus aquas amnemque severum
Eumenidum aspicies, ripamve iniussus adibis ?
desine fata deum flecti sperare precando.
sed cape dicta memor, duri solacia casus…"
「帕利努洛斯呀，你怎會有這樣的怪念頭？
未下葬，就想看九曲河？看復仇三女神的
無情之川？想時機未到就靠近河岸？
不要指望藉祈禱去改變上天的律令；

且傾聽牢記我的話，好紓緩你的苦境……」

帕利努洛斯是埃涅阿斯的舵手，在意大利遇害，因未獲安葬而不能渡過冥河。埃涅阿斯到了陰間，目睹他在斯提克斯（即九曲河）河畔徘徊。

37-39.　**仁愛之火……下拉**：蒙恩的人藉祈禱減輕亡魂的刑罰，並沒有降低上帝的標準。**天道的崇高標準**：Grandgent 指出，這行叫人想起莎士比亞的《以牙還牙》(*Measure for Measure*) 第二幕第二場第七十六行："If he, which is the top of judgment…"（「如果他，最高的裁決……」）。轉引自 Singleton, *Purgatorio 2*, 119。

42.　**是因為祈禱不能向上主傳送**：基督降生為人類贖罪前，人類還沒有蒙恩，因此當時的祈禱無效。

43-44.　**老實説……不要有主張**：維吉爾在這裏強調，未經天啓的人智有局限，不能探測天道的深邃奧祕。

44.　**那位女士**：指貝緹麗彩。

47-48.　**你會看見她置身高處……怡悦而舒弛**：到了旅程的另一階段，維吉爾就要把嚮導的任務交給貝緹麗彩。貝緹麗彩代表神的啓示，能勝任更高層次的職責。

50.　**我已經沒有剛才那麼累了**：這行回應《煉獄篇》第四章八九—九零行。

51.　**這座山已投下影子的輪廓**：此刻約為下午三時，但丁和維吉爾在煉獄山的東邊上攀，因此看見山的投影。

54-56.　**不過……重現**：維吉爾告訴但丁，攀登煉獄山，並不會像但丁想像那麼快。

58.　**那邊的亡魂**：指第七十四行的索爾德羅（Sordello，約一二

零零——一二七零）。索爾德羅生於曼圖亞附近的戈伊托
(Goito)，是個詩人，先後在意大利、普羅旺斯(Provence)的
宮廷任侍臣，善於用普羅旺斯語(Provençal)寫抒情詩和說教
詩，其哀悼貴族兼詩人布拉卡斯(Blacatz)的輓歌(planch)是首
出色的作品。由於索爾德羅善於寫政治題材，但丁在這裏提
到他的時候，順便聲討當代的政治弊病。參看 Bosco e
Reggio, *Purgatorio*, 103-104；Sapegno, *Purgatorio,* 63-64；
Singleton, *Purgatorio 2*, 123-24；Toynbee, 585-88, "Sordello"
條。

61. **倫巴第亡魂**：曼圖亞屬倫巴第區，因此但丁稱索爾德羅爲「倫
巴第亡魂」。

62-63. **亡魂哪……何其尊嚴**：這兩行並非但丁對索爾德羅所說的
話，而是近乎旁白的呼語(apostrophe)。

76. **遭奴役的意大利**：但丁認爲，在神聖羅馬帝國皇帝的統治
下，意大利能獲自由；現在神聖羅馬帝國皇帝的治權還未能
伸張，因此意大利仍遭奴役。參看 *Monarchia*, I, XII, 6-8；
Epistole, VI, 5；Ariosto, *Orlando Furioso*, XVII, 76。

77. **舵手**：指神聖羅馬帝國皇帝。**船隻**：指意大利。

78. **你不是各省的公主**：指意大利未能當主人去領導各省。

79. **那位高尚的靈魂**：指索爾德羅（見第五十八行註）。

81. **同鄉的文豪**：指維吉爾。

88. **查士丁尼**：Flavius Anicius Justinianus（四八三—五六五），
一譯「尤士丁尼安」（根據拉丁文發音，可譯爲「尤斯提尼
安奴斯」），五二七—五六五年爲拜占庭（東羅馬）帝國皇
帝，娶塞奧多拉(Theodora)。在位期間力謀恢復羅馬帝國的
大一統，滅北非的汪達爾王國、意大利半島的東哥特王國，

征服西班牙東南部，加強國內的官僚結構，下令編纂《國法
大全》(*Corpus iuris civilis*，一譯《民法大全》)，其中包括
《查士丁尼法典》。《國法大全》，日後成爲歐洲的重要法
典。在《天堂篇》第六章，查士丁尼會再度出現。參看 Bosco
e Reggio, *Purgatorio*, 105；Sapegno, *Purgatorio*, 65；Vandelli,
405；Toynbee, 327, "Giustiniano"條；《辭海》及《世界歷史
詞典》有關詞條。

89.　　**重配韁繩又有甚麼用處**：意思是：有查士丁尼爲你訂立法
典，而沒有人掌控，又有何用？

91-96.　　**你們哪……變得邪惡敗壞**：這行是但丁對教會人士說話。**應
該／讓凱撒大帝坐在馬鞍上作主**：參看《馬太福音》第二十
二章第二十一節："Tunc ait illis：Reddite ergo quae sunt
Caesaris Caesari, et quae sunt Dei Deo."（「耶穌說：『這樣，
凱撒的物當歸給凱撒；　神的物當歸給　神。』」）

97.　　**德國人阿爾貝特呀，你棄了這匹馬**：指奧地利的阿爾貝特一
世，德意志國王、神聖羅馬帝國皇帝、哈布斯堡王朝建立者
魯道爾夫一世（Rudolf I，又譯「魯多爾夫一世」、「魯德
福一世」，一二一八——二九一）之子。一二九八年繼任神
聖羅馬帝國皇帝。因疏於羅馬帝國政事，結果意大利紛爭不
斷。因此但丁說他「你棄了這匹馬」。其後，阿爾貝特遭姪
兒殺害（據當時的傳說，阿爾貝特也曾殺害拿騷(Nassau)的
阿道夫(Adolf)而篡位）。《煉獄篇》第七章第九十四行，提
到「魯道爾夫」一世。參看 Bosco e Reggio, *Purgatorio*, 106；
Vandelli, 406；Singleton, *Purgatorio 2*, 129, Toynbee, 21,
"Alberto tedesco"條。

100-02.　**但願……驚惶**：一三零七年，阿爾貝特的長子魯道爾夫

(Rudolph)遭刺殺；一三零八年六月，阿爾貝特本人也遭姪兒謀害。但丁創作《神曲》時，這些事件已經發生。但丁在這裏當事件未曾發生，作品乃有預言意味。**繼承人**：指亨利七世（Heinrich VII，約一二七五——一三一三），原爲盧森堡伯爵，一三零八——一三一三年任德意志國王兼神聖羅馬帝國皇帝。一三一零年入侵意大利，因教皇克萊門特五世和那波利國王的反抗而失敗，卒於錫耶納附近。但丁寫《神曲》時，這些事件已經發生；不過在詩中的虛構時空中，這些話都是「預言」。

103-05. **因爲……荒涼蕪蕪**：阿爾貝特和父親魯道爾夫一世（參看第九十七行註）只顧在德國（「另一地」）擴張領土，增加家族的權力，不理會羅馬帝國（「帝國的花園」）。阿爾貝特和父親魯道爾夫一世，都沒有到過意大利。

106-11. **蒙特基……一蹶不振**：**蒙特基**：Montecchi，韋羅納家族，支持吉伯林黨。**卡佩列提**：Cappelletti，克雷莫納家族，後來倫巴第的圭佛爾黨以這個家族爲名。**莫納爾迪**：奧爾維埃托(Orvieto)家族，支持圭爾佛黨。**菲利佩斯基**：Filippeschi，奧爾維埃托(Orvieto)家族，支持圭爾佛黨。**聖菲奧拉**：Santafior，詳寫 Santafiora，阿爾多布蘭德斯基(Aldobrandeschi)家族的領地，在錫耶納，因戰爭失利而面積日蹙。但丁列出這些家族的名字，目的是譴責他們，指他們互相傾軋，導致意大利分裂。

118. **宙甫**：原文"Giove"，等於英語的 Jove，源出拉丁文 Iuppiter（一譯「朱庇特」）的所有格 Iovis。宙甫是羅馬神話的主神，相等於希臘神話的宙斯，在這裏指基督。

126. **馬克魯斯**：Marcus Claudius Marcellus。公元前五十一年任古

羅馬執政官,支持龐培,反對凱撒。有的論者(Bosco e Reggio, *Purgatorio*, 107-108)指出,馬克魯斯究竟是誰,難以確定。這裏泛指反對神聖羅馬帝國皇帝的人。

127-29. **這段打岔的話……勤奮**:但丁所說,語語有諷刺意味。下文一三零行到結尾,都是斥責翡冷翠的話。

139. **雅典和拉克代蒙**:拉克代蒙:拉丁文 Lacedaemon,希臘文 Λακεδαίμων,拉科尼亞的首都。拉科尼亞是古希臘的國家,位於伯羅奔尼撒(Πελοπόννησος, Peloponnesus)半島。拉克代蒙之名源出同名的神祇,即宙斯和塔宇革忒(Ταυγέτη, Taygete)的兒子。拉克代蒙娶河神歐洛塔斯和克列塔之女斯巴達(Σπάρτα, Sparta)為妻。後來把自己的名字賜予拉科尼亞人,把妻子的名字賜予拉科尼亞首都。在這裏,拉克代蒙也指斯巴達。雅典和拉克代蒙的法律,分別由梭倫(Σόλων, Solon)和來庫古(Λυκοῦργος, Lycurgus)制定。

142-44. **你的措施／……廢弛**:這幾行以比喻手法諷刺翡冷翠朝令夕改。

147. **並且……罷免**:指翡冷翠敵對黨派互相放逐,然後又把被逐的人召回。

149. **那個女病人**:Singleton(*Purgatorio 2*, 137)認為,這一典故指奧古斯丁(Aurelius Augustinus,公元三五四—四三零)《懺悔錄》(*Confessiones* VI, 16)中的一段描寫。在該段文字中,奧古斯丁把自己的靈魂比喻為一個女人,輾轉反側都得不到安寧。

第七章

索爾德羅問維吉爾是誰；聽了維吉爾的自我介紹後，十分高興。維
吉爾接著解釋，自己何以置身幽域，並請索爾德羅指點上山的道路。
索爾德羅說，太陽已經西斜，到了夜裏，誰也不能上山。然後帶領
維吉爾和但丁來到一個小谷，裏面的花草絢爛得無與倫比。索爾德
羅請維吉爾和但丁在高崖上停下俯望，然後逐一為他們介紹谷裏的
亡魂。

當兩人相逢時莊嚴而欣喜的
　　問候和招呼重複到第三、第四回，
　　索爾德羅就退後說：「您是誰呢？」　　3
「這些有資格上升、有資格回歸
　　上主的靈魂未向這座山奔顧，
　　我的骨殖已由屋大維葬於墳內。　　6
我是維吉爾，不是因罪過之污，
　　只是因缺乏信仰而失去高天。」
　　我的導師聽後這樣答覆。　　9
像一個人，突然在自己面前
　　看見某種事物而驚奇的時候
　　「是呀……不是……」地叫嚷於半信半疑間，　　12
索爾德羅聞言，低下了頭，
　　並且謙恭地再向維吉爾走去，

如下屬摟抱上司般把他緊摟。　　　　　　15

「拉丁人的輝煌啊！」他說：「我們的母語

　　以您爲媒介，赫赫把力量昭宣。

　　啊，您是吾鄉的恆榮所聚。　　　　　18

您向我現身，是甚麼恩典、因緣？

　　如果我有資格聆聽您發言，

　　請見告，您來自地獄嗎？——來自哪一圈？」　　21

「慘惻的王國中，衆圈我都已走遍，」

　　維吉爾答道：「然後到達這座山。

　　我的動力和幫助來自上天。　　　　　24

那崇高的太陽爲你所期盼；

　　我卻因無爲——非因有爲——而錯過；

　　後來認識他，爲時已經太晚。　　　　27

下面有一個地方，不因折磨——

　　只因黑暗——而愁慘。在那裏，悲哀

　　不以嚎啕而只以嘆息來傳播。　　　　30

在那裏，與我爲伍的是無罪的嬰孩。

　　他們遭死亡的利齒咬噬之際，

　　還沒有洗去人類原罪的禍災。　　　　33

在那裏與我爲伍的人，未穿起

　　三種聖德；但他們清白無罪，

　　認識並遵循其他所有的公義。　　　　36

要是你的智能許可，請給

　　我們一些指示，讓我們快點

　　到達煉獄起點的正確方位。」　　　　39

亡魂答道：「我們並沒有方位之限。

索爾德羅與維吉爾

索爾德羅聞言，低下了頭，／並且謙恭地再向維吉
爾走去，／如下屬摟抱上司般把他緊摟。

（《煉獄篇》，第七章，十三—十五行）

我可以向上，也可以環山盤繞；
　　我可以按自己的能力陪你向前。　　42
不過，您看，日光已經斜照；
　　夜色裏，我們不可以攀登向上；
　　該找個安穩的去處留宿才好。　　45
這裏的右邊，有亡魂聚在一旁。
　　要是您允許的話，我帶你見他們；
　　您會因這次結識而感到歡暢。」　　48
「怎麼啦？」維吉爾答道：「要是有人
　　在夜裏攀登，他會受阻？還是
　　會發覺本身無力而不能上臻？」　　51
賢者索爾德羅聽後，以手指
　　劃著地面說：「注意呀，太陽一走，
　　就連這條線也是不可越的雷池。　　54
至於原因，是夜色太黑；並沒有
　　別的東西阻你向上面攀赴。
　　夜色中，意志受拘牽，會無力奔投。　　57
當然，您可以摸黑降回來路，
　　趁白晝未從水平線下面上爬，
　　重返山麓一帶去徘徊躑躅。」　　60
聽了這番話後，老師有點驚詫，
　　答道：「你說有去處供我們棲息，
　　使我們怡然；那麼，帶我們去吧。」　　63
我們出發後，只走了一小段距離，
　　我就發覺山邊向內部凹陷，
　　情形和凡間峽谷的內陷無異。　　66

幽靈說：「一會兒，我們會去那邊。

　　那邊山坡的地勢如懷抱兜摟。

　　在那裏，我們會等待新的一天。」　　69

一條曲徑，一時平坦一時陡，

　　把我們向一個小谷之畔引帶——

　　邊緣下降到小谷的一半都不夠。　　72

黃金、純銀、猩紅、碳酸鉛白，

　　鮮明和純淨的木本靛青，

　　以至純綠寶石剛被人劈開——　　75

和生長在谷底的花草相形，

　　無論哪一種顏彩都會見絀，

　　就如次一品輸於大一品的豪英。　　78

在那裏，大自然不僅在繪圖，

　　而且使一千種香氣的芬芳

　　渾然交融成不知名的馥郁一股。　　81

從那裏，我看見亡魂在綠草和花上

　　坐著，齊唱"Salve，Regina"。外面

　　看不見他們，是因為有山谷遮擋。　　84

「太陽快要下沉了。太陽歸巢前，」

　　引導我們前進的曼圖亞人說：

　　「不要叫我帶你們到亡魂那邊。　　87

在這處高崖看他們的容貌、動作

　　會更加清楚。這樣看，會勝過置身

　　其中，受他們歡迎而成為同一伙。　　90

那個坐得最高的，沒有跟別人

　　一起翕動著嘴唇唱讚美詩，

小谷

從那裏，我看見亡魂在綠草和花上／坐著，齊唱
"Salve,Regina"。

（《煉獄篇》，第七章，八二—八三行）

　　彷彿忘記了應該履行的本分。　　　　93
他是魯道爾夫皇帝，本來可治
　　意大利所受的致命傷，不讓它崩殂；
　　現在，要別人醫治已經太遲。　　　96
另一個，看來彷彿在安慰魯道爾夫。
　　那流入伏爾塔瓦，再經易北河
　　入海的水，就發源自他的領土。　　99
他叫鄂圖卡，身在襁褓的時刻，
　　已遠比于思兒瓦茨拉夫高超，
　　因爲後者只耽於閒逸和淫奢。　　　102
那個鼻子細小的人，逃跑、
　　竄遁、使百合蒙污時身亡。看來
　　在跟他密談的男子，有優雅的容貌。　105
看他怎樣捶打自己的胸懷！
　　再看另一個，他正在嘆息不住；
　　嘆息時還以手掌把面頰承蓋。　　108
他們是法國害蟲的父親和岳父；
　　都知道害蟲的一生骯髒邪惡，
　　因此才會有這麼刺心的痛苦。　　　111
另一個呀，四肢眞粗壯。他正跟那個
　　鼻子雄偉的男子一起歌唱。
　　他用來做腰帶的盡是美德。　　　　114
坐在他後面的小伙子如果安康，
　　能繼承他的王位，他的德行
　　就眞的會由此杯向彼杯流淌。　　　117
其餘的子嗣，絕無這樣的好評。

海梅和費德里戈是一國之主，
　　繼承的素質都不能跟他相競。　　　120
人的德行，很少在新枝重出——
　　因為神要如此。他這樣做，
　　是要眾生有求時向他祈呼。　　　123
我的話，對於大鼻之用得其所，
　　不下於對佩德羅——那跟他合唱的人。
　　為此，普利亞和普羅旺斯才這麼愁慘。　126
為父的種子，優於這植物本身，
　　猶如康斯坦絲對夫婿的自豪，勝過
　　瑪格麗特和貝阿特麗絲類似的福分。　129
看英國的亨利。在世時，這君王生活
　　單純；此刻正獨自坐在那邊。
　　這個人的枝榦所出較為超卓。　　132
人叢中位置最低、坐在地面
　　向上仰望的是圭利艾爾莫侯爵。
　　因為他，阿列山德里亞及其兵燹　　135
使蒙費拉托、卡納韋塞哭泣受虐。」

註　釋：

1-2.　　**當兩人……第四回**：這兩行在故事的情節中，應該緊接第六
　　　　章第七十五行；第六章七六——一五一行算是但丁的旁白。

6.　　　**屋大維**：蓋約・屋大維（Gaius Octavius，公元前六三—公元
　　　　一四），凱撒的甥孫、養子，凱撒死後稱蓋約・尤利烏・

屋大維(Gaius Julius Caesar Octavianus)，羅馬的第一位皇帝。凱撒遇刺身亡後，與安東尼、李必達結爲三頭同盟，打敗布魯圖的軍隊。其後削李必達軍權，與安東尼決裂，打敗安東尼，滅埃及托勒密王朝。公元前二十七年獲元老院奉以「奧古斯都」(Augustus)的稱號。奧古斯都是「至尊」、「神聖」、「崇高」的意思。屋太維在位期間，文治武功俱盛。政治上有所謂「羅馬的和平」(Pax Romana)；文學上有所謂「黃金時代」。參看 Toynbee, 73-74, "Augusto[2]"條；《辭海》、《世界歷史詞典》有關詞條。**葬於墳內**：維吉爾卒於公元前十九年，其骨殖由屋大維埋葬。

8.　　**缺乏信仰……高天**：基督降生時，維吉爾已去世，没有機會皈依基督教，因此失去上天堂的機會。

15.　　**如下屬摟抱上司般**：索爾德羅如何摟抱維吉爾呢，迄今未有定論。或說摟抱膝蓋，或說摟抱腰部，也有論者認爲是摟抱足部。參看 Bosco e Reggio, *Purgatorio*, 115；Sapegno, *Purgatorio*, 72；Vandelli, 411；Singleton, *Purgatorio 2*, 139-40。

16.　　**拉丁人**：既指說拉丁語的意大利人，也指說羅曼語的民族。由於羅曼語由拉丁語衍變而來，說羅曼語的人也算是拉丁人。**我們的母語**：普羅旺斯語源出拉丁語，索爾德羅用普羅旺斯語寫作，因此索爾德羅說「我們的母語」。

18.　　**吾鄉**：索爾德羅和維吉爾都在曼圖亞附近出生，算是同鄉。

21.　　**您來自地獄嗎？**：索爾德羅聽見維吉爾說「因缺乏信仰而失去高天」（本章第八行），知道他不能上天堂，因此推測他來自地獄。

25.　　**那崇高的太陽**：指上帝。

26. **我卻因無爲……非因有爲**：維吉爾卒後十九年，基督才降生，不能有爲（信仰基督），結果因無爲（沒有信仰基督）而長困幽域（即地獄邊境）。

27. **後來認識他**：基督進地獄拯救亡魂時（參看《地獄篇》第四章五二—六三行），維吉爾才知道有基督降生，但爲時已晚，不能成爲基督徒。

28. **下面有一個地方**：指本章第二十六行註所提到的幽域。

28-30. **不因折磨——／……來傳播**：在幽域裏，亡魂得不到上帝的光，但不會受刑；旣然不會受刑，也就不會慘叫。這些亡魂，是沒有領洗而夭折的嬰兒和基督降生前的賢聖，唯一要受的「刑罰」是欲見上帝而不能，結果要永遠嘆息，嘆自己的願望不能實現。

31-33. **在那裏……禍災**：夭折的嬰孩沒有犯罪，不過死前來不及領洗，身上的原罪未除，因此要進幽域。

34. **與我爲伍的人**：指基督降生前的賢聖，包括維吉爾本人。這些賢聖未能信仰基督，因此要永留幽域。

35. **三種聖德**：指基督教的三超德(virtù teologali)：信德(fede)、望德(speranza)、愛德(carità)。這三種聖德要由基督的聖恩賜予，不能靠凡人的力量爭取。三超德的定義是："le virtù che portano a Dio"（通向神的德行）。見 *Dizionario Garzanti della lingua italiana*, 1957, "virtù"條。

36. **其他所有的公義**：指三種聖德以外的德行，尤其指四樞德(virtù cardinali)：智德(prudenza)、節德(temperanza)、義德(giustizia)、勇德(fortezza)。英語叫 prudence, temperance, justice, fortitude。四種樞德可以靠後天的力量達到，不若三種聖德那樣來自天授。四樞德的定義是："le virtù che

riguardano la vita attiva"（與世俗生活有關的德行）。見
Dizionalio Garzanti della lingua italiana, 1957, "virtù"條。

37-39. **要是……正確方位**：維吉爾要向亡魂問路，再次顯示其智能
有局限。

40-41. **我們並沒有方位之限。／……盤繞**：指亡魂在煉獄的進口前
四處飄盪。原文的"Loco certo non c'è posto"與《埃涅阿斯紀》
呼應。該詩第六章六六九—七五行，寫庫邁的女預言家向亡
魂穆賽奧斯(Musaeus)詢問安基塞斯(Anchises)的居所，寫亡
魂給她答案：

　　　　"dicite, felices animae, tuque, optime vates，
　　　　quae regio Anchisen, quis habet locus？ illius ergo
　　　　venimus, et magnos Erebi tranavimus amnes."
　　　　atque huic responsum paucis ita reddidit heros：
　　　　"nulli certa domus；lucis habitamus opacis,
　　　　riparumque toros et prata recentia rivis
　　　　incolimus．"
　　　　「福樂之魂啊，──尤其是你呀，好詩人，請見告：
　　　　安基塞斯在何區何處可以找到？我們越過
　　　　厄瑞玻斯的大河來到這裏，就是為了找他。」
　　　　於是，那位英雄對女預言家簡略地回答：
　　　　「誰也沒有固定的居所；我們都住在幽林中，
　　　　居於柔軟的河畔或者由溪澗滋潤灌溉的
　　　　芳草地上。」

50. **他會受阻**：遭他人阻撓。

53-54. **注意呀，太陽一走，／……雷池**：這兩行除現實意義外，也有象徵意義：太陽象徵神的啓示；沒有神的啓示，亡魂就寸步難行。

72. **邊緣……不夠**：小山谷可行的邊緣未降到一半，已斜成陡坡。

83. **Salve, Regina**：這是天主教晚禱後唱給聖母瑪利亞的讚美詩的開頭，意爲「萬福哇，天后」。此詩流行於十一至十二世紀，裏面有下列句子："mater misericordiae；/ Vita, dulcedo et spes nostra"（「慈悲的天后哇；／我們的生命、幸福、希望」）；"Ad te suspiramus gementes et flentes in hac lacrimarum valle"（「我們在淚谷裏呻吟、悲泣，向你哀嘆」）。此刻，煉獄正是黃昏，亡魂都需要瑪利亞庇蔭，其情操以"Salve, Regina"表達，至爲恰當。拉丁文讚美詩轉引自 Singleton, *Purgatorio 2*, 147。

86. **曼圖亞人**：指索爾德羅。

94. **魯道爾夫皇帝**：指魯道爾夫一世（Rudolf I，一二一八——一二九一，又譯「魯德福一世」、「魯多爾夫一世」）。德意志國王，哈布斯堡（Hapsburg 或 Habsburg）王朝的建立者，一二七三——一二九一年爲神聖羅馬帝國皇帝，「德國人阿爾貝特」（參看《煉獄篇》第六章第九十七行）的父親。他和兒子都沒有把神聖羅馬帝國管治好。參看《世界歷史詞典》有關詞條。

97. **另一個**：指一零零行的鄂圖卡。

98-99. **那流入……就發源自他的領土**：指波希米亞（即今日的捷克）。伏爾塔瓦（意文稱"Molta"）河發源於波希米亞西南，先流向東南，然後向北，經布拉格流入易北(Elbe)河。易北河，在捷克稱拉貝(Labe)河，意大利文稱"Albia"，先流向西

北，最後注入北海。參看 Singleton, *Purgatorio 2*, 149-50。

100-02. **鄂圖卡**：指鄂圖卡二世（Ottokar II，約一二三零——一二七八），又稱普舍美斯二世(Přemysl II)，波希米亞國王（一二五三——二七八）。在位期間兼併奧地利等國家，勢力強盛。一二七三年，魯道爾夫一世獲選爲神聖羅馬帝國皇帝時，鄂圖卡二世不服，遭到征伐，結果要割地求和。媾和後數年，鄂圖卡再度造反，一二七八年八月在戰爭中被殺。參看 Bosco e Reggio, *Purgatorio*, 121；Sapegno, *Purgatorio*, 77；以及《世界歷史詞典》有關詞條。**身在襁褓……高超**：鄂圖卡二世仍是個嬰兒時，已勝過成年的兒子（即一零一行的瓦茨拉夫）。**瓦茨拉夫**：瓦茨拉夫二世（Václav II，英譯 Wenceslaus II，意譯 Vincislao II），鄂圖卡二世的兒子兼繼承人，一二七八――一三零五年任波希米亞國王，在位期間對魯道爾夫一世卑躬屈節，後來娶魯道爾夫一世的女兒爲妻。《天堂篇》第十九章一二四行的「波希米亞王」，就是瓦茨拉夫二世。參看 Bosco e Reggio, *Purgatorio*, 122；Singleton, *Purgatorio 2*, 151；Toynbee, 640, "Vincislao"條。

103-04. **那個鼻子細小的人……身亡**：「鼻子細小的人」，指腓力三世（Philippe III，一二四五——一二八五），法國君王（一二七零——二八五），路易九世的兒子兼繼承人，安茹伯爵沙爾一世的姪兒。對西班牙阿拉貢(Aragón)的佩德羅三世(Pedro III)開戰，結果慘敗，使法國蒙羞，於一二八五年卒。因此維吉爾說他「逃跑、／竄遁、使百合蒙羞時身亡」。腓力三世的兒子是腓力四世（美男子）(Philippe IV le Bel)，即一零九行的「法國害蟲」。參看 Bosco e Reggio, *Purgatorio*, 122；Sapegno, *Purgatorio*, 77；Singleton, *Purgatorio 2*, 151。

百合：法國的徽號，象徵法國。

105.　　**在跟他密談的男子**：指亨利一世（胖子），一二七零－一二七四年任納瓦拉（西班牙語 Navarra；法語 Navarre）國王，蒂博一世(Thibault I)的兒子，蒂博二世(Thibault II)的兄弟，腓力四世的岳父。參看 Bosco e Reggio, *Purgatorio*, 122；Sapegno, *Purgatorio*, 77；Singleton, *Purgatorio 2*, 152。

106.　　**他**：指腓力三世。

107.　　**另一個**：指亨利一世（胖子）。

109.　　**法國害蟲**：指腓力四世（美男子），腓力三世的兒子，亨利一世的女婿，一二八五至一三一四年爲法國國王。在位期間迫害聖殿騎士團(Knights Templars)，助教皇克萊門特五世即位。克萊門特五世即教皇位後，於一三零九年把羅馬教廷遷往阿維雍(Avignon)。在《神曲》中，但丁對腓力四世極度鄙視，不屑直道其名；《地獄篇》第十九章第八十七行只稱他爲「法王」("chi Francia regge")；《煉獄篇》第二十章第九十一行稱爲他「彼拉多第二」("il novo Pilato")。

112.　　**另一個呀**：指佩德羅三世（參看一零三－一零四行註），一二七六至一二八五年任阿拉貢國王。一二八二年西西里晚禱起義後，奪安茹伯爵沙爾一世的西西里王位。沙爾一世雖獲教皇馬丁四世支持，並且向佩德羅挑戰，要跟他單獨決鬥，但無補於事。佩德羅三世於一二六二年娶西西里國王曼弗雷德的女兒康斯坦絲爲妻，因此有繼承西西里王位的權利。參看《煉獄篇》第三章一一五行註。

113.　　**鼻子雄偉的男子**：指安茹伯爵沙爾一世（一二二六－一二八五），那波利（一二二六－一二八五）和西西里（一二六六－一二八二）國王，路易八世的兒子，路易九世的兄弟。支

持羅馬教皇，名義上是意大利圭爾佛黨的領袖。參看《煉獄篇》第三章一零七－一零八行註；第三章一一五行註。佩德羅三世和沙爾一世在陽間是死敵，到了煉獄，卻能和諧相處（「一起歌唱」），說明煉獄是另一境界，不再爲凡間的仇怨所擾。

114. **他用來做腰帶的盡是美德**：這行是比喻。《以賽亞書》第十二章第五節有類似的意象："Et erit iustitia cingulum lumborum eius, et fides cinctorium renum eius"（「公義必當他的腰帶；／信實必當他脅下的帶子。」）

115-17. **坐在……流淌**：指阿拉貢國王阿方索三世（Alfonso III，一譯「阿爾豐沙三世」），阿拉貢國王佩德羅三世的長子，在位六年，一二九一年卒。有些論者認爲，這幾行指佩德羅三世的幼子佩德羅。這個幼子先父親而卒，有其父風範；如非早卒，該是繼承父親的最佳人選。

119-20. **海梅……相競：海梅**：西班牙語 Jaime，意大利語 Iacomo，英語 James，指海梅二世，阿拉貢和西西里國王佩德羅三世的次子。一二八五年，佩德羅三世卒，長子阿方索三世繼阿拉貢王位，次子海梅二世繼加泰羅尼亞（Cataluña，即 Catalonia）和西西里王位。一二九一年，阿方索三世卒，海梅二世繼阿拉貢王位，把西西里王位讓與弟弟費德里戈。後來，海梅二世把阿拉貢王位讓給未婚妻的父親，即那波利的沙爾二世，遭西西里人反對，導致兄弟二人開戰。一二九九年，海梅撤兵，卒於一三二七年。**費德里戈**：指費德里戈二世（西班牙語 Federigo 的拼法與意大利語同），海梅二世的弟弟，佩德羅三世的三子，一二九六至一三三七年任西西里國王。參看《煉獄篇》第三章一一五行註。

120. **他**：指阿方索三世或佩德羅三世。參看一一五——一七行註。

121-23. **人的德行……祈呼**：但丁相信德行由上帝賜予，不能遺傳給後代。這一論點，也見於《筵席》(*Convivio*, IV, XX, 5)，可以上溯到《新約・雅各書》第一章第十七節："Omne datum optimum et omne donum perfectum desursum est, descendens a Patre luminum."（「各樣美善的恩賜和各樣全備的賞賜都是從上頭來的，從衆光之父那裏降下來的……」）

124. **大鼻**：指安茹伯爵沙爾一世。

125. **不下於對佩德羅**：意思是：沙爾一世和佩德羅三世都不能把自己的德行傳給兒子。

126. **普利亞和普羅旺斯才這麼愁慘**：一二八五年，安茹伯爵沙爾一世卒，兒子沙爾二世繼位，任那波利（即普利亞(Puglia)）國王兼普羅旺斯(Proenza)伯爵。沙爾二世的德行、才能均遜於父親，一再遭但丁低貶。參看《煉獄篇》第二十章七九——八一行；《天堂篇》第十九章一二七——二九行；*Convivio*, IV, VI, 20；*De vulgari eloquentia*, I, XII, 5。

127-29. **爲父的種子……福分**：這三行的意思是：沙爾一世（「爲父的種子」）優於兒子沙爾二世（「植物本身」），猶如佩德羅三世（西西里公主康斯坦絲的夫婿）優於沙爾一世。佩德羅三世娶西西里國王曼弗雷德的女兒康斯坦絲；沙爾一世先娶普羅旺斯的貝阿特麗絲，再娶勃艮第的瑪格麗特。說「康斯坦絲對夫婿的自豪，勝過／瑪格麗特和貝阿特麗絲類似的福分」，等於說「佩德羅三世優於沙爾一世」。

130. **英國的亨利**：指亨利三世(Henry III)，英王約翰之子，一二一六——一二七二年任英國君王，其子愛德華一世(Edward I)在法律體制上有過改革，較有才能。根據維蘭尼(Giovanni

Villani)的《卓凡尼・維蘭尼編年史》(*Cronica di Giovanni Villani*)，亨利三世是獅心王理查一世(Richard I, 1157-1199)之子（這一說法與正史有別），爲人單純，篤信中教而疏於政事，諸侯視他如無物。《神曲》中亨利三世的描寫以維蘭尼的編年史爲藍本。在哀悼布拉卡斯的輓歌裏，索爾德羅批評亨利慵怠怯懦。參看《煉獄篇》第六章第五十八行註。

131. **獨自坐在那邊**：這行有象徵意義：英國並非神聖羅馬帝國的一部分，因此其君王獨坐一旁。

132. **這個人……超卓**：指亨利三世的子嗣較爲出色。

133-36. **人叢中……受虐**：圭利艾爾莫(Guiglielmo)，一二五四——一二九二年任蒙費拉托(Monferrato)侯爵，利用倫巴第各地的分裂擴大勢力，與安茹伯爵沙爾一世結盟，並支持他入侵意大利，因沙爾一世覬覦倫巴第而成仇。其後，圭利艾爾莫征討阿列山德里亞(Alessandria)時被虜，囚於鐵籠中任人觀賞，十七個月後（一二九二年）身亡。其子爲了復仇，率蒙費拉托和卡納韋塞(Canavese)人進攻阿列山德里亞。阿列山德里亞人獲馬特奧・維斯康提(MatteoVisconti)之助，攻陷蒙費拉托的多處地方。第一三五行的「兵燹」，指圭利艾爾莫的兒子爲父親復仇之戰。參看 Bosco e Reggio, *Purgatorio*, 125；Sapegno, *Purgatorio*, 79。

第八章

索爾德羅不再說話，眾亡魂開始唱聖詩。唱畢，兩個天使從天上降下來守衛山谷。接著，但丁和索爾德羅進山谷跟亡魂說話，在那裏碰見了尼諾。尼諾一方面請但丁轉告卓凡娜爲他祈禱，一方面責備妻子不能爲他守節。這時候，但丁看到了象徵三超德的三顆星；跟維吉爾談論間，一條小蛇在防護遮掩不到的地方爬行著前來，見天使起飛才逃逸。天使驅蛇時，另一個亡魂庫拉多二世一直望著但丁；毒蛇逃逸後就跟但丁談話，並且爲他預言未來。

　　已經是黃昏的時辰。這時辰，叫水手
　　　　思歸；在他們告別摯友的那天，
　　　　叫他們的心變得善感而溫柔。　　　3
　　剛啓程的旅人，如果在遠處聽見
　　　　鐘聲彷彿在哀悼白晝將沒，
　　　　這時候也會受眷戀之情扎砭。　　　6
　　就在這樣的時辰，我的耳朵
　　　　不再聆聽。我看見一個幽靈
　　　　起立，以手勢表示有話要說。　　　9
　　他把雙掌合起來，舉向頭頂，
　　　　兩眼朝向東方，緊緊地凝望著，
　　　　彷彿向神說：「別的事我都看輕。」　12
　　"Te lucis ante"那麼虔誠地

逸自他雙唇，音調十分甜美，

　　把我的靈魂往軀殼外牽扯。　　　　　　15

然後，其他亡魂也虔誠地娓娓

　　跟著他把整首讚美詩吟唱完畢，

　　一邊唱，一邊向著天輪仰睢。　　　　　18

在此呀，讀者，請擦亮眼睛看真理，

　　因為這時候，那幅帷紗實在

　　薄得很，要走進裏面已十分容易。　　　21

那群高貴的亡魂靜了下來。

　　同時，我看見他們舉頭仰望，

　　臉色蒼白，謙卑地若有所待。　　　　　24

接著，我看見兩位天使從天上

　　下降，手中握一把無鋒的斷劍，

　　劍身燁燁，噴射著熊熊的火光。　　　　27

天使的衣裳如嫩葉般碧鮮，

　　以綠色的翅膀把它扇拍時，

　　它就隨天使的牽曳飄舉向前。　　　　　30

一個走到稍高於我們的位置

　　站著；另一個降落對面的山崖。

　　結果，亡魂在中間受到護持。　　　　　33

我瞭然看見兩位天使的金髮，

　　眼睛卻眩於他們臉上的輝光，

　　如官能因不勝負荷而失措驚詫。　　　　36

「兩位天使，都來自瑪利亞身旁，」

　　索爾德羅說：「來這裏保衛山谷，

　　因為毒蛇很快就到達這地方。」　　　　39

我不知毒蛇來時會走哪條路，
　　聞言竟通體冰冷，轉過身來
　　緊緊地挨向維吉爾可靠的肩部。　　　42
索爾德羅繼續說：「我們現在
　　到谷內，跟那些顯赫的幽靈說說話。
　　他們見了你，會感到十分愉快。」　　45
我猜，我向下只走了三步左右吧，
　　就到了谷內，見一個亡魂，彷彿
　　要認出我是誰，正凝眸向我窺察。　　48
這時候，空間已經冥暗欲暮，
　　不過前些時在亡魂和我的視程間，
　　被黑暗障蔽的景物已看得清楚。　　51
他走向我這邊，我也走向他那邊。
　　尊貴的尼諾法官哪，看見你此刻
　　並非與罪人為伍，我深感舒恬。　　54
和善的問候向彼此表達完了，
　　他就問我：「你越過遙遠的水域，
　　來到這座山的腳下，有多久了呢？」　57
「啊，」我答道：「我是今晨跨履
　　苦域來此的。我仍在第一生停駐，
　　希望獲得另一次生命而來趨。」　　60
他和索爾德羅聽了我的答覆，
　　都不禁瞿然，剎那間同時退後，
　　就像一個人，驚惶失措於倏忽。　　63
後者轉向維吉爾，前者回頭，
　　對一個坐著的亡魂喊：「庫拉多呀，你起來，

看上主降恩時如何施展巧手。」　　　　66
然後對我說：「上主把天意深埋，
　　凡人都無從量度。你對上主
　　該特別感激。你一旦離開　　　　　69
遼闊的水域，請懷著這種情愫
　　告訴卓凡娜，請她在無罪的人
　　能獲眷顧的地方為我祈福。　　　　72
我不相信她的母親以寡婦之身
　　脫下白色的面紗後仍然愛我，
　　儘管愁苦時她會為此而悔恨。　　　75
她呀，真是個好例子，說明觸摸
　　和眼緣如果不能夠經常點燃，
　　女人心中有多持久的愛火。　　　　78
蝰蛇帶著米蘭人紮營征戰，
　　如果要為她築陵，也不能建造
　　噶魯拉公雞要建造的炳煥。」　　　81
他說這話時，義憤在心中燃燒，
　　強度恰到好處。他的臉容
　　也反映了這感情所留的記號。　　　84
我貪婪的眼睛一直仰望天空，
　　凝視星星運行得最慢的軌轍；
　　其部位，與最近輪軸的地方相同。　87
之後，導師問：「孩子呀，在仰望甚麼？」
　　我聞言答道：「仰望那三把火炬。
　　這裏的極地都叫它們燃著了。」　　90
「你今天早上，」維吉爾聽後，繼續

對我說：「見到的四顆亮星已低藏
　　在那邊。這三顆，已升入它們的舊域。」93
正說著，索爾德羅已把他拉到身旁，
　　說：「你看，敵人已經在那邊。」
　　說時指著該方向叫維吉爾眺望。　　　96
就在小小的山谷裏，在防護遮掩
　　不到的地方，有一條細小的蛇──
　　給夏娃苦果的，也許就是這邪奸。　99
那條壞傢伙，在草叢和花間爬行著
　　前來，不時掉著頭舐著背部，
　　就像一頭畜生在舐著毛革。　　　102
我沒有看見──因此也不能講述──
　　那兩隻天鷹如何振翅起飛，
　　卻清楚目睹兩者一起在高翥。　　105
一聽見綠色的翅膀疾掠於穹蒼內，
　　毒蛇就逃逸。於是，天使們一起
　　盤旋著回翔，飛上了原來的崗位。　108
聽到法官呼喚，向法官挨擠
　　緊靠的幽靈，一直向我凝望，
　　事件中，眼睛片刻都沒有他移。　111
「但願在上面引導你的炯光，
　　在你的意志裏找到蠟樣的婉柔，
　　足夠助你升到釉青的峰巔上。」　114
亡魂啓口對我說：「如果你有
　　馬格拉谷和鄰近的翔實見聞，
　　請見告。在那裏，我有過顯赫的時候。117

毒蛇
一聽見綠色的翅膀疾掠於穹蒼內，／毒蛇就逃逸。
於是，天使們一起／盤旋著回翔⋯⋯
（《煉獄篇》，第八章，一零六—一零八行）

庫拉多・馬拉斯皮納是我的前身

　　（不是老庫拉多，而是他的後裔），

　　把淨化於此地的情懷獻給家人。」　　　　　120

「啊，」我對他說：「貴邑的土地

　　我從未到過；但整個歐洲，人煙

　　所至處，其美譽無人不知悉。　　　　　　123

你們一族的家聲，榮耀而赫顯，

　　公侯、梓里都因此而大名遠彰；

　　大家未到貴邑，就已經聽見。　　　　　　126

我向您發誓——但願我能到上方——

　　您尊崇的家族，不會玷污

　　祖先在財力和武功上的輝煌。　　　　　　129

貴家族稟賦獨厚，代代超殊，

　　不管那罪魁怎樣把世界扭歪，

　　都會鄙棄歧途，只遵循正路。」　　　　　132

他聞言說：「對，白羊現在

　　正四腳全用，把太陽的臥榻騎掩。

　　如果天決的進程不受阻礙，　　　　　　　135

太陽第七度返回臥榻之前，

　　剛才你對吾族的嘉許，必定

　　釘進你腦中；所用的釘子牢堅，　　　　　138

會勝過人家對我們一族的述評。」

註　釋：

1-6. **已經是黃昏的時辰……扎砭**：指七個祈禱時刻(canonical hours)的最後一個。「鐘聲」，指晚課(vespers)之後的晚禱 (compline)鐘聲。論者指出，這幾行為拜倫(Byron)的《唐璜》 (*Don Juan*)所模仿。參看 Sayers，*Purgatory*, 131；*Don Juan*, iii, 108。

7-8. **我的耳朵／不再聆聽**：指索爾德羅已經沉默，但丁再聽不到 聲音。

10. **把雙掌合起來**：指幽靈開始祈禱。

11. **兩眼朝向東方**：在基督教的傳統裏，東方象徵美善，教堂的 祭壇都向東，信徒祈禱時也朝著這個方向。

13. **"Te lucis ante"**：天主教晚禱聖詩的開頭，據說是拉丁教父 聖安布羅斯（Ambrosius，約三三九—三九七）所作。全詩 三節，內容主要求上主驅除惡夢、鬼怪。該詩的第一節（轉 引自 Singleton, *Purgatorio 2*, 161）如下：

> Te lucis ante terminum,
> Rerum Creator, poscimus,
> Ut pro tua clementia
> Sis praesul et custodia.
> 白晝結束前，我們
> 求你呀，造物之主，
> 本著一貫的恩慈，
> 充當我們的監護。

18. **天輪**：指諸天（行星）旋動的軌跡。

19-21. **在此呀……十分容易**：但丁叫讀者以警醒的精神看即將發生

的事情，從中領悟其深意。

24. **臉色蒼白**：眾亡魂臉色蒼白，是因為下文所寫的「毒蛇」即將出現。

25-27. **接著……火光**：Singleton(*Purgatorio 2*, 163)指出，這三行描寫兩個天使的文字，與《創世記》第三章第二十四節相呼應："Eiecitque Adam et collocavit ante paradisum voluptatis Cherubim et flammeum gladium atque versatilem, ad custodiendam viam ligni vitae." （「於是把他趕出去了；又在伊甸園的東邊安設基路伯和四面轉動發火焰的劍，要把守生命樹的道路。」）此外，Vandelli(421)指出，「兩」("due")字上承《聖經》的說法，可參看《馬可福音》第六章第七節；《福加福音》第二十四章第四節；《約翰福音》第二十章第十二節；《使徒行傳》第一章第十節。**無鋒的斷劍**：天使的劍只用來防衛，不用來攻擊，。因此「斷」而「無鋒」。

28-30. **天使……向前**：綠色象徵希望，天使的衣裳和翅膀都是綠色。參看《煉獄篇》第二十九章一二四—二五行。

36. **如官能……失措驚惶**：「官能」指各種感官；在這裏專指視覺。但丁的這一論點出自亞里士多德的《論魂魄》。參看Sayers, *Purgatory*, 131。

44. **顯赫的幽靈**：指幽靈在陽間有過顯赫的一生。

49-51. **這時候……清楚**：但丁和亡魂現在的距離較近，剛才看不到的此刻可以看到。

53. **尼諾法官**：指尼諾（烏戈利諾）・維斯康提(Nino (Ugolino) Visconti)，比薩卓凡尼・維斯康提(Giovanni Visconti)的兒子，撒丁島（當時隸屬比薩）噶魯拉(Gallura)的法官。一二八五年與外祖父烏戈利諾・德拉格拉爾德斯卡(Ugolino della

Gherardesca)伯爵共掌比薩最高行政官(podestà)之職，並與之爭權。一二八八年，遭外祖父出賣，結果遭大主教魯吉耶里・德利烏巴爾迪尼(Ruggieri degli Ubaldini)逐出比薩。比薩在魯吉耶里的統轄下轉而支持吉伯林黨。一二九三年，尼諾領導圭爾佛黨聯盟(Taglia guelfa)攻打比薩，重返故城。尼諾的撒丁島代理人戈米塔修士(Fra Gomita)，受賄而釋放囚犯，結果遭尼諾處死。尼諾本人則於一二九六年卒。一二八八至一二九三年間，尼諾到過翡冷翠多次，可能認識但丁。參看Bosco e Reggio, *Purgatorio*, 138；Sapegno, *Purgatorio*, 86；Toynbee, 469, "Nino[2]"條。有關烏戈利諾・德拉格拉爾德斯卡的生平事跡，參看《地獄篇》第三十三章十三—十八行註；有關戈米塔的生平事跡，參看《地獄篇》第二十二章八一—八七行註。

56-57. **他就問我……「有多久了呢？」**：尼諾詢問時不感驚詫，顯然未知但丁是血肉之軀，以爲但丁已經死亡，靈魂剛到煉獄。

59. **在第一生停駐**：指但丁未死，仍是陽間的人。

60. **希望獲得另一次生命而來趨**：希望得到永生而再來煉獄。

61-63. **他和索爾德羅……於倏忽**：索爾德羅此刻才知道但丁是血肉之軀。

65. **庫拉多**：指庫拉多二世(Currado II)，馬格拉谷(Val di Magra)維拉弗蘭卡(Villafranca)侯爵，出身煊赫的吉伯林家族馬拉斯皮納(Malaspina)，費德里戈一世(Federigo I)的兒子，老庫拉多（參看本章第一一九行）的孫子，卒於一二九四年。一三零六年秋，但丁被逐出翡冷翠時，曾受老庫拉多的另一個孫子弗蘭切斯基諾(Franceschino)在魯尼詹納(Lunigiana)善

待，因此馬拉斯皮納家族獲但丁讚賞。在本章第一零九行，庫拉多二世再度出現。參看 Bosco e Reggio, *Purgatorio*, 142；Sapegno, *Purgatorio*, 91；Toynbee, 412, "Malaspina, Currado[2]" 條。

66. **施展巧手**：指上帝讓但丁以血肉之軀來到煉獄。

69-70. **你一旦離開／遼闊的水域**：你一旦返回人間。「遼闊的水域」，強調煉獄與人間的距離遙遠。

70. **懷著這種情愫**：懷著感激。

71. **卓凡娜**：尼諾・維斯康提和貝阿特麗切・德斯特(Beatrice d'Este)的女兒。一二九六年，尼諾卒後，卓凡娜被送到沃爾特拉(Volterra)，其後嫁特雷維索(Treviso)領主里扎爾多・達卡米諾(Rizzardo da Camino)。丈夫卒後，生活貧困。一三二三年居於翡冷翠。卒年不詳。參看 Bosoc e Reggio, *Purgatorio*, 139；Sapegno, *Purgatorio*, 87；Toynbee, 321, "Giovanna[2]" 條。

71-72. **請她在無罪的人／能獲眷顧的地方爲我祈福**：意思是：請她爲我向天堂祈福。在天堂，小孩（「無罪的人」）的祈禱會獲上帝回應。一三零零年，卓凡娜八歲，仍是個小孩，爲父親向天堂祈福會有效果。

73-75. **我不相信她的母親⋯⋯悔恨**：這幾行寫尼諾的妻子、卓凡娜的母親貝阿特麗切・德斯特。尼諾卒後，貝阿特麗切・德斯特於一三零零年改嫁（「脫下」寡婦所戴的「白色的面紗」）米蘭的噶雷阿佐・維斯康提(Galeazzo Visconti)。可是兩年後（一三零二年），噶雷阿佐就被逐出米蘭，要靠別人支持方能過活，貝阿特麗切也要分擔「愁苦」。一三二八年，噶雷阿佐卒。但丁於一三零零年春天到煉獄；一三零零年以後的

事情，當然仍未發生。尼諾在這裏是「預言」未來。

76-78. **她呀……愛火**：這幾行慨嘆女人善變。

79-81. **蝰蛇……炳煥**：噶雷阿佐・維斯康提的紋章是蝰蛇，能帶領噶雷阿佐的部隊紮營征戰。尼諾・維斯康提的紋章是噶魯拉公雞。在中世紀的意大利，已婚的婦女死後，陵墓之上會有丈夫的紋章。尼諾的意思是：其妻改嫁米蘭人後，處境不若守節。

85. **我貪婪的眼睛**：但丁敏於觀物，在此可見一斑。《煉獄篇》第三章十二—十三行說但丁「侷促不安的心神，開始／躍躍欲試，向四周顧盼移動」；第十章一零三—一零四行說「我的眼睛，這時正凝神觀看，／渴望見到新事物」；表現的是同一性格。

86-87. **凝視……相同**：指但丁望向南極。

89-93. **我聞言答道……「舊域」**：在《煉獄篇》第一章第二十三行，但丁看到象徵四樞德（智德、義德、勇德、節德）的四顆星；現在看到的三顆（「三把火炬」），象徵基督教的三超德（信德、望德、愛德）。這幾行有象徵意義：基督教三超德（三顆星）代替了四樞德（起初的四顆星），表示但丁的旅程已進入另一境界。參看《煉獄篇》第一章第二十三行註。有關基督教的三超德和四樞德，參看《煉獄篇》第七章第三十五行註和第三十六行註。

95. **敵人已經在那邊**：「敵人」，指魔鬼。這行回應第十三行。在第十三行，亡魂齊唱"Te lucis ante"，是爲了祈求造物主拯救他們，免受「敵人」侵犯引誘。這個「敵人」，《煉獄篇》第十一章第十九行稱爲「夙敵」（"l'antico avversaro"）；《新約・彼得前書》第五章第八節稱爲"adversarius vester

diabolus"（「你們的仇敵魔鬼」）。

99. **給夏娃苦果的**：參看《天堂篇》第七章二五—二七行；米爾頓《失樂園》(*Paradise Lost*)第一卷一—四行。夏娃吃了禁果後，給人類帶來種種苦難。

103. **我沒有看見……也不能講述**：此行強調下文天使的迅疾，非但丁的凡目所能追看。

104. **兩隻天鷹**：指上文提到的兩位天使。鷹能剋蛇，這裏以「天鷹」("astor celestiali")比喻天使，聚多義於一詞：鷹和天使都有翅膀，都勇敢無敵。鷹是蛇的剋星；天使是魔鬼的剋星。這裏的蛇是魔鬼的化身，受制於天鷹般的天使，至爲恰當。原文的"astor"，詳寫是"astore"，指蒼鷹，拉丁學名"Accipiter gentilis"。

106. **綠色的翅膀**：「綠色」強調希望。

109-10. **聽到法官呼喚……幽靈**：指本章第六十五行的庫拉多。參看該行註。

110-11. **一直向我凝望，╱……他移**：在天使驅蛇的過程中，庫拉多沒有把視線移離但丁，可見他驚詫之情沒有稍減。參看 Singleton, *Purgatorio 2*, 172。

112-13. **但願……婉柔**：對於這幾行，Fredi Chiappelli，218 有扼要的詮釋：

> possa la grazia divina che ti conduce in alto trovare tanta materia nella tua volontà di bene(libero arbitrio)quanta ce ne vuole per giungere al cielo.
>
> 但願帶領你向上的聖恩，在你的向善之心（自由意志）裏找到升天的條件。

「炯光」，指神的智慧。「蠟樣的婉柔」，指服從上帝之心。這一主題，在日後艾略特(T. S. Eliot)的作品（如《荒原》(*The Waste Land*)）中一再出現。

116. **馬格拉谷**：（Val di Magra，或 Valdimacra）。馬格拉河(Magra)的河谷，位於馬拉斯皮納家族的領土魯尼詹納(Lunigiana)，在托斯卡納的西北部。谷中有維拉法蘭卡(Villafranca)城堡。有關馬拉斯皮納家族，參看《地獄篇》第二十四章一四五——一五零行註；本章第六十五行註。

118. **庫拉多・馬拉斯皮納**：指庫拉多二世。參看本章第六十五行註。

119. **老庫拉多**：庫拉多二世的祖父，奧比佐內(Obizzone)的兒子，馬拉斯皮納家族的始祖。參看本章第六十五行註。

120. **把淨化於此地的情懷獻給家人**：以家族為榮是罪愆。這種罪愆，須在煉獄裏加以淨化。

131. **那罪魁**：「罪魁」究竟指誰，迄今尚無定論；可以指撒旦，也可以指羅馬教皇（尤其是卜尼法斯八世）或神聖羅馬帝國的皇帝。參看 Bosco e Reggio, *Purgatorio*, 143；Sapegno, *Purgatorio*, 91。而根據 Vandelli(429)所引，更見此行的詮釋莫衷一是。

133-39. **他聞言說……「述評」**：此刻，太陽位於白羊宮（參看《地獄篇》第一章三七—四三行註）。庫拉多二世的意思是：從現在起，未滿七年（太陽第七次進入白羊宮之前），但丁就會來到魯尼詹納，親身體驗馬拉斯皮納家族的慷慨大方；親身經驗（「釘子」）會勝過人家的述評。但丁於一三零六年遭政敵放逐，因此庫拉多二世的話有「預言」作用。

第九章

破曉時分，但丁夢見一隻金羽煌煌的天鷹下撲，把他抓住，向火宇沖霄而去。但丁一驚而醒，經維吉爾解釋原委才不再疑慮，繼續隨他上攀；到達煉獄入口時看見守門的天使。但丁遵照維吉爾的指示求天使開門。天使以劍刃在但丁的額上劃了七個 **P**，然後以金匙和銀匙把煉獄之門開啟，並且叫但丁進去後不要回望。煉獄之門開啟時，但丁彷彿聽到《讚美頌》渾然融和於樂聲的甜美和鏗鏘。

老邁的提托諾斯，對妃子寵愛
　　有加。這妃子，離開情人的懷抱後，
　　此刻已在向東的陽台上發白；　　　　3
一顆顆的寶石，閃耀在她的額頭。
　　寶石嵌成的形狀是那條寒蟲。
　　寒蟲襲人，總運用尾部的尖鉤。　　　6
在我們那裏，黑夜已向上移動。
　　上移的步伐中，第二步已經走過，
　　第三步正在把翅膀摺攏。　　　　　　9
我們五個人，一起在草地上並坐。
　　由於我仍有亞當的屬性，這一頃
　　叫睡意征服了，正在草地上躺臥。　　12
接近破曉，也就是燕子嚶嚶
　　唱出一首首哀歌的時辰——也許

黃昏

老邁的提托諾斯,對妃子寵愛／有加。這妃子,離開
情人的懷抱後,／此刻已在向東的陽台上發白⋯⋯

(《煉獄篇》,第九章,一—三行)

因爲想起了前生悲慘的處境——　　　　15
我們的神智更容易脫離身軀，
　　受思維的約束較少，夢幻裏幾乎
　　可以預知未來。就在這須臾，　　　18
睡夢中，我彷彿看見天上的穹廬
　　懸著一隻天鷹，金羽煌煌，
　　正張開了雙翼準備下撲。　　　　　21
當年，少男噶奴梅迭斯被擄往
　　天庭時，留下了親屬。這時，我彷彿
　　置身於那些親屬所處的地方。　　　24
我暗忖：「也許它慣於專門在此處
　　出擊下掠吧？在別的地方，也許
　　它不屑用足爪把任何獵物挾擄？」　27
然後，我彷彿覺得，它盤旋了須臾，
　　就突然向下面疾降，駭人如閃電，
　　猝然抓住我，向火宇沖霄而去。　　30
在那裏，我好像和它一起在焚煎。
　　想像的烈火把我烤炙得難受，
　　結果驀然打破了我的睡眠。　　　　33
阿喀琉斯曾經在入睡的時候
　　由母親抱在懷中，從克倫那裏
　　偷運往斯克洛斯，再被希臘人帶走。　36
阿喀琉斯在睡夢中驚起，
　　睜著剛醒的眼睛向周圍端詳，
　　不知道自己當時置身於何地。　　　39
睡意一離開我的眼睛，我同樣

天鷹

就突然向下面疾降,駭人如閃電,╱猝然抓住我,
向火宇沖霄而去。

（《煉獄篇》,第九章,二九—三零行）

蓦地醒轉，臉色也變得蒼白，

　　就像受驚的人猝然被嚇僵，　　　　　42

身邊只有維吉爾使我舒懷。

　　這時候，太陽上升的高度，已超過

　　兩小時；我的臉孔正向著大海。　　　45

「不要害怕，」老師這樣對我說：

　　「我們的處境並不差。信念要堅守，

　　盡你所能，不要讓力量減弱。　　　　48

現在，你已經到了煉獄外頭。

　　你看，那邊就是它周圍的崖障。

　　你看，那狀如裂岬的就是入口。　　　51

俄頃前，天未亮，黎明未放出曙光，

　　你的靈魂入睡於體內的臥榻，

　　身體則躺在下面如錦的花叢上。　　　54

一位女士走過來，說：『我是露婭。

　　容我把這個入睡的人帶走，

　　好讓我加快他在旅途上的步伐。』　　57

把索爾德羅和別的英靈留下後，

　　露婭就抱著你前進。到了平明，

　　就向上攀升，而我則跟在後頭。　　　60

在這裏，她把你放下，秀美的眼睛

　　早已把洞開的入口向我展示。

　　之後，她就跟睡夢一起他行。」　　　63

一個人，猶豫狐疑時一旦得知

　　眞相，就會釋然心安，恐懼

　　就化爲告慰。我的轉變，也不啻　　　66

這樣的人。看見我不再疑慮，

　　導師馬上沿崖障向上攀爬。

　　我呢，則跟著他向高處上趨。　　　　69

讀者呀，你已經看得分明，這剎那，

　　我的詩思在高升。因此你見我

　　在下面增加筆力，也不要驚詫。　　72

我們上升間，到了一個處所。

　　那處所，剛才從遠處看來，

　　只像一條裂縫把牆壁分擘；　　　　75

此刻，我看見三級梯階，色彩

　　各異，通向上方一道門的前面。

　　守門人一直保持沉默的姿態。　　　78

我的眼睛向著他注視凝神間，

　　發覺他坐在最高的一級階梯。

　　對著他臉上的強光，我難以睜眼。　81

一把出鞘的劍，正握在他手裏，

　　劍身向我們反射著燁燁的光芒，

　　叫我多次凝望都白費心機。　　　　84

「那邊哪，請答話。你們要往何方？

　　嚮導去了哪裏呢？」守門人這樣問：

　　「留神哪，上攀時別把身體弄傷。」　87

「那位女士，那熟悉這旅程的天上人，」

　　我的老師這樣回答：「剛才

　　吩咐我們說：『那邊去。那邊有門。』」90

「盼她使你們趨善的步伐加快。」

　　守門人說話時，顯得謙恭而有禮：

煉獄之門

發覺他坐在最高的一級階梯。／對著他臉上的強光，
我難以睜眼。／一把出鞘的劍，正握在他手裏⋯⋯
（《煉獄篇》，第九章，八零—八二行）

「欸，請你們到這邊的階梯來。」　　93
到了他那邊，只見第一級階梯
　　用大理石砌成，明淨而光潔，
　　能讓我明晰眞確地照見自己。　　96
第二級的顏色，比深紫還要深些，
　　材料是燒焦的石頭，質地粗糙，
　　石頭的縱橫兩面都已破裂。　　99
第三級階梯，則龐然臨下居高，
　　看來好像是斑岩建造的彩陞，
　　火紅的顏色，如鮮血從脈管湧冒。　　102
神使的雙足，就踏在這一級階梯。
　　至於供神使安坐的門檻，
　　在我看來，好像用金剛石築砌。　　105
我的導師，藹然拉著我上攀，
　　跨過了三級梯階後，對我說：「請他
　　拉開門閂吧，態度要謙卑和善。」　　108
於是，聖足前，我滿懷虔誠地俯趴，
　　求神使惠然打開煉獄之門。
　　祈求前，我首先三度向胸膛拍打。　　111
於是，天使在我的額上以劍刃
　　之尖劃了七個 P，然後說：「進入
　　裏面之後，要洗去這些傷痕。」　　114
就顏色而言，天使所穿的衣服，
　　和灰燼或乾挖的泥土相仿。
　　就從這樣的衣服內，天使掏出　　117
兩把鑰匙──金匙和銀匙一雙。

他先用白鑰匙開門，然後再用
　　黃鑰匙，結果滿足了我的願望。　　　120
「這兩把鑰匙放入了鎖眼之中，
　　只要有一條不能正確轉擺，」
　　天使對我們說：「此路就走不通。　　123
兩把鑰匙，有一把較珍貴；另外
　　一把，則煞費心機才替人開鎖，
　　因爲只有它，才能把頑結解開。　　　126
鑰匙得自彼得。他告訴我：
　　只要亡魂在我腳下匍匐，
　　這道門，就寧可開錯也不要關錯。」　129
然後，天使在聖門前推扉啓路，
　　說：「進去吧；不過你們要知道，
　　往後張望的，都要從裏面退出。」　　132
那聖門，用洪亮而沉重的金屬打造，
　　樞軸在合葉上轉動時，就隆隆緩移。
　　昔日，羅馬塔爾佩亞山崖的珍寶　　　135
被洗掠前，忠貞的梅特魯斯被帶離
　　現場。當時，那道門所耗的力量、
　　所發的巨響，都不能和此刻相比。　　138
我轉過身來，諦聽第一聲音響，
　　彷彿聽到 "Te Deum laudamus" 這聖歌，
　　渾然融和於樂聲的甜美和鏗鏘。　　　141
我聽了這些聲音後，腦裏所得的
　　印象，恰如平常聽人家集體
　　歌唱：在風琴的伴奏聲中，這一刻　　144

是人聲揚起，下一刻又轉趨沉寂。

註　釋：

1.　　**提托諾斯**：Τιθωνός(Tithonus)，特洛亞王拉奧墨冬 (Λαομέδων, Laomedon)和斯忒呂摩(Στρυμώ, Strymo)的兒子，普里阿摩斯的哥哥。儀容異常俊美，為曙光女神厄奧斯 ('Ηώς, Eos)所戀，被拐到埃塞俄比亞後，生下兩個兒子。厄奧斯為提托諾斯向宙斯求長生，獲宙斯答允，卻忘了求青春永恆，結果提托諾斯衰老時乾癟細小，獲厄奧斯見憐而化為蟬（一說化為蚱蜢）。曙光女神又稱奧洛拉(Aurora)。

1.　　**妃子**：指曙光女神厄奧斯。

3.　　**此刻已在向東的陽台上發白**：大多數論者認為，這行指意大利破曉（約早上五時），煉獄將近晚上九時。參看本章七—九行註。

4-6.　**一顆顆的寶石……尖鈎**：指天蝎座。天蝎座的星子像一顆顆的寶石，在曙光女神的額頭上閃耀，在天空嵌成蝎子（「寒蟲」）的形狀。北半球黎明時，天蝎座高懸在水平線之上，觸到初升的曙光，如寶石在女神的額上閃耀。有的論者認為這幾行寫雙魚座，但說服力不強，早有別的論者加以駁斥。參看 Bosco e Reggio, *Purgatorio*, 150；Sapegno, *Purgatorio*, 95；Vandelli, 431；Singleton, *Purgatorio 2*, 178-79。

7.　　**在我們那裏**：指煉獄所在的南半球。

7-9.　**黑夜已向上移動……摺攏**：在但丁時期，一夜的十二小時以子夜為界，每一小時等於一步。由晚上六時算起，此刻兩步

已過，第三步快要結束，時間已接近晚上九時。

10. **我們五個人：**指但丁、維吉爾、索爾德羅、尼諾、庫拉多。

11. **由於我仍有亞當的屬性：**但丁仍是血肉之軀，因此仍會困
倦，結果被睡意征服。

13-18. **接近破曉……預知未來：**在中世紀的歐洲，許多人相信破曉
的夢最靈驗，最能預示未來。這一論點，西塞羅(Cicero)、
大阿爾伯特(Albertus Magnus)、阿奎那都提過。《地獄篇》
第二十六章第七行也說：「不過，侵曉時做的夢如果可靠」。
此外，可參考 *Convivio*, II, VIII, 13。**也就是燕子嚶嚶……處
境：**雅典王潘狄翁(Πανδίων, Pandion)有兩個女兒：普洛克
涅(Πρόκνη, Procne)和菲羅梅拉(Φιλομήλα, Philomela)。普洛
克涅嫁色雷斯（Θρᾴκη，Thracia，Thraca 或 Thrace）王忒柔
斯(Τηρεύς, Tereus)，生兒子伊提斯（Ἴτυς，Itys 又叫伊提羅
斯(Ἴτυλος, Itylus)）。忒柔斯因普洛克涅想念妹妹，到
雅典接菲羅梅拉，途中把她強姦，並把她的舌頭割掉，阻止
她透露自己的遭遇。菲羅梅拉把受姦的經過繡在織物上，結
果普洛克涅得悉，殺了六歲大的兒子伊提斯，當作菜餚給忒
柔斯吃。忒柔斯吃了兒子的肉才瞿然驚覺，於是要追殺普洛
克涅姐妹。神祇見普洛克涅姐妹可憫，於是把普洛克涅變為
夜鶯，菲羅梅拉變為燕子，忒柔斯變為戴勝。一說菲羅梅拉
變成了夜鶯，普洛克涅變成了燕子，忒柔斯變成了隼。參看
奧維德《變形記》第六卷四一二—六七四行；維吉爾《牧歌
集》第六卷七八—八一行；《農事詩集》(*Georgica*)第四卷
第十五行，五一一—一五行。

22. **噶奴梅迭斯：**Γανυμήδης(Ganymede)，古希臘神話中俊美的
男童，其父母是誰，有不同的說法。一說父為特洛亞城的創

建人特洛斯(Τρώς, Tros)，母爲卡利洛厄(Καλλιρρόη, Callirhoe)。噶奴梅迭斯獲宙斯鍾愛，在伊達（希臘文 Ἴδα 或 Ἴδη, Ida）山打獵時，被宙斯派天鷹（一說天鷹是宙斯化身）擄到天庭，宴饗時爲衆神斟酒，取青春之神（即宙斯和赫拉的女兒）赫貝(Ἥβη)之位而代之。

30.　　　**火宇：** 地球和月亮之間的一重火天。

34-36.　**阿喀琉斯……帶走：** 根據預言，阿喀琉斯會戰死沙場。他的母親愛子心切，爲了逃避預言，不讓他參加特洛亞之戰，把他在睡夢中從老師克倫那裏帶到愛琴海的斯克洛斯 (Σκῦρος, Scyrus)島。阿喀琉斯到了斯克洛斯島後，在國王呂科梅得斯(Λυκομήδης, Lycomedes)的宮廷男扮女裝，以掩人耳目。後來被奧德修斯發現，禁不起誘說而投入特洛亞戰爭，結果應了預言所說，戰死沙場。**克倫：** Χείρων(Chiron)，人馬族肯陶洛斯人，以智慧著稱，是阿喀琉斯的老師。根據斯塔提烏斯的《阿喀琉斯紀》第一卷二四七—二五零行，阿喀琉斯被帶到斯克洛斯島後，醒來時幾乎認不出母親。參看《地獄篇》第十二章第六十五行。

44-45.　**這時候，太陽上升的高度，已超過／兩小時：** 指復活節後的星期一上午八時許。

51.　　　**你看……入口：** 煉獄的入口狹窄，與地獄的入口不同。參看《新約・馬太福音》第七章第十四節。

55.　　　**露妲：** 原文"Lucia"。參看《地獄篇》第二章九七—九八行註；《天堂篇》第三十二章第一三七行。

61.　　　**秀美的眼睛：** 露妲是視力的主保聖人，名字叫人聯想到意大利文的「光」(luce)，想起光的啓迪作用，因此但丁以她的睛睛爲焦點。參看《地獄篇》第二章九七—九八行註。

62. **洞開的入口：**即第五十一行「狀如裂岬」的地方。

70-72. **讀者呀……不要驚詫：**這幾行是詩人但丁在敘事過程中的「打岔」，直接跟讀者說話。

75. **只像一條裂縫把牆壁分擘：**參看本章第五十一行和第六十二行。

78. **守門人：**煉獄入口不但狹窄，而且有守門人，來者不可以隨便進入，與地獄入口對照鮮明：地獄入口寬闊，而且無人把守，可以自由內進。

81. **對著他臉上的強光，我難以睜眼：**天使所發的光芒一再獲但丁強調。參看《煉獄篇》第二章十三—二一行；三七—四零行。在《神曲》裏，從《煉獄篇》開始，光的意象出現得越來越頻繁。

82. **一把出鞘的劍，正握在他手裏：**在西方傳統裏，劍常常是正義、法治的象徵。因此執法女神以布蒙眼，一手執劍，一手持天平。在這裏，劍象徵天使的力量和權威。

85-87. **那邊哪……弄傷：**守門的天使友善，與地獄魔怪的兇惡形成鮮明對照。至於天使所提的問題（「嚮導去了哪裏呢」），則說明進煉獄需要嚮導。參看《煉獄篇》第一章第四十五行：「誰是引路的先驅？」

94-96. **第一級階梯／……自己：**第一級階梯象徵自省，也象徵罪人的自覺。「明晰真確地照見自己」，表示階梯能照出但丁犯罪的影子。也可象徵懺悔（或告解）聖事中的第一部分：contritio cordis（心中懺悔）。有關各級階梯的象徵，參看 Bosco e Reggio, *Purgatorio*, 158-59；Sapegno, *Purgatorio*, 100-101；Vandelli, 436-37。

97-99. **第二級……破裂：**第二級階梯象徵悔疚。「燒焦」、「破裂」

可以象徵悔疚時內心的劇變、痛苦或精神的波瀾，表示罪魂懺悔後經歷煉獄式的摧毀，然後更生。也可以象徵懺悔聖事中的第二部分：confessio oris（口頭懺悔）。

100-02. **第三級階梯……湧冒：**第三級階梯象徵以善行和仁愛補贖，也可以象徵基督以鮮血救贖世人，象徵懺悔聖事中的第三部分：satisfactio operis（行動補贖）。

103. **神使：**指煉獄入口的守衛者。這位「神使」代表基督的權威；罪人要得救，必須依靠基督。

105. **用金剛石築砌：**參看《新約・馬太福音》第十六章第十八節耶穌對彼得所說的話："Tu es Petrus, et super hanc petram aedificabo Ecclesiam meam."（「你是彼得，我要把我的教會建造在這磐石上……」）金剛石是最堅硬的物質，在這裏象徵穩固、永恆。

109. **聖足：**指天使之足。

111. **祈求前，我首先三度向胸膛拍打：**這行描寫的是宗教儀式：祈求者一邊拍打胸膛，一邊以拉丁語自責："mea culpa, mea culpa, mea maxima culpa"（「皆因我的過錯，皆因我的過錯，皆因我的最大過錯」），承認個人在思想、語言、行動上的罪愆。參看 Singleton, *Purgatorio 2*, 189；Sisson, 592；Sayers, *Purgatory*, 141。

113. **七個 P：**P 代表拉丁文"peccatum"（罪）一詞。煉獄按七種罪惡分為七個平台。但丁額上的七個字母，在七個平台的旅程結束時才全部消失。

115-16. **就顏色而言……相仿：**灰燼、泥土都象徵謙卑、懺悔。 Bosco e Reggio(*Purgatorio*, 160)指出，「灰燼」（原文第一一五行的 "Cenere"）上承《馬太福音》第十一章第二十一節的灰

爐意象："'Vae tibi Chorazain：vae tibi Bethsaida：quia si in Tyro et Sidone factae essent virtutes quae factae sunt in vobis, olim in cilicio et cinere paenitentiam egissent.'"（「『哥拉汛哪，你有禍了！伯賽大啊，你有禍了！因爲在你們中間所行的異能，若行在泰爾、西頓，他們早已披麻蒙灰悔改了。』」）此外，參看 Singleton, *Purgatorio 2*；Mandelbaum, *Purgatorio*, 339；Musa, *Purgatorio*, 106。

118.　**兩把鑰匙……一雙：**金鑰匙象徵神的權威，司寬恕；銀鑰匙象徵啓悟，負責引導悔罪者把罪結解開。在《新約・馬太福音》第十六章第十八—十九節裏，耶穌對彼得說：

> Et ego dico tibi, quia tu es Petrus, et super hanc petram aedificabo Ecclesiam meam, et portae inferi non praevalebunt adversus eam.　Et tibi dabo claves regni caelorum；et quodcumque ligaveris super terram, erit ligatum et in caelis；et quodcumque solveris super terram, erit solutum et in caelis.
>
> 我還告訴你，你是彼得，我要把我的教會建造在這磐石上；陰間的權柄不能勝過他。我要把天國的鑰匙給你，凡你在地上所捆綁的，在天上也要捆綁；凡你在地上所釋放的，在天上也要釋放。

124-25.　**一把較珍貴；另外／一把：**前者指金鑰匙；後者指銀鑰匙。

125.　**煞費心機才替人開鎖：**這行有象徵意義：使用銀匙者不但要努力，而且要依靠卓見，才能辨別善惡，解開罪結。

129.　**寧可開錯也不要關錯：**彼得求天使寬待懺悔的人，讓他們進

入煉獄滌罪。

132. **往後張望的，都要從裏面退出：**這行的象徵意義是：缺乏信心、顧戀過去的罪人，都不能完成煉獄的滌罪之旅。在《創世記》第十九章第十七節裏，天使也叫羅得「不可回頭看」。在同一章第二十六節，「羅得的妻子在後邊回頭一看，就變成了一根鹽柱」。《路加福音》第九章第六十二節裏，耶穌有類似的話："Nemo mittens manum suam ad aratrum et respiciens retro, aptus est regno Dei."（「手扶著犁向後看的，不配進神的國。」）

135-38. **昔日……相比：**羅馬有七丘，其中一丘叫卡庇托林山岡(Capitolinus)，岡上的塔爾佩亞山崖(mons Tarpeius)建有薩圖恩(Saturnus)廟，是羅馬的府庫，用來貯存國家的財物珍寶。羅馬內戰期間，護民官梅特魯斯(Metellus)支持龐培，反對凱撒。凱撒攻掠府庫時，梅特魯斯竭力保衛而失敗。最後，府庫還是打開了。

140. **Te Deum laudamus：**這是基督教《讚美頌》的開頭，意思是：「神哪，我們讚美你」。這首作品，主要歌頌聖父、聖子、聖靈，常在感恩禮拜中歌唱。最初據說是安布羅斯(Ambrosius)和奧古斯丁於公元五世紀合力寫成，後來證明作者另有其人。

第十章

但丁和維吉爾進了煉獄，穿過一條窄道，走出空曠，來到煉獄的第一平台。這個平台用來洗滌驕傲之罪。一邊下臨虛空；另一邊是陡立的山崖，以白色的大理石建成，上面刻著凹雕，敘述謙卑人物的故事。其中包括聖母瑪利亞、大衛王、羅馬皇帝圖拉眞。但丁正在凝望凹雕的圖像，聽到維吉爾叫他前望。但丁按維吉爾的指示顧盼，看見一群亡魂，在巨石的重壓下向他們走來。

靈魂的邪愛把煉獄的門檻廢棄，
　　使歪路歧途顯得正直而恰當。
　　我們越過了門檻，置身通道裏，　　　3
就聽見大門在隆隆的轟鳴中關上。
　　當時，我如果向那道大門回眸，
　　眞不知過失有甚麼藉口來倚仗。　　　6
我們在一條石罅中攀向上頭。
　　石罅一直轉左彎右地盤屈，
　　就像波浪，湧了上來又退後。　　　9
「在這裏，要略施巧智才能繼續
　　上攀，」導師說：「道路向哪邊拐彎，
　　我們就得靠著哪邊移動步履。」　　　12
由於這緣故，我們走得極慢，
　　結果我們仍置身於針眼裏，

　　由盈轉虧的月亮已經重返　　　　　　　15
床上，躺了下去準備休息。
　　不過當我們恢復了自由，走出
　　上面的空曠，看見山岡後移，　　　　　18
我已經疲倦，和老師一樣，對路途
　　沒有把握；於是停留在一片
　　平地上。那平地，比荒徑還要幽獨。　21
平地的一邊下臨虛空，另一邊
　　是一堵山崖拔地向上面高聳，
　　中間的寬度，等於三人相連。　　　　24
於是我的目光乃插翼飛動，
　　一會兒向左，一會兒向右；但不管
　　怎樣，平台的寬度都完全相同。　　　27
那盤繞的山崖垂直地陡立，要登攀
　　向上，也沒有蹊徑。我們的腳
　　還沒有移動，就發覺山崖皦然　　　30
用白色的大理石建成，雕鏤之精巧，
　　不但可以向坡呂克利特晬睨，
　　而且可以使天工顯得渺小。　　　　33
昔日，有天使降落凡間，奉天意
　　帶來人類哭求多年的安恬。
　　那天意，把久被封閉的天堂開啓。　36
就在這一刻，天使的雕像出現
　　在我們面前，態度優雅得真假
　　難分，不像是沉默不語的容顏。　　39
我幾乎敢發誓，他在說「萬福瑪利亞！」；

因為石上也刻著瑪利亞娘娘。
　　她曾經旋動鑰匙，啟至愛於夐遐。　　42
她的圖形，印著以下的字樣：
　　"Ecce ancilla Dei"，筆劃明顯而清晰，
　　彷彿是蓋在蠟面之上的形相。　　45
「不要讓思想在同一處受羈，」
　　和藹的老師說。這時，我正在
　　他身旁，靠近他左邊的胸臆。　　48
聽了他的話，就把目光移開，
　　越過瑪利亞，在更遠處暫停——
　　也就是導師所在的一邊——得睞　　51
另一些刻在石上的敘事圖形。
　　於是，我越過維吉爾走到石旁，
　　好讓圖形展示給我的眼睛。　　54
那裏，刻在同一塊大理石上，
　　是一幅牛車曳著神聖的約櫃。
　　那約櫃，使後人再不敢擅自幫忙。　　57
牛車前是人群，全部分成七隊
　　唱詩的人，使我的兩種官能
　　分別說「不」，說「是，他們在張嘴　　60
歌唱。」因圖中的香有煙霧上升，
　　我的眼睛和鼻子也同樣說「是」
　　說「不」，彼此因矛盾而紛爭。　　63
圖畫裏，謙恭的《詩篇》作者正虔虔
　　掀衣，在聖器之前躍動起舞。
　　那時候，他凌駕君王，又不稱王職。　　66

對面，是一座巍峨的王宮。在窗戶

　　觀望的，是米甲的形象；看眼光，

　　就像一個懊惱而輕蔑的悍婦。　　　　69

我把雙腳移離站立的地方，

　　靠向另一個故事，去近觀那些畫。

　　那些畫，皦然在米甲後面閃晃。　　　72

畫中描述的內容，是一位羅馬

　　君主的偉績。這君主的勇毅精神，

　　是格列高利獲得大勝前的啓發——　　75

我所指的，是羅馬皇帝圖拉眞。

　　一個可憐的寡婦，樣子傷悲，

　　正挽著他的馬轡流淚祈懇；　　　　　78

左右前後有踐踏的痕跡；周圍

　　滿是騎兵；金旗上面的雄鷹

　　在他們頭上清晰地隨風翻飛。　　　　81

可憐的婦人，就置身這樣的環境。

　　彷彿在說：「主公啊，請爲我報仇。

　　小兒身亡，使我傷心莫名。」　　　　84

圖拉眞彷彿答道：「嗯，請稍候，

　　等我回來。」女子聞言說：「主公啊，」

　　語調彷彿因傷悲而變得急驟：　　　　87

「你不回來又怎樣？」「有人代我嘛，」男的答：

　　「他會替你報仇的。」女子說：「本人

　　忘了行善，讓別人代行有用嗎？」　　90

於是，圖拉眞說：「好吧，你放心，動身

　　之前，我首先要做完該做的事務。

煉獄凹雕

可憐的婦人，就置身這樣的環境。／彷彿在說：
「主公啊，請為我報仇。／小兒身亡，使我傷心
莫名。」

（《煉獄篇》，第十章，八二─八四行）

　　爲情爲義，我都得再留一陣。」　　　　93
這幅對話，可以用眼睛親睹。

　　其作者，甚麼事物都曾經觀賞；
　　我們覺得新，皆因凡間繪不出。　　　96
我正在聚精會神，欣然凝望

　　那些圖像，看他們謙恭無比，
　　並因作者的靈巧而目悅神暢，　　　99
聽到了詩人低語：「你看這裏

　　有好多人走來，不過都走得慢。
　　他們會帶我們到另一些梯級。」　102
我的眼睛，這時正凝神觀看，

　　渴望見到新事物。經詩人一提，
　　立即朝著他的方向顧盼。　　　　105
不過，讀者呀，此刻我不想令你

　　爲了聽上主如何要人類還債
　　而分神，以致你堅定的決心他移。　108
不要把注意力集中在酷刑的狀態；

　　想想其後的情形。要記住，壞到了
　　極點，酷刑也越不過大審判之外。　111
我說：「老師，在我眼前向著

　　我們走來的，我看不像是人。
　　我的眼睛瞀亂，看不出是甚麼。」　114
於是詩人對我說：「他們的精神

　　受折磨得厲害，因此蜷縮在地上。
　　我的眼睛剛才也有過糾紛。　　　117
不過請你凝神，向那邊觀望，

辨出在巨石下面走來的人叢。

你已經看得到，他們在捶打胸膛。」　　120
高傲的基督徒哇，你們可憐而懶慵。

在心靈裏，你們的視力患了病，

把自己的信心放在後退的步伐中。　　123
你們沒覺察嗎？我們出生就注定

是蟲，然後朝天蝶的境界蛻變；

為了受審，要赤裸飛向天庭。　　126
老實說，你們仍是昆蟲，身有缺陷，

體形像幼蟲一般，還長得不完整，

心神憑甚麼條件去擅自高騫？　　129
有時候，一個雕像要成為隅撐

去承托樓板或屋頂，就會在

觀者的眼前讓雙膝和胸膛交碰，　　132
以不真實的姿勢使觀者的心懷

感到真實的哀傷。當我細覷

亡魂時，所見也是這樣的姿態。　　135
他們的身軀的確是蜷曲傴僂；

傴僂的程度和背上的負擔成正比。

「再也受不了了，」那個看起來最具　　138
耐性的，哭泣間似乎在這樣悲啼。

註　釋：

1-2.　　**靈魂的邪愛……恰當**：靈魂如果嗜惡，或者以惡為善，離開

正道，走上歧途，煉獄之門就會廢棄。愛是所有美德和邪惡的根源：愛而不得其所，就會生出邪惡。參看《煉獄篇》第十七章一零三——零五行。

6.　　**眞不知……倚仗**：意爲：眞不知如何去尋找開脫的理由。

14.　　**針眼**：指但丁和維吉爾上攀時要穿過的窄道。這一行回應了《馬太福音》第十九章第二十四節："Et iterum dico vobis, facilius est camelum per foramen acus transire, quam divitem intrare in regnum caelorum."（「我又告訴你們，駱駝穿過針的眼，比財主進　神的國還容易呢！」）此外參看《馬可福音》第十章第二十五節；《路加福音》第十八章第二十五節。

15-16.　**由盈轉虧的月亮……休息**：指月亮已經下沉。但丁和維吉爾在黑林中出發時，正是滿月（參看《地獄篇》第二十章第一二七行）。月亮下沉，太約是太陽上升後三小時，即上午九時後。

18.　　**山岡後移**：指山岡後移，成爲平台。此刻，但丁和維吉爾到了煉獄的第一個平台。

19-20.　**和老師一樣……對路途／沒有把握**：這裏再度強調，到了煉獄，維吉爾的智慧已有局限。

24.　　**中間的寬度……相連**：等於三個人的身長相連（約爲五公尺）。

32.　　**坡呂克利特**：約公元前四五二——公元前四一二，古希臘雕刻家，生於伯羅奔尼撒半島的亞哥斯。善於雕塑人像，是亞哥斯和西基昂派的代表。與菲狄亞斯(Φειδίας, Phidias)同時。作品以勻稱和諧見稱，其中以「執矛者」最爲有名。Steiner (*Purgatorio*, 124)指出，在十四世紀，坡呂克利特象徵完美的藝術，常爲作家提及。

33.　　**使天工顯得渺小**：「天工」，指大自然。但丁認為，在藝術中，人類師法自然，自然師法上帝。這裏的雕像是上帝的作品，因此使天工顯得渺小。參看《地獄篇》第十一章九七——一零五行。

34-35.　　**昔日……安恬**：指天使加百列向瑪利亞（和合本《聖經》為馬利亞）報信，告訴她，基督即將降臨，人類會因此與上帝和解，得到安恬。參看《路加福音》第一章二十六——三十八節。該章的第二十六——三十一節如下："In mense autem sexto missus est angelus Gabrihel a Deo in civitatem Galilaeae, cui nomen Nazareth, ad virginem desponsatam viro cui nomen erat Ioseph, de domo David：et nomen virginis Maria.　Et ingressus angelus ad eam dixit：Ave gratia plena, Dominus tecum：benedicta tu in mulieribus.　Quae cum vidisset, turbata est in sermone eius, et cogitabat qualis esset ista salutatio.　Et ait angelus ei：Ne timeas, Maria, invenisti enim gratiam apud Deum：ecce concipies in utero, et paries filium, et vocabis nomen eius Iesum."（「到了第六個月，天使加百列奉神的差遣往加利利的一座城去（這城名叫拿撒勒），到一個童女那裏，是已經許配大衛家的一個人，名叫約瑟。童女的名字叫馬利亞；天使進去，對她說：蒙大恩的女子，我問你安，主和你同在了！馬利亞因這話就很驚慌，又反覆思想這樣問安是甚麼意思。天使對她說：『馬利亞，不要怕！你在神面前已經蒙恩了。你要懷孕生子，可以給他起名叫耶穌。』」）

36.　　**久被封閉的天堂**：天堂因亞當犯罪而關閉，人類不得其門而入。基督降臨後，天堂之門再度開啓。

37-39.　　**就在這一刻……容顏**：煉獄的第一個平台，用來洗滌驕傲之

罪。因此本章所描寫的凹雕都是寓言故事，以謙遜爲主題。
謙遜的美德，又以聖母瑪利亞爲典範，因此第一幅凹雕，記
述加百列向瑪利亞報喜的過程。

40. **萬福瑪利亞**：原文"Ave"，詳寫爲"Ave Maria"，"Ave"是拉
丁語 avere 的第二人稱單數祈使語氣。參看《路加福音》第
一章第二十八節："Ave, gratia plena, Dominus tecum." (「蒙
大恩的女子，我問你安，主和你同在了！」見本章三四—三
五行註。

42. **她曾經……奮遐**：聖母瑪利亞領報時，開啓了神的大愛。

44. **"Ecce ancilla Dei"**：參看《路加福音》第一章第三十八節瑪
利亞對天使加百列的答覆："Ecce ancilla Domini；fiat mihi
secundum verbum tuum." (「我是主的使女，情願照你的話
成就在我身上。」)

46. **不要讓思想在同一處受羈**：維吉爾叫但丁不要逗留太久，因
爲他們還要前進。

51. **也就是導師所在的一邊**：此刻，維吉爾在右，但丁在左。但
丁的目光越過了維吉爾，向右觀看凹雕的寓言。

55-69. **那裏……悍婦**：這節描寫第二幅浮雕。浮雕的內容載於《撒
母耳記下》第六章第一—十七節。約櫃是《聖經》中以色列
人「存放《約書》的櫃子，象徵耶和華在以色人中間的臨在」，
裏面放著兩塊法版，上書「十誡」，是「以色列人最神聖的
聖物」。最初存於以色列人帳棚裏，其後獲大衛迎往耶路撒
冷。所羅門建成聖殿後存於聖殿。公元前五八六年因戰火而
失落。參看《基督教詞典》頁六一七—一八。在約櫃運送途
中，「因爲牛失前蹄，烏撒就伸手扶住神的約櫃。神耶和華
向烏撒發怒，因這錯誤擊殺他，他就死在神的約櫃旁。」因

此，「後人再不敢擅自幫忙」。（第五十七行）浮雕畢竟是浮雕，耳朵聽不到聲音，知道眼前所見不是現實，於是說「不」；可是刻得太逼眞了，眼睛又誤以爲眞，於是說「是」（第六十行）。眼睛見「煙霧上升」（第六十一行），以爲是眞煙霧，於是說「是」（第六十二行）；鼻子嗅不到香氣，知道眼前所見不過是浮雕，因此說「不」（第六十三行）。

《詩篇》作者：指大衛。有關大衛起舞的敘述，《撒母耳記下》第六章第十四、十六節有這樣的描寫：

Et David saltabat totis viribus ante Dominum.　Porro David erat accinctus ephod lineo....Cumque intrasset arca Domini in civitatem David, Michol filia Saul prospiciens per fenestram vidit regem David subsilientem atque saltantem coram Domino, et despexit eum in corde suo.

大衛穿著細麻布的以弗得，在耶和華面前極力跳舞。……耶和華的約櫃進了大衛城的時候，掃羅的女兒米甲從窗戶裏觀看，見大衛王在耶和華面前踴躍跳舞，心裏就輕視他。

他凌駕君王，又不稱王職：指大衛在耶和華面前起舞，謙遜凌駕一般君王；但在俗人眼中，這樣做又有失身分，不稱王職。**對面**：米甲從王宮裏觀望大衛，其位置恍惚與但丁相對。**輕蔑**：指米甲瞧不起大衛有失身分的舉動。

73-96.　**畫中描述的內容……皆因凡間繪不出**：這裏描述的是圖拉眞（Marcus Ulpius Crinitus Trajanus，一譯「特拉揚」，公元五二或五三——一一七），公元九八——一一七年爲羅馬皇帝。

在位期間有出色的改革和建設，羅馬帝國的邊境直達波斯灣，版圖空前。圖拉眞卒時無嗣，由哈德良(Publius Aelius Hadrianus)繼任。據說圖拉眞出征時，有婦人攔馬呼冤，說兒子遇害，求圖拉眞懲治兇手，主持公道。圖拉眞答應凱旋後爲婦人出頭。但婦人不肯，要圖拉眞馬上把事情辦妥。最後，圖拉眞拗不過婦人，只好答應其要求，懲治了殺人兇手。這一事件，說明圖拉眞極度謙卑，能以皇帝之尊，聽一個小女子的吩咐。

75. **格列高利**：指格列高利一世(Gregorius I)，又稱大格列高利。約於五四零年生於羅馬貴族家庭，是基督教拉丁教父，曾任羅馬執政官，當過隱修士，五九零—六零四年任教皇。著有《倫理叢談》、《司牧訓話》。據說他曾經祈禱哭泣，出面把圖拉眞從地獄召回人間(參看《天堂篇》第二十章一零六—一零八行)。

80. **金旗上面的雄鷹**：羅馬軍旗以金色爲底，上繪黑鷹。

81. **在他們頭上**：在圖拉眞及其戰士的頭上。

93. **爲情爲義**：圖拉眞以一國之尊，而能聽一個寡婦的話，是謙遜的表現。

95. **其作者**：指神。神無所不見，因此「其麼事物都曾經觀賞」。

98. **謙恭無比**：凹雕所記，是謙卑的典範，因此雕刻中的人物都「謙恭無比」。

99. **作者**：指上帝。

107. **要人類還債**：人類犯了罪，要在煉獄滌罪（「還債」）。在煉獄的這一平台上，亡魂要洗滌的罪愆是驕傲，因此要看描寫謙卑的雕刻，從中獲得補贖。

108. **堅定的決心**：指悔罪的決心。

110.　**其後的情形**：指亡魂在煉獄悔罪後，在天堂安享永福。

111.　**酷刑也越不過大審判之外**：「大審判」，指最後審判。最後審判一結束，煉獄就會消失，煉獄和地獄的所有亡魂，就會與肉體合而爲一：煉獄的亡魂上天堂享永福；地獄的亡魂歸地獄受恆罰。

112-13.　**在我眼前……不像是人**：這裏描寫的人物，在世上驕傲囂張，昂首闊步，現在要低頭彎腰，受壓於巨石之下。

117.　**我的眼睛剛才也有過糾紛**：維吉爾的意思是：剛才心中有不同的想法，不能確定眼前出現的是甚麼。Momigliano (*Purgatorio*, 340)指出：「但丁……把感覺和感情戲劇化。」("Dante…drammatizza la sensazione e il sentimento.")

121.　**高傲的基督徒哇**：詩人但丁直接向世上的基督徒（包括讀者）說話。

122.　**視力患了病**：指人犯了罪，心靈的視力有障礙。

123.　**後退的步伐**：這是比喻，指人在道德上後退，要走回頭路。

124-26.　**你們……天庭**：人類不過是蟲，其靈魂是蝴蝶，最後要離開肉體，在神面前赤裸受審。

130.　**隅撐**：又叫托座、托架，是建築構件，有時造成人形，嵌入牆壁或柱子，用來承托物品或建築的一部分。這些人形，往往上身下彎，顯得十分辛苦。

132.　**雙膝和胸膛交碰**：指上身下彎，胸膛觸到了雙膝。

第十一章

眾亡魂向上帝祈禱，同時負著重擔在平台上繞圈前行。維吉爾向亡
魂問路，得到奧姆貝爾托的指點，並聽他自道身世。接著，但丁認
出了袖珍畫家奧德里西，聽他論述聲名如何空洞，聽他介紹另一個
亡魂普羅文贊・薩爾凡尼，並預言未來。

「天父哇，你身處天堂，不受約制，
　　卻接受大愛的包圍。這大愛，你在
　　高天之上向最初的造物普施。　　　　　3
你的威名、你的力量，應該
　　接受眾生的讚美，因為他們
　　合當以謝忱報答你的慈靄。　　　　　6
請你的天國以寧謐賜給凡塵，
　　因為寧謐不降臨，我們縱然
　　殫精竭慮，也難以得到這天恩。　　　9
向你奉獻時，你的天使心甘
　　情願，而且唱著和散那。那麼，
　　讓人類也奉獻吧，就像天使一般。　　12
從今天起，天天賜甘露給我們喝。
　　沒有甘露，人類在這個荒漠裏
　　越是用力向前，就越會後折。　　　　15
誰對我們不起，我們都──

包涵。那麼，也請你藹然包涵
　　我們，放過我們獲咎的劣跡。　　　　18
我們的力量易折，遭夙敵悍然
　　驅策。請拯救我們，助我們脫險；
　　別考驗我們，要我們跟他鏖戰。　　21
上主哇，我們禱告中的最後一點，
　　並非爲自己──我們已無此需要──
　　而是爲後人──他們哪，還留在人間。」24
衆幽靈一邊爲自己、爲我們呼叫
　　祈福，一邊負著重擔前行，
　　就像一個人有時在夢中所挑。　　　27
繞著圈，懷著不同的悲傷，衆幽靈
　　在第一層平台上憊怠地打匝，
　　要把凡間的煙霧瘴氣滌清。　　　　30
如果那邊一直爲我們說好話，
　　這邊心有善根的人，可有
　　甚麼話、甚麼事爲那邊宣述代勞嗎？33
他們從這個世界帶走的污垢，
　　我們大可以幫他們洗滌，讓他們
　　潔淨而輕靈地升入星輪裏頭。　　　36
「願公理和悲憫早點從你們的俗身
　　卸下包袱，讓你們鼓動翅膀，
　　隨意高飛。請爲我們指陳，　　　　39
要到達那段階梯，由哪邊向上，
　　路程會近些？通道如超過一條，
　　請告訴我們，哪一條比較坦蕩？　　42

因為跟我同來的，雖然亟要

　　登攀，但身披亞當的血肉

　　包袱，上爬時不夠快捷靈巧。」　　　45

我的嚮導說完了這番話後，

　　幽靈之中就有人答覆。答覆

　　不知道出自哪一個幽靈之口；　　　48

只知道話語是：「跟我們在這一處

　　靠著右緣向前走，你們會發現

　　一條生人也可以攀爬的通路。　　　51

此刻，我遭到石頭的妨礙拘牽，

　　桀驁不馴的脖子也被它壓彎，

　　前進時，臉孔要俯下來向著地面；　　54

不然，我會抬起頭來，看看

　　不知名的生靈，看看我是否認識他，

　　請他可憐我背負這樣的重擔。　　　57

我是意大利人，籍貫托斯卡納，

　　圭列爾摩‧阿爾多布蘭德斯科是家父。

　　他的鼎鼎大名，你們聽過嗎？　　　60

我的先人出自世家望族，

　　有崇高的業績。於是我傲慢囂張，

　　忘了大家是同一個母親所出，　　　63

誰都瞧不起。結果由於太狂妄

　　而喪生──怎樣喪生呢？錫耶納人會明白，

　　坎帕雅提科的每個小孩也曉暢。　　　66

我是奧姆貝爾托。遭驕傲傷害

　　戕賊的，不僅是我；我的親戚

也全部遭它拖累而罹禍蒙災。　　　　69
因此，我要背負這重擔，在這裏
　　贖罪，到上主滿意爲止——在人寰
　　不曾背，因此要在亡魂中服役。」　72
我傾聽幽靈說話時，頭顧下彎。
　　其中一人——不是講話的那一位——
　　在擔子的重壓下把身軀扭轉，　　　75
正好看見了我，認出了我是誰，
　　於是呼喊著茶然向我凝睨。
　　我呢，則全身傴僂著在旁邊相陪。　78
「咦！」我對他說：「你可是奧德里西？
　　古比奧一地因你而榮顯；巴黎人
　　稱爲袖珍畫的藝術因你而赫熠。」　81
「由波隆亞的弗蘭科繪描，畫本
　　會笑得更加燦爛哪，兄弟，」他說：
　　「榮譽全是弗蘭科的；我只得小部分。　84
說句老實話：仍然在生的我，
　　不會這麼客氣。那時候，我胸懷
　　宏大的抱負，矢志追求超卓。　　　87
就因爲傲慢，我們要在此還債。
　　我身懷作孽的力量，要不是皈依
　　上主，至今仍到不了這裏來。　　　90
你的輝煌多空洞啊，世人的能力！
　　跟隨而至的時代如非庸俗，
　　你頭上的青翠很快就會萎靡！　　　93
契馬部埃曾經自以爲獨步

畫壇；現在流行的卻是喬托。

　　結果前者的聲名變得模糊。　　　　　96

同樣，在我們的語言中，此圭多

　　奪去了彼圭多的榮耀；另一人又可能

　　出了世，注定把兩者逐出巢窩。　　　99

塵世的喧鬧不過是一陣微風，

　　時而打這邊至，時而從那端來，而且

　　因方位移動，名字也跟著變更。　　　102

你的肉體衰老了才跟你告別，

　　跟你還說著『包包』、『錢錢』時就亡夭

　　有甚麼不同？一千年過後，老滅　　　105

和早亡給你的名聲同樣虛渺。

　　一千年之於永恆，比一瞬之於

　　天上轉得最慢的軌跡還短小。　　　　108

在我前面的路上前進得步履

　　艱難的，轟動過整個托斯卡納；

　　此刻在錫耶納，再也沒有人傳敘。　　111

翡冷翠的暴民被滅時，他正在雄霸

　　錫耶納，是那裏的首領。暴民當時的

　　囂張和現在的淫蕩一樣可怕。　　　　114

你們的名聲不過是青草的顏色，

　　出現了又消失。使青草碧嫩地冒出

　　泥土的力量，也會把青草摧折。」　　117

「你的忠言，」我聽後這樣答覆：

　　「使我心謙虛，清除了我的狂傲。

　　不過，剛才你提到的是甚麼人物？」　120

「那是普羅文贊・薩爾瓦尼，」亡魂回答道：
　　「他置身這裏，是因爲他傲慢專橫，
　　企圖一手把錫耶納全部兜撈。　　　　123
這就是他的遭遇。他卒後，不曾
　　有機會歇息。誰敢在上面狂妄，
　　誰就會這樣還債，以補贖前生。」　　126
我說：「沒有虔誠的祈禱來幫忙，
　　那等待生命之邊的幽靈，就必須
　　在懺悔完畢之前留在下方，　　　　　129
不可以到上面來，直到相等於
　　前生的時間逝去爲止。那麼，
　　他何以獲准向這個地方上趨？」　　　132
亡魂說：「他在生時，在極盡榮華的
　　日子裏盡棄自尊，毫不害羞，
　　在錫耶納的廣場自如地坐著。　　　　135
在那裏，爲了把自己的朋友拯救，
　　以免朋友在沙爾的監獄受苦，
　　他令自己的每一條脈絡顫扭。——　　138
別的不講了。我知道我說得模糊。
　　不過，短期之內，你同鄉的舉止
　　就會使你給這番話提供評註。——　　141
就是這行動，使他自邊界獲釋。」

註　釋：

1-24.　**天父哇……留在人間**：這二十四行是但丁對《主禱文》(Pater Noster)的意譯引申，由犯了驕傲罪的亡魂念誦。內容著重謙遜之德。參看《馬太福音》第六章第九—十三節；《路加福音》第十一章第二—四節。此外參看 Tommaseo, *Purgatorio*, 144。

1-3.　**天父哇……普施**：上帝無窮大，不爲任何空間所局限；居於天堂，是出於他對「最初的造物」的慈愛。參看《天堂篇》第十四章第三十行；第二十二章第六十七行。**最初的造物**：指天穹和天使。

4-6.　**威名……慈靄**：「威名」、「力量」、「慈靄」指三位一體的三種特性。「慈靄」指聖靈。

7-9.　**請你……天恩**：這三行強調，天國的寧謐要由上帝賞賜，不能靠人力獲得。

10-12.　**向你奉獻時……天使一般**：原文"Come del suo voler li angeli tuoi / fan sacrificio a te… / così facciano li uomini de' suoi"。Singleton(*Purgatorio 2*, 223)指出，這句脫胎自《馬太福音》第六章第十節："Fiat voluntas tua sicut in caelo et in terra"（「願你的國降臨；／願你的旨意行在地上，／如同行在天上」）。**和散那**：原文"osanna"，英文 hosanna，「亦譯『賀三納』，阿拉米文的音譯〔希伯來文爲 hōsh(i) 'āh nnā〕，原意爲『求你拯救』。最早見於《舊約聖經・詩篇》第一一八篇第二十五節。在《新約聖經》中演變爲歡呼的感嘆詞」（《基督教詞典》，頁一九八）；用來讚美上帝或基督。

13.　**從今天起，天天賜甘露給我們喝**：Bosco e Reggio(*Purgatorio*, 191)和 Singleton(*Purgatorio*, 223)指出，這行脫胎自《路加福音》第十一章第三節："Panem nostrum quotidianum da nobis

hodie." (「我們日用的飲食，／天天賜給我們。」) **甘露：**
原文爲"manna"，漢譯「嗎哪」或「瑪納」，見《舊約・出
埃及記》第十六章，「是一種從天而降的神秘食物。……據
說形似芫荽子，白色，味如蜜餅，在曠野養活以色列人四十
年之久，直到他們進入迦南地爲止。《聖經》中稱它是『天
上的眞糧』」。（《基督教詞典》，頁三三七）

14.　**荒漠：**這裏指煉獄。

16-18.　**誰對我們不起……劣跡：**這三行脫胎自《馬太福音》第六章
第十二節："Et dimitte nobis debita nostra, sicut et nos
dimittimus debitoribus nostris." (「免我們的債，／如同我們
免了人的債。」)。參看 Bosco e Reggio, *Purgatorio*, 192；
Singleton, *Purgatorio 2*, 224。

19.　**夙敵：**指撒旦。

21.　**別考驗我們：**脫胎自《馬太福音》第六章第十三節："Et ne nos
inducas in tentationem, sed libera nos a malo." (「不叫我們遇
見試探；／救我們脫離兇惡。」) 參看 Bosco e Reggio,
Purgatorio, 192；Singleton, *Purgatorio 2*, 224。

22-24.　**上主哇……人間：**「禱告中的最後一點」，指本章十九—二
一行。煉獄的亡魂已經不會受撒旦引誘，因此十九—二一行
的禱告是爲凡間的人而發。

25-26.　**爲我們呼叫／祈福：**爲凡間的人祈禱。

26.　**重擔：**指亡魂所負的石頭。

30.　**凡間的煙霧瘴氣：**指驕傲所造成的煙霧瘴氣。

31-33.　**如果那邊……代勞嗎？：那邊：**指煉獄。**這邊：**指凡間。煉
獄的亡魂爲凡間的人祈禱；凡間「心有善根的人」也應該爲
煉獄的亡魂祈禱。

34-36　　**他們……裏頭**：凡間的人祈禱，能夠幫助煉獄的亡魂洗滌罪
　　　　　惡，飛越行星和恆星的軌跡，直入最高天（即上帝和天使的
　　　　　居所）。

38.　　　**包袱**：指亡魂的重擔。

43.　　　**跟我同來的**：指旅人但丁。

44-45.　**身披亞當的血肉／包袱**：指但丁是凡塵的人，仍有血肉之軀。

46.　　　**我的嚮導**：指維吉爾。

53.　　　**桀驁不馴**：亡魂生時高傲，現在要低首下心，學習謙卑。

58.　　　**我是意大利人，籍貫托斯卡納**：說話的人是第六十七行的奧
　　　　　姆貝爾托(Omberto)，一二五九年遭錫耶納人殺死。

59.　　　**圭列爾摩・阿爾多布蘭德斯科**：Guglielmo Aldobrandesco。
　　　　　錫耶納近海沼澤地聖菲奧拉(Santafiora)伯爵。本來支持吉伯
　　　　　林黨，因與錫耶納人爲敵而改變立場，轉而支持圭爾佛黨。
　　　　　有關聖菲奧拉的資料，可參看《煉獄篇》第六章第一一一行
　　　　　及該章一零六——一一一行註。

61-62.　**我的先人……業績**：阿爾多布蘭德斯基（Aldobrandeschi，
　　　　　是 Aldobrandesco 的複數）家族勢力極大，全盛時期，曾誇
　　　　　耀族中城堡衆多，數目可與一年的三百六十五日匹敵。

63.　　　**忘了大家是同一個母親所出**：忘了大家來自大地（「同一個
　　　　　母親所出」），都是塵土，最後都要向塵土回歸。

64-65.　**由於太狂妄／而喪生**：奧姆貝爾托如何因狂妄而喪生，史册
　　　　　沒有交代。

66.　　　**坎帕雅提科**：原文"Campagnatico"，阿爾多布蘭德斯基的城
　　　　　堡之一，位於奧姆布洛内谷(Val d'Ombrone)，爲奧姆貝爾托
　　　　　所有。一二五九年，該地發生過戰爭。

68-69.　**我的親戚／也全部……蒙災**：奧姆貝爾托被殺後不久，其家

族也就衰敗滅亡，財產被錫耶納人侵佔。

71. **贖罪**：贖驕傲之罪。**到上主滿意爲止**：到還清我欠上主的債項爲止。

71-72. **在人寰／不曾背，因此要在亡魂中服役**：此語呼應阿奎那《神學大全》的論點。參看 Singleton, *Purgatorio 2*, 232。

79. **奧德里西**：原文"Oderisi"，生年約爲一二四零，卒年一二九九。意大利著名袖珍畫家，屬波隆亞畫派，曾受僱於教皇卜尼法斯八世，活躍於波隆亞和羅馬。是喬托(Giotto di Bondone)和但丁的朋友，以高傲聞名。

80. **古比奧**：原文"Agobbio"，即 Gubbio，意大利中部城鎮，在翁布里亞(Umbria)北部。

82. **波隆亞的弗蘭科**：Franco bolognese，奧德里西弟子，曾受僱於教皇卜尼法斯八世，爲教廷繪畫。

84. **榮譽……小部分**：奧德里西的謙虛，與生時的態度迥異。

91. **你的輝煌多空洞啊，世人的能力**：這句是倒裝，原詩爲："Oh vana gloria de l'umane posse！"

94. **契馬部埃**：（Giovanni Cimabue，一二四零——一三零二），意大利畫家，喬托的老師，屬翡冷翠畫派，曾受拜占庭藝術影響，當過鑲嵌畫匠。作品包括《聖母像》，但眞跡早已散逸。其後，在風格上設法擺脫拜占庭遺風，對文藝復興有啓後作用。

95. **喬托**：（Giotto di Bondone，一二六六——一三三七），翡冷翠畫家、雕刻家、建築師，但丁的好友。生於維斯皮亞諾(Vespignano)，卒於翡冷翠。其宗教畫有現實意義，比老師契馬部埃更進一步，擺脫了拜占庭藝術的呆板，對後世的畫風有深遠影響。

97-98. **此圭多／奪去了彼圭多的榮耀：此圭多**：指圭多‧卡瓦爾坎
        提（Guido Cavalcanti，約一二五五——一三零零），翡冷翠詩
        人。參看《地獄篇》第十章第六十行註。**彼圭多**：指圭多‧
        圭尼澤利(Guido Guinizelli)。約於一二三五年在波隆亞出
        生，約於一二七六年在蒙塞利切(Monselice)卒。參看《煉獄
        篇》第二十六章九七—九九行。

98.   **另一人**：奧德里西指誰，但丁沒有明言。有些論者認為，但
        丁在預示自己的成就。如果這一論點成立，則但丁頗有司馬
        遷「小子何敢讓焉？」的自信兼自負了。

104.   **包包**：原文"pappo"，是兒語，指"pane"（麵包）。**錢錢**：原
        文是"dindi"，也是兒語，指"denari"（錢）。

107-08. **一千年之於永恆，比一瞬之於／天上轉得最慢的軌跡還短
        小**：在但丁的天文概念中，第八重天（即恆星天）在諸天中
        轉得最慢，向東移動一度，需時一百年；繞地球一周，需時
        三萬六千年。這一觀點，又與《聖經》所言相近。參看《詩
        篇》第九十篇（《拉丁通行本聖經》第八十九篇）第四節：
        「在你看來，千年如已過的昨日，／又如夜間的一更。」

109-10. **在我前面的路上……艱難的**：指一二一行的普羅文贊‧薩爾
        瓦尼（Provenzan Salvani，約一二二零——一二六九）。普羅
        文贊是錫耶納人，出身吉伯林黨，在一二六零年的蒙塔佩爾
        提(Montaperti)的戰役後，掌錫耶納大權，主張夷平翡冷翠，
        因法里納塔極力反對，翡冷翠方幸免於難（參看《地獄篇》
        第十章九一—九三行）。一二六六年，本內文托(Benevento)
        之戰後，權勢漸弱。一二六九年，在埃爾薩谷(Val d'Elsa)
        科雷(Colle)之役中與翡冷翠圭爾佛黨交戰被虜，隨後被斬
        首。

112. **翡冷翠的暴民被滅時**：指一二六零年，翡冷翠人在蒙塔佩爾提之役大敗。參看《地獄篇》第十章八五—八六行和八六行註。

115-17. **你們的名聲……摧折**：參看《詩篇》第九十篇（《拉丁通行本聖經》第八十九篇）第五—六節：「……早晨，他們如生長的草，／早晨發芽生長，／晚上割下枯乾。」同時參看《以賽亞書》第四十章第六—八節：「……凡有血氣的盡都如草；／他的美容都像野地的花。／草必枯乾，花必凋殘，／因爲耶和華的氣吹在其上；／……草必枯乾，花必凋殘，……」

122-23. **他置身這裏……兜攬**：錫耶納是個共和政體，而普羅文贊・薩爾瓦尼本來是錫耶納的平民，卻要大權獨攬，跋扈專橫，因此要在煉獄滌罪。

128. **等待生命之邊**：等待生命結束。指生命結束時仍没有懺悔。

132. **他何以……上趨**：但丁不明白，普羅文贊在凡間死亡時没有懺悔，爲甚麼能提前到煉獄。

133-38. **他在生時……顛扭**：這幾行敘述普羅文贊謙卑的善行：普羅文贊有一個好友，因抵抗法國安茹伯爵沙爾，在塔利亞科佐(Tagliacozzo)戰敗被虜。沙爾要這個人交出一萬弗羅林金幣贖身，否則就要受死。普羅文贊應這個俘虜的請求，坐在錫耶納廣場上向眾人乞錢。眾人見他如此謙卑，一改常態，動了惻隱之心，於是紛紛捐獻，結果在期限前籌到贖金，救出了好友。這一謙卑的善行，使普羅文贊提前進入煉獄，不必在煉獄外久等。

139-41. **別的不講了……提供評註**：這幾行是奧德里西的預言：不久，但丁就會遭翡冷翠人放逐。屆時就會親嚐普羅文贊（「你同鄉」）行乞的痛苦。因此，上述的話（指一三八行）雖然

說得模糊，可是不久，就會因但丁本人近乎行乞的經驗而獲得闡釋（「給這番話提供評註」）。

142. **使他自邊界獲釋**：使普羅文贊不必久留在煉獄外補贖臨終的過失（指臨終時沒有懺悔）。

第十二章

但丁前進間，按維吉爾的指示俯望腳下的雕鏤。只見一幅幅傲戒驕傲的圖畫，生動而逼真。然後，兩人碰到謙卑天使。謙卑天使歡迎他們，把但丁額上的第一個 P 抹去。兩人正在左轉，聽到歌聲響起，唱音之妙，文字不能夠複述。但丁發覺上攀時不覺辛勞，卻不知何故，就問維吉爾。維吉爾向但丁說明原委。

肩並著肩，像兩頭牛同軛而行，
　　我和負重的亡魂繼續前踏，
　　距離的長短，則依照慈師的決定。　　3
不過，當他說：「告別他繼續走吧；
　　在這裏，人人都應該盡自己的能力
　　揚帆揮槳，推著船向前方進發」，　　6
我就像一般人走路那樣，把軀體
　　再度伸直；不過我的思緒
　　仍然像剛才那樣彎曲萎靡。　　9
我繼續前進，並且在老師的步履
　　後面緊緊追隨。老師和我，
　　這時候都以輕快的步伐前趨。　　12
「請回首下望，」維吉爾跟著說：
　　「看看你腳下的地面。這樣做你會有
　　好處——會在旅途上得到寄託。」　　15

驕傲者──奧德里西
肩並著肩，像兩頭牛同軛而行，／我和負重的亡魂
繼續前踏⋯⋯
（《煉獄篇》，第十二章，一──二行）

死者葬在地面的陵墓，上頭
　　會有圖形，描述他們的事跡，
　　好讓他們的聲名流傳於後。　　　　　18
在這類陵墓前，回憶常會引起
　　根觸，叫人流淚。而回憶只會
　　感動悲憫的人，叫他們憐惜。　　　　21
我下望時所見也相同；不過石碑
　　雕鏤得更加逼眞，從山腰向外面
　　突出的道路，描畫的全屬這類。　　　24
在這一邊，我看見出身比上天
　　創造的萬物都高的傢伙，從天堂
　　上面向下方飛墜，迅疾如閃電。　　　27
另一邊，我看見布里阿柔斯在地上
　　躺著，笨重的軀體被天矢穿插，
　　這時已受制於冰冷的死亡。　　　　　30
我看見西姆比萊烏斯；看見雅典娜
　　和戎裝如故的戰神圍著天父，
　　望著巨人的屍體被丟棄拋撒。　　　　33
我看見寧錄，好像眩惑恍惚，
　　置身於他的宏偉工程之底，
　　望著同樣驕傲的示拿民族。　　　　　36
妮歐貝啊，你兩眼汪汪含涕。
　　我看見你的形象被繪於路面，
　　兩邊各有七個孩子被殛。　　　　　　39
掃羅呀，你的形象竟然在那邊！
　　在基利波山，你死於自己的劍刃。

此後，那裏再沒有雨露出現。　　　　42
狂妄的阿拉克涅呀，我見你半身
　　變成了蜘蛛，織就的蛛網自作
　　自受。此刻，你就在蛛絲上飲恨。　45
羅波安哪，尊容在這個場所
　　不再可怕了；反之，你乘著戰車
　　在無人追逐的時刻惶然竄躲。　　48
那堅硬的路面，還展示阿爾克邁翁如何
　　使那件不吉的首飾在他
　　母親的眼中顯得太過豪奢；　　　51
展示兩個兒子怎樣在廟剎
　　向父親西拿基立襲擊，又怎樣
　　在同一處把西拿基立誅殺；　　　54
展示托米利斯摧毀時的形象：
　　她把居魯士殘殺，並對他詛咒：
　　「既然你嗜血，就裝滿你的分量」；　57
展示何樂弗尼被人宰殺後，
　　亞述人如何潰敗竄逃；路面
　　還展示殺戮後餘下的肢骸屍首。　60
我看見特洛亞在灰燼瓦礫中淪湮。
　　伊利昂啊，我所見到的圖畫，
　　竟把你描繪得這麼卑微下賤！　63
是甚麼大師，以毛筆、尖筆的技法
　　在那裏描出這樣的輪廓和線條呢？
　　敏銳的心靈見了都會驚詫。　　　66
死去的像死人；活著的彷彿仍活著；

阿拉克涅
狂妄的阿拉克涅呀，我見你半身／變成了蜘蛛……
（《煉獄篇》，第十二章，四三—四四行）

目睹實況，也不如我所見。我彎腰

前進時，腳踏的景象都看了個透徹。　　69
自大吧，走路時神容儘管矜驕！

可是，夏娃的子孫哪，不要把頭

低下來，向你們邪惡的道路俯眺。　　72
我們繼續繞著山向前方行走。

我心緒專注，沒有把時辰估量，

和太陽的旅程比較竟遠遠落後。　　75
這時，一直望著前面的方向

行進的人說：「再沒有時間全神

貫注地緩走了；讓你的頭上仰。　　78
看那邊，一位天使正朝著我們

匆匆走來。看，第六個女侍

回來了，剛完成一天的伺候責任。　　81
以虔敬美化你的儀容和舉止，

好讓天使欣然帶我們上攀。

要記住，今天不再有破曉栖遲！」　　84
他的告誡，我已經十分習慣；

他一向叫我切勿躭擱。他提起

這件事，用意不可能隱蔽晦暗。　　87
那俊美的創造物身穿白衣，

朝著我們走過來。他的臉龐

恍如一顆破曉的星子在輕悸。　　90
他展開雙臂，然後把兩翅舒張，

說：「來吧，梯階就在附近。

此後，你們能輕易攀登上方。──　　93

我這樣邀請，仍沒有太多人來臨。

　　人類呀，你們是為了高飛而出生；

　　怎麼因這點微風就退縮灰心？」　　　　96

天使把我們帶到巨石的裂縫，

　　在那裏用雙翼拍了拍我的前額，

　　然後答應帶我走安全的旅程。　　　　　99

魯巴孔特橋上的山，有教堂矗立著

　　下臨清明的城市。在城中檔案

　　和量器可靠的年代，山坡建了　　　　　102

一列梯級。要是你躋登這座山，

　　會在右邊看見峭壁陡坡

　　在急升中因梯級而變得舒緩可攀。　　　105

煉獄的懸崖從另一圈險峻地塌落；

　　我們那裏也這樣減少了坡度，

　　雖然巍石仍然在兩邊擠磨。　　　　　　108

我們正要在那裏轉移腳步，

　　"Beati pauperes spiritu！"之聲響起，

　　唱音之妙，文字不能夠複述。　　　　　111

啊，煉獄和地獄的入口，差異

　　是多麼大呀！這邊是歌聲迎接我；

　　那邊，入口處卻是哭聲淒厲。　　　　　114

這時候，我們已沿著聖梯上踔，

　　可是旅程中卻不覺得辛勞，

　　軀體好像比剛才輕靈得多。　　　　　　117

於是我說：「老師呀，請你見告，

　　我卸下了甚麼重擔？前行間

　　幾乎連一點疲勞都感覺不到。」　　　　120
老師回答說：「在你的額頭上面，
　　仍有極模糊的 P 字。這些字母
　　像剛才那一個全部消失在眼前，　　　123
你的雙腳就會有善願作主，
　　不但不會感覺到勞累憊疲，
　　反而會欣然受催，向上方奔赴。」　　126
我的反應，就像某些人有東西
　　沾在頭上，行走時自己不知道，
　　見人家示意才開始懷疑；　　　　　　129
於是手掌伸出來代為效勞，
　　去負起視覺不能勝任的職責，
　　為了明白真相而摸索尋找。　　　　　132
我把右手的五指張開，摸到的
　　字母只有六個，都是剛才
　　由掌匙的衛士在我額上鐫刻。　　　　135
導師見狀，莞爾笑了起來。

註　釋：

1.　　**肩並著肩，像兩頭牛同軛而行**：牛與軛的意象，充分表現了
　　　亡魂的順從謙卑。但丁跟亡魂並肩而行，有象徵意義：但丁
　　　不但親歷驕傲者的刑罰，也顯示自己有驕傲的毛病。

7-8.　**把軀體／再度伸直**：但丁跟奧德里西並肩前進時，彷彿背負
　　　重擔，彎著腰舉步維艱。

16-18. **死者葬在地面的陵墓……流傳於後**：歐洲的陵墓往往與地面
等高，墓碑平鋪，上刻碑文，介紹死者的生平事跡。

25-26. **出身比上天／……都高的傢伙**：指明亮之星、早晨之子
（Lucifer，第一位天使墮落成爲撒旦前的稱呼），衆天使之
中以他的地位最高。

26-27. **從天堂／上面向下方飛墜，迅疾如閃電**：參看《路加福音》
第十章第十八節："Et ait illis：'Videbam Satanam sicut fulgur
de caelo cadentem."（「耶穌對他們說：『我曾看見撒旦從
天上墜落，像閃電一樣。』」）

28. **布里阿柔斯**：參看《地獄篇》第三十一章第九十九行註。布
里阿柔斯之於宙斯，猶撒旦之於上帝。

29. **天矢**：指宙斯的霹靂。

31. **西姆比萊烏斯**：阿波羅的稱號，源出西姆布列(Θύμβρη,
Thymbra)，中亞細亞地區特洛斯的一個城鎮，有阿波羅神
廟。特洛亞是特洛斯的首府。

　　雅典娜：意大利文 Pallade，古希臘文Παλλάς，拉丁文和英
文爲 Pallas，智慧女神雅典娜的姓。

33. **巨人的屍體被丟棄拋撒**：巨人族是烏拉諾斯和蓋亞的女兒，
攻打奧林坡斯諸神。諸神得赫拉克勒斯之助，打敗了巨人，
把他們的肢體撒落大地各處。參看《忒拜戰紀》第二卷五九
七行及其後的描寫；《變形記》第十卷一五零—五一行。

34-36. **我看見寧錄……民族**：寧錄企圖登天，在示拿地建造通天
塔。參看《地獄篇》第三十一章第七十六行註。**宏偉工程**：
指通天塔。**驕傲的示拿民族**：示拿民族要建通天塔，因此但
丁說他們「驕傲」。

37. **妮歐貝**：Νιόβη(Niobe)，坦塔羅斯和狄奧涅(Διώνη, Dione)

的女兒，忒拜王安菲翁（參看《地獄篇》第三十二章第十行註）的妻子，生七男七女，並以此爲傲，自誇勝過麗酡，因爲麗酡只生一男一女——阿波羅和阿爾忒彌斯。結果，妮歐貝的十四個兒女全遭阿波羅和阿爾忒彌斯射死，自己則化爲石頭，淚水不歇地從眼裏流落雙頰。

40-41. **掃羅……劍刃**：「掃羅」，亦譯「撒烏爾」。古以色列首位國王，由撒母耳策封，爲人驕傲，不服從上帝（參看《撒母耳記上》第十五章），與非利士人作戰，在基利波山大敗自殺（參看《撒母耳記上》第三十一章第一——六節）。

42. **此後……出現**：大衛哀悼掃羅及其子約拿單時，這樣對基利波山詛咒："Montes Gelboe, nec ros nec pluvia veniant super vos."（「基利波山哪，願你那裏沒有雨露！」）。參看《撒母耳記下》第一章第二十一節。

43. **狂妄的阿拉克涅**：Ἀράχνη(Arachne)，伊德蒙(Ἴδμων, Idmon)的女兒。擅織繡，遠近馳名，大家稱她爲織繡之神雅典娜的弟子，她卻恥於接受這榮譽，把成就歸功於自己，並且向雅典娜挑戰。雅典娜化身爲老婦，勸阿拉克涅謙虛些，遭阿拉克涅侮辱。於是，雅典娜現出眞身，與阿拉克涅比賽。雅典娜所織是奧林坡斯山十二神，威武非凡；織物的每一角，都繡有挑戰神祇而失敗的例子，藉此儆戒阿拉克涅。阿拉克涅織的是諸神的荒唐行爲。雅典娜看後，找不出瑕疵，一怒之下，把阿拉克涅的織物撕毀。阿拉克涅羞憤之餘，上吊自殺，死前被雅典娜變爲蜘蛛，織物變爲蛛網。參看《變形記》第六卷五——一四五行。在該書裏，阿拉克涅的故事緊隨妮歐貝。

43-44. **半身／變成了蜘蛛**：寫阿拉克涅半人半蛛，變形過程尚未結束。

46. **羅波安**：羅波安是所羅門王的兒子，繼位後，悍然拒絕把父親加於人民的重稅撤銷，引起以色列人叛變。參看《列王紀上》第十二章第一一二十節。

47-48. **你乘著戰車／在無人追逐的時刻惶然竄躲**：事見《列王紀上》第十二章第十八節：“Misit ergo rex Roboam Aduram, qui erat super tributa；et lapidavit eum omnis Israel, et mortuus est. Porro rex Roboam festinus ascendit currum, et fugit in Ierusalem.”（「羅波安王差遣掌管服苦之人的亞多蘭往以色列人那裏去，以色列人就用石頭打死他。羅波安王急忙上車，逃回耶路撒冷去了。」）

49-51. **那堅硬的路面……豪奢**：參看《地獄篇》第二十章第三十四行註。安菲阿拉奧斯本來不願意參加忒拜之戰，因爲他知道，自己會在戰役中陣亡。可是，妻子厄里費勒('Εριφύλη, Eriphyle)爲了貪一條項鏈，受波呂尼克斯(Πολυνείκης)之賄，把他出賣。結果安菲阿拉奧斯出戰陣亡。安菲阿拉奧斯出戰前，叮囑兒子阿爾克邁翁('Αλκμαίων，Alcmaeon)爲他復仇。後來，阿爾克邁翁遵照父命，殺死了母親厄里費勒。厄里費勒所貪的項鏈，本來是愛神之物。受到懲罰，既因爲她出賣丈夫，也因爲她以凡人身分，佔有神物。參看《天堂篇》第四章一零三——一零五行；《忒拜戰紀》第四卷一八七——二一三行；《埃涅阿斯紀》第六卷四四五——四六行。

52-54. **展示……誅殺**：亞述王西拿基立因爲辱罵上帝，出征以色列王希西家後遭兒子殺死。參看《列王紀下》第十九章第三十六——三十七節：“Et reversus est Sennacherib rex Assyriorum，et mansit in Ninive. Cumque adoraret in templo Nesroch deum suum, Adramelech et Sarasar filii eius percusserunt eum gladio, fugeruntque in terram Armeniorum." (「亞述王西拿基立就拔營回去，住在尼尼微。一日在他的神尼斯洛廟裏叩拜，他兒子亞得米勒和沙利色用刀殺了他，就逃到亞拉臘地。」）詳見《列王紀下》第十八章第十三—三十七節；第十九章第一—三十七節。此外參看《以賽亞書》第三十六—三十八章。

55-57. **展示……「既然……分量」**：托米利斯（Tomyris 或 Thamyris）是中亞游牧部落馬薩蓋特人(Massagetae)的王后。其子遭古波斯帝國國王居魯士（Kurush 或 Kyros 或 Cyros，約前六零零—前五二九）殘殺。於公元前五二九年打敗居魯士，把他殺死，割下其首級，投入盛滿人血的皮囊中，然後罵道："Satio te…sanguine quem sitisti, cuius per annos triginta insatiabilis perseverasti."（「就用你所嗜的血餵你吧！這血呀，你渴求了三十年而得不到滿足。」）這句話，見奧洛修斯(Orosius)的 *Historiarum adversum paganos libri septem*, II, vii, 6)。參看 Bosco e Reggio, *Purgatorio*, 210；Sapegno, *Purgatorio*, 133；Singleton, *Purgatorio 2*, 255。

58-60. **展示何樂弗尼……屍首**：何樂弗尼是亞述王尼布甲尼撒的將軍，攻打以色列，圍困伯夙利亞時遭猶滴在營中割下頭顱。亞述軍隊失去了將領，惶恐遁竄。何樂弗尼所以被殺，是因爲他太囂張，公然說，只有尼布甲尼撒才是神。參看《聖經次經・猶滴傳》第六—十五節。

61-63. **我看見特洛亞……卑微下賤**：伊利昂是特洛亞的城堡。在《埃涅阿斯紀》裏，維吉爾常常稱伊利昂爲「傲岸的伊利昂」。參看該詩第三卷二—三行："ceciditque superbum / Ilium et omnis humo fumat Neptunia Troia…"（「傲岸的伊利昂陷落，／海神的特洛亞全部坍頹冒煙……」）。

70-72. **自大吧……俯瞰**：詩人但丁向人類說話。**夏娃的子孫**：夏娃是驕傲的典型，與瑪利亞相反，而且犯罪（吃禁果）先於亞當，因此詩人舉夏娃而不舉亞當為例。

74-75. **我心緒專注……遠遠落後**：但丁觀看地面的圖畫，因過於專注，沒有留意時間消逝。

76-77. **一直望著前面的方向／行進的人**：指維吉爾。

79. **一位天使**：這是謙卑天使。

80-81. **第六個女侍／……一天的伺候責任**：在古代歐洲的圖畫中，畫家常把每個小時繪成女侍，圍著太陽。「第六個女侍／回來了」，指六個小時過去了。每天白晝，始於上午六時；此刻過了六小時，也就是復活節後的星期一正午剛過。參看奧維德《變形記》第二卷一一八行及其後的描寫。

84. **今天不再有破曉栖遲**：今天的破曉已過，一去不返。也就是說，時間不能倒流。

86. **一向叫我切勿躭擱**：參看《地獄篇》第二十四章五二—五七行；《煉獄篇》第三章第七十八行。

91. **他展開雙臂……舒張**：天使向但丁和維吉爾做出歡迎的姿勢。

92. **梯階**：指升向第二平台的梯階。

93. **此後……上方**：但丁越是向上，就越會感到輕鬆。此刻他已經滌去驕傲，所以「能輕易攀登上方」。

98. **用雙翼拍了拍我的前額**：天使把但丁額上的第一個 P 抹掉。也就是說，他的第一罪（驕傲）已經洗去。參看《煉獄篇》第九章一一二—一四行；並參看該章一一三行註。

100. **魯巴孔特橋**：翡冷翠的橋樑。於一二三七年建成，以最高行政官魯巴孔特(Rubaconte)的名字命名，後來改名慈恩橋

(Ponte alle Grazie)。**教堂**：指聖米尼阿托（San Miniato al Monte，直譯是「山上的聖米尼阿托」）教堂。位於翡冷翠東南，建於十一至十三世紀，屬羅馬風格。從翡冷翠往聖米尼阿托教堂，要經過魯巴孔特橋，然後拾級而上。

101. **清明的城市**：指翡冷翠。這裏所謂「清明」，有諷刺意味。

101-02. **在城中……年代**：但丁時期，翡冷翠官員曾竄改政府的法律文件和量鹽器。在這裏，作者回想翡冷翠的清明時代。

108. **雖然……擠磨**：指路途仍然狹窄。

109. **我們正要在那裏轉移腳步**：但丁和維吉爾一直逆時針方向靠右前進，現在開始靠左。

110. **Beati pauperes spiritu**：拉丁語，引自《馬太福音》第五章第三節，中譯是：「虛心的人有福了。」這是基督在山上寶訓中提到的第一真福，在煉獄裏，成為但丁和維吉爾離開第一平台時所聽到的祝福。《馬太福音》第五章第三節的全文為："Beati pauperes spiritu quoniam ipsorum est regnum caelorum."（「虛心的人有福了！／因為天國是他們的。」）

112-14. **啊……淒厲**：參看《地獄篇》第三章二二——二三行。

115. **聖梯**：指煉獄的路。遵循此路的會心地正直，獲得拯救，因此稱為「聖」。

121-26. **老師回答說……向上方奔赴**：參看《煉獄篇》第九章一一二——一一四行。驕傲是七種罪惡之首，但丁滌去了驕傲，其餘六罪也因此變輕，結果上攀時好像「卸下了……重擔」（一一九行）。參看《煉獄篇》第四章八八——九零行。

130-32. **於是……尋找**：指但丁伸出手來撫摸額頭，看看上面有多少個 P。

135. **掌匙的衛士**：指《煉獄篇》第九章第七十八行的「守門人」。

第十三章

在懲罰嫉妒者的第二層平台，但丁和維吉爾再看不到雕鏤，只看見
青黑的石地。他們走了一英里的旅程左右，就聽見飛翔而來的話聲，
高喊仁愛之語。然後，他們目睹一批亡魂沿峭壁而坐，身覆粗糙的
毛布，眼瞼被鐵線縫住。但丁跟這些亡魂談話，聽其中一個叫「智
慧」的女子，敘述生平事跡。

我們置身於那列梯階之顛。
　　在該處，能使攀登的人再度
　　康強的大山，又一次中斷於眼前。　　3
一環平台，和第一圈相彷彿：
　　也是團團繞著大山的周圍；
　　分別只在於：它的彎轉得更急速。　　6
那裏沒有雕鏤，也沒有群鬼。
　　我們看見懸崖，也看見前方
　　素淨的路，呈現石地的青黑。　　9
「如果等人經過，問道於路旁，」
　　詩人說：「然後才決定向哪邊走，
　　在這裏的稽延恐怕會太長。」　　12
詩人說完，就向著太陽凝眸，
　　以右邊為中心繼續前進，
　　並且讓身體的左邊也隨著轉右。　　15

「和藹的光啊，」他說：「我能夠到臨

　　這條新路，是因為我對你信靠。

　　在這裏，你得給我們所需的指引。　　18

你給世界溫暖，向世界俯照；

　　如果沒有別的原因阻止我，

　　你的光芒啊，永遠是我的嚮導。」　　21

這時候，我們所走的距離，約莫

　　等於塵世之上一英里的旅程

　　（因為心急，時間倒花得不多）。　　24

這時候，我聽到飛翔而來的話聲。

　　說話的幽靈我看不見；只聽見

　　他們惠然以愛宴邀請友朋。　　27

第一個聲音高喊著飛過我身邊：

　　"Vinum non habent."話語清越而響亮；

　　然後重複著同一句飛向後面。　　30

這句話在後面向遠處疾飄，聲響

　　還沒有逝去，又飛過另一人，高呼

　　「我是奧瑞斯忒斯」。——也沒有停降。33

「啊！」我說：「是甚麼聲音呢，師父？」

　　我發問的時候，又有第三個

　　聲音說：「傷害你們的，也要愛恕。」　36

於是，賢師說：「這個圈所鞭笞的

　　是嫉妒之罪。由於這原因，

　　鞭子的繩索都從愛恕裏抽扯。　　39

韁繩呢，卻要傳達相反的音信。

　　依我看，這音信你會聽得到。那時候，

　　寬恕之門你還要稍後才到臨。　　　　42
不過，此刻你透過空間凝眸，
　　就會看見，在我們前方，有一批
　　亡魂沿峭壁坐在懸崖上頭。」　　　45
於是我望向前方（和剛才相比，
　　眼睛睜得更大），見幽靈斗篷
　　披身；斗篷的顏色和石頭無異。　　48
我們向前面走了一小段路程，
　　就聽見有人喊：「瑪利亞呀，為我們禱告」；
　　喊「米迦勒」；喊「彼得」；喊「諸聖」。　51
我相信，地面上走動的人，見到
　　我下一刻目睹的景象，心腸
　　不可能硬得不受憐憫的刺擾；　　54
因為，當我走到了亡魂的一方，
　　近得能看清他們受罰的苦楚，
　　我的眼睛再也忍不住慘傷。　　　57
我看見亡魂都覆著粗糙的毛布，
　　都用肩膀把旁邊的同伴撐托；
　　所有亡魂，則全部由懸崖承住。　　60
身無一物的盲人，為了求索
　　所需而置身於赦罪儀式時，情形
　　也如此：甲的頭垂在乙的肩膊。　　63
這樣，觀者會馬上產生同情。
　　打動人心的，不僅有他們的話聲，
　　還有感染力同樣強大的實景。　　66
失明的人，要目睹陽光而不能；

嫉妒者
我看見亡魂都覆著粗糙的毛布，／都用肩膀把旁邊
的同伴撐托；／所有亡魂，則全部由懸崖承住。
（《煉獄篇》，第十三章，五八—六零行）

那些幽靈，在我所提到的地點，

　　也得不到天光慷慨的餽贈；　　　　69

因為他們的眼瞼都被鐵線

　　縫住，就像雀鷹，因不肯馴服

　　而有同樣的刑罰施諸兩眼。　　　　72

我由於前進時不為別人目睹，

　　卻可以目睹別人，覺得太過分。

　　於是向英明的參謀回顧。　　　　　75

他十分清楚，緘默者有甚麼要詢問。

　　於是不等我向他提出問題，

　　就說：「講吧，要講得簡短而中肯。」　78

維吉爾陪著我，沿峭崖的外邊前移。

　　他的一邊，因沒有護牆繞徑，

　　在上面行走時，有可能墜落崖底；　81

在我的一邊，是那些虔誠的幽靈，

　　擠壓著眼瞼上可怕的接縫，結果

　　洗頰的淚水從眼裏汩汩下傾。　　　84

「諸位呀，」我轉過身來對他們說：

　　「天上的崇光，你們一心要目睹。

　　這樣的福分，你們已掌握穩妥。　　87

但願神的恩典早日清除

　　你們良知的渣滓。這樣，記憶之溪

　　就能清澈澄明地在上面流注。　　　90

告訴我——我會珍惜你們的美意——

　　你們亡魂之中，有沒有意大利人。

　　我知道答案，也許會對他有利。」　93

「兄弟呀，我們每一個人，原本
　　都屬於同一座真城。你是說，有誰
　　在生時曾流落意大利的凡塵。」　　　96
我聽到的，就是這樣的應對
　　（話聲來自前面不遠的地方）。
　　為了說得更清楚，我加緊前追；　　　99
人叢中看見另一個幽靈，臉上
　　充滿期盼。怎樣的期盼？默然
　　像盲人那樣向上翹仰著腮幫。　　　102
「靈魂哪，」我說：「你自我戕害而登攀。
　　剛才向我答話的如果就是你，
　　請告訴我你的名字或籍貫。」　　　105
「我是錫耶納人，」他答道：「跟他們一起
　　在這裏把罪孽深重的前生滌淨；
　　並向他哭求，請他惠然而蒞。　　　108
我在生的時候，雖有智慧之名，
　　卻並不智慧；見人家受苦，歡忭
　　會遠遠超過自己走運時的欣幸。　　　111
為了不讓你覺得我向你說虛言，
　　你聽我講：我當時的生命之弧
　　正在下彎。——你說我瘋癲不瘋癲？　　　114
我的同鄉正靠近科雷之麓，
　　並且在戰場和敵對的軍旅交鋒；
　　我竟求上主實現他原定的意圖。　　　117
我的同鄉當場被擊潰，變成
　　亡命逃竄的敗卒。見同鄉被追襲，

智慧

「我是錫耶納人，」他答道：「跟他們一起／在這
裏把罪孽深重的前生滌淨⋯⋯」

（《煉獄篇》，第十三章，一零六─一零七行）

　　我比誰都快樂，感到喜不自勝。　　　　120
結果我膽敢把臉龐仰向天際，
　　對上主喊道：「如今我不怕你了！」
　　情形和看見初陽的烏鶫無異。　　　　123
在我的生命到達臨終的一刻，
　　我跟上主講和。我的債，本來
　　還不會因為悔改而變得較輕的；　　　126
幸虧賣梳者皮耶，出於仁愛
　　而仍然記得我，對我產生憐憫，
　　向上主虔誠祈禱時給我關懷。　　　　129
你是誰呢？來這裏詢問我們的音信。
　　你的眼睛，我想，能自由顧盼；
　　而且，你是呼吸間發出話音。」　　　132
「在這個地方，」我說：「我的雙眼
　　仍會被剝奪，不過時間不會長──
　　它們鮮有妒視所犯的罪愆。　　　　　135
我更加害怕的刑罰，反而在下方。
　　我的靈魂為此而怔忡不安，
　　令我感到重擔已壓在身上。」　　　　138
於是，智慧說：「既然你打算重返
　　下方，那麼，是誰帶你上這裏的？」
　　我說：「是這位沒有說話的旅伴。　　141
我呢，仍活著。如果你要我在阻隔
　　之外為你移動凡足，經上主
　　選定的靈魂哪，向我吩咐就行了。」　144
「啊，這件事聽起來新奇而特殊，」

亡魂說：「大彰上主對你的恩幸。

　那麼，就請你不時爲我祈福。　　　　147

看在你至愛的分上，我向你懇請：

　要是你踏足托斯卡納的土地，

　請恢復我在親人之間的嘉名。　　　　150

你會看見他們置身於一批

　浮誇的族人間。族人寄意於塔拉莫內，

　卻比尋找狄安娜河時更失意；　　　　153

而損失最大的還是督師之輩。

註　釋：

3.　　　**大山**：指煉獄山。

4.　　　**一環平台**：這是煉獄的第二層平台，用來洗滌嫉妒罪。

6.　　　**它的彎轉得更急速**：煉獄山是個錐體，越是向上，圓周越小，
　　　　因此但丁說「它的彎轉得更急速」。

7.　　　**沒有群鬼**：指這一層的地上沒有人物儆戒來者。

9.　　　**青黑**：青黑是象徵嫉妒的顏色。

13-15.　**詩人說完⋯⋯轉右**：大陽象徵神的啓迪。維吉爾「向著太陽
　　　　凝眸」，表示要徵求上天的指點。此刻是正午過後，太陽從
　　　　北方照來，維吉爾「讓身體的左邊也隨著轉右」，結果向著
　　　　太陽，逆時針方向前進。Singleton(*Purgatorio 2*，271)指出，
　　　　在煉獄，正確的前進方向是逆著時針，也就是靠右。在地獄，
　　　　正確的前進方向是靠左。

25-27.　**這時候⋯⋯邀請友朋**：說話的幽靈只是聲音，但丁和維吉爾

都看不見。這些幽靈所說，都是仁愛的例子，而仁愛是矯正嫉妒的情操。

29. **"Vinum non habent"**：拉丁語，意爲：「他們沒有酒了」。《約翰福音》第二章第一——十一節，敍述瑪利亞出席加利利迦拿的娶親筵席，耶穌和門徒也獲邀。當時，酒用盡了，瑪利亞就說：「他們沒有酒了。」於是耶穌使水變酒，施行了第一件神跡。這一事件，代表第一項仁愛之舉。

33. **奧瑞斯忒斯**：奧瑞斯忒斯('Ορέστης, Orestes)，阿伽門農('Αγαμέμνων, Agamemnon) 和 克 呂 泰 涅 斯 特 拉 (Κλυταιμνήστρα, Clytemnestra)的兒子。阿伽門農被克呂泰涅斯特拉謀殺後，奧瑞斯忒斯爲父親復仇，殺死了母親。被捕後，其友皮拉得斯(Πυλάδης, Pylades)冒認他的身分，要替他受死。奧瑞斯忒斯卻不讓皮拉得斯爲自己犧牲，一再強調自己是兇手。這一事件，代表第二項仁愛之舉。事見西塞羅的《論友誼》(*De amicitia*)vii，24。

36. **傷害你們的，也要愛恕**：這話脫胎自《馬太福音》第五章第四十三——四十八節；《路加福音》第六章第二十七——三十六節。在《馬太福音》第五章第四十四——四十五節裏，耶穌說：

> Diligite inimicos vestros, benefacite his qui oderunt vos, et orate pro persequentibus et calumniantibus vos；ut sitis filii Patris vestri qui in caelis est, qui solem suum oriri facit super bonos et malos, et pluit super iustos et iniustos.
> 要愛你們的仇敵，爲那逼迫你們的禱告。這樣就可以作你們天父的兒子；因爲他叫日頭照好人，也照歹人；降雨給義人，也給不義的人。

37.　　　**這個圈**：指煉獄的第二層平台。

39.　　　**鞭子……抽扯**：意思是：矯正嫉妒，就得用愛恕（詩中指三
　　　　個愛恕之例）。但丁所聽到的聲音是鞭子，鞭策亡魂去學習
　　　　仁愛，也就是學習與嫉妒相反的情操。

40.　　　**韁繩**：嫉妒之例像韁繩，用來警惕亡魂。參看《煉獄篇》第
　　　　十四章第一三零行及其後的描寫。

41-42.　　**依我看……到臨**：維吉爾的意思是：但丁聽到相反音信的時
　　　　候，雖已接近寬恕之門，但仍未真正到達。

48.　　　**斗篷的顏色和石頭無異**：幽靈都有嫉妒之罪，所穿斗篷青黑
　　　　（嫉妒之色），顏色與石頭無異。

50-51.　**就聽見有人喊……喊「諸聖」**：這些幽靈，此刻在唫誦《聖
　　　　人列品禱文》（"Litany of All Saints"）。該禱文以 "Kyrie
　　　　eleison"（「主矜憐我等」）開始，依次向瑪利亞、米迦勒、
　　　　彼得祈呼。"Kyrie eleison" 源自希臘文《聖經・詩篇》第一
　　　　百二十二篇（新標點和合本第一百二十三篇）第三節：
　　　　"Κύριε ἐλέησον..."（「耶和華啊，求你憐憫我們……。」）

58.　　　**粗糙的毛布**：象徵懺悔、窮困。**毛布**：原文是 "ciliccio"（現
　　　　代意大利語爲 cilicio 或 cilizio），意爲：「以馬鬃（羊毛）
　　　　織的粗毛料；（苦行者穿的）苦衣，刺衣；苦帶。」參看
　　　　Dizionario Garzanti della lingua italiana 和《意漢詞典》
　　　　"cilicio" 條。

61-66.　**身無一物的盲人……同樣強大的實景**：「赦罪儀式」是教堂
　　　　儀式，有罪的人在儀式中可以免罪。但丁時期，在赦罪儀式
　　　　舉行的一天，乞丐就會聚在一起行乞。由於盲人不能觀物，
　　　　特別惹人同情，因此但丁說「感染力同樣強大的實景」。

71-72.　**就像雀鷹……施諸兩眼**：「雀鷹」，原文 "sparvier"（sparviere

或 sparviero 的省音寫法），拉丁學名 *Accipiter nisus*，用來
獵捕鳥兒。馴鷹者捉來難馴的雀鷹，就會用線把它的眼瞼縫
起，把它馴服。

73-74. **我由於……太過分**：從這兩行，讀者可以看出，旅人但丁正
直，富同情心。

75. **英明的參謀**：指維吉爾。

76-77. **他十分清楚……問題**：維吉爾不必詢問，就知道但丁想跟亡
魂談話。

80-81. **他的一邊……崖底**：維吉爾是嚮導，讓但丁走比較安全的位
置。維吉爾是幽靈，不愁下跌傷身。

86. **天上的崇光**：指聖光，也就是上帝之光。

87. **這樣的福分……穩妥**：亡魂離開煉獄後，注定有目睹聖光的
福分。

89. **良知的渣滓**：指嫉妒之情。

89-90. **記憶之溪／……流注**：良知沒有渣滓，記憶之溪就毫無窒
礙，變得清澈澄明。

93. **我知道答案……有利**：但丁再度強調，凡塵的人可以為煉獄
的亡魂祈禱求福。

95. **真城**：指上帝之城，即天堂。此刻，亡魂已確切知道，他們
會飛升天堂。

96. **流落意大利的凡塵**：亡魂視凡塵為異鄉，天堂為真正的家。
這一論點與莊子《齊物論》所說相通：「予惡乎知說生之非
惑耶！予惡乎知惡死之非弱喪而不知歸者邪！」

99-102. **為了說得更清楚……腮幫**：此段把動作、神態寫得栩栩欲
活，是但丁的拿手好戲。

103. **自我戕害**：指甘願讓雙眼受縫而自苦。

108. **他**：指上帝。

109-10. **我在生的時候，雖有智慧之名，／卻並不智慧**：原文是"Savia non fui, avvegna che Sapia / fossi chiamata"。詩中「智慧」這個幽靈，即"Sapia"，約於一二一零年生於錫耶納比戈茲 (Bigozzi)家族，是卡斯提利翁切羅(Castiglioncello)堡主人基尼巴爾多・薩拉契尼(Ghinibaldo Saracini)的妻子，《煉獄篇》第十一章第一二一行的普羅文贊・薩爾瓦尼（全名是普羅文贊諾・薩爾瓦尼，Provenzano Salvani）是她的姪兒，同情圭爾佛黨。一二六九年，埃爾薩谷・科雷之役中，錫耶納的吉伯林黨（其中包普羅文贊）與翡冷翠的圭爾佛黨交戰，大敗，智慧爲之欣喜不已（參看本章一一五——一二零行）。Sayers(*Purgatory*, 172)說，智慧可能遭錫耶納冤枉放逐，因此懷恨在心，對鄉人沒有好感。原文的"Savia"是 savio（智慧）的陰性形容詞，源出普羅旺斯語 *savi, sabi*；*savi* 和 *sabi* 源出通俗拉丁語的 *sapius*；*sapius* 又由 sapĕre（洞悉，理解，具智慧）派生。但丁利用"Savia"和"Sapia"的相近詞源，在此一語雙關（這類雙關語在中世紀的意大利至爲普遍）。*Savio* 的詞源，參看 *Dizionario Garzanti della lingua italiana* "savio"條。普羅文贊的生平，參看《煉獄篇》第十一章一零九——一一零行註。按照意大利語的發音，"Sapia"也可音譯爲「薩琵亞」。

113-14. **我當時的生命之弧／正在下彎**：過了人生的中途（參看《地獄篇》第一章第一行）。在但丁看來，人生是個向兩邊下彎的弧，三十五歲是中途，過了三十五歲開始下彎。科雷之役發生時，智慧年約六十。

115-16. **我的同鄉……交鋒**：一二六九年，錫耶納的吉伯林黨在科雷

與翡冷翠人交戰，大敗。當時，智慧身在科雷，並且登樓觀戰。科雷在錫耶納西北，位於埃爾薩河岸的一座山上，靠近聖吉米亞諾(San Gimignano)。參看《煉獄篇》第十一章一零九——一零行註。

117. **我竟求上主實現他原定的意圖**：上主本來就要錫耶納人大敗，智慧的祈求恰與上主的願望一致。言下之意，是萬事都由天定，不隨嫉妒者的禱告而變化。

122-23. **對上主喊道……無異**：這兩行描寫驕傲的典型。在意大利的托斯卡納和倫巴第，每年一月底會有晴天，意大利人稱爲「烏鶇天」（"giorni della merla"，又稱"giornate della merla"）。烏鶇性畏寒，陰冷天就會躲起來。據意大利寓言的說法，逢上一二月的晴天，烏鶇就會鑽出來，雀躍不已，大喊：「上主呀，冬天已經過去，我再也不怕你了。」參看 Bosco e Reggio, *Purgatorio*, 230；Sapegno, *Purgatorio*, 146。

124-29. **在我的生命……給我關懷**：智慧臨終才懺悔。按理，一個人懺悔得這麼晚，必須在煉獄外等候一段時間。智慧無須等候，完全有賴賣梳者皮耶的祈禱。**賣梳者皮耶**：皮耶（Pier Pettinaio，全名爲 Piero Pettinaio），生於錫耶納東北的坎皮(Campi)，爲人誠實，其初以賣梳爲業；後來加入方濟各會，成爲有名的聖者。因爲替智慧祈禱，智慧獲得減刑。

130-32. **你是誰呢？……發出話音**：亡魂發覺但丁有血肉之軀，因此發問。

135. **它們……罪愆**：但丁在這裏宣稱，自己沒有妒忌之心。

136-38. **我更加……身上**：但丁承認，自己有驕傲的弱點，死後注定要再來煉獄，受負石之刑。因此，凡塵的生命未完，他已感到驕傲者所受刑罰的重壓。

139-40. **於是……「既然……上這裏的？」**：智慧聽得出但丁在呼吸，卻不知道他是血肉之軀；也不知道維吉爾在但丁身旁，因爲維吉爾是幽靈，旣不呼吸，走起路來也没有腳步聲。

142-44. **如果……吩咐就行了**：意爲：如果你要我在凡間（「阻隔／之外」）找你的親人爲你祈禱，告訴我就行了。

145-46. **「啊，這件事……恩幸」**：但丁能夠以血肉之軀到煉獄，使上主對他的恩幸大爲彰顯。

148. **至愛**：指但丁最鍾愛的人或物。至於是何人何物，作者没有說明。

150. **請恢復……嘉名**：意爲：告訴我的親人，我置身之所是煉獄，不是地獄。

152. **浮誇的族人**：指錫耶納人。**塔拉莫內**：Talamone，歐洲第勒尼安海岸的一個海港，位於托斯卡納的近海沼澤地。一三零三年，錫耶納人把塔拉莫內買下，以擴大海上貿易，與比薩和熱那亞競爭。可惜海港多瘴疾，不適宜居住，而且經常淤塞，需要疏浚，花費大量金錢，結果錫耶納人的鴻圖遭到挫敗。

153. **狄安娜**：Diana，羅馬神話中的月神，相等於希臘神話中的阿爾忒彌斯。錫耶納市曾有這位女神的雕像，而錫耶納人相信市中有地下河流，乃以「狄安娜」爲河名。爲了尋找這夢幻之河，給全城食水，錫耶納人曾花費大量的人力物力，可惜徒勞無功。

154. **而損失……之輩**：負責掌管塔拉莫內海港的會染上瘴疾死亡，因此「損失最大」。

第十四章

在洗滌嫉妒的平台上，圭多・德爾杜卡斥責阿爾諾河谷的城鎮、家族墮落，然後稱讚羅馬亞的先賢，以影射今日該區的罪惡。接著，但丁聽到聲音，自述嫉妒的實例。

「這個人是誰？還沒有死亡
　　就起飛，繞著我們這座山前趨，
　　而且還隨意把眼睛張開合上。」　　　3
「不知道；只知道他不是子然
　　一人。你距離較近，就由你詢問，
　　並且和藹地歡迎他，跟他交談。」　　6
就這樣，兩個幽靈向彼此彎著身，
　　在我右邊不遠的地方談論我，
　　然後仰起臉來，向我述陳。　　　9
其中一個說：「靈魂哪，你還未擺脫
　　肉體，就已經朝天堂上升。
　　請惠然給我們安慰，並述說　　　12
你的籍貫和身分。你呀，獲贈
　　恩典，使我們驚異；驚異的程度
　　跟目睹前所未有的事物相等。」　　15
於是我說：「在托斯卡納的中部，
　　有一條小河在蜿蜒。這條河，發源於

法爾特羅納，流過逾百英里的路途。　　18
從該河的岸上，我帶來這身軀。
　　要奉告身分，只會徒耗脣舌，
　　因爲，我目前的聲名仍不訏。」　　21
「如果我的心智能夠清楚地
　　明白你的意思，」剛才首先
　　發言的回答說：「你是講阿爾諾河。」　24
第二個對第一個說：「爲甚麼他遮掩
　　那條河流的名字？就像常人
　　說話時提到可怖的人物或事件。」　　27
第一個幽靈見同伴向他發問，
　　就這樣回答：「我也不知道；不過
　　這河谷的名字也該毀滅湮沉。　　30
該河的源頭崇山綿延，佩洛羅
　　高地也斷自這川瀆密佈的山脈。
　　在別的地方，水量鮮會這麼多。　　33
到了下游，河水就流入大海，
　　去補充長天蒸發的水分，讓川瀆
　　再有流水。從河源到河口地帶，　　36
美德彷彿是毒蛇，遭所有的宗族
　　敵視擯棄。他們這樣做，不是因該地
　　有災禍，就是受驅於敗壞的風俗。　　39
這些居民，在這個邪惡的河谷裏
　　改變了性情，就像動物一樣，
　　與克爾凱所養的豬玀無異。　　42
這些骯髒豬，只配以橡實爲糧，

不配吃人類製造的任何食品。

瘋河濫觴時，流過髒豬之鄉；　　　　　45
繼續向下蜿蜒時見惡狗猖狂

而吠，聲音超出了權力範疇。

於是，河道鄙夷地扭嘴前進。　　　　　48
這條不祥的壕溝，承受著詛咒

繼續下降，結果是河身越粗，

就看見越多蛻變成豺狼的惡狗；　　　　51
然後降落許多空洞的深谷，

碰見了狐狸。狐狸滿肚子鬼計，

也不懼羅網會把它們抓住。　　　　　　54
這些事，我不怕此人聽見而不提。

而他呢，要是記住甚麼樣的真靈感

在我面前展現，就會得益：　　　　　　57
我看見你的孫子在兇河之岸

變成了獵人，去搜捕那些豺狼，

並且叫它們全部心驚膽戰。　　　　　　60
他把活生生的狼肉售諸市上，

然後把它們當作老牛來屠宰。

他奪去多人的性命和自己的名望。　　　63
他染滿血腥，從慘戚的樹林出來。

由他離開的一刻起，此後的一千年，

林中再不能恢復昔日的盛態。」　　　　66
通常，慘痛的禍患被宣於言，

就不管禍患從哪一方來襲，

憂色都會呈現於聽者之臉。　　　　　　69

這情形，和我目睹的並無差異：

　　那個轉身聆聽的亡魂，聽到

　　同伴這樣說，就變得憂慮而哀戚。　　　72

鑒於前者的話語、後者的神貌，

　　我心生好奇，想知道他們的姓名；

　　於是一再祈求，請他們見告。　　　　75

結果那先前跟我談話的幽靈

　　說道：「你是要我給你回答──

　　做你不願意為我做的事情……　　　　78

不過，既然上主的聖恩宏發，

　　要藉你來耀顯，我怎會拒絕呢？

　　告訴你：我是圭多・德爾杜卡。　　　81

我的血液因妒忌而變得灼熱；

　　結果，我一旦目睹人家歡欣，

　　你就會看見我滿臉青白的顏色。　　　84

我收割的麥稈，是我種的因。

　　人哪，為甚麼你的心意寄託處，

　　總不能有別的心意跟它為鄰？　　　　87

這是里涅里，卡爾波利家族

　　以他為榮。迄今，該家族還沒有

　　繼承的人把他的才華祖述。　　　　　90

在波河與群山之間，由雷諾河到海口，

　　在教化和技藝全部失去本質

　　和優點的，不僅是這個人的骨肉；　　93

因為在上述疆界裏，到處都是

　　有毒的荊棘。如今要把荊棘

全部耘掉，時間已經太遲。　　　　96
阿里戈‧馬納爾迪和賢者利茲奧在哪裏？
　皮耶‧特拉維爾薩羅和圭多‧迪卡爾皮亞呢？
　羅馬亞人哪，都成了雜種之裔！　　99
波隆亞何時才長出法布羅的枝柯？
　法恩扎何時才有貝爾納丁‧迪佛斯科之曹──
　本根卑微、枝苗高貴的英哲？　　102
托斯卡納人哪，要是我想到
　圭多‧達普拉塔和烏戈利諾‧達佐──
　昔日活在我們當中的俊豪，　　105
想到費德里戈‧提約索一伙，
　想起特拉維爾薩羅、阿納斯塔吉兩家來
　（兩個家族的子嗣都已亡歿），　　108
想起淑女、騎士，想起當代
　邪惡，古代作息都依情遵禮……
　想起這一切而哭泣，請不要驚怪。　　111
布列提諾羅呀，爲甚麼還不銷匿？
　你的家人，爲了逃離邪虐，
　已經和許多人向他方遷徙。　　114
巴雅卡瓦洛無子嗣，眞是正確；
　卡斯特羅卡羅就苦了；科尼奧更苦，
　竟仍然不憚煩，生出這樣的伯爵。　　117
惡魔一旦離開，帕噶諾家族
　就會好轉。不過這樣的契機
　也不會給族人留下清白的紀錄。　　120
烏戈利諾‧德范托利尼呀，你早已

奠定英聲，不怕有人在未來

　　以墮落的行徑把尊名障蔽。　　　　　123

好了，走開吧，托斯卡納人。現在

　　我只想哭，再沒有說話的心情。

　　剛才的交談，傷透了我的胸懷。」　　126

我們知道，那些可親的亡靈

　　聽得見我們離開。見他們無言，

　　我們就充滿信心再度起行。　　　　　129

我們兩個人正孤獨地繼續向前，

　　突然有聲音如一刃電閃劃破

　　空間，說話時正好在我們前面：　　　132

「不管是誰抓到我，都會殺掉我。」

　　然後像一聲霹靂，在雲堆

　　突然崩塌的剎那向遠方隱沒。　　　　135

那聲音剛在我們的耳邊竄退，

　　哎，另一聲巨響，又緊接著撞來，

　　音量之大，有如一個暴雷：　　　　　138

「我是阿格勞蘿絲，曾變成石塊。」

　　於是，為了向詩人靠近一點，

　　我向右移了一步，並沒有前邁。　　　141

這時，寂靜已充滿四處的空間。

　　「那是堅硬的馬嚼子，」詩人對我說：

　　應該把人在道德的範圍內拘牽。　　　144

不過你們吃下了魚餌，老妖魔

　　乃用魚鉤拉你們到他的一端；

　　至此，用韁繩或誘餌都不會有結果。　147

諸天喚你們，並繞著你們運轉，

　　同時向你們展示永恆的美麗；

　　你們的眼睛卻只向地面諦觀；　　　　　　150

洞察一切的他乃向你們轟擊。」

註　釋：

1-3.　　**「這個人是誰……張開合上」**：亡魂指出，但丁以血肉之軀
　　　　來煉獄。

10.　　　**其中一個**：指第八十一行的圭多・德爾杜卡(Guido del
　　　　Duca)。圭多是拉溫納奧涅斯提(Onesti)家族成員，生年約爲
　　　　一一七零，卒年約爲一二五零，屬貝爾提諾洛(Bertinoro)的
　　　　吉伯林黨，一一九九年任里米尼(Rimini)的最高行政官，也
　　　　任過羅馬亞(Romagna)其他城鎮的長官。黨爭失利時曾受皮
　　　　耶・特拉維爾薩羅(Pier Traversaro)保護。參看本章第九十八
　　　　行。

13-14.　**你呀，獲贈／恩典**：指但丁未卒就能來煉獄。

17.　　　**一條小河**：指流經翡冷翠的阿爾諾(Arno)河。

18.　　　**法爾特羅納**：Falterona，亞平寧山脈的一座山，阿爾諾河發
　　　　源於該山南部。**逾百英里**：亞爾諾河長約一百五十英里。

19.　　　**從該河的岸上，我帶來這身軀**：意思是：我來自翡冷翠。

20-21.　**要奉告身分……聲名仍不訏**：但丁走完了第一層平台，洗滌
　　　　了驕傲，變得客氣而謙虛。

30.　　　**這河谷**：指阿爾諾河谷。

31.　　　**源頭**：指法爾特羅納。**佩洛羅**：意大利語"Peloro"，源出拉

丁語 Pelorus（古希臘語Πέλωρος），漢尼拔舵手的名字，西西里島東北的海岬以之命名，即今日的法羅海岬(Punta del Faro)。亞平寧山脈縱貫意大利，佩洛羅是亞平寧山脈的一部分，被墨西拿海峽分隔。

32. **川瀆密佈的山脈**：指亞平寧山脈。**川瀆密佈**：原文爲 "pregno"，有兩種解釋：或指巍峨高大；或指多水，多河川。譯者採取後一說法。

33. **在別的地方，水量鮮會這麼多**：Singleton(*Purgatorio 2*, 292) 指出，這是但丁的看法；事實並非如此。

34-36. **到了下游……再有流水**：這兩行描寫水的歷程：到了阿爾諾河口，也就是距比薩不遠的地方，河水就流入大海，補充太陽所蒸發的水分。太陽所蒸發的水分會升到天上，降而爲雨，補充河中的水量。

36. **從河源到河口地帶**：指阿爾諾河整個流域。

42. **克爾凱**：意大利語和拉丁語皆爲 Circe，古希臘語爲Κίρχη，太陽神赫利奧斯(Ἥλιος, Helios)和珀爾塞伊斯（Περσηίς，或Πέρση，英文 Perse 或 Perseis）的女兒（一說太陽神和赫卡忒(Ἑκάτη, Hecate)的女兒），埃厄忒斯(Αἰήτης, Aeetes) 和帕西法厄(Πασιφάη, Pasiphae)的姐妹。擅巫術，性狠毒，殺害丈夫以篡奪其王位。居於埃埃厄島（拉丁文 Aeaea，希臘文Αἰαίη）。奧德修斯及隨從經過時，除歐律羅科斯(Εὐρύλοχος, Eurylochus)和奧德修斯外，全被克爾凱變爲豬。後來奧德修斯獲赫爾梅斯之助，以黑根白花的魔力草化解了克爾凱的巫術，迫克爾凱把隨從還原爲人。奧德修斯在島上逗留期間，與克爾凱生下兒子忒勒戈諾斯(Τηλέγονος, Telegonus)。根據某些神話版本，除忒勒戈諾斯外，奧德修斯

還與克爾凱生下別的兒女。參看《奧德修紀》第十卷一三三—
五零行；《地獄篇》第二十六章九一—九三行。

40.　　**這些居民……邪惡的河谷**：「河谷」指卡森提諾(Casentino)
　　　　河谷。「居民」指該河谷的居民。

43.　　**以橡實爲糧**：豬喜歡吃橡實。

45.　　**瘦河濫觴時**：阿爾諾河發源時，水量不多，所以稱「瘦河」
　　　　("povero calle")。**髒豬之鄉**：可以泛指卡森提諾河谷的居民，
　　　　也可以指圭多伯爵一族(Conti Guidi)。參看《地獄篇》第三
　　　　十章六六—七八行。Singleton 指出，圭多伯爵的一支，在
　　　　法爾特羅納山麓有城堡坡爾恰諾(Porciano)，而坡爾恰諾與
　　　　意大利語名詞「豬」("porco")、形容詞「豬的」("porcino")
　　　　相近。但丁在這裏一語雙關，故意影射圭多伯爵家族中的坡
　　　　爾恰諾一支。參看 Singleton, *Purgatorio 2*, 293; Torraca, 432。

46.　　**惡狗**：指阿雷佐(Arezzo)人。阿雷佐由吉伯林黨統治，其拉
　　　　丁語城訓是"A cano non magno saepe tenetur Aper"（「野豬
　　　　常被小狗逮」）。因此，但丁喻阿雷佐人爲惡狗，至爲貼切。

47.　　**聲音超出了權力範疇**：這行諷刺阿雷佐人越權。

48.　　**河道鄙夷地扭嘴前進**：阿爾諾河向東南奔流，距阿雷佐城四
　　　　五英里時突然流向西北。但丁在這裏用了擬人法，把河流比
　　　　作豬，因此阿爾諾河「鄙夷地扭嘴」。

50-51.　**結果……惡狗**：指阿爾諾河離開阿雷佐之後，越是向下，水
　　　　量越多，最後流到了翡冷翠。在但丁的心目中，翡冷翠人貪
　　　　婪如豺狼。結果原先的惡狗（阿雷佐人）隱退，由剛上場的
　　　　豺狼（翡冷翠人）取代。

52.　　**許多空洞的深谷**：這行寫阿爾諾河流到比薩之前的地勢。

53.　　**狐狸**：指比薩人。狐狸意象強調比薩人狡猾。

55.　　　**此人**：指本章第八十八行所提到的里涅里・達卡爾波利
　　　　（Rinieri da Calboli，全名 Rinieri de Paolucci da Calboli）。約
　　　　於十三世紀初生於佛爾利(Forlì)的一個家族，屬圭爾佛黨，
　　　　曾任法恩扎(Faenza)、帕爾馬(Parma)、拉溫納(Ravenna)的最
　　　　高行政官。積極介入吉伯林黨和圭爾佛黨之爭，一二九四年
　　　　曾遭放逐。其後在戰陣中喪生。參看 Bosco e Reggio，
　　　　Purgatorio，245-46。主多的預言所講，是里涅里的孫子富
　　　　爾切里・達卡爾波利(Fulcieri da Calboli)。一三零三年，富
　　　　爾切里是翡冷翠圭爾佛黨中黑黨的最高行政官，迫害城中的
　　　　吉伯林黨和圭爾佛白黨時手段殘忍。這裏說話的人是圭多・
　　　　德爾杜卡。參看本章第十行註。

56-57.　**而他呢，要是記住……就會得益**：「他」，指但丁。但丁沒
　　　　有向圭多詳告身分（參看本章二零—二一行），因此圭多只
　　　　知道但丁是托斯卡納人，會重返故土，聽了有關預言會有好
　　　　處。

58.　　　**孫子**：指里涅里的孫子富爾切里・達卡爾波利。**兇河之岸**：
　　　　「兇河」指阿爾諾河。「兇河之岸」指翡冷翠。

59.　　　**豺狼**：指翡冷翠的吉伯林黨和圭爾佛白黨。

61.　　　**他把活生生的狼肉售諸市上**：這是隱喻，意思是：富爾切里・
　　　　達卡爾波利與黑黨討價還價。他迫害黑黨的敵人；黑黨則讓
　　　　他繼續當最高行政官。

62.　　　**然後……屠宰**：也是隱喻，強調富爾切里・達卡爾波利如何
　　　　殘酷。

64.　　　**慘戚的森林**：指翡冷翠。翡冷翠人是狼，翡冷翠城是森林。
　　　　但丁在這裏用了統一而延伸的比喻。

66.　　　**林中……盛態**：富爾切里・達卡爾波利對翡冷翠破壞之巨，

可見一斑。

71.　　**那個轉身聆聽的亡魂**：指本章第八十八行的里涅里・達卡爾
　　　　波利，即富爾切里・達卡爾波利的祖父。

77-78.　**你是要我給你回答……事情**：在本章二零─二一行，但丁出
　　　　於謙遜，不願意表露身分或自道姓名，現在卻要亡魂做自己
　　　　剛才不願意爲亡魂做的事情。

84.　　**青白的顏色**：指嫉妒之色（原文爲"livore"）。參看《煉獄
　　　　篇》第十三章第九行：「石地的黑青」("livido color de la
　　　　petraia")。

85.　　**我收割的麥稈**：指亡魂在世上嫉妒，到了煉獄要受刑。

86-87.　**人哪……爲鄰**：意思是：人哪，你的心爲甚麼性喜嫉妒，不
　　　　能跟人共享快樂。在這裏，圭多說話的對象是人類。

88.　　**里涅里**：「里涅里」，參看本章第五十五行註。**卡爾波利**：
　　　　里涅里所屬的家族。

91.　　**在波河與群山之間，由雷諾河到海口**：這行所言，指整個羅
　　　　馬亞(Romagna)區，標出了羅馬亞的邊界：波河指北境的 Po
　　　　di Primaro；群山指南境的亞平寧山脈，尤指蒙特菲爾特羅
　　　　(Montefeltro)山；雷諾河指西境的雷諾(Reno)，在波隆亞
　　　　(Bologna)以西；海口指東部的亞德里亞海。但丁時期的羅
　　　　馬亞，相等於今日意大利艾美利亞─羅馬亞區的東部。

92-93.　**在敎化和技藝……骨肉**：意爲：失去優良本質、儀容風範的，
　　　　不僅是里涅里的後裔。參看本章第一一零行的「依情邊禮」。

97-123.　**阿里戈……障蔽**：但丁列舉一連串古代的賢者，以反映今人
　　　　如何差劣。

97.　　**阿里戈・馬納爾迪**：Arrigo Manardi（或 Mainardi），貝爾
　　　　提諾羅(Bertinoro)的賢者，與圭多・德爾杜卡同時，爲人慷

慨而愛才。**利茲奧**：全名利茲奧・達瓦爾波納(Lizio da Valbona)，羅馬亞貝爾提諾羅的貴族，生於十三世紀上半葉，與里涅里・達卡爾波利同時，屬圭爾佛黨，追隨翡冷翠最高行政官圭多・諾維洛(Guido Novello)。一二七九年仍然在生，卒年不詳。參看 Toynbee, 394-95, "Lizio"條。**在哪裏**：意大利原文"Ov'è"，源出拉丁語"ubi sunt"（「他們此刻在哪裏呢？」），頗有「如今安在哉？」的意味；是中世紀拉丁語"Ubi sunt qui ante nos fuerunt？"（「前人在哪裏呢？」）一句的開頭，慨嘆人生短暫，青春和美好的事物不能久留。但丁在這裏稍加改動，賦自己的作品以新意。參看 Sapegno, *Purgatorio*, 156。

98. **皮耶・特拉維爾薩羅**：Pier(Piero)Traversaro，出身拉溫納特拉維爾薩羅家族，約生於一一四五年，於一二二五年卒，曾任拉溫納的最高行政官多年。屬吉伯林黨，獲神聖羅馬帝國皇帝腓特烈二世（Friedrich II，一一九四——一二五零）器重。爲人慷慨大度。卒後，其子保羅(Paolo)繼位，轉而支持圭爾佛黨，家族開始沒落，最後爲坡倫塔(Polenta)伯爵家族取而代之。坡倫塔家族與但丁友善，曾給但丁庇蔭。參看 Sapegno, *Purgatorio*, 157；Toynbee, 619, "Traversaro, Pier"條。**圭多・迪卡爾皮亞**：Guido di Carpigna，屬圭爾佛黨，一二五一年任拉溫納的最高行政官，一二八二年卒。爲人豪爽慷慨。卡爾皮亞是羅馬亞的一個望族，約於十世紀在蒙特菲爾特羅興起。卡爾皮亞一族有兩個圭多，大圭多於一二二一年已卒。這裏可能指他的孫子小圭多。卡爾皮亞也是羅馬亞的一個城鎮，今日叫 Carpegna。參看 Bosco e Reggio, *Purgatorio*, 247；Singleton, *Purgatorio 2*, 302；Toynbee, 148, "Carpigna"條。

100. **波隆亞**：Bologna，一譯「波洛尼亞」，或譯「波倫亞」，今日是艾美利亞─羅馬亞(Emilia-Romagna)的首府。**法布羅**：全名法布羅・德拉姆貝爾塔茲(Fabbro de' Lambertazzi)，波隆亞吉伯林黨領袖，是賢者兼智者，一生位高權重，曾任法恩扎(Faenza)和其他城市的最高行政官，卒於一二五九年。其子與傑雷美(Geremei)一族衝突，導致拉姆貝爾塔茲家族衰亡，結果波隆亞的吉伯林黨也隨著式微。參看 Vandelli, 488；Singleton, *Purgatorio 2*, 302-303。

101. **貝爾納丁・迪佛斯科**：Bernardin di Fosco，原名貝爾納多(Bernardo)，佛斯科(Fosco)之子，是個農夫，出身卑微。由於才幹出眾，為人慷慨大方，貴族視為同儕。一二四零年抵禦腓特烈二世進侵法恩扎有功，一二四九年任錫耶納和比薩的最高行政官，權重一時。參看 Sapegno, *Purgatorio*, 157；Singleton, *Purgatorio 2*, 303-304。

104. **圭多・達普拉塔**：Guido da Prata。Prata（今日叫 Prada）是個村莊，在佛利、法恩扎、拉溫納之間。圭多在村中有權有勢，而且有不少財產，約於一二三五至一二四五年間卒。**烏戈利諾・達佐**：Ugolino d'Azzo，托斯卡納人，卒於一二九三年。有的論者認為他出身於托斯卡納望族烏巴爾迪尼(Ubaldini)，是阿佐・德利烏巴爾迪尼・達森諾(Azzo degli Ubaldini da Senno)的兒子，與《地獄篇》第十章一二零行的「紅衣主教」奧塔維阿諾、《地獄篇》第三十三章第十四行的「大主教魯吉耶里」、《煉獄篇》第二十四章第二十八行的烏巴爾迪諾・達拉皮拉屬同一家族，娶普羅文贊・薩爾瓦尼(Provenzan Salvani)之女貝阿特麗切・蘭恰(Beatrice Lancia)為妻。在生時有大量產業。享上壽。參看 Sapegno, *Purgatorio*,

157；Singleton, *Purgatorio 2*, 304；Toynbee, 76-77, "Azzo, Ugolin d'"條。

106. **費德里戈・提約索**：Federigo Tignoso，里米尼貴族，富有而慷慨，大約是十三世紀初葉的人。**一伙**：與費德里戈相交的人。

107. **特拉維爾薩羅**：特拉維爾薩羅家族，以皮耶・特拉維爾薩羅(Pier Traversaro)最爲有名，是拉溫納的吉伯林黨望族，十世紀中葉崛起。參看本章第九十八行註。**阿納斯塔吉**：拉溫納貴族，在羅馬亞有權勢。到了一三零零年左右，阿納斯塔吉家族已經式微。

109. **當代**：指當代的羅馬亞。

112. **布列提諾羅**：Brettinoro，即今日的 Bertinoro，羅馬亞的一個小城，位於佛利和切塞納(Cesena)之間。城中的人以慷慨著稱。其城堡爲馬納爾迪家族所有。一三零零年，馬納爾迪家族已經滅亡。參看本章第九十七行註。布列提諾羅的貴族以慷慨好客見稱。參看 Bosco e Reggio, *Purgatorio*, 248；Singleton, *Purgatorio 2*, 307。

113-14. **你的家人……遷徙**：指馬納爾迪家族。

115. **巴雅卡瓦洛**：Bagnacaval(Bagnacavallo)，拉溫納附近的城鎮，在羅馬亞，位於森尼奧(Senio)和拉莫内(Lamone)兩河之間，離盧戈(Lugo)不遠。但丁時期屬吉伯林黨的馬爾維契尼(Malvicini)伯爵家族。一二四九年，馬爾維契尼家族曾放逐圭爾佛黨。圭多的意思是：這家族將會絕後。到了一三零五年，再無子嗣。參看 Toynbee, 79-80, "Bagnacaval"條；Singleton, *Purgatorio 2*, 307。

116. **卡斯特羅卡羅**：Castrocaro，羅馬亞佛利(Forli)附近的一個村

莊，以前是一座城堡，屬吉伯林黨卡斯特羅卡羅伯爵家族。卡斯特羅卡羅家族，後來轉而歸順教會。參看 Singleton, *Purgatorio 2*, 307-308。**科尼奧**：伊莫拉(Imola)附近的一座城堡，一二九五年之後遭摧毀。

118. **帕噶諾家族**：法恩扎的吉伯林家族，十三世紀末統轄佛利、法恩扎、伊莫拉。一三零零年，該族的家長為馬基納爾多·帕噶諾(Maghinardo Pagano)。馬基納爾多殘酷狡獪，有「惡魔」之稱，卒於一三零二年。馬基納爾多·帕噶諾又叫邁納爾多·帕噶諾(Mainardo Pagano)。參看 Bosco e Reggio，*Purgatorio*, 248；Singleton, *Purgatorio 2*, 308；《地獄篇》第二十七章第五十、五十一行註。

118. **惡魔**：指馬基納爾多。

119-20. **不過……紀錄**：意為：馬基納爾多·帕噶諾即使死了，也無補於家族聲譽所受的損害。

121-23. **烏戈利諾·德范托利尼**：Ugolin de' Fantolin（詳寫 "Fantolini"），法恩扎人，屬圭爾佛黨，為人剛正賢良，擁有多座城堡。卒於一二七八年。其子無嗣，因此不愁後人不肖，辱沒其「英聲」。

128. **聽得見我們離開**：但丁強調，亡魂沒有視覺，要靠聽覺認知。

131-39. **突然……石塊**：這幾行列舉的兩個例子，是嫉妒的「韁繩」。

131-32. **突然有聲音……在我們前面**：指該隱的聲音。

133. **不管是誰抓到我，都會殺掉我**：該隱謀殺了弟弟亞伯後，對耶和華所說的話。參看《創世記》第四章第十四節："Ecce eiicis me hodie a facie terrae, et a facie tua. Abscondar et ero vagus et profugus in terra；omnis igitur qui invenerit me occidet me."（「你如今趕逐我離開這地，以致不見你面；我必流離

飄蕩在地上，凡遇見我的必殺我。」）

139. **阿格勞蘿絲**：Ἄγλαυρος (Aglaurus)，阿提卡君王克克洛普斯(Κέκροψ, Cecrops)的女兒，赫爾梅斯愛上了她的妹妹赫爾塞(Ἔρση, Herse)。出於嫉妒，阿格勞蘿絲阻止赫爾梅斯與妹妹幽會，結果被變為石頭。參看《變形記》第二卷七零八—八三二行。

140-41. **於是……沒有前邁**：但丁給巨響嚇了一跳，於是要靠近維吉爾來壯膽。

143. **那是堅硬的馬嚼子**：指剛才的巨響，能儆戒嫉妒的人。

144. **應該……拘牽**：把人規限在道德範圍內。

145-46. **不過……他的一端**：指上了魔鬼的當。Vandelli(491)指出，這兩行與《傳道書》第九章第十二節呼應："Nescit homo finem suum, sed sicut pisces capiuntur hamo."（「原來人也不知道自己的定期。魚被惡網圈住……也是如此。」）《拉丁通行本聖經》的"hamo"（hamus 的奪格(ablativus)）是「鈎」或「魚鈎」的意思，與《和合本聖經》的「網」有別。**老妖魔**：指魔鬼撒旦。魔鬼是最早背叛上帝的天使，所以說「老」。

147. **至此……不會有結果**：到了這地步，就無藥可救了。**韁繩**：指嫉妒者所受的刑。**誘餌**：指獲得上帝賞賜的仁愛典範。

148-51. **諸天……轟擊**：維吉爾向但丁解釋，耳際有巨響，作用何在。**洞察一切的他**：指上帝。上帝無所不知，所以說「洞察一切」。

第十五章

但丁和維吉爾從第二層平台向第三層平台進發，途中遇見天使給他們指路，並爲但丁抹去額上的第二個 **P**。兩人聽到山中聖訓第五眞福的歌聲。維吉爾向但丁講述仁愛之道。到了懲罰憤怒者的第三平台後，但丁在幻境中看見三個平和性情的典範：瑪利亞、佩西斯特拉托斯、司提反。

在第三個時辰結束到白天
　　開始的時段，始終像孩子蹀躞
　　玩耍的天體會移動一段空間。　　　　3
而這一刻，太陽已開始西斜。
　　入黑前它走的，是相等的路途。
　　那邊是黃昏；這邊呢，正是午夜。　　6
當時，陽光正迎頭照落面部，
　　因爲我們已繞山走了好遠的
　　旅程，這時正朝著正西趕路。　　　　9
就在這刹那，我突然覺得炬赫
　　壓額的光輝遠比前一陣子盛大。
　　我不知所以，感到惶惑驚愕；　　　　12
於是，爲了遮蓋驕陽，乃把
　　兩隻手掌舉到眼眉之上，
　　使過盛的光線受到抑壓。　　　　　　15

科學和實驗已經證明，光芒
　　一旦射落水面或鏡面，就會
　　朝反方向躍起。躍起的光，　　　　　18
上升時軌跡和下降的光相類；
　　墜石的直線，能把二者的距離
　　在中間分成左右均等的一對。　　　　21
這時，我覺得前方的強光也以
　　同樣的方式反射向我的臉，
　　結果我的目光要迅速逃徙。　　　　　24
「那是甚麼呢？好師父。我要把雙眼
　　遮好，免受它的照射也不能。」
　　我說：「它好像在前移，向我們這邊。」27
「要是你仍因天族的光芒太盛
　　而目眩，」師父答道：「不要驚疑。
　　他是天使，來邀請大家上登。　　　　30
一會兒，這些景物就不會令你
　　觀看維艱的了；反之，天性所授，
　　會使你按能力感到極大的驚喜。」　　33
我們到了神聖的天使那頭，
　　天使就欣然說：「這邊進來。
　　這階梯，遠不像其他階梯峭陡。」　　36
我們攀登著，已經離開那地帶，
　　突然聽到"Beati misericordes!"的歌聲
　　在後面響起，還聽到「勝利者呀，請開懷！」　39
老師和我兩個人一起上征，
　　再沒有別的人。我想從老師的話

獲益；而這時我在向上攀登。　　　　42

於是，為了解惑，就這樣問他：

　「羅馬亞那個幽靈剛才說『不能有』，

　　說『為鄰』，可有甚麼意思嗎？」　45

「他覺察自己的大過，」老師聽後

　　對我說：「知道其害處而加以怒罵。

　　請不要驚奇：他想減少尤詬。　　48

那是由於你們的慾望聚集

　　之處，會因分享而變得薄弱，

　　嫉妒乃鼓動風箱為嘆息打氣。　　51

不過至高天體的大愛，如果

　　把你們的想望向上方拉扯，

　　這種顧慮就不會留存在心窩。　54

因為，在那裏，他們越是說『我們的』，

　　每一個個體就越能得到益處，

　　神龕的仁愛也燃燒得越熾熱。」　57

「此刻，我的求知欲更需滿足。」

　　我說：「發了問，反而更需要飽餐；

　　我的思想，此刻也變得更糊塗。　60

為甚麼多數的大眾共享一善，

　　共享者當中，每個人所獲的分配

　　會比少數人佔有更富足豐滿？」　63

維吉爾回答說：「由於你仍給

　　凡塵所限，揩意於世間的東西，

　　乃從真光之中採集到漆黑。　　66

天上無窮的至善，不可以尋繹

言傳。至善一旦向仁愛奔湧，
　　就會像陽光照向發亮的物體，　　　　　69
施放的能量和物體的亮度相同；
　　結果，仁愛越是向外面伸張，
　　永恆之善就越往它身上傳送。　　　　　72
同時，越是有人施愛於上方，
　　上方就越多仁愛，越多人值得愛，
　　就像鏡子反射彼此的光芒。　　　　　　75
我的話不能消除你的餓態，
　　你就得見見貝緹麗彩。她會
　　徹底把你從饑餓等慾望救出來。　　　　78
只要你努力，五個傷痕必消退，
　　像剛消失的兩道傷痕一般：
　　經過了痛苦再向康強回歸。」　　　　　81
我正要說：「你使我感到心安」，
　　發覺自己到了另一圈的土地上。
　　於是不做聲，只是定神觀看。　　　　　84
就在那裏，突然間，我欣喜若狂，
　　彷彿捲進了幻境而無比興奮。
　　我看見許多人擠滿了神廟的殿堂。　　　87
一位女子，露出慈母的態度和眼神，
　　在入口的地方說：「好孩子呀，
　　為甚麼竟然這樣對待我們？　　　　　　90
你看，戚然神傷地，我跟你爸爸
　　在找你。」她的話，就說到這裏；
　　先前出現的景物也逝於同一霎。　　　　93

接著，我看見另一個女子，淚滴

　　正淌落兩頰——那是因為深惡

　　他人而生悲，因悲而哭泣流涕。　　　96

女子說：「諸天的神祇大傷和睦，

　　是為了吾城而爭名。眾學的光焰

　　由吾城射出。你是吾城的君主；　　99

佩西斯特拉托斯呀，應該懲譴

　　摟我們女兒的手！——真是斗膽！」

　　在我眼前，女子的夫婿滿臉　　　　102

安詳，以寬厚的態度藹然

　　答道：「愛我們的，遭我們定罪虐殺；

　　想害我們的，又該受怎樣的懲辦？」　105

然後，我看見一群人怒火迸發，

　　擲著石屠殺一個少年，並一直

　　大聲向彼此叫嚷：「殺死他！殺死他！」　　108

我看見少年跌在地上（這時，

　　死亡已經沉重地把他壓倒），

　　但始終從眸扉向天堂上馳；　　　　111

極度痛苦中，仍向上主禱告，

　　求上主原諒那些迫害者的罪愆。

　　他的眼神，能釋放哀憫寬饒。　　　114

當我的靈魂再度返回外邊，

　　接觸到本身以外的真實事物，

　　發覺自己的錯誤真實而明顯。　　117

導師看得出，我的舉動有如

　　一個人從睡眠中惺忪醒來，

司提反遭眾人擲石

然後，我看見一群人怒火迸發，／擲著石屠殺一個
少年，並一直／大聲向彼此叫嚷：「殺死他！殺死
他！」

（《煉獄篇》，第十五章，一零六──一零八行）

　　就說：「甚麼事呢？竟不能撐住；　　　120
竟這樣走路，走了半里格開外：
　　眼睛模糊，前行時兩腳跟蹌，
　　就像一個人被酒意或睡意擊敗。」　　123
「我的賢師呀，要是你聽我講，
　　我會告訴你，」我說：「我的雙腳
　　被拉走時，我見到怎樣的景象。」　　126
維吉爾聽後，回答說：「你的外表
　　即使有一百個面具，也不能遮昧
　　心事──不管這心事怎樣微小。　　129
剛才那景象向你展現，你才會
　　開啓心扉；這樣，你才能接受
　　從永恆之泉瀉出的安寧之水。　　132
我剛才問你『甚麼事呢？』發問的理由
　　和視而不見者有別：後者的身體
　　魂散下躺，就失去能視的雙眸；　　135
我問你，是爲了給你的雙足打氣。
　　怠慢的人需要催促；他們
　　醒轉時不懂得迅速掌握時機。」　　138
黃昏中，我們繼續趕路，凝神
　　向遠方極目間，視線一直往前面
　　推移，迎著曄曄的斜暉遠臻……　　141
啊，突然間，只見一大堆黑煙，
　　一如暗夜，徐徐向我們進逼。
　　當時，周圍都沒有躲避的空間，　　144
黑煙一利那就奪去視線和清氣。

註　釋：

1-6.　**在第三個時辰……正是午夜**：按照但丁的計時法，上午六時
爲白天之始，晚上六時爲黑夜之始。上午九時，第三個時辰
結束。在第一、二行，但丁由上午九時倒數向上午六時。**而
這一刻，太陽已開始西斜**：指煉獄的太陽開始西斜。**入黑前
它走的，是相等的路途**：指太陽從這一刻走到下午六時，所
需的時間，相等於上午九時與上午六時的距離；也就是說，
再過三小時，太陽就要告別白天，進入黑夜。煉獄此刻是下
午三時，耶路撒冷是凌晨三時。但丁計時這麼迂回，目的是
強調時間的對稱：以正午爲中央後移，是上午九時到上午六
時的時段；前推，是下午三時到六時的時段。在但丁的心目
中，正午十二時有象徵意義。在《筵席》(*Convivio*, IV, XXIII,
15-16)中，但丁說過："…la sesta ora, cioè lo mezzo die, è la
più nobile di tutto lo die e la più virtuosa…"（「第六個時辰，
即一天中的正午，在一天裏最爲尊貴、最爲崇高……」）；
然後指出，教會的禱告時辰，也儘量以正午爲參考系來計
算。參看 Singleton, *Purgatorio 2*, 314。Musa(*Purgatory*, 166)
認爲，但丁的計時法，有「鏡像」（"mirror image"）效果。
始終像孩子蹀躞／玩耍的天體：指太陽。太陽在黃道來回移
動，位置隨時間變化：有時在赤道之北，有時在赤道之南。
但丁在這裏用擬人法把太陽比作玩耍的孩子。不過論者對這
兩行的詮釋仍未有定論。參看 Sayers, *Purgatory*, 185。**那邊
是黃昏**：指煉獄那邊是黃昏。**這邊呢，正是午夜**：指意大利
是午夜。但丁從煉獄返回意大利後，才以詩人身分追記過去

的經歷，因此稱意大利爲「這邊」。

7-9. **當時……趕路**：這三行充分說明，但丁的方位描寫如何細緻。此刻，他和維吉爾到了煉獄山的北邊，正朝著西方前進，西斜的太陽剛好向他們直射。

10-11. **就在這刹那……盛大**：此刻有天使向他們走來，所以光芒特別盛大。關於這點，二八—三零行會有交代。

16-21. **科學和實驗……均等的一對**：這幾行包含了但丁時期的物理和幾何知識。**墜石的直線**：這裏指垂直線。在物理學上，入射角和反射角的度數相等。

24. **結果我的目光要迅速逃徙**：但丁不能直視，要把眼睛轉向別的地方。

28. **天族**：原文（第二十九行）是"la famiglia del cielo"。直譯是「天上的家庭」，指衆天使。

32-33. **反之……驚喜**：指但丁的本性會讓他按自己的能力從中得到欣悅。

38. **Beati misericordes**：山中聖訓中的第五眞福。參看《馬太福音》第五章第七節："Beati misericordes, quoniam ipsi misericordiam consequentur."（「憐恤人的人有福了！／因爲他們必蒙憐恤。」）

44. **不能有**：指圭多・德爾杜卡在《煉獄篇》第十四章第八十七行提問時所用的字。原文是"divieto"。

45. **爲鄰**：指圭多・德爾杜卡在《煉獄篇》第十四章第八十七行提問時所用的字。原文是"consorte"。

46. **自己的大過**：指圭多本身的嫉妒罪。

47-48. **加以怒罵。／……想減少尤詬**：圭多怒罵嫉妒，一方面想減輕自己的罪過，一方面要世人知所警惕。

49-51. **那是……打氣**：圭多在論述嫉妒的常態，說話的對象是人類。人類慾望所求的事物，都是凡塵的名、利、權、色。名、利、權、色不可以與人分享；一經分享，就會減少。於是，嫉妒趁機煽動人類，叫他們產生嫉妒之情；見別人得到好處，就感到不快（「嘆息」）。**鼓動風箱爲嘆息打氣**：但丁在這裏用了比喻。

52. **至高天體**：指最高天，即神和天使的居所。**大愛**：指神的大愛。

53. **把你們的想望向上方拉扯**：提高你們的情操，使你們的心靈飛升天宇。

54. **這種……心窩**：意爲：你們就不怕好處因分享而減少。

55-57. **因爲……熾熱**：在最高天，好處無窮無盡，取之不竭，不會因分享而減少。大家說「我們的」（一起分享），每一福靈所得反而更多，而天堂的仁愛也變得更旺盛。「最高天」的意大利語是"empireo"（古代意大利語爲 empirio 或 empiro）。英語是 empyrean，源出拉丁語 empyreus 或 empyrius。拉丁語 empyreus 或 empyrius 出自晚期希臘語（從二世紀末至六世紀所用的希臘語）ἐμπύριος。晚期希臘語ἐμπύριος出自古希臘語ἔμπυρος。古希臘語ἔμπυρος是「燃燒」、「著火」的意思，由前置詞ἐν（「在……之上」，「在……之中」）和名詞πῦρ（火）組成。因此，有的譯者又把「最高天」譯爲「淨火天」，因爲該天界全是仁愛之火，至清，至淨，至純，至澄澈；既會「燃燒」，也會「熾熱」。

58-60. **此刻……更糊塗**：意爲：〔但丁〕發問之後，比發問之前更難了解底蘊。

66. **乃從眞光……漆黑**：但丁有凡軀的局限，未能從眞光中採集

到眞光。

67-68.　**天上……言傳**：凡智有局限，無從測度上帝（「天上無窮的至善」）。

69-70.　**就會像陽光……相同**：物體的亮度越大，所受的亮度越高，結果叫人以爲，太陽所放的能量隨物體的亮度增加。

71-72.　**結果……傳送**：心靈的仁愛越多，所獲的永恆之善就越豐厚。

73-74.　**同時……值得愛**：**上方**：指最高天。在最高天裏，愛上帝的福靈越多，仁愛就越多，彼此之愛也越厚。

75.　**就像鏡子反射彼此的光芒**：鏡子越多，彼此反射的光芒越強。

76-78.　**我的話……救出來**：維吉爾再度承認自己的局限；同時指出，但丁要滿足求知欲，要得到更高深的啓迪，必須求諸貝緹麗彩。

79.　**五個傷痕必消退**：但丁額上原有七個 P，現在只剩五個。也就是說，剛才的仁愛天使迎接他的時候，已經抹去第二個 P。至於如何抹，但丁在詩中沒有交代。Bosco e Reggio (*Purgatorio*, 262)指出，但丁在這裏只間接暗示，天使已抹去第二個 P。

81.　**經過了痛苦再向康強回歸**：這行言簡而意賅，撮述了煉獄裏滌罪受罰的過程和目標。

87-92.　**我看見……在找你**：Singleton(*Purgatorio 2*, 329)指出，在煉獄的第三層，受罰之罪是憤怒。與憤怒相反的性情是平和。從八五——一一七行，但丁看到三個平和性情的典範。這幾行所寫是第一例，出自《路加福音》第二章四一——四八行，敍約瑟、瑪利亞與耶穌在逾越節「上耶路撒冷去。守滿了節期」，回家的路上不見了耶穌，於是「回耶路撒冷去找他。遇見他在殿裏，坐在教師中間，一面聽，一面問。……他母

親對他說：『我兒，為甚麼向我們這樣行呢？看哪，你父親
和我傷心來找你！』」

94-105. **接著……懲辦**：在某一場合，一個陌生青年出於愛慕，擁吻
了雅典君王佩西斯特拉托斯(Πεισίστρατος, Pisistratus)的女
兒。佩西斯特拉托斯的妻子見女兒遭輕薄，十分憤怒，要求
丈夫把青年處死。佩西斯特拉托斯態度平和，不慍不怒，說
出了一零四——零五行的話。這裏所寫，是平和性情的第二
典範。

97-98. **諸天的神祇……而爭名**：智慧女神雅典娜(Ἀθηνᾶ, Athena)
和海神波塞冬(Ποσειδῶν, Poseidon)，曾為克克洛庇亞（雅
典城原名）爭勝：誰能給該城最佳的禮物，該城就以其名為
名。波塞冬贈以泉水；雅典娜贈以橄欖樹。結果，任評判的
奧林坡斯諸神裁定雅典娜勝利，該城遂稱為「雅典」
(Ἀθῆναι，拉丁文 Athenae，英文 Athens)。參看《變形
記》第六卷七零—八二行。

106-14. **然後……寬饒**：這節寫平和性情的第三例，出自《新約・使
徒行傳》第七章第五十四——六十節，敘述基督教第一個殉教
者司提反因被控「糟踐聖所和律法」（第六章第十三節）而
提出申辯，申辯後遭人用石頭打死。

115. **當我的靈魂再度返回外邊**：當但丁的神志離開幻境，返回煉
獄的現實。也就是說，但丁剛才所見，並非現實。

117. **發覺……明顯**：但丁發覺，剛才所見雖是幻境，卻出於神的
意旨，是真實的人物和形象（更高層次的真實），一點也不
假。

121. **里格**：原文"lega"，相等於英語的"league"。至於實際長度，
各地的標準有別：或曰一英里，或曰三英里。

128-29. **也不能……怎樣微小**：維吉爾再度指出，他知道但丁在想甚麼。參看《地獄篇》第十六章一一八—二三行，第二十三章二五—二九行。

130.　　**剛才那景象**：指但丁在八七—一一四行所見的三種幻景。

132.　　**永恆之泉**：指上帝。參看《新約・約翰福音》："fons aquae salientis in vitam aeternam"（「我所賜的水……直湧到永生」）。在 *Monarchia*, II, V, 5 和 *Epistole*, V, 7，但丁稱上帝爲"Fons（原文爲奪格 Fonte）pietatis"（恩慈之泉）。

第十六章

但丁和維吉爾在黑煙裏前進，聽到犯了憤怒罪的亡魂在唸誦 **Agnus Dei**。馬爾科與但丁談話，論及自由意志，同時批評塵世的管治失當，指出教皇奪取世俗的統治權是癥結所在。然後，陽光照入黑煙，使黑煙轉白，馬爾科向但丁和維吉爾道別。

地獄的晦冥，或者在烏雲四蓋、
　　一物全無的貧天瘠穹下面
　　失去每一顆行星的黑夜，從來　　　　3
不會像那堆黑煙，給我的視線
　　造成那麼厚的帷幕，也不能
　　用那麼粗糙的物質把感覺覆掩；　　6
結果我的雙目竟難以久睜。
　　我那智慧而可靠的嚮導，這一頃
　　走近了我，以肩膀給我支撐。　　　　9
像瞎子一般跟著嚮導前行，
　　以免迷失方向，以免和外物
　　相撞而受傷，甚至因此而喪命，　　12
我在辛臭的空氣中前進舉足，
　　行走間聽見導師不斷對我講：
　　「小心哪，不要離開我，以免迷路。」　15
這時，我聽到一些聲音，都像

禱告的人在祈求哀矜和安寧；

　　對象呢，是神的羔羊——洗罪的羔羊。　18

祈禱都以「神的羔羊」起興；

　　禱詞的語句和韻律完全一致，

　　聽起來彷彿在絕對諧協中共鳴。　21

「我此刻聽到的是幽靈嗎，老師？」

　　我問。老師答道：「你猜對了。

　　他們正在使憤怒之結鬆弛。」　24

「你是誰呢，竟能把煙霧剖割。

　　聽你提到我們的語氣，你量度

　　光陰時好像仍以朔月爲準則。」　27

亡魂之中，有一個聲音這樣說。

　　於是，師父這樣吩咐我：「回答他。

　　問問從這裏能不能攀上高坡。」　30

我說：「生靈啊，你是把身體洗刷，

　　要皎然重見那造你的威靈。

　　來吧，我的故事會令你驚詫。」　33

「我會按許可的範圍跟你前行，」

　　他答道：「煙霧不讓我們眼看，

　　我們仍可以一起用耳朵聆聽。」　36

於是我說：「我身裏襁褓上攀，

　　穿越了地獄的人苦來到這處所。

　　那襁褓，死亡最終會把它拆散。　39

既然上主已經用恩典接我，

　　要我新徑是遵，絕不須依迫

　　常軌就可以參觀他的天國，　42

倫巴第人馬爾科
「你是誰呢，竟能把煙霧剖割。／聽你提到我們的
語氣，你量度／光陰時好像仍以朔月為準則。」
（《煉獄篇》，第十六章，二五一二七行）

倫巴第人馬爾科
「我會按許可的範圍跟你前行，」／他答道：「煙霧
不讓我們眼看，／我們仍可以一起用耳朵聆聽。」
（《煉獄篇》，第十六章，三四—三六行）

請不要隱瞞；告訴我，你卒前是誰。
　告訴我，我走的可是登躋的正路。
　你的話會成為嚮導，給我們指揮。」　　45
「我叫馬爾科，屬倫巴第一族。
　諳達世情，也熱愛賢者的優點。
　這優點，再無人為之張弓注目。　　48
要向上攀登，你只須一直向前。」
　亡魂回答完畢，再補充說：「請你
　到了上面，為我禱求進言。」　　51
於是，我對他說：「我懷著誠意
　保證遵命；不過此刻我心中
　困惑難當，要馬上得到舒啟。　　54
這困惑，以前是單一；現在是雙重。
　在此，你的話證實他說無誤，
　使我把兩種說法結合聚攏。　　57
世界就像你剛才對我的敘述：
　所有德行，的確在裏面絕了跡。
　在裏面，到處有邪惡充塞掩覆。　　60
不過原因何在呢？請為我剖析，
　讓我明白後向其他人敷陳，
　因為有的人責天，有的人怪地。」　　63
他首先是長嘆，再因心傷難忍
　而大呼「哎呀！」然後說：「兄弟呀，
　你的確從瞎眼的世界來臻。　　66
你們這些凡人，甚麼偏差
　都歸咎諸天，彷彿諸天

按著定數把萬物旋動牽拉。　　　　69
果眞如此，你心中的自由意念
　　就被摧毀。那時候，行善致福、
　　爲惡遭殃的公理就不再得見。　　72
誠然，諸天把行動向你傳輸——
　　不能說全部；即使能這樣說，
　　你仍有光明向善惡照耀流佈，　　75
同時有自由意志。與諸天初搏，
　　自由意志如果能承受頹疲，
　　又善獲培養，就會凡攻必破。　　78
自由人哪，你們受更大的神力、
　　更好的本性主宰。你們的心靈
　　由神力創造，非諸天的管轄所及。　81
那麼，現世偏離了正確的途徑，
　　你們是原因所在，原因所藏。
　　這一點，我會爲你說個分明。　　84
靈魂誕生前，會蒙創造者眷望，
　　然後離開他的手，撒著嬌，
　　就像一個小孩，邊笑邊哭嚷。　　87
單純的小靈魂，甚麼都不諳曉；
　　不過一受欣悅的造物主驅推，
　　就會向自己喜歡的事物趨飄。　　90
首先，它嚐到了小玩意的滋味，
　　並因此而受紿。嚮導或羈勒不引走
　　它的迷情，它就會在後面緊追。　　93
所以要立法加以約束控扣；

要有一位君主——這位君主，
　　至少要辨得出真城的塔樓。　　　　　96
法是有的，但執行的責任誰負？
　　沒有誰。由於在前面引導的牧人
　　只能反芻，卻不是偶蹄之屬，　　　99
結果大眾只看見領袖狠狠
　　攫取他們也貪嗜的好處，於是
　　也不再他求，而以同一物養身。　　102
你已經看清了，不善於導引牽持，
　　是世界由善變惡的癥結所在；
　　你內心的本性，並沒有敗壞變質。　105
創造美好世界的羅馬，素來
　　有兩個太陽。人路和神路，分別
　　因它們的照耀而變得清楚明白。　　108
甲太陽撲滅了乙太陽，利劍已直接
　　與彎柄杖相連。兩者一起
　　相併，結果必然會導致歪斜。　　　111
因為相連後，再沒有彼此的顧忌。
　　要是你不信，請端詳一下麥穗：
　　每株植物，都可以憑種子辨析。　　114
在阿迪傑河和波河的土地內，
　　在腓特烈捲入傾軋之前，
　　一度曾有過勇敢慷慨的好行為。　　117
現在呢，不管是誰，凡是沒臉
　　跟賢人說話或接近賢人的，都安然
　　橫越該地，安然在上面履踐。　　　120

誠然，那裏還有三老的典範

　　以昔譴今。這三老，只覺天國

　　來得太遲，上主的接引太緩慢。　　　　123

他們是庫拉多・達帕拉佐、賢者格拉爾多、

　　圭多・達卡斯特爾。圭多的稱呼，

　　法語是『倫巴第憨漢』——這叫法更穩妥。126

今後請述說，羅馬的教會，因一度

　　把兩種權力強行混淆結合

　　而墮入泥淖，把本身和重任沾污。」　　129

我答道：「申論得眞好哇，馬爾科。

　　如今，我明白利未族子孫繼承

　　遺產的權利爲甚麼遭到取消了。　　　　132

不過，你說格拉爾多的仁風

　　留下，是要做絕世的楷模，以數落

　　粗俗的當代——他又是甚麼賢聖？」　　135

「你的話，不是誆我就是考我。

　　你對我講托斯卡納語，卻似乎

　　對賢者格拉爾多一無所知，」他說：　　138

「除非我稱他爲女兒蓋亞之父，

　　否則，我再想不到他有別的姓。

　　我不能陪你們了。願上主伴你們前徂。　141

你看，煙已轉白，裏面有光明

　　照射而出。天使就在前面。

　　他就要看見我了；我不能再停。」　　144

說完就後跫，不再聽我申辯。

註　釋：

6-7. **粗糙的物質……難以久睜**：黑煙辛辣（「粗糙」），眼睛受刺激而「不能久睜」。

8. **我那智慧而可靠的嚮導**：指維吉爾。

18-19. **神的羔羊……起興**：天主教彌撒中的禱文，原文出自《約翰福音》第一章第二十九節，強調基督溫順仁愛："Agnus Dei, qui tollis peccata mundi, miserere nobis. Agnus Dei, qui tollis peccata mundi, miserere nobis. Agnus Dei, qui tollis peccata mundi, dona nobis pacem." （「神的羔羊啊，你洗脫世人的罪孽，哀矜我們。神的羔羊啊，你洗脫世人的罪孽，哀矜我們。神的羔羊啊，你洗脫世人的罪孽，賜我們安寧。」）在煉獄裏，這三句是禱文的開端，由犯了憤怒罪的亡魂唸誦，以補贖前愆。

20-21. **禱詞的語句……共鳴**：指亡魂唸誦禱文時，聲音的高低抑揚絕對和諧。

24. **憤怒之結**：這裏用了比喻：憤怒像個結，把發怒的人牢牢捆住；亡魂此刻唸誦禱文，是要把憤怒之結解開。

25. **你是……剖割**：但丁不是幽靈，有血肉之軀，前行時把煙霧擘開，叫幽靈感到驚訝。

27. **仍以朔月爲準則**：「朔月」，原文爲"calendi"，源出拉丁文"calendae"，在古羅馬以至但丁時期，都指一個月的第一天。「仍以朔月爲準則」，指但丁是塵世中人，仍行塵世的曆法。亡魂這樣詢問，是因爲他從第二十二行的問題聽得出，但丁並非幽靈。

32. **那造你的威靈**：指上帝。

35. **煙霧不讓我們眼看**：煙霧象徵憤怒，而憤怒會障蔽人的視力。

37. **襁褓**：指肉體。

39. **那襁褓……拆散**：凡人死亡，肉體就會潰散。

40-42. **既然……天國**：指常人死後才能進地獄、煉獄或天堂；但丁與常人有別，陽壽未盡即能親臨地獄、煉獄、天堂。「恩典」，指上帝對但丁的殊遇。「新徑是遵」，指但丁不必循一般途徑，就能來到煉獄。

46. **馬爾科**：意大利北部（「倫巴第」）的朝中之士，有賢德，大約活於十三世紀。

48. **這優點……注目**：這行是比喻，用了射箭意象，指世人不再以賢德爲修身的目標。

51. **上面**：指天堂。

55. **這困惑……現在是雙重**：在《煉獄篇》第十四章三七—四二行，圭多・德爾杜卡說到阿爾諾河谷的居民「受驅於敗壞的風俗」而改變了性情，叫但丁感到「單一」的困惑。現在亡魂又說「賢者的優點」（四十七行），「再無人爲之張弓注目」（四十八行），證實了圭多的說法，於是但丁的困惑乃變成雙重（不再是「單一」），不明白世間爲何會如此墮落；結果要在第六十一行探詢究竟。

63. **有的人責天，有的人怪地**：有的人把人類的墮落歸咎於諸天星辰的影響；有的歸咎於凡人的劣根（「怪地」）。在但丁時期，許多人相信天上的星辰能影響凡人的性情和命運。

70-72. **果眞如此……不再得見**：意爲：如果星辰眞能決定一切，就沒有自由意志或賞善懲惡的公理可言了。然而，上帝絕對公正，絕不會讓不公正的賞懲發生。

73. **誠然……傳輸**：這是托馬斯・阿奎那《神學大全》的看法：
諸天星辰影響人的感覺嗜欲，卻不能直接左右其自由意
志。但丁受阿奎那的影響極深，因此也相信這一說法。Bosco
e Reggio(*Purgatorio*, 279)；Sapegno(*Purgatorio*, 177),
Vandelli（507）都徵引阿奎那的著作說明這點：*Summa contra
Gentiles*, III, 85；*Summa theologica*, I-II, q. 9, a. 5, resp；
Summa theologica, II-II, q. 95, a. 5, resp. *Summa contra
Gentiles*, III, 85 說："corpora coelestia non sunt causa
voluntatum nostrarum neque nostrarum electionum. Voluntas
enim in parte intellectiva animae est ."（「諸天不能決定我們
的意志如何運作，也不能決定我們如何去抉擇。實際上，意
志屬於有理性的靈魂。」）

75. **光明**：指分辨善惡是非的能力。

76. **自由意志**：這是基督教的重要教義，與原罪等概念息息相
關。簡而言之，上帝造了人類，賜他自由意志。此後，趨善
趨惡，都由人類自己去決定。*Summa theologica*, II-II, q. 95, a.
5 說："contra inclinationem corporum homo potest per rationem
operari."（「人類可以憑理性抵抗天體的影響。」）此外，
參看 *Summa theologica*, I-II, q. 17, a. I, ad 2；*Monarchia*, I,
XII, 2-4。

76-77. **與諸天初搏，／……頹疲**：諸天星辰能夠影響人的情欲。但
是，如果自由意志堅強，能抵抗諸天星辰的影響（「與諸天
初搏」），情形就不一樣。參看阿奎那 *Summa theologica*, I,
q. 115, a. 4, ad. 3.。

78. **善獲培養**：指人類培養善根，習慣善行。

79-80. **自由人哪……主宰**：「更大的神力」，指上帝。「更好的本
性」，指人類生而向善，有「更好的本性」。Singleton

(*Purgatorio 2*, 356)指出，在基督教教義中，這兩行似非而是：只有服從上帝，自由意志才會眞正自由，不受任何邪惡影響。

82. **現世**：指塵世的人。

83. **你們是原因所在，原因所藏**：人類偏離正途，是咎由自取。

85-93. **靈魂誕生前……在後面緊追**：這幾行的原文爲："Esce di mano a lui che la vagheggia / prima che sia, a guisa di fanciulla / che piangendo e ridendo pargoleggia, / l'anima semplicetta che sa nulla, / salvo che, mossa da lieto fattor, / volentier torna a ciò che la trastulla. / Di picciol bene in pria sente sapore；/ quivi s'inganna, e dietro ad esso corre, / se guida o fren non torce suo amore."曾獲艾略特在"Sir John Davies"一文中盛讚。參看 T.S. Eliot, *On Poetry and Poets*(London：Faber and Faber Limited, 1957), p. 137。

86. **然後離開他的手**：指第八十八行的「單純的小靈魂」離開上帝的手。這行隱約有塑造意象：上帝創造人的靈魂，像陶人埏埴，先在手中把黏土搓揉，工作完畢，才讓靈魂離開。

89. **欣悅的造物主**：造物主會「欣悅」，是因爲他樂於創造人類。

92. **嚮導或羈勒**：指後天的教育或社會的律法。

95. **君主**：指有爲有德的賢君。在《帝制論》中，但丁曾設想一位賢明公正的君主，在凡間建立理想世界。參看 *Monarchia*, III, XVI, 10："Imperatore, qui…genus humanum ad temporalem felicitatem dirigeret."（「皇帝……則把世人帶往凡間的幸福境界。」）但丁所謂的「皇帝」，指神聖羅馬帝國的皇帝。

96. **眞城**：這是比喻，指凡間理想幸福的社會。天下大治時，這樣的境界就會來臨。在《帝制論》中，但丁指出，教皇負責

「根據神的啟示，把世人帶向永生」（"qui secundum revelata humanum genus perduceret ad vitam eternam"）。這裏的「真城」並非教皇統治的結果，因此不指天堂。參看 *Monarchia*, III, XVI, 10。**塔樓**：在古代，一座城市在遠方出現時，旅人首先會看到塔樓。

97-98. **法是有的……沒有誰**：查士丁尼已經立了法，可惜後繼無人，結果神聖羅馬帝國沒有皇帝來執掌。參看《煉獄篇》第六章第八十八、八十九行註。但丁認為，自從腓特烈二世於一二五零年卒後，神聖羅馬帝國再沒有好皇帝，帝位等於虛懸。參看《煉獄篇》第六章九七—一零五行；《煉獄篇》第七章九一—九六行。

98. **牧人**：指教皇。

99. **只能反芻，卻不是偶蹄之屬**：《舊約・利未記》第十一章第一—七節，提到耶和華對摩西、亞倫所說的話，指出「蹄分兩瓣」（「偶蹄」）而又「倒嚼」（「反芻」）的走獸方可吃。該章第三節說：“Omne quod habet divisam ungulam et ruminat in pecoribus comedetis.”（「凡蹄分兩瓣、倒嚼的走獸，你們都可以吃。」）在這裏，反芻代表對《聖經》的沉思，偶蹄代表分辨能力（分辨《舊約》和《新約》，分辨聖父和聖子，分辨基督的神性和人性）。對《聖經》的這一詮釋，源出阿奎那的《神學大全》。參看 Bosco e Reggio, *Purgatorio*, 280-81；*Summa theologica*, I, II, 102, 6。但丁所指的教皇，是卜尼法斯八世。一三零二年，卜尼法斯八世頒佈教皇令，指出教皇既有教會權力，也有俗世權力。但丁在這裏批評卜尼法斯兩者不分，雖然閱讀《聖經》，卻沒有分辨能力，因此「不是偶蹄之屬」。但丁在這裏把教皇比作動

物，譏諷的味道不言而喻。

100-01. **結果……好處**：「大眾」，指教眾。「領袖」，指教皇。這
兩行指教皇和教眾的嗜欲相同。教皇是牧者，應該領導啟
迪，帶羊群走向崇高的目標；現在卻玩忽職守，可見其罪過
如何嚴重。

102. **同一物**：世俗的名利。

103-04. **你已經看清了……所在**：這兩行指神聖羅馬帝國的皇帝沒有
盡責去領導世人，結果世界由善變惡。

105. **你內心的本性……變質**：馬爾科言下之意，是世人的本性沒
有變壞，罪咎應由領導無方的教皇和皇帝承擔。

106. **創造美好世界的羅馬**：這行究竟指羅馬帝國的哪一時期，論
者的說法不一。Singleton(*Purgatorio 2*, 365-68)認爲指奧古斯
都時期；Sayers(*Purgatory*, 194)認爲指君士坦丁、查士丁尼
時期。此外，參看 Sapegno, *Purgatorio*, 179-80。

107. **兩個太陽**：指教皇和神聖羅馬帝國皇帝。**人路**：指俗世社會。
神路：指精神世界、宗教領域。

109-10. **甲太陽……相連**：「甲太陽」指教皇；「乙太陽」指神聖羅
馬帝國皇帝。「利劍」象徵皇帝的權力；「彎柄杖」指牧者
的手杖，也指教皇的權杖。這句的意思是：教皇奪去了皇帝
的權力，直接介入俗世的統治，使「利劍」和「彎柄杖」合
而爲一。

110-12. **兩者一起／……顧忌**：指教皇之權和皇帝之權不再彼此制
衡。

115. **在阿迪傑河和波河的土地內**：指倫巴第，也泛指意大利北部。

116. **腓特烈**：指神聖羅馬帝國皇帝腓特烈二世。**捲入傾軋之前**：
在腓特烈二世與教皇展開鬥爭前，意大利北部還未陷入混

亂。

118-20. **現在呢……履踐**：現在，意大利北部再沒有賢人，結果佞人、壞人到處招搖，不必害羞。

121. **三老的典範**：三老的典範，但丁在下面就會提及。三個典範，代表了倫巴第古代的賢德。

124. **庫拉多・達帕拉佐**：Currado da Palazzo，布雷沙(Brescia)人，屬圭爾佛黨，十三世紀末葉曾任多個官職，其中包括翡冷翠（一二七六）和皮亞琴扎（一二八八）的最高行政官。推行仁治，爲人沖穆而有賢德。**格拉爾多**：Gherardo da Camino（一二四零─一三零六），一二八三年至一三零六年任特雷維索（Treviso）將領，生時獎掖文藝。但丁以他爲貴族典範。參看 *Convivio*, IV, XIV, 12。

125-26. **圭多・達卡斯特爾……「倫巴第憨漢」**：Guido da Castel，全名圭多・達卡斯特羅(Guido da Castello)，特雷維索(Treviso)人，出身羅貝提(Roberti)家族，原屬雷焦・艾米利亞(Reggio Emilia)，以賢智、慷慨著稱，對法國人尤其如是。在法國人眼中，倫巴第人都貪婪，常以高利貸爲業。法國人稱圭多爲「憨漢」，是強調他爲人忠直。

127-29. **今後請述説……沾污**：參看本章一零九──一一一行。羅馬的教會奪取了皇帝的權力，結果墮入泥淖，也弄污了自己的重任。

131-32. **如今……取消了**：利未人任職祭司，不能繼承財產，是爲了避免貪污。參看《民數記》第十八章第二十一─二十四節；《申命記》第十八章第二節。

139. **蓋亞之父**：格拉爾多的女兒叫蓋亞(Gaia)，卒於一三一一年。有的論者說蓋亞貌美，但不守婦德；有的論者說她德貌

俱備。孰是孰非，迄今尚無定論。

142-44. **你看……我不能再停**：落日的光芒（「光明」）照過煙霧，使之「轉白」。亡魂要留在煙霧內滌罪，因此必須回頭，不能再跟但丁談話（「不能再停」）。Bosco e Reggio(*Purgatorio*, 284)指出，有些論者認爲光芒由天使發出，其實並不正確。

第十七章

但丁跟隨維吉爾在第三平台上前進，看到憤怒的三個實例。接著，
和平天使爲但丁抹去額上的另一個 **P**。但丁和維吉爾到達第四平台
時，黑夜降臨。由於兩人不能在夜裏前進，維吉爾就利用這段時間，
爲但丁講解煉獄的結構和裏面受懲的罪孽。

讀者呀，請回想一下，假如
　　在高山，你被大霧圍困，只可以
　　像歐鼴一般，用皮膚代替雙目　　　3
去觀物；當又濕又濃的水氣
　　開始消散退逸，太陽的圓盤
　　穿射而過時會如何微弱迷離；　　　6
這樣，你的想像就可以憯然
　　而至，輕易揣度出，此刻，斜暉
　　在日落的時辰如何再讓我得瞻。　　9
就這樣，我在老師的一旁緊隨
　　他堅定的步伐，從霧中走向曛芒。
　　那曛芒，已在下方的涯岸隱退。　　12
想像啊，有時候，你把我們恍恍
　　惚惚地牽走，一千支喇叭齊鳴
　　於周圍，我們也不會聽在心上。　　15
感覺不助你，是誰在令你馳行？

是成形於天上的光，自發於本身
　　或由天意下遣後遵天意之令。　　　　18
傳說中，有一個化身爲鳥的人，
　　變形後最喜歡唱歌。她的劣跡
　　這時在我的想像中留痕。　　　　　　21
爲此，我的心志把觀照之力
　　內移，全部集中於本身，結果
　　外物都不獲它的吸納注意。　　　　　24
然後，在高妙的神思中，瀉落
　　一個人，釘在十字架上，其容顏
　　鄙夷兇惡，其生命則奄奄將歿；　　　27
顯赫的亞哈隨魯在他的旁邊，
　　和妻子以斯帖、公正的末底改一道
　　（末底改的言談舉止都正直無懲）。　30
然後，當這個形象如水泡
　　刹那間自動破裂，彷彿周圍
　　沒有了水分把它攏合裹包，　　　　　33
一個女孩升入了我的視域內，
　　一邊傷心地哭泣，一邊說：「王后哇，
　　爲甚麼一怒之下決定要自毀？　　　　36
竟爲了保存拉維尼亞而自殺！
　　現在你失去了我。——是我呀，母親，
　　先悼你自戕，然後才哀悼他。」　　　39
當外來的光芒突然擊進
　　閉著的眼睛，睡意就會迸破，
　　但仍會晃悠片刻才全部消隱。　　　　42

一束強烈的光芒也這樣擊落

　　我的臉龐時，神思也這樣逝去。

　　那強光，比我們常見的明亮得多。　　45

我回頭，看看置身於甚麼境域，

　　卻聽到有人說：「這就是上升之地。」

　　我一聽，拋掉了其他一切思緒，　　48

渴念頓生間心中好奇不已，

　　亟想看清剛才是誰在開腔，

　　而且要和他面對才肯休憩。　　51

可是，一如我們的目力被太陽

　　壓倒時，因強光而看不到其面貌，

　　這時候，我也缺乏勝任的力量。　　54

「這是天使。他不需我們祈禱，

　　就把我們帶領到上升之路，

　　並以光芒把自己掩蓋圍繞。　　57

他照顧我們，猶常人對自己照顧；

　　等待請求才看得見人家所需，

　　已經峻然走上了拒絕之途。　　60

現在，讓我們應邀去調整步履，

　　趁著天未黑，設法向上面攀爬，

　　否則天亮之前就不能再上趨。」　　63

導師說完了這番話，我就和他

　　一起把腳步轉向一道階梯。

　　在我踏上第一步梯級的剎那，　　66

我已感到身邊有鼓動的翼

　　扇著我的臉；聽見有聲音說：

「Beati pacifici，沒有乖戾的怒氣！」　　69
黑夜降臨前的餘暉將沒，
　　這時已經升到了我們頭頂，
　　多個方向都已經衆星歷落。　　　　72
「我的力量啊，你爲何消融於無形？」
　　我心中暗忖。因爲，這時我竟然
　　覺得兩腿的力量已經用罄。　　　　75
這時候，梯階不再向上方伸展；
　　我們停留在那裏不再移挪，
　　就像一條船，航行間駛到了海岸。　78
於是，我凝神片刻，側著耳朵
　　傾聽，看新圈裏有沒有聲息；
　　接著啓口，對我的老師說：　　　　81
「好師父哇，告訴我，在這個圈裏，
　　是哪一種罪愆受到滌除。
　　步履雖停，卻別讓尊言休憩。」　　84
老師聞言，對我說：「因善心不足
　　而失職的，在這裏復原振作。
　　在這裏，懈怠的槳再度揮舞。　　　87
不過要對底蘊了解得更多，
　　就聽我細說。這樣，在滯留中，
　　你就會採到一些美好的佳果。」　　90
「孩子呀，造物主和創造物相同，」
　　維吉爾說：「都不會沒有先天
　　或後天的愛心。這一點，你應該懂。　93
先天的愛心絕對不會有乖偏；

後天的愛心卻會有舛訛：因目標
　　錯誤，因愛得太深或太淺。　　　　96
它只要集中貫注於首善，只要
　　在親近次善時適可而止，
　　就不會使人沉湎於邪樂而失調。　　99
不過，當它被扭向邪惡，求善時
　　太過急切，或心意花得不夠，
　　創造物就和造物主背道而馳。　　102
這樣看，你就會明白，一切該受
　　懲罰的行為和一切美德，都必然
　　在你本身的愛心中找到根由。　　105
好了，由於愛心絕不會他盼
　　轉臉而忽視所屬主體的利益，
　　一切事物對本身都不會有惡感。　　108
同時，想像中，本體不可能脫離
　　太一而獨自存在，所有的創造物
　　都絕不可能恨太一，與太一為敵。　111
那麼，如果我的分析合乎理路，
　　眾人所愛之惡，該是他人的災障。
　　這種愛，泥軀中以三種形式冒出：　114
有的人，希望凌駕於旁人之上；
　　辦法是盼旁人遭貶。就因為這一蔽，
　　他們盼人家在顯赫中傾蕩。　　117
又有一些人，怕遭人凌駕後，自己
　　會失去權力、恩寵、榮譽、聲名，
　　結果鬱鬱不樂而禍恥是祈。　　120

有的人，自覺受了侮辱欺凌

　而發怒，心中乃充滿復仇之念；

　　於是竭力去構想害人的行徑。　　　　123

這三種形式的愛，就在下邊

　使人泣悔。現在，我要你明悉

　　另一種愛。這種愛，求善時乖偏。　　126

人人都亂找至善，希望在至善裏

　精神能安息。這種善，爲衆人所索，

　　結果成了衆人爭趨的目的。　　　　　129

你受了愛的牽引，要了解或尋獲

　至善時行動遲緩，這個平台，

　　等你懺悔完畢，就把你折磨。　　　　132

此外，還有另一善，不給人愉快，

　不給人至樂，又不是善之實體

　　（即諸善的果實和根本所在）。　　　135

一個人，愛上此善而不知其宜，

　就要在我們上面的三圈哀懺；

　　至於何以是三種形式，此際　　　　　138

我不說，好讓你自己去找尋答案。」

註　釋：

3.　　　**歐鼴**：原文"talpe"（talpa 的複數）。在但丁時期，一般人相
　　　　信歐鼴沒有視力。不過現代的科學證明，歐鼴也有視力；眼
　　　　睛雖然爲皮毛所覆，卻能透過皮毛觀物。

5.　　　**太陽的圓盤**：指太陽。太陽的形狀如盤，故稱圓盤。

7.　　　**想像**：原文是"imagine"。第十三行的「想像」，原文是"imaginativa"；第二十一行的「想像」，原文是"imagine"；第三十一行的「形象」，原文是"imagine"；第四十四行的「神思」，原文是"imaginar"。這裏的想像指創造或接收意象的能力。

8.　　　**此刻**：大約是下午六時。

13.　　　**想像**：指接收外界形象的能力，是「認知的基礎」("il fondamento del conoscere")。參看 *Enciclopedia dantesca,* vol. 2, 793。Singleton(*Purgatorio 2*, 378)認爲，這裏的「想像」("imaginativa")相等於第二十五行的「神思」("fantasia")。「神思」("fantasia")一詞，在《天堂篇》第三十三章一四二行會再度出現。此外，參看 Anonimo fiorentino, Tomo 2, 274-75; P. Petròcchi, *Nòvo dizionario scolastico della lingua italiana dell'uso e fuori d'uso*, 422-23, "fantasia"條；Prati, 412-13, "fantasia"條。

16-18.　　**感覺……天意之令**：根據亞里士多德的說法，想像是内在感官之一，能藉感官儲存外界印象。Sapegno(*Purgatorio*, 184)說："Normalmente, l'immaginativa opera sulla materia che le è fornita dalle percezioni sensibili degli oggetti reali..."（「通常，感覺感知了現實客體後向想像提供資料，想像就憑這種資料運作……」）。但丁受了新柏拉圖派哲學家的影響，認爲在幻象或靈視境界中，想像能夠由上帝激發。參看 *Summa theologica*, I, q. 78, a. 4, resp.；*Convivio*, III, IV, 9-13。

19-20.　　**傳說中……唱歌**：這裏指普洛克涅殺子餐夫，結果化爲夜鶯的神話。參看《煉獄篇》第九章十三—十八行註。在本章裏，

普洛克涅是三個憤怒實例的第一例。

25. **高妙的神思**：景象來自天上，所以說「高妙的神思」。

26-30. **一個人……無愆**：「一個人」，指哈曼。波斯王亞哈隨魯的
主要宰臣哈曼，因猶太人末底改不肯向他跪拜（「哈曼見末
底改不跪不拜」），要殺盡猶太人。後來，末底改的姪女（一
說堂兄妹）以斯帖介入，結果哈曼被亞哈隨魯王吊死，刑具
是哈曼爲末底改預備的絞架（「於是人將哈曼掛在他爲末底
改所預備的木架上」）。這幾行寫憤怒罪的第二例。但丁在
第二十六行說哈曼「釘在十字架上」，與《聖經》的說法略
有出入。參看《以斯帖記》第三—八章。

34-39. **一個女孩……哀悼他**：這幾行寫憤怒的第三例。「一個女
孩」，指拉維尼亞(Lavinia)，拉丁烏姆(Latium)王拉丁諾斯
(Latinus)和阿瑪塔(Amata)的女兒。拉丁諾斯要把拉維尼亞許
配與埃涅阿斯，遭阿瑪塔反對。後來，阿瑪塔以爲拉維尼亞
的未婚夫圖爾諾斯身亡，絕望中憤然自殺。參看《埃涅阿斯
紀》第十二卷五九三行及其後的描寫。「哀悼他」，指哀悼
「身亡」的圖爾諾斯。**保存拉維尼亞而自殺**：指阿瑪塔不想
把女兒嫁給埃涅阿斯而自殺。**現在你失去了我**：阿瑪塔自
殺，反而要離開（也等於失去）女兒。

43. **一束強烈的光芒**：由第三層平台的天使發出。

47. **聽到有人説**：指但丁聽到天使說話。

68. **扇著我的臉**：指天使抹去但丁額上的第三個 P。

69. **Beati pacifici**：這是耶穌的山上寶訓。見《新約・馬太福音》
第五章第九節：「使人和睦的人有福了！」**乖戾的怒氣**：原
文爲"ira mala"。在《神學大全》中，阿奎那論及「正義的
怒氣」("bona ira")和「乖戾的怒氣」("mala ira")。參看 *Summa*

theologica, II-II, q. 158, a. 2, resp.。

73-75. **我的力量……用罄**：在《煉獄篇》第七章四三—五七行，索爾德羅已經指出，在黑夜，但丁不可以上攀煉獄山。此刻，但丁奇怪，他的「力量……爲何消融於無形」。

76-78. **這時候……海岸**：指但丁和維吉爾到了第三層平台的最後一級，面向第四層平台。

80. **新圈**：指第四層平台。

85-87. **老師聞言……揮舞**：指第四圈是懶惰者滌罪之所。

89-90. **在滯留中，／……佳果**：指但丁繼續上攀前，會聽到維吉爾解釋神道，介紹煉獄的結構。

91-93. **造物主……或後天的愛心**：上帝和萬物都有愛心。《約翰一書》第四章第八節和第十六節，都說「神就是愛」。但丁也認爲萬物都有愛。所謂萬物，包括人、動物、植物、泥土、礦物等等。參看 *Convivio*，III, III, 2-5。**先天／或後天的愛心**：「先天……的愛心」，是萬物回歸本源、趨赴至善的傾向，由上帝賦予。就人而言，這傾向是朝上帝回歸。

94. **先天的愛心絕對不會有乖偏**：由於先天的愛心是萬物的本性，由上帝賦予，因此不會出錯，不會有乖偏。參看 *Summa theologica*, I, q. 60, a. I, resp.；I, q. 60, a. I, ad 3。

95-96. **後天的愛心……或太淺**：後天的愛心，是天使和人類所獨有，因爲只有天使和人類才有自由意志。就天使而言，後天的愛心不會改變，因爲天使永遠親近神，與神一起；人的自由意志卻會變化，產生偏差。參看 *Summa theologica*, I-II, q. 8, a. I, resp.。

97. **首善**：指上帝。

98. **次善**：指上帝以外的善，包括塵世的欲求，諸如友誼、財富、

安舒等等。但一個人對次善如果愛錯了（選了壞對象），或愛得不足，愛得過分，不能適可而止，就會有偏差。

102. **創造物就和造物主背道而馳**：創造物愛次善時，如有偏差，就會和先天之愛背道而馳，違反造物主的意旨。參看 *Summa theologica*, I-II, q. 27, a. 4, resp.。

103-05. **這樣看……根由**：後天之愛施放得宜，就成為美德之源；反之，則會淪為招罰之因。

106-08. **好了……惡感**：一切主體（尤其是人類），都不會憎恨自己。即使自殺者也認為死亡對自己有利，能結束痛苦，給自己帶來解放。主體的原文 "subietto" 是經院哲學術語，指施愛的人。參看 *Summa theologica*, I-II, q. 29, a. 2.。

110. **太一**：原文是 "primo"，指上帝。

114. **三種形式**：指驕傲、嫉妒、憤怒。

115-17. **有的人……傾蕩**：這三行寫驕傲。犯驕傲罪的亡魂在第一平台受刑。

118-20. **又有一些人……而禍恥是祈**：這三行寫嫉妒。**禍恥是祈**：指一心望別人有禍恥。犯嫉妒罪的亡魂在第二平台受刑。

121-23. **有的人……行徑**：這三行寫憤怒。犯憤怒罪的在第三平台受刑。

124-25. **這三種形式的愛……泣悔**：指犯過驕傲、嫉妒、憤怒罪的亡魂在第一、第二、第三層平台受罰。

126. **另一種愛。這種愛，求善時乖偏**：這種愛，求善時或太過，或不及。即第九十六行所說：「愛得太深或太淺」。

127. **人人都亂找至善**：意為：人人都想尋覓至善，卻尋而不得其法，變成「亂找」。這句的意大利文為："Ciascun confusamente un bene apprende"；所表達的思想源出阿奎那的 *Summa*

contra Gentiles III, 38："Est enim quaedam communis et confusa Dei cognitio, quae quasi omnibus hominibus adest."（「幾乎所有人都意識到神。這一意識，混亂而欠明確，爲大家所共有。」）這裏的「至善」("bene")指上帝。Vandelli (521)的詮釋是："ogni uomo ha un' idea vaga, indistinta di un sommo bene, nel quale si acqueti l'animo suo, e lo desidera, e si sforza di conseguirlo."（「人人都依稀模糊地意識到有至善存在；在至善中，其精神會得到安寧。於是渴求至善，要努力達到至善之境。」）

127-28. **希望在至善裏／精神能安息**：希望在上帝的永愛、永光、永寧中得到安息。參看 *Convivio*, IV, XII, 14。

128. **這種善，爲眾人所索**：熱愛上帝之心，是先天之愛，人皆有之。因此人人都尋索上帝。

130-31. **你受了愛的牽引……行動遲緩**：指愛上帝時愛得不足，也就是第一二六行註裏所說的「不及」。

131-32. **這個平台，／等你懺悔完畢，就把你折磨**：亡魂到煉獄前，都已懺悔。懺悔完畢，就到煉獄受刑滌罪。「這個平台」，指煉獄的第四層平台，是懲罰懶惰罪的場所。

133. **另一善**：指「次善」（見本章第九十八行）。「首善」（第九十七行）以外的善，都是「次善」。

133-34. **不給人愉快，／不給人至樂**：「次善」不能給人完全的滿足；只有「首善」（即上帝）才能完全滿足人的渴求，給他至樂。

134-35. **又不是善之實體／（即諸善的果實和根本所在）**：意爲：又不是上帝；只有上帝，才是諸善的果實和根本所在。Bosco e Reggio（ *Purgatorio*, 301 ）說："questo bene imperfetto non può produrre la felicità, perché non è 1'Essenza perfetta…che è origine e premio di ogni bene."（「此善〔指次善〕並不完美，不能帶來至樂，因爲它並非完美的本體〔即上帝〕……完美的本體是衆善之源、衆善之果。」））參看 *Summa theologica*, I, q. VI, a. 3。

136. **愛上此善而不知其宜**：愛上次善而不知適可而止（即愛得過分）。

137. **上面的三圈**：指煉獄第五、第六、第七圈。這三圈分別懲罰貪婪、貪饕、邪淫罪。

138. **三種形式**：人類愛次善而不得其宜，結果就會由三種形式（即貪婪、貪饕、邪淫）表現出來。人類對邪惡的愛也有三種形式表現出來，並且在第一、第二、第三平台受刑；中間的平台（即第四平台）則用來懲罰愛首善而愛得不足的亡魂。在《地獄篇》第十一章十六－九十行，維吉爾在下降地獄途中暫停時，也簡介了三重結構。

第十八章

維吉爾應但丁的請求，闡述愛的意義以及愛與自由意志的關係。一
群生時犯懶惰罪的亡魂在第四平台跑過；前面兩個，哭泣著宣示勤
快的範例。韋羅納聖澤諾隱修院院長自述身世。兩個殿後的亡魂，
講述以色列人和埃涅阿斯隨從如何懶惰。胡思亂想間，但丁把沉思
變成了夢幻。

  尊顯的老師結束了上面的論述
    之後，就凝神注視著我的面孔，
    看我的顏容有沒有表示滿足；　　　　3
  而我，正受新的求知欲推動，
    表面是緘默，內心卻說：「也許
    我問得太多，使他的負擔加重。」　6
  但這位名副其實的師父，鑑於
    我當時膽小，不公開自己的願望，
    乃開口說話，把我向言語推驅。　　9
  於是我說：「老師，在你的炯光
    之中，我的視力增加，已清楚
    你的話所包含和解釋的情況。　　　12
  你指出，眾善及其反面，全部
    從愛中衍生。那麼，和藹可親的
    師父哇，我求你把愛的意義闡述。」　15

老師答道：「讓你的理解力此刻
　以銳目望著我，你就會看見
　自封爲嚮導的盲人有甚麼差忒。　　　　18
心靈生下來就敏於產生愛憐；
　事物取悅於它而喚起行動，
　它就會直趨該事物的旁邊。　　　　　　21
你的感官從現實世界中
　獲得印象，把印象在內心展開，
　然後使心靈向著該印象聚攏；　　　　　24
如果心靈聚攏時向對象趨擺，
　這種趨擺就是愛，也就是天性，
　由欣悅重新繫於你的胸懷。　　　　　　27
然後，像火燄向著高空飛凌，
　因自己的先天本質而上躋，
　長返所屬的物質中才會久停，　　　　　30
心靈被攫後，也這樣進入欲望裏。
　這過程是精神活動。被愛的事物
　使心靈欣喜，心靈才會止息。　　　　　33
你現在明白啦，真相是怎樣隱伏，
　不爲某些人覺察；這些人都堅持，
　認爲凡是愛，本身都值得稱述——　　　36
也許因爲，表面看來，愛之質
　總是那麼美好吧？不過，蠟雖好，
　蓋在蠟上的印記未必都如是。」　　　　39
「你的話語，把我的心智引導，」
　我回答說：「爲我昭示了愛；

　　但這樣一來，我就更充滿困擾；　　　42
如果我們的愛獲賜於外，
　　而靈魂再沒有其他的腳行走，
　　走對或走歪，就不是其功勞所在。」　45
老師說：「在這裏，我只能爲你析剖
　　理智的識見；進一步的奧義，須期
　　貝緹麗彩去闡發──那是信仰的範疇。　48
每一種實質，旣與物質分離，
　　又與物質渾然相連在一處；
　　實質本身，又蘊含殊性於本體。　　　51
這種殊性，在行動中方會昭露，
　　也只會在效果中獲得彰顯，
　　一如植物的生命靠綠葉發抒。　　　　54
所以，人類不知道最初的意念
　　在哪裏認識，也不知道感情
　　何以對最初的客體產生眷戀。　　　　57
這些特點，是你們固有的本性，
　　一如釀蜜的熱忱之於蜜蜂。
　　這原始的意念，超越褒貶的鑑評。　　60
那麼，爲了使衆志以它爲規程，
　　乃有本能在心中剖情析理，
　　並負責把持允諾和拒絕的準繩。　　　63
個人該得賞或是受罰，就以
　　這原則爲依歸；結果如何，要看
　　他怎樣把善愛或惡愛收集揚棄。　　　66
有些人，推論時能向根本研探，

就會覺察到這種先天的自由，
　　並因此把倫理道德向後世宣頒。　　　69
那麼，即使愛在你的心頭
　　燃起，是受了必然的規律驅推，
　　操縱的力量仍屬內心的範疇。　　　72
這種崇高的能力，貝緹麗彩稱爲
　　自由意志。因此，如果她跟你
　　提起，你務必把這點記在心內。」　75
幾乎是夜半了。月亮此際
　　在我們眼中使衆星顯得更稀疏。
　　其形狀，彷彿是水桶在焚燒不已。　78
在羅馬人眼中，太陽西赴，
　　燒過撒丁島、科西嘉之間的蹊徑，
　　正是這一刻月亮橫空的道路。　　81
那崇高的幽靈，使皮耶托拉的聲名
　　凌駕於曼圖亞其他城鎮之上；
　　此刻把我所加的擔子下傾，　　　84
結果，疑問解決後我豁然開朗，
　　得到了清晰而明確的答覆
　　而開始胡思亂想，迷迷茫茫。　　87
不過，我的這一種迷離恍惚，
　　突然之間被人群驅散。那群人，
　　這時跑到了我們背後的去處。　　90
上古時代，忒拜人一需要酒神
　　巴克科斯，伊斯梅諾斯、阿索坡斯在夜裏
　　就看見人群在兩岸擾攘紛紛。　　93

懶惰者

不過，我的這一種迷離恍惚，／突然之間被人群驅
散。那群人，／這時跑到了我們背後的去處。

（《煉獄篇》，第十八章，八八—九零行）

類似的人群，也繞著圓圈急移。

就我當時所見的情況判斷，

他們正受到佳意和善愛推擠。　　　　96

浩蕩的人群由於奔跑甚遄，

俄頃間，就來到了我們身邊。

在前面的兩個哭泣著叫喚：　　　　99

「匆匆忙忙，瑪利亞跑進了山間。

凱撒呢，為了制服伊列爾達

而直取馬賽，然後向西班牙疾掩。」　102

「快點哪，快點！要不是這樣，恐怕

因寡愛而失時，」後面的眾伴嚷道：

「樂善，恩寵的綠意就再度萌發。」　105

「眾人哪，你們過去曾怠於行好

而有疏忽延宕的表現。在此地，

強烈的熱情也許在補償代勞。　　　108

這個活人（我實在不敢見欺）

盼太陽再度照落我們時上爬。

那麼，請見告，就近的出口在哪裏。」　111

上面引述的一番話，由導師抒發。

其中一個幽靈聽後，說：「跟在

我們後面，出口就可以到達。　　　114

前進之心充滿了我們的胸懷，

使我們停不了。我們為悔罪而奔忙；

顯得無禮，也請你不要見怪。　　　117

我是韋羅納聖澤諾修道院院長。

統治我的，是紅鬍子這位明主。

今日，米蘭人提起他，仍感到哀傷。　　120
還有一個人，一隻腳已踏進墳墓。
　　這個人，不久就要為修道院哭泣，
　　並因掌過修道院的權而悲苦。　　123
因為，儘管他的兒子體有殘疾，
　　出身卑賤，精神比身體更劣窳，
　　仍獲他立為院長，取代了正席。」　　126
我不知道亡魂有沒有講下去，
　　因為這時候，他已經遠遠超前，
　　只讓我聽到我樂意記述的語句。　　129
救我於所有急難的老師，聞言
　　說道：「後望啊，那兩個人正在
　　一邊走，一邊以嚼子把懶散羈限。」　　132
兩人在整群人的後面說道：「大海
　　曾為一些人分開。到這些人身亡，
　　約旦才看見繼承他們的後代。　　135
至於沒有跟安基塞斯之子同當
　　患難且堅持到底的，則使自己
　　默默無聞，一生得不到榮光。」　　138
之後，這群幽靈與我們分離。
　　到他們遠去，走出了視域之外，
　　另一個念頭又在我腦裏升起，　　141
並且使更加紛繁的思緒展開。
　　我胡思亂想，從此念向彼念輾轉，
　　兩眼竟在徘徊間合了上來。　　144
然後，我把沉思變成了夢幻。

註　釋：

1.　　　**尊顯的老師**：指維吉爾。

7-9.　　**但這位……推驅**：維吉爾知道但丁想甚麼，於是鼓勵他發問。

13-14.　**你指出……衍生**：指維吉爾在《煉獄篇》第十七章一零四——一零五行所說的話。

16-17.　**讓你的理解力……望著我**：這是擬人法。維吉爾把但丁的理解力比作有視力的人。

18.　　　**自封為……差忒**：參看《馬太福音》第十五章第十四節："Caeci sunt et duces caecorum：caecus autem, si caeco ducatum praestet, ambo in foveam cadunt."（「他們是瞎眼領路的；若是瞎子領瞎子，兩個人都要掉在坑裏。」）此外參看《路加福音》第六章第三十九節："Dicebat autem illis et similitudinem：'Numquid potest caecus caecum ducere？nonne ambo in foveam cadent？"（「耶穌又用比喻對他們說：『瞎子豈能領瞎子，兩個人不是都要掉在坑裏嗎？』」）。但丁在這裏以「自封為嚮導」的盲人影射當時伊壁鳩魯派的學說。伊壁鳩魯派強調自然的嗜欲是人性的重要部分。

19-21.　**心靈生下來……旁邊**：這幾行與《煉獄篇》第十六章八五——九三行呼應。

23.　　　**印象**：原文為"intenzione"，出自拉丁文 intentio。Bosco e Reggio 的解釋是："la rappresentazione dell'oggetto"（客體的復現表象）。Singleton(*Purgatorio 2*, 412-13)指出，"intentio"一詞，是經院哲學家所用的名詞，指司知覺的官能從客體所得來的形象，為亞里士多德一派的心理學所沿用。阿奎那在

這方面有詳細的論析。參看阿奎那的 *Summa theologica*, I, q.
XXII, a. 2；*Summa contra Gentiles*,I, 53。

25. **向對象趨擺**：這是愛的第一階段。

26. **也就是天性**：指先天的愛心。參看《煉獄篇》第十七章第九
十四行。

28-30. **然後……才會久停**：先天之愛總要重返本身的歸宿，即造物
主的懷抱。這一趨勢，就像火焰必須向高空飛凌一樣。《天
堂篇》第一章一零九—二零行，也論及先天之愛。**所屬的物
質**：指火焰天，在地球和月亮之間。

31. **心靈被攫後，也這樣進入欲望裏**：指心靈見了對象，產生渴
求，然後為渴求所攫。這是愛的第二階段。

33. **心靈才會止息**：這是愛的第三階段。心靈得到所欲，進入圓
滿狀態，不再有別的企求，所以能夠止息。參看 *Summa
theologica*, I-II, q. 26, a. 2, resp.：“Appetitus tendit in appetibile
realiter consequendum, ut sit ibi finis motus ubi fuit
principium.”（「欲望前趨，冀圖達到可欲，歸於其始。」）

35-36. **這些人都堅持，／……值得稱述**：這兩行回應第十八行。言
下之意是：持這種觀點的與盲人無異。「這些人」，指信奉
伊壁鳩魯學說的人。參看 Sapegno, *Purgatorio*, 196；Vandelli,
525；Singleton, *Purgatorio 2*, 420。

37. **愛之質**：指潛在於人心（即天賦）的愛。

38. **蠟**：指第三十七行的「愛之質」。

39. **蓋在蠟上的印記**：指外在事物對天賦之愛的影響，也就是二
二—二三行的「現實世界〔的〕……印象」。但丁的意思是：
人類雖有天賦的愛心，所愛的對象卻未必恰當。

43-45. **如果……所在**：這三行的意思是：愛既然來自上帝，那麼，

一切都已命定，人類別無選擇，施愛錯誤或正確都與人類無關。

46-48.　**在這裏……範疇**：維吉爾再度承認自己的局限，指出「理智」遜於信仰。

49.　**實質**：指萬物的本質。萬物之所以存在，之所以有獨特個性，全賴這一本質。就人而言，這種本質就是靈魂。

49-50.　**既與物質分離，／又與物質渾然相連在一處**：就人而言，靈魂既與肉體有別，又與肉體一起。

51.　**殊性**：指靈魂的兩重屬性，即理智和自由意志(Singleton, *Purgatorio 2*, 424)。

52-54.　**這種殊性……發抒**：理智和自由意志，要在行動中才爲人察覺，否則就不會彰顯，就像植物中的生命，得由綠葉呈現。「由綠葉呈現」，Sapegno 稱爲"verdeggiare delle fronde" (*Purgatorio*, 198)。

55-57.　**所以……眷戀**：指人類不明白自己何以有天賦的理智，能認識公理、範疇；也不明白，他們對某些客體何以會產生自然的愛意。

61.　**眾志**：指靈魂受外物吸引所產生的嗜欲。**它**：指原始的意念，即意志或天賦的嗜欲。

62.　**本能在心中剖情析理**：指理智或判斷力在心中發揮作用。

63.　**把持允諾和拒絕的準繩**：負責說「是」或「否」，然後讓意志決定，是否要追求外物。

66.　**善愛或惡愛**：指正當和不正當的愛欲。

67.　**有些人，推論時能向根本研探**：指古代的哲學家，如亞里士多德和柏拉圖等人，能窮探究竟，悟出倫理道德的精義。參看 Bosco e Reggio, *Purgatorio*, 308；Vandelli, 528；Singleton,

Purgatorio 2, 437；*Monarchia*, I, 12。

68. **先天的自由**：指自由意志。自由意志能選擇善惡，倫理、道德才有意義。如果一切前定，倫理、道德就沒有意義可言。

69. **並因此……宣頒**：古代的哲學家認爲人類的意志自由，才向後世勸善。如果意志前定，毫無自由，善惡之間再無選擇可言；人類犯了罪，就不再有責任可負。

70-72. **那麼……範疇**：心中的愛，雖然來自上帝，出於必然；但如何去愛，仍由個人的意志來操縱。

73-74. **這種崇高的能力……自由意志**：參看《天堂篇》第五章十九—二四行。

76-78. **幾乎是夜半了……焚燒不已**：旅人但丁於濯足節（即復活節前的星期四）開始地獄之旅時，正值滿月；此刻，月亮由盈轉虧，形狀像個水桶。在旅人但丁所處的地方，月亮上升的時間大約是晚上十時至十時三十分，因此詩人說：「幾乎是夜半了」。參看 Bosco e Reggio, *Purgatorio*, 308；Sapegno, *Purgatorio*, 199；Singleton, *Purgatorio* 2, 438-39。

79-81. **在羅馬人眼中……橫空的道路**：太陽在撒丁島和科西嘉島之間（即羅馬西南）落下時，會進入羅馬人的視域。月亮此刻所走的途徑，與羅馬人眼中太陽所走的途徑相同。以黃道十二宮的位置計算，此刻的月亮大約在人馬宮。參看 Bosco e Reggio, *Purgatorio*, 309。

82. **崇高的幽靈**：指維吉爾。**皮耶托拉**：原文"Pietola"，今日叫 Pietole，古代叫安第斯（Andes），是維吉爾的誕生地，靠近曼圖亞。

84. **此刻把我所加的擔子下傾**：但丁提問，維吉爾要回答，於是要負起但丁「所加的擔子」。現在維吉爾解答完畢，等於放

下了擔子。

89.　　**人群**：指犯了懶惰罪的亡魂。

91-93.　**上古時代……擾攘紛紛**：伊斯梅諾斯('Ισμηνós, Ismenus)和
　　　阿索波斯('Aσωπós, Asopus)是希臘玻奧提亞（Βοιωτία,
　　　Boetia）的兩條河流，忒拜(Θήβη, Thebe)人為葡萄求雨時，
　　　就會在夜裏擎著火炬沿兩河之岸奔走，向巴克科斯(Βáκχος,
　　　Bacchus)祈告。巴克科斯即酒神狄奧尼索斯(Διóνυσος,
　　　Dionysus)，是忒拜的守護神，在奧林坡斯十二神之中年紀
　　　最輕。

96.　　**他們正受到佳意和善愛推擠**：在陽間，亡魂受驅於不正當的
　　　欲望；到了煉獄，則受驅於佳意和善愛，處境有了明顯的分
　　　別。

100.　　**匆匆忙忙……進了山間**：一零零行和一零一行描寫勤快（懶
　　　惰的反面）。瑪利亞從天使加百列口中得知自己會以童貞女
　　　之身成孕，立刻找親戚伊利莎白。這一行動所表現的，是勤
　　　快這一美德。參看《新約・路加福音》第一章三十九—四十
　　　節："Exurgens autem Maria in diebus illis abiit in montana cum
　　　festinatione, in civitatem Iuda. Et intravit in domum
　　　Zachariae, et salutavit Elisabeth."（「那時候，馬利亞起身，
　　　急忙往山地裏去，來到猶大的一座城；進了撒迦利亞的家，
　　　問伊利莎白安。」）

101-02.　**凱撒呢……疾掩**：**凱撒**：指凱撒大帝。**伊列爾達**：原文
　　　"Ilerda"，西班牙卡塔盧尼亞（Cataluña；另一漢譯「加泰羅
　　　尼亞」以英語的"Catalonia"為準）的一座古城，今日叫萊里
　　　達(Lérida)。凱撒在進攻龐培途中，順道圍困了法國的馬賽
　　　(Marseille)；由於兵貴神速，沒有繼續督師，只留下部分軍

隊，完成未竟之功；自己則率軍直取伊列爾達，以電閃的速度打敗敵人。這是勤快的另一例。參看《法薩羅斯紀》第三卷四五三—五五行。

104. **因寡愛而失時**：由於缺乏愛而貽誤時間。

105. **樂善……萌發**：「樂善」，神的恩寵就會像葉子萌發新綠，亡魂就能完成滌罪之旅，進入天國。

108. **強烈的熱情也許在補償代勞**：亡魂在凡間懶惰，現在「受到佳意和善愛推擠」（第九十六行），走得特別迅速，因此說「熱情〔即佳意和善愛〕也許在補償代勞」。

109. **這個活人**：指但丁。

110. **盼太陽再度照落我們時上爬**：希望白天一到就繼續上攀。

112. **導師**：指維吉爾。

116. **我們爲悔罪而奔忙**：亡魂懺悔生時懶惰，因此走得特別快。

118. **我是……院長**：澤諾(Zeno)，韋羅納(Verona)四世紀的一位主教，聖澤諾修道院以他爲名。不過這一行確實指誰，一直沒有定論。大多數論者認爲指格拉爾多(Gherardo)。格拉爾多曾任聖澤諾修道院院長，卒於一一八七年。聖澤諾修道院離韋羅納古城極近。參看 Bosco e Reggio, *Purgatorio*, 312；Sapegno, *Purgatorio*, 201-202。

119. **紅鬍子**：原文"Barbarossa"，意爲「紅鬍子」，指腓特烈一世（紅鬍子）（Friedrich I，Barbarossa，約一一二三－一一九零），德意志國王（一一五二－一一九零），神聖羅馬帝國皇帝（一一五二－一一九零）。在第三次十字軍東征途中溺死。詳見 Toynbee, 81, "Barbarossa"條，262-63, "Federigo[1]"條。

120. **今日……哀傷**：腓特烈一世在位期間，六度入侵意大利，一

一六二年摧毀米蘭，把城牆夷爲平地。因此亡魂說：「米蘭人提起他，仍感到哀傷」。

121-26. **還有一個人……取代了正席**：指阿爾貝托・德拉斯卡拉(Alberto della Scala)。韋羅納領主，有三個婚生兒子，一個私生子；婚生兒子包括但丁流放期間的主人坎・格蘭德(Can Grande)。德拉斯卡拉置合法子嗣於不顧，委任私生子朱塞佩(Giuseppe)爲聖澤諾修道院院長（一二九二─一三一三）。德拉斯卡拉卒於一三零一年，於一三零零年已經老邁。朱塞佩生於一二六三年，是個瘸子。詩中說他「體有殘疾」，是指他腿瘸；說他「出身卑賤」，指他是私生子；說他「精神比身體更劣窳」，指他傷風敗俗。參看 Bosco e Reggio, *Purgatorio*, 312；Sapegno, *Purgatorio*, 202；Toynbee, 20, "Alberto della Scala"條。**取代了正席**：「正席」，指應該任修道院院長的人；不過這個人是誰，詩中沒有提及，也無從考證。

131. **那兩個人**：亡魂隊伍中殿後的兩個人。

132. **一邊走……羈限**：殿後的兩個亡魂，一邊走，一邊述說懶惰的例子（見一三三─一三八行），以羈限亡魂的懶惰心理。這一行用了策馬意象。

133-35. **大海／……後代**：這是第一個懶惰例子：以色列人出埃及，遭埃及人追趕，紅海的水爲他們擘開，讓他們脫身，卻把埃及人淹死。以色列人渡過紅海之後，拒絕隨摩西越過約旦河往迦南地，結果死於沙漠。最後，能看到迦南地的，只有迦勒和約書亞。參看《出埃及記》第十四章；《民數記》第十四章；《申命記》第一章。

136-38. **至於沒有跟安基塞斯之子……得不到榮光：安基塞斯之子：**

指埃涅阿斯。安基塞斯(拉丁文 Anchises，希臘文 Ἀγχίσης)
是卡皮斯(拉丁文 Capys，希臘文 Κάπυς) 之子，是個美男，
與愛神生下埃涅阿斯。埃涅阿斯往拉丁烏姆時，部分下屬怕
海程艱苦，與阿克斯忒斯(Acestes)留在西西里島上，没有跟
隨埃涅阿斯前進，結果得不到榮光。參看《埃涅阿斯紀》第
五卷六零四—六四零行。

第十九章

破曉前，但丁夢見海妖塞壬；夢見一位女士出現，叫維吉爾撕開塞
壬的衣裳，展示其真象。但丁醒來，時間已是白天。他們碰見熱誠
天使。天使向但丁祝福。但丁和維吉爾一起走上第五層平台，即貪
婪者和揮霍者悔罪之所。但丁碰見了教皇阿德里安五世，聽他自述
生平。

> 一天的某一時辰，白晝的熱力
>   會叫地球壓倒——有時則會
>   叫土星征服——暖不了月亮的寒意；　　3
> 土占者見大運先於破曉的熹微
>   從東方升起，大運的軌跡很快
>   就放亮。在這一時辰，我的夢內　　6
> 有女子出現。女子有口吃的障礙，
>   有斜視的雙眼。她兩足畸攣，
>   兩手殘缺，皮膚的顏色蒼白。　　9
> 我凝望著他；如太陽使某些叫夜晚
>   凍僵了的肢體重感舒恬，
>   我的眼神也使她口舌好轉，　　12
> 說話也流利起來；然後，須臾間
>   使她挺直了身子，並且按情愛
>   所好，把麗色敷在蒼白的容顏。　　15

她見說話的能力解放了開來，
　　就開始唱歌；歌聲很是美妙，
　　使我的心神黏著她，難以掙開。　　　18
「我是……」她唱道：「我是溫柔的海妖，
　　專在大海的中心蠱惑水手；
　　我的歌聲真叫人魄蕩魂銷。　　　　21
尤利西斯急於還家，卻被我引誘，
　　來聽我的歌聲。跟我同居的，
　　都鮮會離去。我能使他們樂透。」　24
女妖張開的嘴唇還沒有攏合，
　　一位神聖而警醒的女士就在
　　我身旁出現，使女子慌亂驚愕。　　27
「維吉爾呀，維吉爾，她是甚麼妖怪？」
　　女士怫然問道。維吉爾呢，目光
　　注視著貞女，同時向這邊走來，　　30
抓住女妖，撕開了她的衣裳，
　　露出前面，讓我看她的腹部。
　　女妖的惡臭使我醒自恟悅。　　　　33
我望著賢師。「至少有三度，
　　我呼喚你！」賢師說：「起來吧，到這邊；
　　我們且找回讓你進來的通路。」　　36
我站了起來，發覺化日光天
　　已經在聖山眾圈的每一處滿盈。
　　於是，我們背著旭日向前。　　　　39
我跟著維吉爾，臉上的表情
　　就像一個人的顏容為思慮堆積，

把自己彎成半道拱橋的體形。　　　　42
突然，我聽見話聲：「過來呀；此地
　　就是通道。」聲調柔美而和藹，
　　不是人間的言語所能比擬。　　　45
向我們說話的把雙翼張開，
　　就像天鵝展翅，把我們上送；
　　送到兩堵堅石牆的中間地帶，　　48
就對著我們把羽毛鼓動，
　　宣佈"qui lugent"會獲佑的信息，
　　因爲，慰藉會進入他們的心中。　51
「甚麼事呀？要一直俯首望地。」
　　我們上攀間，稍微高出天使時，
　　嚮導就對我提出這樣的問題。　　54
我答道：「我是受了新景象的驅馳，
　　前進間充滿了疑慮。這景象把我
　　牽引；我要不想它也無從自制。」57
「你看見了上古的巫婆，」維吉爾說：
　　「在上面，靈魂全爲她哭泣；
　　你也看見了人類把她擺脫。　　　60
好了，請繼續舉足，使腳步加疾，
　　把你的目光轉向由萬世君主
　　以巨輪紡成，用來呼鷹的彩翼。」63
像一隻獵鷹，首先向足爪注目，
　　然後應聲而來，因渴求引他
　　回翔的食物而把身體前俯，　　　66
我在岩石中上裂的通道攀爬；

升上煉獄第五層

「甚麼事呀？要一直俯首望地。」／我們上攀間，
稍微高出天使時，／嚮導就對我提出這樣的問題。

（《煉獄篇》，第十九章，五二—五四行）

上裂的通道有多長，我就爬多長。

　　路盡處，就可以環繞高山的另一匝。　　69

我走到了第五圈，置身空曠，

　　只見沿圈有一群人在哭號。

　　他們都臉龐向下，俯臥地上。　　72

"Adhesit pavimento anima mea。"我聽到

　　他們說話時，發出長長的嘆息，

　　結果說甚麼，我也聽不到多少。　　75

「啊，神的選民，你們的苦疾

　　有公道和希望放緩減輕。

　　請把我們帶到下一列階梯。」　　78

「你們若無須匍匐就身臨此境，

　　又希望以最快的速度覓路，

　　請一直左內右外地前行。」　　81

詩人的探詢以及前方不遠處

　　傳來的答覆，就如上述。接著，

　　我循聲前眺，只見另一人在匿伏。　　84

於是我望著師父，看他的眼色。

　　師父見我望著他，就欣然示意，

　　對我神情的渴望給予許可。　　87

我見行動能遵循內心的求祈，

　　就走了過去，站在亡魂身邊；

　　他說話引起我注意時，就在那裏。　　90

我說：「亡靈啊，你的哭泣使條件

　　成熟；否則就難返神的懷抱。

　　為了了，請你讓要務稍微遷延。　　93

告訴我，你死前是誰？背脊上朝

　　是何故？我活著從陽間來到這裏。

　　在陽間，也許我可以為你祈禱？」　　　96

他答道：「你會明白，上天何以

　　把我們的背脊轉向它。不過，首先

　　scias quod ego fui successor Petri。　99

在謝斯特里和基阿韋里之間，

　　奔流著一條美麗的河，其名號

　　使吾族的榮銜得以高騫。　　　　　102

不過一個月多些，我就領略到，

　　使大披風不沾泥是多大的重擔；

　　相形下，別的擔子都輕如羽毛。　　105

我皈依宗教時，唉，已經很晚；

　　不過由獲任羅馬牧者的一刻起，

　　我就發覺生命虛偽不堪；　　　　　108

發覺心靈在高位得不到休息，

　　也不能從彼生飛向更高的終點；

　　於是對此生的熱愛乃燃自胸際。　　111

直到那時候，我這個靈魂，可憐

　　而又無厭，而且跟上主分開。

　　現在，你見到啦，我受懲於前愆。　114

貪婪之罪在這裏自我交代，

　　以淨化那些皈依了上主的靈魂。

　　這座山，再沒有痛苦比這種厲害。　117

我們的眼睛曾為俗物所困，

　　沒有向上方高瞻。於是，在這裏，

　　天法也使眼睛向地面俯瞰。　　　　　　120
我們對諸善的愛被貪婪一一
　　撲熄；於是努力變成了空虛；
　　天法呢，乃把我們牢牢地捆繫。　　　　123
我們被緊抓，手腳都被繫拘；
　　公正的上主要我們留多久，我們
　　就留多久，兀自攤直了身軀。」　　　　126
我跪了下來，正要向他發問⋯⋯
　　不過我一開口，他光是聆聽，
　　就知道我的態度尊敬誠懇。　　　　　　129
於是說：「爲甚麼這樣把身體下傾？」
　　我對他說：「您有尊崇的身世；
　　我站著說話，良知會刺戳心靈。」　　　132
「兄弟呀，站起來，把你的腳伸直。」
　　他答道：「別弄錯。我跟你是會友，而且
　　跟別人一樣，爲同一君主驅馳。　　　　135
‘ Neque unbent⋯⋯ ’聖經的這段描寫，
　　如果你能充分地明白洞達，
　　我的推論，你就會清楚了解。　　　　　138
好啦，不要再勾留了。上路吧。
　　勾留會妨礙我哭泣。哭泣之舉
　　是使你所提的條件成熟之法。　　　　　141
陽間有一個阿拉嘉，是我的姪女。
　　她生性善良。但願我們的家族
　　不以壞榜樣使她變得邪惡。　　　　　　144
在陽間，我只剩下她這個親屬。」

貪婪者──阿德里安五世

於是說：「為甚麼這樣把身體下傾？」／我對他說
：「您有尊崇的身世；／我站著說話，良知會刺
戳心靈。」

（《煉獄篇》，第十九章，一三零─三二行）

註　釋

1-3.　**一天……寒意**：在古人的心目中，地球本身有寒氣，土星和月亮也把寒意向地球傾注。這三行所述的時辰，大約是破曉之前。在《農事詩集》第一卷第三三六行，維吉爾稱土星爲 "frigida...stella"「冷星」。在 "Io sono venuto..."（《我來自……》）一詩中，但丁稱土星爲 "pianeta che conforta il gelo"（「增冷的行星」）。但丁即將敘述的夢，是他在煉獄裏所做的第二個。這個夢像第一個一樣，也發生在破曉前。參看《煉獄篇》第九章十三—三三行。在但丁時期，據說破曉前所做的夢最靈驗。參看 Bosco e Reggio, *Purgatorio*, 320-21；Sapegno, *Purgatorio*, 206；Singleton, *Purgatorio 2*, 447-48。

4-6.　**土占者……就放亮**：「土占者」，原文 "i geomanti"。土占之法，是把塵土上面的點連成圖形，再把圖形與天上的星座附會。與寶瓶座、雙魚座星子相應的圖形，拉丁文叫 fortuna maior（意大利文爲 "Maggior Fortuna"，即本行的漢譯「大運」），是吉祥之兆，能帶來好運。寶瓶座和雙魚座從地平線上升後，緊接著升起的是白羊座。但丁身在煉獄時，太陽位於白羊宮。因此寶瓶座和雙魚座上升後，就是日出。但丁說「大運的軌跡很快／就放亮」，正是這個意思。寶瓶座和雙魚座東升時，北半球和南半球都可以看見。參看 Bosco e Reggio, *Purgatorio*, 321；Sapegno, *Purgatorio*, 206；Singleton, *Purgatorio 2*, 448。

7-9.　**有女子出現……蒼白**：這幾行描寫的女子是塞壬(Σειρῆνες, Sirens)。塞壬是半人半鳥的海妖，居於地中海的島上，能

以悅耳的歌聲引誘航海者觸礁毀滅；或以歌聲把他們迷住，叫他們不知思歸，餓死海上。在荷馬的《奧德修紀》裏，奧德修斯獲克爾凱的指示，駛過海妖所居的島嶼時，以蜜蠟封住水手的耳朵，同時叫人把自己緊綁在桅杆上，並吩咐水手不要爲他鬆綁。結果避過了塞壬的引誘。塞壬見引誘奧德修斯失敗，都投海而死。見《希臘羅馬神話詞典》頁三三三；Grimal, 403-404。在這裏，塞壬象徵肉體所犯的罪惡：貪婪、貪饕、邪淫。三種罪惡分別在煉獄的第五、第六、第七層平台受罰。塞壬的象徵意義，但丁在《書信集》裏也有提到："Nec seducat alludens cupiditas, more Sirenum nescio qua dulcedine vigiliam rationis mortificans"（「也不要讓貪婪以塞壬般的虛幻誘惑你，以她的媚態窒息理智的警醒」）。參看 *Epistole*, V, 13。荷馬的《奧德修紀》裏，塞壬有兩個。在其他神話裏，塞壬的數目爲二至四個不等。

10-18.　**我凝望著她……難以掙開**：海妖樣貌奇醜，經但丁一望而變得美麗，象徵表象本來虛幻；其所以誘人，完全因觀者的心竅被迷，把主觀欲望投射於外。這一意念和佛家「我執」、「本來無一物」等思想暗通。旅人但丁凝望海妖而覺得她美麗，猶如《紅樓夢》裏的賈瑞，多情攬鏡而與鳳姐雲雨。

22.　**尤利西斯急於還家，卻被我引誘**：在荷馬的《奧德修紀》裏，塞壬雖設法引誘奧德修斯（即尤利西斯），卻沒有成功。但丁不諳古希臘文，不能直接閱讀荷馬，提到尤利西斯時也許另有所本。

26.　**一位神聖而警醒的女士**：這位女士不像貝緹麗彩，並非詩中的實際人物，在這裏象徵判別是非、善惡的直覺。這一直覺，使理智（維吉爾）採取行動，「撕開……〔塞壬〕的衣裳」

（第三十一行）。在《煉獄篇》第十六章第七十五行，馬爾科說過：「你仍有光明向善惡照耀流佈。」這位女士，在這裏象徵「照耀」「善惡」的光明。在《煉獄篇》第十八章六二一六三行，維吉爾也說：「有本能在心中剖情析理，／並負責把持允諾和拒絕的準繩。」因此這位女士也象徵「剖情析理」的「本能」。經「本能」「剖情析理」後，行動就由理智或自由意志來執行。

33.　**女妖的惡臭**：這一描寫的象徵意義，頗像《紅樓夢》裏賈瑞照鏡時看到的骷髏。

34-36.　**我望著賢師……「……通路」**：這三行把幻境和現實接疊，寫但丁從睡夢中醒轉的過程。

39.　**背著旭日**：但丁和維吉爾這時在煉獄山（第三十八行的「聖山」）向西行走，初升的太陽從東方照落他們的背部。

43-44.　**突然……和藹**：第四平台的天使在說話。

50.　**qui lugent**：拉丁文，意爲「哀慟的人」。參看《馬太福音》第五章第四節（《拉丁通行本聖經》第五節）："Beati qui lugent, quoniam ipsi consolabuntur."（「哀慟的人有福了！／因爲他們必得安慰。」）指亡魂爲前生的罪過哀慟後，就會得福。

55.　**新景象**：指六—三三行所寫的夢。

58.　**上古的巫婆**：指但丁在夢中所見的女子。女子象徵肉體的罪惡，而肉體的罪惡始於遠古，所以女子稱爲「上古的巫婆」。

59.　**在上面……哭泣**：在第五、第六、第七層平台上，亡魂所哀悼的罪惡都與肉體有關。

60.　**你也看見……擺脫**：在夢中，但丁看見人類如何擺脫巫婆。

62-63.　**把你的目光……彩翼**：上帝（「萬世君主」）創造諸天，使

之運轉，呼喚人類向上攀登，就像鷹獵者以彩羽誘獵鷹回
翔。有關諸天的巨輪，參看《煉獄篇》第十四章一四八—四
九行。有關鷹獵意象，參看《地獄篇》第十七章一二七—三
二行。

64-68. **像一隻獵鷹……爬多長**：但丁把自己比作獵鷹。

69. **路盡處……另一匝**：路盡處，是煉獄另一匝的開始。

73. **Adhesit pavimento anima mea**：拉丁文，出自《拉丁通行本
聖經・詩篇》第一一八篇（欽定本、和合本第一一九篇）第
二十五節：「我的性命幾乎歸於塵土」。由貪婪者唸誦，表
示懺悔。在本章，這句話的意思是：我們的靈魂只顧卑下的
利益。

76. **「啊，神的選民……」**：維吉爾向眾亡魂說話。煉獄的亡魂
有機會滌罪，最後飛升天堂，所以是「神的選民」。

77. **有公道和希望放緩減輕**：亡魂知道自己受罪，是公理和天律
使然；也知道目前受罪，只是暫時的過程；受罪完畢，就會
飛升天堂；因此都懷著希望，不覺得苦疾過重。《煉獄篇》
第三章第七十三行說眾亡魂「蒙選於天堂」，也是此意。

79. **無須匍匐**：不必受刑。

81. **左內右外**：左邊是山，右邊是崖；也就是說，逆時針方向前
進（Singleton, *Purgatorio 2*, 458）。

82-83. **詩人……上述**：七六—七八行是維吉爾的請求；七九—八一
行是亡魂的答覆。

86-87. **師父……許可**：維吉爾從但丁的神情看出，但丁想上前跟亡
魂說話，於是示意批准。

91-92. **「你的哭泣使條件／成熟……懷抱」**：亡魂悔罪（「哭泣」），
重返天堂的條件就會成熟。但丁說「返」，是因為亡魂都從

神那裏來。參看《煉獄篇》第十六章馬爾科對靈魂的看法。

93. **要務**：指悔罪。悔罪是亡魂的首要任務。

99. **scias quod ego fui successor Petri**：拉丁文，意為：告訴你（直譯是「你要知道」），我是彼得的繼承人。說話的人是教皇阿德里安五世，卒於一二七六年，即教皇之位只有三十八天。阿德里安五世在陽間是教皇，因此在這裏說教會所用的語言拉丁語，以示嚴肅、莊重。彼得是天主教第一任教皇，以後的教皇都是他的繼承人。文獻沒有記載阿德里安五世如何貪婪（一一五行），也沒有提到他如何皈依宗教（一零六行）。有的論者指出，但丁這樣描寫，是因為他把阿德里安五世和阿德里安四世（一一五四——一一五九）混為一談。參看 Bosco e Reggio, *Purgatorio*, 329；Sapegno, *Purgatorio*, 212；Vandelli, 540；Singleton, *Purgatorio 2*, 459-60。

100. **謝斯特里和基阿韋里**：原文為"Siestri"和"Chiaveri"（即今日的 Chiavari），利古里亞的兩個城市，位於熱那亞東南。

101-02. **一條美麗的河……得以高騫**：指拉瓦尼亞(Lavagna)河，流入熱那亞灣。阿德里安五世出身熱那亞菲耶斯基(Fieschi)家族，世襲拉瓦尼亞侯爵之位。拉瓦尼亞的爵銜，以拉瓦尼亞河為名，所以亡魂說「吾族的榮銜得以高騫」。參看 Bosco e Reggio, *Purgatorio*, 329；Sapegno, *Purgatorio*, 212-13；Singleton, *Purgatorio 2*, 459-60。

104. **大披風**：為教皇所穿。

107-13. **不過……跟上主分開**：論者指出，據文獻所載，「發覺生命虛偽不堪」的，並非阿德里安五世，而是阿德里安四世。參看 Singleton，*Purgatorio 2*, 459。**彼生**：指凡塵的生命。**此生**：指肉體死後的生命。

115-16. **貪婪之罪⋯⋯靈魂**：指亡魂藉悔罪行動去洗滌靈魂。

120. **天法⋯⋯俯瞬**：亡魂生時没有仰望天堂，死後得到報應，要向地面俯瞬。

121-22. **我們對諸善的愛⋯⋯空虛**：亡魂被貪婪蒙蔽，不以正確的事物爲愛欲對象，努力也是徒然。

131-32. **「您有尊崇的身世⋯⋯刺戳心靈」**：但丁見亡魂身世尊崇，於是下跪跟他說話。但丁不下跪，良心就感到痛苦。在這裏，但丁用了尊稱「您」（原文第一三一行的"vostra"，直譯是「您的」；漢譯時用了移位手法，改變了"vostra"的詞性）。

133-35. **兄弟呀⋯⋯驅馳**：亡魂叫但丁不要下跪，因爲他本身也信奉上帝（「同一君主」），是但丁的會友、同工，地位平等。這一主題，《啓示錄》第十九章九—十節也有提到：

> Et dixit mihi：Scribe：beati qui ad cenam nuptiarum Agni vocati sunt. Et dixit mihi：Haec verba Dei vera sunt. Et cecidi ante pedes eius ut adorarem eum, et dicit mihi：Vide ne feceris；conservus tuus sum, et fratrum tuorum habentium testimonium Iesu：Deum adora；testimonium enim Iesu est spiritus prophetiae.
>
> 天使吩咐我説：「你要寫上：凡被請赴羔羊之婚筵的有福了！」又對我説：「這是　神眞實的話。」我就俯伏在他腳前要拜他。他説：「千萬不可！我和你，並你那些爲耶穌作見證的弟兄同是作僕人的，你要敬拜　神。」因爲預言中的靈意乃是爲耶穌作見證。

136-38. **' Neque nubent⋯⋯ '⋯⋯清楚了解**："Neque nubent"，拉

丁文，意爲：「人也不娶」。這兩行的典故出自《新約・馬太福音》第二十二章二三—三零節：

In illo die accesserunt ad eum sadducaei, qui dicunt non esse resurrectionem；et interrogaverunt eum, dicentes：Magister, Moyses dixit：Si quis mortuus fuerit non habens filium, ut ducat frater eius uxorem illius, et suscitet semen fratri suo.　Erant autem apud nos septem fratres；et primus, uxore ducta, defunctus est, et non habens semen reliquit uxorem suam fratri suo.　Similiter secundus et tertius, usque ad septimum.　Novissime autem omnium et mulier defuncta est. In resurrectione ergo, cuius erit de septem uxor？Omnes enim habuerunt eam.　Respondens autem Iesus ait illis：Erratis, nescientes scripturas neque virtutem Dei.　In resurrectione enim neque nubent, neque nubentur；sed erunt sicut angeli Dei in caelo.

撒都該人常說沒有復活的事。那天，他們來問耶穌説：「夫子，摩西説『人若死了，沒有孩子，他兄弟當娶他的妻，爲哥哥生子立後。』從前，在我們這裏有弟兄七人，第一個娶了妻，死了，沒有孩子，撇下妻子給兄弟。第二、第三，直到第七個，都是如此。末後，婦人也死了。這樣，當復活的時候，她是七個人中哪一個的妻子呢？因爲他們都娶過她。」耶穌回答説：「你們錯了；因爲不明白聖經，也不曉得　神的大能。當復活的時候，人也不娶也不嫁，乃像天上的使者一樣。」

同一故事，也見於《馬可福音》第十二章第十八—二十五節；《路加福音》第二十章第二十七—三十五節。亡魂引述《聖經》，是爲了說明，他死後，塵世的名位（包括教皇與教會、教區之間所訂的盟約）、尊榮，再沒有任何意義。

140-41. **哭泣之舉……成熟之法**：參看本章九一—九二行註。

142. **阿拉嘉**：Alagia，全名阿拉嘉・德菲耶斯基(Alagia de' Fieschi)，在意大利代表神聖羅馬帝國皇帝的副主教尼科洛・德菲耶斯基(Niccolò de' Fieschi)的女兒，阿德里安五世的姪女，莫羅耶洛・馬拉斯皮納(Moroello Malaspina)之妻，生三子。爲人賢淑而慷慨。但丁流放期間，於一三零六年秋天，在魯尼詹納(Lunigiana)獲馬拉斯皮納家族款待。參看 Bosco e Reggio, *Purgatorio*, 332；Sapegno, *Purgatorio*, 215；Singleton, *Purgatorio 2*, 466-67。有關莫羅耶洛的生平，參看《地獄篇》第二十四章一四五—五零行註。

143-44. **但願我的家族／……邪窟**：菲耶斯基家族的女子大都沒有德行，阿拉嘉是例外。Benvenuto 說："mulieres illorum de Flisco fuerunt nobiles meretrices."（「菲耶斯基家族的婦女都是高貴的娼妓。」）參看 Bosco e Reggio, *Purgatorio*, 332；Pietrobono, *Purgatorio*, 258-59；Sapegno, *Purgatorio*, 215；Vandelli, 543；Singleton, *Purgatorio 2*, 467。

145. **我只剩下她這個親屬**：這行的意思是：在我的陽間親屬當中，有德行的只剩阿拉嘉一人。只有她的祈禱，才能助我縮短在煉獄滌罪之期。

第二十章

在第五平台上，但丁聽貪婪者和揮霍者唸誦慷慨之例，然後聽休・卡佩斥責子孫的劣行。休・卡佩告訴但丁，到了晚上，這一平台的亡魂就會吟唱有關貪婪者的事例。接著，但丁發覺大山搖搖欲墜，然後聽到眾音在歌唱"Gloria in excelsis Deo"。

意志拙於和更強的意志對敵；
　　因此，我只好勉強唯命是從，
　　把尚未飽和的海綿從水中抽起。　　　3
我繼續前行。導師的走向也相同：
　　沿著石旁暢通的地方向前，
　　彷彿在城牆上貼著城堞走動——　　　6
因為亡魂太接近懸空的一邊。
　　他們的眼睛，有滴滴罪惡下淌。
　　這罪惡，能夠把整個世界浸淹。　　　9
哼！真是該死，你這頭老狼！
　　你饞饞無厭，胃口既空且寬；
　　所擄的獵物超出了眾獸之上。　　　12
天穹啊，大家都彷彿相信，在塵寰，
　　生命的境況因你的運行而更改。
　　那動物，何時才到來叫老狼逃竄？　　　15
我們前進時，腳步緩慢而短窄。

我只注意幽靈，並細心傾聽。
　　他們的哭泣和呻吟充滿了悲哀。　　　　18
偶然，我聽見前面有一個幽靈
　　哭泣著喊叫：「和藹的瑪利亞呀！」
　　就像女子快要臨盆的俄頃。　　　　　21
聽到他繼續說：「你就在那家
　　旅館卸下聖擔。世人一見
　　那旅館，就知道你怎樣貧賤卑下。」　24
還聽到：「法比里克烏斯呀，你是大賢；
　　爲了德行，你寧願選擇貧困
　　爲家產，而不要財富與罪愆。」　　　27
我的心，深喜上述的一番言論；
　　於是趕了上去，目的是認識
　　那人——說話的好像就是該亡魂。　　30
亡魂還講到尼古拉把福祉
　　慨然施贈與三個未婚少女，
　　讓她們貞潔的青春得以保持。　　　　33
「好靈魂哪，你講的都是善舉，」
　　我說：「請見告，你前生是誰；爲甚麼
　　該受稱頌的善行只由你重敘。　　　　36
我返回陽間續度餘生時，你的
　　話語不會不獲報。吾生之途
　　短暫，此刻正向著終點飛馳呢！」　　39
亡魂說：「我會奉告的——至於緣故，
　　不是求那邊的安舒；是因爲宏恩
　　在你卒前就由你體內閃佈。　　　　　42

貪婪者

我們前進時，腳步緩慢而短窄。／我只注意幽靈，
並細心傾聽。／他們的哭泣和呻吟充滿了悲哀。

（《煉獄篇》，第二十章，十六—十八行）

一株樹，把整個基督教遮得昏沉。

　　爲了這緣故，教內採不到佳果。

　　而我，就是那株惡樹的劣根。　　　　　45

杜埃、里爾、根特、布魯日倘若

　　有力量，很快就會爲復仇懲罪。

　　爲此，我向萬事的裁判祈託。　　　　　48

在陽間，我的名字叫休・卡佩；

　　所有的腓力、路易都叫我爲先祖

　　（到最近，法國仍在他們的治內）；　　51

我的父親是巴黎的一個屠夫。

　　當王朝剩下一個灰衣僧來繼承，

　　而其先的古代君王全部崩殂，　　　　　54

我發覺管治國家的那條韁繩

　　移了位，緊緊地握在我的手掌。

　　我大權初控，到處都是友朋，　　　　　57

結果吾兒的頭顱得以顯昌

　　而戴上那頂寡冕。由他那一代

　　開始，骨殖都獲祝聖的榮光。　　　　　60

只要普羅旺斯的大嫁妝未拿開

　　我的子孫原有的羞恥之心，

　　他們即使卑微，還不致爲害；　　　　　63

之後，就用暴力和欺詐推進

　　劫掠行動；接著，爲補償損失

　　而把龐底厄、諾曼底、加斯科尼吞侵。　66

沙爾來到意大利，爲補償損失。

　　他使康拉丁成爲犧牲，然後

驅托馬斯回天堂，爲補償損失。　　　　69
距現在不久，我預見另一年頭
　　從法國帶來另一個沙爾，並且
　　使他和同宗成爲更有名的侶儔。　72
他不帶武器，僅僅長矛是攜——
　　猶大所用的那種。他善於出擊，
　　結果把翡冷翠的肚子捅裂。　　　75
他這樣做，贏來的並不是土地，
　　只是罪愆和羞恥。他越是厚顏，
　　罪愆就越深重，其人也越可鄙。　78
另一個傢伙，一度被虜於船邊；
　　此刻正討價還價，把女兒出售，
　　像海盜販賣女奴去賺取金錢。　　81
你還能怎樣對我們？貪婪的胃口！
　　你已把我的子孫向你誘扯，
　　叫他們不再理會自己的骨肉。　　84
接著的景象，使過去、未來的罪惡
　　顯得輕微：鳶尾花進入阿南夷，
　　使基督因主教被擄而遭羈勒。　　87
又一次，我看見基督被人嘲戲。
　　又一次，我看見酸醋和膽汁並陳，
　　基督在活著的盜賊中間被殛。　　90
我看見彼拉多第二，冷酷兇狠，
　　見了這景象還不夠，還無法無天，
　　把貪婪的風帆駛進廟門。　　　　93
上主哇，何時我才能心懷歡忻，

看天罰施展？天罰深隱於天機，
　　使你的赫赫震怒變得美倩。　　　　　96
我的話述及聖靈的唯一賢妻，
　　並感動了你，叫你回身須臾，
　　聽我講解了一些微言大義。　　　　　99
在白天未盡的時間，這些語句
　　是全部禱詞；在黑夜降臨的時辰，
　　我們就會吟唱相反的歌曲。　　　　102
我們會回想皮格瑪利翁這個人，
　　因爲被貪金的強烈欲望驅遣
　　而弑叔劫掠，變得陰險而兇狠。　　105
我們也回想彌達斯，因貪得無厭
　　而追求黃金，下場是如何堪嗟；
　　如何因此而永遠貽笑人間。　　　　108
之後，大家會憶起阿干的愚劣，
　　記得他如何偷盜戰利品，在這裏
　　仍彷彿遭約書亞的憤怒咬齧。　　111
然後，我們控訴撒非喇夫妻。
　　海里奧道拉被馬踢，我們要稱述。
　　波呂梅斯托爾曾置波呂多洛斯於死地。　114
他的惡名會繞著整座山往復。
　　『你嚐過黃金了，克拉蘇。告訴我們，
　　黃金是何味。』這是最終的號呼。　117
有時，說話的聲音有高亢，有低沉；
　　音量的大小，要看說話之際，
　　我們的情緒是平和還是興奮。　　120

因此，剛才我談爲善的眞義
　　（這是白天的引述），並非在獨評，
　　只不過附近沒有聲音堪比擬。」　　　123
我們離開了休・卡佩的幽靈，
　　正在把全身的力量使出，
　　以最快的速度跨步前行，　　　　　126
突然發覺大山如下塌之物
　　搖搖欲墜。刹那間，我毛骨悚然，
　　就像赴死的人一樣惶怖。　　　　　129
麗酡曾在得洛斯島臨蓐，生產
　　天穹的雙眸。在準備分娩之際，
　　該島肯定沒試過這樣的搖撼。　　　132
接著，洪亮的吼聲從四方響起，
　　結果令老師一邊向我靠近，
　　一邊說：「不要怕；有我在這裏引領你。」　135
"Gloria in excelsis Deo，"衆音
　　在一起歌頌。我從較近的一方
　　聽出的，就是這樣的一個音信。　　　138
我們呆立著，感到焦慮而緊張，
　　就像第一次聽見這歌聲的牧人。
　　到山停歌歇，精神才恢復正常。　　　141
之後，我們在聖道上繼續前臻，
　　俯望一個個幽靈在地上躺臥，
　　並且像先前一樣啜泣吟呻。　　　　144
如果我對經驗的記憶沒有錯，
　　我當時覺得，由於不明白眞相，

　　我的心裏眾念交集，要尋索　　　　　147
究竟的欲望比任何時候都強。
　　但因爲要趕路，又不敢探問詳情，
　　自己也沒有洞悉原委的力量，　　　　150
只好滿懷心事，惴惴然前行。

註　釋：

1.　　　**意志⋯⋯對敵**：在第十九章一三九行，阿德里安叫但丁「不
　　　　要再勾留」，但丁拗不過他，只好遵他的意思去做。在這裏，
　　　　阿德里安是「更強的意志」。

3.　　　**把尚未飽和的海綿從水中抽起**：但丁求知之念像海綿，在水
　　　　中尚未飽和，就要抽出。

7.　　　**懸空的一邊**：指靠近懸崖的一邊。

8.　　　**滴滴罪惡**：指貪婪之罪。也就是本章第十行的「老狼」
　　　　(“lupa”)；在《地獄篇》第一章第四十九行稱爲「母狼」(“lupa”)。

11.　　**胃口既空且寬**：指貪婪之狼，胃口大而深。

12.　　**眾獸**：指其他罪惡。

13-14.　**天穹啊⋯⋯更改**：凡間相信，人類的命運由天體來決定。參
　　　　看 Campi, *Purgatorio*, 416。

15.　　**那動物**：指《地獄篇》第一章一零一行的「獵狗」或《煉獄
　　　　篇》第三十三章第四十三行「一個數字屬五百一十五的英
　　　　才」，即基督教世界的救主。

20.　　**「和藹的瑪利亞呀」**：聖母瑪利亞，在這裏代表放棄物質享
　　　　受的高潔品行。

22-24.　**「你就在……卑下」**：指瑪利亞在伯利恆生下基督，「用布包起來，放在馬槽裏」。參看《路加福音》第二章第六—七節。**聖擔**：指瑪利亞所懷的胎兒。

25-27.　**法比里克烏斯……罪愆**：法比里克烏斯，全名 Gaius Fabricius Luscinus，公元前二八二年和二八七年任羅馬執政官，公元前二七五年任監察官。伊庇魯斯 (Epirus) 國王皮洛士（Pyrrhus，亦稱 Pyrrhos）入侵意大利時，法比里克烏斯代表羅馬與之談判，不受利誘。法比里克烏斯以廉潔著稱，卒時，家產只有其本人的田地。由於太窮，要動用公費殮葬。參看 Bosco e Reggio, *Purgatorio*, 338; Campi, *Purgatorio*, 417; Vandelli, 545；Singleton, *Purgatorio 2*, 472。但丁的《帝制論》對法比里克烏斯推崇備至。參看 *Monarchia*, II, V, 11。

31-33.　**尼古拉……保持**：（每拉的）尼古拉(Nicholas of Myra)，約為公元四世紀的人，生平事跡不可考。據說生於小亞細亞，曾任每拉城主教，為人樂善好施，是水手、盜賊、旅人、商人、處女的恩公。曾遭神聖羅馬帝國皇帝戴克里先（Gaius Aurelius Valerius Diocletianus，約二四三—約三一三）迫害，其後於三二五年出席尼西亞(Nicaea)大公會議。其傳說於六世紀左右在每拉等地流傳，受希臘、羅馬各教人士景仰。日後，更成為西方的聖誕老人。這幾行敍述尼古拉給一個父親施金的故事。當年，尼古拉繼承了父母的一筆遺產，見一個沒落貴族因貧困而要三個女兒當娼。尼古拉見狀，心生憐憫，夜裏把一袋金子拋入貴族家裏。結果貴族的大女兒得到妝奩，能夠出嫁，不必當娼。第二夜、第三夜，尼古拉以同樣的方法把第二袋、第三袋金子向貴族施贈；貴族的二女、三女同樣得到妝奩。在基督教傳統中，尼古拉的瞻禮日是十

二月十六日。但丁舉尼古拉的慷慨為例，目的是反襯貪婪者如何可鄙。參看 Bosco e Reggio, *Purgatorio*, 338；Sapegno, *Purgatorio*, 220；Vandelli, 545；Singleton, *Purgatorio 2*, 473。

37-38. **我返回……不會不獲報**：凡間的人能夠為煉獄的亡魂說好話。

41-42. **不是……閃佈**：亡魂的意思是：我向你奉告，不是希冀你替我說好話，而是因為你離開人世之前就獲上帝的恩寵。

43-45. **一株樹……劣根**：這幾行用了樹的意象。在但丁時期，系譜不像今日那樣由上向下分佈，而是像樹木那樣，由下向上生長。因此這幾行的意象用得特別貼切。說話的亡魂是休・卡佩（Hugh (Hugues) Capet，約九三八—九九六）。九八七年，西法蘭克王國卡洛林王朝國王路易五世（Louis V le Fainéant）卒，卡佩獲教會、貴族擁立為王，開創了法國卡佩王朝。

46. **杜埃、里爾、根特、布魯日**：即 Douai, Lille, Ghent, Bruges，佛蘭德的幾個城市，在這裏代表了佛蘭德。所謂佛蘭德 (Flanders)，包括今日比利時、法國、荷蘭的部分土地，為中世紀的一個伯爵所轄。一二九七至一三零四年間，卡佩王朝的國王腓力四世（美男子）（Philippe IV le Bel，一二六八—一三一四）侵佔了這四個城市，於一三零二年七月十一日在庫爾特雷(Coutrai)戰敗（即本章第四十七行所說的「復仇」）。一三零五年，腓力四世與佛蘭德媾和，歸還北邊的部分土地。腓力四世攻打佛蘭德時，曾背信棄義。參看《煉獄篇》第七章第一零九行註；《天堂篇》第十九章一一八—二零行。參看 Bosco e Reggio, *Purgatorio*, 339；Sapegno, *Purgatorio*, 221；Vandelli, 546；Singleton, *Purgatorio 2*,

475-76。

48. **萬事的裁判**：指上帝。「裁判」，原文為"lui che tutto giuggia"。
"giuggia"（ giuggiare 的第三人稱單數）出自普羅旺斯語
jutjar，意大利語一般用 giudica。但丁在敘述法國歷史，因
此用這一詞。

50. **所有的腓力、路易**：「腓力」，法語 Philippe；「路易」，
法語 Louis。指卡佩王朝中以腓力和路易為名的君王。到一
三零零年為止，卡佩王朝的君主當中，有四個腓力、四個路
易，都是休・卡佩的後裔。

51. **到最近……治內**：休・卡佩說話的一刻（一三零零年），法
國仍由腓力（腓力四世）統治。

52. **我的父親是巴黎的一個屠夫**：休・卡佩的父親是法蘭克公
爵，出身巴黎貴族。在這裏，但丁引用了當時的一個錯誤傳
說。

53. **灰衣僧**：公元九八七年，加洛林王朝末代君王路易五世
(Louis V le Fainéant)無後而卒。按理，王位應由路易四世（九
三六─九五四年為法王 ）之子洛林的 (Lorraine) 沙爾
（Charles，一譯「查理」）繼承，卻遭休・卡佩篡奪。參
看本章四三─四五行註。不過在信史中，洛林的沙爾是路易
五世的叔父，並非僧侶。據論者考證，但丁的敘述有舛訛，
把沙爾與施爾德里克三世(Childeric III)混為一談。施爾德里
克三世是法蘭克王國第一個王朝墨洛溫王朝最後一個繼承
人。公元七五一年，施爾德里克三世遭宮相丕平二世（Pépin
II，？─七一四）之孫丕平（矮子）(Pépin le Bref)篡位，被
囚於修道院中。沙爾遭休・卡佩篡位後，也被幽囚，卒於九
九二年。參看 Bosco e Reggio, *Purgatorio*, 341；Sapegno,

Purgatorio, 222；Singleton, *Purgatorio 2*, 478。

54.　**其先的古代君王**：指在此之前的加洛林君王。

58.　**吾兒**：休・卡佩的兒子是羅伯赫(Robert)一世，於九九六年繼位，卒於一零三一年。

59.　**寡冕**：但丁也許記憶不確，混淆了史實，也許所據的歷史版本有舛訛。按亡魂休・卡佩的說法，加洛林王朝終結，王冕因沒有國君戴上而虛懸，也就是變「寡」，如婦女喪偶。休・卡佩立兒子為王，讓他戴上「寡冕」。據信史的說法，加洛林王朝結束，首先戴上王冕的是休・卡佩本人。但丁在這裏把休・卡佩當作休・卡佩父親老休・卡佩來敘述。從老休・卡佩的觀點看，兒子休・卡佩是卡佩王朝第一位戴王冕的君主。參看 Singleton, *Purgatorio 2*, 479。

60.　**骨殖……榮光**：法國君王，都在蘭斯(Reims)大教堂由大主教加冕。「骨殖」，原文"ossa"，表示這些君王都已作古。「祝聖」，原文"sacrate"。Sapegno(*Purgatorio*, 223)指出，「休・卡佩用這個詞來諷刺，以創造反語效果，也大有可能」("è ben possibile che…Ugo l'adoperi ironicamente, per antifrasi")。

61-62.　**只要……羞恥之心**：加洛林帝國於公元八四三年分裂時，普羅旺斯歸洛泰爾(Lothair)。雖於一零三三年與帝國復合，但實際上仍有不少自主權。一二四六年，法王路易九世之弟安如(Anjou)伯爵沙爾一世，與普羅旺斯雷蒙・貝朗熱（Raymond Bérenger，又稱"Raymond Berengar"）四世的繼承人貝阿特麗絲(Beatrice)結婚，普羅旺斯成為法王屬地；一四八六年更為法王沙爾八世兼併。在掠奪普羅旺斯的過程中，法國王室曾玩弄權術，行為詭詐，逐漸失去羞恥之心。換言之，普羅

旺斯（「大嫁妝」）拿走了法國王室（休・卡佩「子孫」）
的「羞恥之心」。參看 Bosco e Reggio, *Purgatorio*, 341-42；
Pietrobono, *Purgatorio*, 266；Sapegno, *Purgatorio*, 223；
Singleton, *Purgatorio 2*, 479。

64-65. **就用暴力……爲補償損失**：這兩行和下一行的主詞都是卡佩
王朝。

66. **而把龐底厄、諾曼底、加斯科尼吞侵**：一二九四年，法王腓
力四世(Philippe IV le Bel)從英王愛德華一世(Edward I)手中
奪去龐底厄(Ponthieu)和加斯科尼(Gascony)二郡，然後加以
兼併。諾曼底（英語 Normandy，法語 Normandie）則於一
二零六年納入法國版圖。龐底厄，今日屬法國索姆(Somme)
省，位於索姆河口。諾曼底在法國北部，古代是公爵領地。
加斯科尼在法國西南部，一直爲英王所有。參看 Pietrobono,
Purgatorio, 267；Singleton, *Purgatorio 2, 480-83。

67-69. **沙爾……爲補償損失**：教皇烏爾班四世（Urban IV，一二六
一—一二六四）曾邀安茹伯爵沙爾出任那波利和西西里國
王。一二六五年，沙爾應新近上任的教皇克萊門特四世
（Clement IV，一二六五—一二六八）之請，率軍開入意大
利，於一二六六年二月二十六日在本內文托打敗曼弗雷德，
於一二六八年八月二十三日在塔利亞科佐打敗康拉丁。在這
場鬥爭中，沙爾助圭爾佛黨和教皇擊潰了霍享施陶芬
(Hohenstaufen)勢力。參看《地獄篇》第二十八章第十三行
註、第十五行註；《煉獄篇》第三章一零七—一零八行註；
《煉獄篇》第三章一二四—三二行註。**爲補償損失**：此語重
複使用，有諷刺意味。意大利但丁學會版原文爲"per
vicenda"; Bosco ereggio、Sapegno 版均爲"per ammenda"。漢

譯根據後者。**使康拉丁成爲犧牲**：康拉丁(Conradin)是神聖羅馬帝國康拉德四世的兒子。康拉德四世於一二五四年卒後，康拉丁是那波利和西西里王國的合法繼承人。然而康拉丁尚未繼位，就遭叔父曼弗雷德陰謀篡權。一二六六年二月二十六日，曼弗雷德在本內文托戰死。翌年，康拉丁應那波利和西西里王國之請，進軍意大利，企圖行使其繼承權，卻於一二六八年在塔利亞科佐(Tagliacozzo)被安茹伯爵沙爾一世擊敗，於同年十月二十九日被殺。參看 Bosco e Reggio, *Purgatorio*, 342；Sapegno, *Purgatorio*, 223；Singleton, *Purgatorio 2*, 483-84。

69. **驅托馬斯回天堂：托馬斯**：指托馬斯・阿奎那。阿奎那，生於一二二五或一二二六年，一二七四年應教皇格列高利十世（Gregory X，一二七一——一二七六）之召，出席里昂公會議(Councils of Lyons)，於同年三月卒。據但丁時期的傳說，阿奎那遭安茹伯爵沙爾毒殺。不過日後的論者指出，這傳說並無根據。參看 Bosco e Reggio, *Purgatorio*, 342；Vandelli, 548。

70. **我預見**：休・卡佩開始預言未來。

71. **另一個沙爾**：指瓦路瓦的沙爾伯爵 Charles de Valois（一二七零——一三二五）。法王腓力三世之子，（美男子）腓力四世之弟。應教皇卜尼法斯八世之請，率軍進入意大利，助那波利國王沙爾二世攻打阿拉貢裔的西西里王腓特列二世；並於一三零一——一三零二年調解翡冷翠圭爾佛黑、白二黨之爭；在調解過程中出賣白黨，縱容黑黨攻進翡冷翠。但丁遭到放逐，也歸咎於這個瓦路瓦的沙爾。參看《地獄篇》第六章第六十一行註；《地獄篇》第六章六七——六八行註；《地獄篇》第二十四章一四三——四四行註。

73. **不帶武器**：這句不過是比喻，極言瓦路瓦的沙爾所帶的軍隊不多，因此嚴格說來，並沒有帶甚麼武器。Vandelli(549)指出，沙爾只帶了「五百名法國騎士」("cinquecento cavalieri franceschi")。**長矛**：也是比喻，指陰險手段。

74. **猶大所用的那種**：猶大出賣耶穌，其陰險手段猶如長矛。

76. **贏來的並不是土地**：瓦路瓦的沙爾經歷多次戰爭，始終當不了君王。因此遭法人譏嘲："fils de roi, frère de roi, oncle de trois rois, père de roi, et jamais roi"（「父爲王，兄爲王，子爲王，三個姪兒都爲王，自己始終不成王」）。一三零二年，沙爾遠征意大利後歸國，一無所得，徒招"Carlo Sanzaterra"（「無地的沙爾」）之譏。沙爾卒後，兒子腓力於一三二八年即位爲王，是爲腓力六世(Philippe VI)。參看 Singleton, *Purgatorio 2*, 485-86。

79-81. **另一個傢伙……賺取金錢**：指安茹(Anjou)的沙爾二世（一二四三——三零九），安茹的沙爾一世之子，綽號「跛子」。一二八二年，西西里發生晚禱起義（史稱「西西里晚禱起義」），王權旁落。其後，沙爾二世奉父親沙爾一世之命，於一二八四年率戰船攻西西里，遭阿拉貢的佩德羅三世手下魯傑羅・迪洛里亞(Ruggiero di Loria)的海軍打敗，被虜，一二八八年才獲釋。一三零五年，沙爾二世把幼女貝阿特麗絲嫁給埃斯特(Este)老邁而又聲名狼藉的阿佐八世(Azzo VIII)，從中賺取一大筆嫁妝。論者視之爲買賣婚姻。參看《煉獄篇》第五章六十四行註；同一章七十七行註。此外，參看 Bosco e Reggio, *Purgatorio*, 343-44；Sapegno, *Purgatorio*, 224；Vandelli, 549; Venturi, Tomo II, 248。

82. **你還能……貪婪的胃口**：休・卡佩用擬人法，直接對「貪婪

的胃口」說話。

85.　　**接著的景象**：休・卡佩繼續預言未來。

86-87.　　**鳶尾花……羈勒**：鳶尾花：法王權力的象徵。**阿南夷**：
Anagni，古稱阿蘭亞(Alagna)，意大利拉丁烏姆(Latium)區的
一個城鎮，在羅馬東南約四十英里，位於小山之上，是教皇
卜尼法斯八世的出生地。在法王腓力四世（美男子）與教皇
卜尼法斯八世的鬥爭中，卜尼法斯禁止法國僧侶向法王納
稅。於是，腓力四世不再向卜尼法斯八世捐獻，以爲報復。
一三零三年九月八日，卜尼法斯八世在阿南夷的大教堂發出
訓令，要開除腓力四世的教籍，遭腓力四世的使者吉堯姆・
德諾加赫(Guillaume de Nogaret)及意大利人沙拉・科倫納
(Sciarra Colonna)挾持三天，各國大爲震驚。後來，阿南夷
人把卜尼法斯救出，吉堯姆・德諾加赫和沙拉・科倫納遁逃。
卜尼法斯獲救後不久，於同年十月十二日卒。一三零九年，
另一任教皇克萊門特五世把教廷遷往阿維雍(Avignon)。**主
敎**：指教皇卜尼法斯八世。教皇被挾持，等於基督遭羈勒。
在《煉獄篇》第七章第一零九行，腓力四世被稱爲「法國害
蟲」("mal di Francia")。在《神曲》中，卜尼法斯是但丁的
頭號敵人，一再遭但丁猛烈抨擊，因爲但丁被放逐，完全由
卜尼法斯一手造成。可是腓力侵犯教皇，等於侵犯基督，罪
大惡極，因此也遭但丁聲討。參看 Bosco e Reggio，
Purgatorio, 344-45；Pietrobono, *Purgatorio*, 269-70；Sapegno,
Purgatorio, 225; Venturi, Tomo II, 249。

88-90.　　**又一次……被殛**：基督第一次被嘲、被殛的過程，見《馬太
福音》第二十六章第四十七—七十五節；第二十七章第一—
五十六節。**酸醋和膽汁並陳**：參看《馬太福音》第二十七章

第三十四節："Et dederunt ei vinum bibere cum felle mistum；et cum gustasset, noluit bibere."（「兵丁拿苦膽調和的酒給耶穌喝；他嘗了，就不肯喝。」）

91-93. **彼拉多第二……廟門**：「彼拉多第二」，指腓力四世。腓力四世既於一三零三年囚禁教皇卜尼法斯八世，又於一三零七年構陷聖殿騎士集團(Knights Templar)，控以瀆聖及異端之罪，對他們殘酷迫害；同時唆使教皇克萊門特五世於一三一二年在維埃納會議(Council of Vienne)上頒佈教令，加以鎮壓。聖殿騎士集團遭到鎮壓後，其龐大財產全部遭腓力四世侵吞。聖殿騎士集團於十二世紀成立，獲教皇洪諾留二世許可，負責保護聖城耶路撒冷。參看《路加福音》第二十三章第二十四—二十五節："Et Pilatus adiudicavit fieri petitionem eorum. Dimisit autem illis eum qui propter homicidium et seditionem missus fuerat in carcerem, quem petebant：Iesum vero tradidit voluntati eorum."（「彼拉多這才照他們所求的定案，把他們所求的那作亂殺人、下在監獄裏的釋放了，把耶穌交給他們，任憑他們的意思行。」）**貪婪的風帆**：比喻腓力四世的惡行。

95. **天罰深隱於天機**：上天的懲罰仍隱而未顯。

97. **聖靈的唯一賢妻**：指本章第二十行提到的瑪利亞。

100-02. **在白天……相反的歌曲**：白天，亡魂的禱詞以慷慨、無私的典範為主題；到了晚上，他們就吟唱與貪婪有關的例子（「相反的歌曲」）。

103. **皮格瑪利翁**：古希臘語Πυγμαλίων，英語 Pygmalion，提爾（Τύρος，英語 Tyre）君王，穆托(Mutto)之子，蒂朵(Dido)的兄弟。為了財貨，害殺了蒂朵的丈夫西凱奧斯(Sichaeus)。

在這一事件中，蒂朵帶著丈夫的財物逃走，叫皮格瑪利翁謀財行動失敗。西凱奧斯有時又稱阿克爾巴斯(Acerbas)，是赫拉克勒斯在提爾的祭司，是蒂朵和皮格瑪利翁的叔父。在建立迦太基之前，蒂朵又叫艾麗莎(Elissa)。參看《埃涅阿斯紀》第一卷三四零行及其後的描寫以及《地獄篇》第五章六一—六二行註。一零三—一零五行所描敘的，是有關貪婪的第一例。

106. **彌達斯**：Μίδας(Midas)，神話中弗里基亞(Φρύγια, Phrygia)君王。根據奧維德《變形記》的說法，彌達斯款待過撫養狄奧尼索斯的西勒諾斯(Σιληνός, Silenus)。狄奧尼索斯為了答謝他，慨然讓他許願。彌達斯祈求萬物經自己一觸，就變成黃金。結果他觸過的水、食物，甚至女兒，都變成了黃金。彌達斯懊悔之餘，求狄奧尼索斯收回成命。狄奧尼索斯接受了他的懇求，叫他到帕克托羅斯河(Πακτωλός, Pactolus)沐浴。彌達斯身觸河水，河水也變成了黃金。

109. **亞干**：謝拉的曾孫，撒底的孫子，迦米的兒子，屬猶大支派。耶利哥城陷落時，不聽約書亞的訓示，偷取了當滅之物，其中包括金子、銀子和「一件美好的示拿衣服」，結果「耶和華的怒氣」「向以色列人發作」，以色列人攻打艾城時敗北。最後，亞干遭以色利人用石頭打死。參看《舊約・約書亞記》第六章第十八—十九節；第七章第一—二十六節。

112. **撒非喇夫妻**：亞拿尼亞是耶路耶冷的信徒，與妻子撒非喇賣了田產，把「價銀私自留下幾分」。結果兩人遭彼得斥責，當場仆倒地上，斷氣身亡。參看《使徒行傳》第五章第一—十一節。

113. **海里奧道拉**：敘利亞王西流古的總理大臣，奉西流古之命掠奪耶路撒冷聖殿的金庫，遭上帝遣馬匹踢昏，復活後讚美上

帝。參看《聖經次經・馬卡比傳下》第三章第一——四十節。

114. **波呂梅斯托爾……波呂多洛斯**：波呂梅斯托爾（希臘文 Πολυμήστωρ，拉丁文 Polymestor 或 Polymnestor），色雷斯（Θράκη，拉丁文 Thracia，英文 Thrace）國王，娶普里阿摩斯的長女伊利奧涅（Ἰλιόνη，拉丁文 Ilione 或 Iliona）為妻。特洛亞陷落前，普里阿摩斯把兒子波呂多洛斯(Πολύδωρος,Polydorus)交給波呂梅斯托爾保護。波呂梅斯托爾卻謀財害命，殺了波呂多洛斯。其後，遭波呂多洛斯的母親赫卡貝（又稱「赫庫巴」）報復，雙眼被弄瞎，兩個兒子也身死。參看《變形記》第十三卷四二九—四三八行。

116. **克拉蘇**：（Marcus Licinius Crassus，約公元前一一二—公元前五三），古羅馬的統帥，曾追隨蘇拉（Lucius Cornelius Sulla，公元前一三八—公元前七八），為人極度貪財，有富豪(Dives)之稱。公元前七二—公元前七一年任獨裁官，公元前七零年與龐培同任執政官。公元前六十年與凱撒、龐培組成三頭同盟，自己為三執政之一(triumvir)。出掌敘利亞期間大量斂財，貪得無厭。出征伊朗北部古國帕提亞（即安息）時戰敗被殺，死後遭帕提亞王以熔金灌口。參看 Singleton, *Purgatorio 2*, 494；《辭海》和《世界歷史詞典》「克拉蘇」條。

123. **只不過……堪比擬**：意思是：別的亡魂在低語，聲音不高，因此你只聽見我說話。

127-28. **突然……悚然**：大山何以「搖搖欲墜」，《煉獄篇》第二十一章會有交代。

130-32. **麗酡……搖撼**：麗酡(Λητώ, Leto)妊娠，生阿波羅和阿爾忒彌斯時，宙斯把漂浮的得洛斯島(Δῆλος, Delos)用金鋼石鏈繫住，另一端直縛海底。於是，麗酡在島上生育，避過善妒

的赫拉。得洛斯島又叫奧爾提基亞('Ορτυγία, Ortygia)，位於愛琴海，是基克拉迪群島(Κυκλάδες, Cyclades)之一，麗酡生產前一直在海上隨風漂浮。**天穹的雙眸**：指阿波羅和阿爾忒彌斯兄妹，即太陽和月亮。參看《埃涅阿斯紀》第三卷七三—七七行；《變形記》第六卷一八六—九一行。

136.　**"Gloria in excelsis Deo"**：拉丁文，是天使向牧羊人宣佈基督誕生的喜訊，意爲「在至高之處榮耀歸與神！」。見《路加福音》第二章第十四節。原文爲："Et subito facta est cum angelo multitudo militiae caelestis, laudantium Deum et dicentium：Gloria in altissimis Deo, et in terra pax hominibus bonae voluntatis."（「忽然，有一大隊天兵同那天使讚美神說：『在至高之處榮耀歸與神！／在地上平安歸與他所喜悅的人！』」）在《路加福音》中，「在至高之處」的拉丁文說法是 "in altissimis"，而不是"in excelsis"。

140.　**就像第一次聽到這歌聲的牧人**：參看《路加福音》第二章第八—十節：

> Et pastores erant in regione eadem, vigilantes et custodientes vigilias noctis super gregem suum. Et ecce angelus Domini stetit iuxta illos, et claritas Dei circumfulsit illos；et timuerunt timore magno. Et dixit illis angelus：Nolite timere.
>
> 在伯利恆之野地裏有牧羊的人，夜間按著更次看守羊群。有主的使者站在他們旁邊，主的榮光四面照著他們；牧羊的人就甚懼怕。那天使對他們說：「不要懼怕！……」

第二十一章

但丁和維吉爾在煉獄山的第五層碰見斯塔提烏斯。斯塔提烏斯向兩人解釋山震的原因。並且告訴他們，這地方不會受制於任何變易。然後，斯塔提烏斯自我介紹，説出他對維吉爾的欽仰。但丁獲維吉爾許可，告訴斯塔提烏斯，他面前的幽靈就是維吉爾。斯塔提烏斯聞言，馬上彎腰去摟抱維吉爾的腳，卻被維吉爾勸止。

自然而然的口渴折磨著我。
這種感覺，沒有撒馬利亞那賢女
求耶穌賞賜的水，就永遠不獲　　　　　3
紓解。而這時候，我正急於
趕路，隨導師踏著擁擠的窄徑，
並爲煉獄公正的懲罰而欷歔。　　　　　6
突然間，路上出現一個幽靈，
就像《路加福音》中，基督剛剛
從墓穴中復活，在路上顯形，　　　　　9
靠近兩個門徒。我們正俯望
躺在腳下的人群，幽靈從後面
移來，說話時，才知道他到了身旁。　12
幽靈說：「兄弟呀，願神賜你們安恬。」
我們驀地轉身。維吉爾向幽靈
示意，所做的動作不倚不偏；　　　　　15

317

然後說：「把我永遠放逐的法庭

　　眞誠而可靠；但願它能夠安然

　　引你往幸福的眾魂間享受永寧。」　　18

「甚麼？」幽靈回答時，我們在急趨。

　　「你們是幽靈，得不到上主愛惜；

　　沿他的階梯上攀時，由誰來陪伴？」　　21

老師說：「這個人的身上帶有標記，

　　是一位天使親自描繪的印痕。

　　你看了就明白。他是義者的儔匹。　　24

紡錘上，克羅托爲眾生把麻紗捲分，

　　讓另一位女神日夜紡搓。

　　女神的紡搓，還未輪到此人。　　27

他的靈魂——你我的姐妹精魄——

　　此刻還不能獨自向天堂飛升，

　　因爲他的視境有別於你我。　　30

於是，我在地獄的大喉應徵，

　　出來當他的嚮導。我的學派

　　有多強，就帶他走多遠的旅程。　　33

如果你知道，請告訴我，剛才

　　這座山爲甚麼會劇震，爲甚麼眾人

　　彷彿從這裏齊號到山腳的大海。」　　36

老師的問題，爲我的渴望穿針。

　　結果，光是因爲我有了希望，

　　口渴的感覺就退減了幾分。　　39

幽靈聽後，回答說：「違背大常

　　或有乖秩序的任何東西，

都不會見容於此山的神聖規章。　　　42
這地方不會受制於任何變易。
　　只有屬於天堂的向天堂回趨，
　　這裏才可能出現變化的動力。　　45
由於這緣故，冰雹、寒雪、大雨、
　　露水、白霜，都不會降落這空間，
　　在這道三級短階之上飄聚。　　　48
雲呢，不管厚薄，都不會出現。
　　在這裏，不會有陶瑪斯的女兒常常
　　在各處遊徙，也不會有雷電轟天。　51
乾燥的蒸氣即使湧升向上，
　　也不會超越梯階最上的一級，
　　即彼得的代理著足的地方。　　　54
其下也許有大小不同的震慄；
　　可是，不知是什麼原因，這一帶
　　從來沒受過地底烈風的搖襲。　　57
某一靈魂自覺超脫了氛埃，
　　能夠起立或準備上升時，這裏
　　才會震動，然後是剛才的喝彩。　　60
只有意志，能證明靈魂已經淨洗。
　　意志一旦有遷廟的自由，
　　就會猝然動念，給靈魂助力。　　63
靈魂也動過念，但欲望他走，
　　因天律否決了意志而受刑，一如
　　昔日，欲望曾經向罪惡奔投。　　66
我在這個痛苦的地方匍匐，

已經超過五百年；這一刻才發現

意志自由，可以有更好的出路。　　69

因此，你才會聽見地震，聽見

虔誠的幽靈在整座大山讚美

上主——願上主快點送他們上天！」　72

斯塔提烏斯說道。一個人越想喝水，

水質就越可口。因此我無從

解釋斯塔提烏斯給了我多大的恩惠。　75

接著，英明的導師說：「你們在網中

被纏後脫身，我已經得睹；知道

你們讚什麼，大地又何以震動。　　78

你是誰呢？但願你可以見告。

同時，請你親口解說，千百年來，

爲何要躺在這裏一直受煎熬？」　　81

「寶血遭猶大出賣而流出傷口外。

賢主提圖斯，蒙至高的君王

幫助，爲基督報了仇。在提圖斯時代，84

我在世間所享的榮銜最輝煌、

最不朽，」幽靈回答說：「但儘管有名，

還沒有加入信仰基督的上邦。　　87

由於我的歌吟律美韻清，

我這個圖盧茲人，就見招於羅馬，

且實至名歸，獲桂葉覆額飾頂。　　90

斯塔提烏斯是世人對我的叫法。

我先吟忒忒拜，次吟大英雄阿喀琉斯；

從事第二項任務時中途頹垮。　　93

燃起我懷中熱情的星火，來自
　　一朵聖焰。迄今，逾千的炯光
　　得以點亮，皆拜這聖焰之賜。　　　　96
我指的是《埃涅阿斯紀》。我開創
　　詩境時，它是我的娘親、我的保姆。
　　沒有它，我不會有分毫聲望。　　　　99
如果能跟維吉爾同代相處，
　　我願意多留太陽一繞的時辰，
　　然後才離開這裏，結束放逐。」　　　102
這一番話，使維吉爾轉身
　　望著我，以靜默的神情說：「別做聲。」
　　可是意志的力量未能勝任。　　　　105
因為笑聲和熱淚會由情感飛迸；
　　情動於中，兩者就緊緊伴隨；
　　情越眞，兩者越喜歡和意志抗衡。　　108
我微微一笑，以神情表示意會。
　　幽靈見狀，就沉默不語，凝眸
　　望著吾目——神情最逼眞的部位。　　111
然後說：「願你的艱辛有好報酬。
　　剛才，我在你的臉上看到
　　一絲欣喜，不知是什麼理由。」　　　114
這一刻，我眞是兩邊不討好：
　　一邊叫我沉默；一邊叫我說話。
　　於是嘆了口氣。我的苦惱，　　　　117
老師也明白了。於是說：「不要怕，
　　儘管說吧。看他急切的神態，

　　不妨把事情的原委告訴他。」　　　　　120
於是我說：「年長的靈魂哪，我剛才
　　面露笑容，你也許感到驚奇。不過
　　我還有更大的意外使你就逮。　　　　123
這賢者，帶我的目光高瞻碧落。
　　他，就是維吉爾。他的作品，
　　使你有力量吟頌人神的嘉謨。　　　　126
如果你以爲尚有其他原因，
　　請相信我，把這些假原因揚棄；
　　你說我老師，才叫我忍俊不禁。」　　129
我話聲未落，幽靈已彎腰前移，
　　去摟抱老師的腳。老師說：「兄弟呀，
　　別這樣；我們是幽靈，都沒有形體。」　132
幽靈一邊起立，一邊回答：
　　「現在，你可以明白了：我一旦忘掉
　　我們的虛幻，視幽靈爲實體，激發　　135
孺慕、叫我敬愛你的，是多強的火苗。」

註　釋：

1.　　**自然而然的口渴**：「口渴」，指追求眞理、追求上帝的欲望。
　　　參看 Benvenuto, Tomus Quartus, 2。在這裏，象徵眞理的是
　　　「活水」。參看《約翰福音》第四章第一——十六節撒馬利亞
　　　婦人與耶穌的對話。人類有求知的本能，因此說「自然而
　　　然」。在《筵席》(Convivio, I, I, 1)裏，但丁一開始就提到亞

里士多德的說法："Sì come dice lo Filosofo nel principio de la Prima Filosofia, tutti li uomini naturalmente desiderano di sapere….ciascuna cosa…è inclinabile a la sua propria perfezione…."（「正如哲學家〔指亞里士多德〕在第一哲學開頭時所說，人人都自然有求知之欲。……萬物……都亟趨本身的至善。……」）此外，參看 *Convivio*, I, I, 9；III, XV, 4。

2.　　　**撒馬利亞那賢女**：這裏指《約翰福音》第四章第一——十六節的故事。一個撒馬利亞婦人來雅各井打水，耶穌向她要水喝，並說自己可以給婦人活水。

5.　　　**擁擠的窄徑**：前進的路徑到處躺著亡魂。因此但丁說「擁擠的窄徑」。

6.　　　**公正的懲罰**：指上帝的判決絕對公正。

7-10.　　**突然間……兩個門徒**：參看《路加福音》第二十四章第十三——三十二節。**幽靈**：指斯塔提烏斯(Statius)。參看本章第六十七行註。

10-11.　**俯望／躺在腳下的人群**：但丁和維吉爾要俯望躺在腳下的人群，避免踩到他們。

16-18.　**「把我……永寧」**：維吉爾在回答幽靈。**法庭**：指天庭。上帝絕對公正，把維吉爾安置於地獄邊境也「真誠而可靠」，維吉爾毫無怨言。

20.　　　**你們是幽靈**：但丁此刻在山影中前進，身體沒有投影，因此幽靈看不出他是血肉之軀。

22.　　　**標記**：指天使劃在但丁額上的七個 P 字。

25-27.　**紡錘**：希臘神話中有命運三女神，又稱摩賴(Μοῖραι，Moirae 或 Moerae)。三女神分別叫克羅托(Κλωθώ, Clotho)、拉克

西斯(Λάχεσις ,Lachesis)、阿特洛波斯("Ατροπος, Atropos)。是宙斯和忒彌斯(Θέμις, Themis)的女兒,荷萊依(῏Ωραι, Horae,一譯「時序三女神」)的姐妹。命運三女神掌人的生死、壽夭。克羅托年紀最小,手持紡錘紡生命之線。拉克西斯手持纏線軸,把克羅托所紡之線繞到上面,以決定人壽的長短。阿特洛波斯則手持剪刀,負責把生命之線切斷,掌世人的死期。命運三女神,羅馬人叫帕爾凱(Parcae)。在古羅馬城的大廣場(Forum),三女神的雕像又稱 tria Fata(the three Fates)。參看 Grimal,*A Dictionary of Classical Mythology* 和《希臘羅馬神話詞典》的有關詞條。**女神⋯⋯此人**:指拉克西斯的紡搓還未輪到但丁。也就是說,但丁的陽壽未盡。

28. **他的⋯⋯精魄**:靈魂(「精魄」)都由上帝創造。但丁的靈魂是維吉爾和斯塔提烏斯靈魂的姐妹。

29. **此刻⋯⋯飛升**:但丁的靈魂還未脫離肉體,因此不能升天。在《地獄篇》第三章第九十三行,但丁已借卡戎之口預言自己會升天。參看該章八八—九三行註。

30. **他的視境⋯⋯你我**:指但丁的眼睛仍要透過肉體外視,不像維吉爾和斯塔提烏斯那樣,無須再倚靠肉體。

31. **地獄的大喉**:指幽域,即地獄邊境。幽域面積最廣,直通地獄各層,所以稱「大喉」。Sapegno(*Purgatorio*, 234)說:"dove più s'allarga la voragine infernale"(「地獄的深淵在這裏張得最大」),道出了幽域之廣。。

32. **我的學派**:指維吉爾的識見(即人智)。

44. **只有⋯⋯回趨**:指靈魂向天堂回趨。

48. **這道三級短階**:指煉獄本身的入口。參看《煉獄篇》第九章七六—七八行。

50-51. **不會有陶瑪斯的女兒……遊徙：陶瑪斯的女兒**：指伊麗絲
(ʾIρις, Iris)，即彩虹女神。伊麗絲專爲諸神（尤其是宙斯和
赫拉）報信，父爲陶瑪斯(Θαύμας, Thaumas)，母爲厄勒克
特拉(ʾHλέκτρα, Electra)。整句的意思是：不會有彩虹到處
飄盪。參看《變形記》第十四卷第八四五—四六行："nec mora,
Romuleos cum virgine Thaumantea / ingreditur colles." （「於
是，她跟陶瑪斯的女兒直趨洛慕羅斯山。」）

52. **乾燥的蒸氣**：據亞里士多德的說法，大氣的變化源自蒸氣：
濕蒸氣化爲雨；乾蒸氣變成風；地震則因既乾且稠的蒸氣被
困在地底而形成。蒸氣不能凌越大氣的第二層（即冷空氣
層）。

53. **梯階最上的一級**：即三級梯階的最高一級。掌彼得所付鑰匙
的天使，雙足就踏在上面。參看《煉獄篇》第九章九三——一
零五行。

54. **彼得的代理**：指把守煉獄入口的天使。參看《煉獄篇》第九
章第一二七行。

57. **地底烈風的搖襲**：指困在地底的烈風所造成的地震。

58. **超脫了氛埃**：變得潔淨。

59. **起立或準備上升**：煉獄中躺臥的亡魂起立；已起立的就準備
上升。

60. **然後是剛才的喝彩**：參看《煉獄篇》第二十章第一三三行。
這行是對維吉爾第二個問題（本章三五—三六行）的回答。

62. **遷廟**：離開煉獄之廟，升上天堂之廟。

64-66. **靈魂……奔投**：靈魂也想趨善，但相對的意志（也就是欲望，
原文"talento"）因上帝的意旨而要在煉獄受刑（受報應之
刑），一如昔日在塵世趨惡那樣。但丁相信阿奎那的說法，

認爲意志分絕對意志(volontà assoluta)和相對意志(volontà relativa)。相對意志又稱受制意志(volontà condizionata)。在凡塵，絕對意志也想趨善，可是一動念，相對意志就開始運作，結果就可能走上歧途。參看 Bosco e Reggio, *Purgatorio*, 366-67。

67.　　**我**：指第七十三行的斯塔提烏斯。斯塔提烏斯（Publius Papinius Statius，約公元四五—約公元九六）。古羅馬白銀時代的著名詩人，父爲語法學家兼修辭學家，也是羅馬皇帝多米提安努斯（Titus Flavius Domitianus，公元五一—九六，又譯「圖密善」或「杜米提安努」）的老師，因此能進入宮廷。耗時十二年，完成史詩《忒拜戰紀》(*Thebais*)。此外又著有《阿喀琉斯紀》(*Achilleis*)第一卷和未完成的第二卷，以及《詩草集》(*Silvae*)。受維吉爾的影響極大。參看 Toynbee, 589-91, "Stazio"條；《中國大百科全書・外國文學》，II，頁九五四。

67-68.　**在這個痛苦的地方……超過五百年**：斯塔提烏斯在煉獄第五層洗滌揮霍罪，花了五百年以上的時間；在第四層洗滌懶惰罪，花了四百多年（參看《煉獄篇》第二十二章九二—九三行）；自他卒後的其餘時間，則逗留在其下三層或在煉獄前區(Antipurgatorio)。

69.　　**意志自由……出路**：意志不再受欲望驅牽（即本章六二—六九行所寫的境界）。

71.　　**讚美**：指頌唱《榮歸主頌》("Gloria in excelsis Deo")。參看第二十章第一三六行著。

76-77.　**在網中／被纏**：指亡魂被受制意志（即相對意志）羈絆，留在煉獄裏受刑。

82. **寶血……傷口外**：指猶大出賣耶穌，令耶穌在十字架上受傷流血。基督之死，猶太族要負責。

83. **提圖斯**：（Titus Vespasianus，公元三九—八一，又譯「狄托」或「第度」），古羅馬皇帝，韋斯帕斯阿努斯（Titus Flavius Vespasianus，公元九—七九，又譯「韋斯巴薌」）之子。公元六十七年隨父親鎮壓猶太人的起義，公元七十年攻陷耶路撒冷，大肆殺戮。但丁認為此舉是提圖斯替天行道，蒙上帝（「至高的君王」）幫助，為基督向猶太人報仇。參看 Bosco e Reggio, *Purgatorio*, 368；Singleton, *Purgatorio 2*, 512-13；Toynbee, 610, "Tito" 條；《世界歷史詞典》，頁三一六。

85. **榮銜**：指詩人之銜。

87. **還沒有……上邦**：指斯塔提烏斯仍未信仰基督。

88. **我的歌吟律美韻清**：原文 "Tanto fu dolce mio vocale spirto"。但丁在《筵席》（*Convivio*, IV, XXV, 6）裏稱斯塔提烏斯為 "il dolce poeta"（「韻律優美的詩人」）。古羅馬詩人尤維納利斯（Decimus Junius Juvenalis，約六零—約一四零）這樣描寫斯塔提烏斯："Curritur ad vocem iucundam et carmen amicae / Thebaidos… ; tanta dulcedine captos / adficit ille animos."（「大家都跑去聽他悅耳的聲音和可愛的《忒拜戰紀》……；他們的靈魂實在叫他〔斯塔提烏斯〕的優美韻律迷住了。」）參看 *Satirae*, VII, 82-89。

89. **圖盧茲人**：斯塔提烏斯約於公元四十五年生於那波利，卒於公元九十六年。中世紀有不少人誤以為斯塔提烏斯是法國圖盧茲(Toulouse)人。但丁也相信這一說法。其實，生於圖盧茲的是一個與斯塔提烏斯同名的演說家。參看 Bosco e Reggio, *Purgatorio*, 368。

90. **獲桂葉覆額飾頂**：指獲封為詩人。斯塔提烏斯的確以《詩草集》(Silvae)在羅馬獲獎（雖然但丁未必知道這一史實）。

92. **先吟忒拜**：先寫《忒拜戰紀》。**次吟……阿喀琉斯**：接著寫《阿喀琉斯紀》。

93. **從事……頹圮**：指斯塔提烏斯未完成《阿喀琉斯紀》就去世了。

94. **燃起我懷中熱情**：燃起我懷中的詩情。也就是說，我〔斯塔提烏斯〕的詩，源自維吉爾的《埃涅阿斯紀》。

95. **聖焰**：指《埃涅阿斯紀》。但丁的典故出自《忒拜戰紀》(Thebais, XII, 816-17)："vive, precor；nec tu divinam Aeneida tempta, / sed longe sequere, et vestigia sempre adora."（「請你呀，繼續傳揚；但休想追上神聖的《埃涅阿斯紀》，／你只宜遠遠跟隨，一直仰瞻其足跡。」）

95-96. **逾千的炯光／得以點亮**：指許多詩人受《埃涅阿斯紀》的啟發，或從中得到靈感。

100-02. **如果……放逐**：意為：如果能夠跟維吉爾一起，即使再過一年（「太陽一繞的時辰」）才離開這裏，我也願意。在斯塔提烏斯眼中，置身煉獄，等於被逐出天堂。

105. **可是……勝任**：指但丁想遵依維吉爾的指示(一零四行的「別做聲」)，意志卻有心無力。

107. **兩者**：指「笑聲和熱淚」（一零六行）。

108. **情越真，兩者……抗衡**：指情感越真，笑聲和熱淚就越不聽意志支配。

111. **神情最逼真的部位**：指眼睛（因為眼睛是靈魂向外展示得最明顯的部位）。

112. **你的艱辛**：指斯塔提烏斯在煉獄山的上攀旅程。

116. **一邊叫我沉默；一邊叫我説話**：維吉爾叫但丁沉默；斯塔提烏斯叫但丁説話。

123. **還有……就逮**：意爲：還有更大的意外之喜把你捕捉。

127-29. **如果……忍俊不禁**：意思是：我之所以「面露笑容」，唯一的原因是，你提到我老師（「你説我老師」）；此外再沒有別的原因。

132. **別這樣；……沒有形體**：這話與《啓示錄》第十九章第十節呼應："Et cecidi ante pedes eius, ut adorarem eum. Et dicit mihi：Vide ne feceris."（「我就俯伏在他腳前要拜他。他說：『千萬不可！』」）此外，參看《煉獄篇》第十九章一二七——一三五行。

第二十二章

天使指引但丁、維吉爾、斯塔提烏斯上攀煉獄山的第六層，並從但丁額上抹去另一個 **P**。斯塔提烏斯說明自己在凡間犯了甚麼罪，如何成爲基督徒。維吉爾爲斯塔提烏斯陳述一些古代人物的下落。之後，三人看見一棵樹，聽到樹叢中有聲音喊出節德的範例。

此刻，天使已留在我們後面。
　　他曾經指引我們進入第六圈，
　　把一道傷痕抹離我的容顏；　　　　　　3
並且向我們宣佈：凡是心願
　　正直的，都獲天佑。他的話語，
　　以 sitiunt 結束，其餘的再沒有言宣。　　6
我在通道前進的時候，步履
　　比攀登其他通道要輕快，一點
　　氣力也沒花，就隨著迅靈上趨。　　　　9
這時候，維吉爾說：「由美德之焰
　　燃起的愛，總會把他愛燃起，
　　只要前者的光焰出現在外面。　　　　　12
自從尤維納利斯在地獄的邊鄙
　　降落，跟我們這些亡魂爲伍，
　　讓我知道你對我的情誼，　　　　　　　15
我對你的眷念一直牢固，

　　勝過任何陌生人所受的關懷。
　　因此，這些梯階只算是短途。　　　　18
不過，告訴我——如果我一時恃愛
　　而放縱，請看在朋友分上原諒我；
　　請看在朋友分上，陳述梗概——　　21
你用力甚勤，胸中的智慧廣博。
　　那麼，這樣的襟懷怎麼又能夠
　　在慧心間容納貪婪之所？」　　　　24
這番話，開始時叫斯塔提烏斯頷首
　　微笑了一下。接著，他這樣答覆：
　　「你的話都親切，證明你情誼深厚。　27
其實，世界常常會這樣：事物
　　由於眞正的原因潛藏隱晦，
　　乃產生假象，叫人眩惑糊塗。　　　30
從你的問題，我知道，你是認爲，
　　我在前一生曾經貪得無厭——
　　也許由我所處的圈子類推。　　　　33
告訴你，貪婪之心很久之前
　　已離開了我；我當年的過失，
　　早經數千個月去懲治雪滌。　　　　36
你彷彿有感於人性的可恥，
　　怫然在詩中疾呼：『貪金之情啊，
　　該死！你驅遣凡欲去無所不至！』　39
如果不是獲你的作品啓發
　　而幡然改途，恐怕此刻我仍然
　　推運著巨石，慘然跟別人廝打。　　42

之後，我知道，我們的手，舒展
　　翅膀揮霍時會張得太大，結果
　　我後悔莫及，如後悔餘罪一般。　　　45
因無知而禿然復起的人眞多！
　　這些人頭毛疏落，因爲無知，
　　生時或臨終都不能痛悔這差錯。　　　48
我還要告訴你：在這裏，過失
　　撞向性質相反的任何罪孽，
　　兩者就乾枯，綠意不能再堅持。　　　51
這些人，由於貪婪之過而抽噎。
　　我要淨化自己時，跟他們爲伍，
　　是因爲我的罪孽是相反的乖邪。」　　54
「善行缺乏了信仰，會於事無補。」
　　《牧歌集》的吟唱者說：「你的文字，
　　諷詠過兄弟相殘時，如何演出　　　　57
約卡絲妲的雙重悲劇。在詠史繆斯
　　跟你一起合奏的歌曲裏，好像
　　沒有詠信仰叫你來歸之辭。　　　　　60
那麼，後來是甚麼樣的太陽，
　　甚麼樣的燭光爲你驅暗去癡，
　　叫你隨那位漁夫張起帆檣？」　　　　63
斯塔提烏斯說：「最先把我引至
　　帕那索斯山喝洞中之水的是你。
　　你是帶我走向上主的啓蒙師。　　　　66
你的做法，就像個先導者，在夜裏
　　後擎著火炬，照亮後面的來路；

不為自己，只為了給後人啓迪。　　69
因為你說：『時代在更生復甦；
　　公道和人類的太初年代正重來；
　　一代新人從天堂降落下土。』　　72
我成為基督徒和詩人，皆因你引帶。
　　為了讓你看清這圖畫的輪廓，
　　我會動手在上面填上顏彩。　　75
當時，在塵世裏面，每一個角落
　　都孕著真正的信仰；真正的信仰
　　由永恆的天國遣使者傳播。　　78
上面引述的話語是你所講。
　　話語和新教士的宗旨相承，
　　結果我常常出沒於他們的里巷。　　81
之後，我發覺他們的言行神聖，
　　他們遭多米提安努斯迫害時，
　　飲泣中乃不乏我的涕淚和悲哽。　　84
當我仍然在凡塵之世棲止，
　　我一直支持他們。他們的懿行
　　使我覺得其他教派都可恥。　　87
之後，我還未在詩中引領
　　希臘人往忒拜的河流，就受了洗；
　　但出於恐懼，要隱藏基督徒之名；　　90
經過多年，都佯裝與基督為敵。
　　這樣的不冷不熱，使我環繞
　　第四圈的時間超過了四個世紀。　　93
我提到的美善，曾遭翳障籠罩

而不能窺覘。此刻，你已經掃除

　　翳障。趁我們繼續在途中上蹈，　　　96

請就你所知告訴我，古代人物

　　泰倫提烏斯、凱奇利烏斯、普勞圖斯的下落──

　　還有瓦里烏斯。是否都遭了天詛？」　99

「他們跟許多亡魂，跟佩修斯，跟我

　　一起處於黑獄的第一圈，所居

　　與那位希臘人相同。」導師說：　　　102

那位希臘人，最獲繆斯的哺育。

　　我們常常談到那座大山──

　　那裏恆住著撫養我們的聖女。　　　　105

歐里庇得斯、安提芬是我們的侶伴；

　　還有西摩尼得斯、阿噶同和許多

　　希臘同胞（額上都戴過桂冠）。　　　108

那裏，也有你所提的一夥：

　　安提戈涅、德伊菲蕾、阿爾癸亞也在裏面；

　　還有伊斯梅涅──如昔日一般愁惻。　111

展示蘭格亞泉的人也在那邊。

　　還有得伊達彌亞姐妹、忒瑞西阿斯的愛女

　　以及忒提斯這位海中女仙。」　　　114

兩位詩人這時都沉默不語，

　　由於擺脫了梯階、垣牆的束縛，

　　都再度聚精會神向四周窺覘。　　　117

這時候，職司時辰的四個女僕

　　已落在後面；第五個則車轅在手，

　　繼續牽引著熊熊的尖端上翥。　　　120

335

就在這一刻，導師對我說：「這時候，
　我們該轉身了，右胛靠崖緣那邊，
　像先前一樣環繞著大山盤走。」　　123
於是，習慣就給我們指點。
　獲得選魂的首肯後，我們繼續
　前進時，心中的疑慮已經退減。　　126
兩位詩人在前，我踏著步履
　後隨間，凝神聽他們交談，
　從中領悟了一些作詩的規矩。　　129
可是過了不久，一棵樹赫然
　在路心出現，打斷了悅耳的對話。
　樹上的果子，香氣芬芳而美善。　　132
一般的冷杉是枝接著枝斜拔
　上尖；這棵樹卻向下方收窄。
　目的是，我想，不讓人家上爬。　　135
腳下的路，一面以岩壁為屏隘。
　就在岩壁的一邊，清水柔柔
　自高崖下灑，紛紛把樹葉沾漑。　　138
兩位詩人向奇樹靠近的時候，
　枝葉叢中有聲音這樣呼喊：
　「樹上的果子，你們不可以享受。」　　141
然後說：「瑪利亞要婚宴得體美滿，
　甚於自己的嘴。此刻，她的嘴
　正在發聲，去為你回話交談。　　144
古羅馬的婦女，光是喝清水，
　就已經滿足；先知但以理，

  則由於鄙薄口腹而得到智慧。   147
 上古之世，是美如黃金的時期。
  那時候，橡實因腹饑而甘香，
  衆溪因口渴而化爲仙醴流溢。   150
 沙漠裏，供施洗者充饑的糧糧
  不過是蜜糖和蝗蟲一類食物；
  可是，施洗者卻因此而榮名高揚， 153
 如福音宣示的那樣偉大特出。」

註　釋：

1-2. **此刻……第六圈**：論者指出，《煉獄篇》其餘各章的開頭，
    都詳敘旅程轉變的經過；這裏故意縮簡，是因爲但丁不想打
    斷維吉爾和斯塔提烏斯的對話。參看 Bosco e Reggio，
    Purgatorio, 372；Sapegno, *Purgatorio*, 242。

3. **一道傷痕**：指但丁額上的 P。參看《煉獄篇》第九章一一二—
    一一四行。

6. **以 sitiunt……沒有言宣**：指八福（一譯「眞福八端」）之一。
    在《馬太福音》中，耶穌告訴信衆，有八種人可獲上帝祝福
    （全文見第五章第一—十節，稱爲「山上寶訓」）。這裏指
    八福中的第四福。見《馬太福音》第五章第六節："Beati qui
    esuriunt et sitiunt iustitiam, quoniam ipsi saturabuntur."（「飢
    渴慕義的人有福了！／因爲他們必得飽足。」）

10-11. **由美德……燃起**：由美德燃起的愛向外展示，受愛的人也會
    以愛回敬。參看《地獄篇》第五章一零三行。

12. **只要前者……在外面**：只要「由美德之焰／燃起的愛」出現在外面，「總會把他愛燃起」。

13. **尤維納利斯**：（Decimus Junius Juvenalis，約六零—約一四零），一譯「玉外納」（見《辭海》，下冊，頁三一零五），古羅馬詩人。一生歷盡辛酸。仰慕斯塔提烏斯的《忒拜戰紀》。著有諷刺詩五卷十六首。參看 Toynbee, 325, "Giovenale" 條；《中國大百科全書・外國文學》，II，頁一二二三。但丁對尤維納利斯的諷刺詩雖無直接認識，但在 *Convivio*, IV, XII, 8；XXIV, 4；*Monarchia*, II, III, 4 裏，曾經提到他。參看《煉獄篇》第二十一章第八十八行註。

 地獄的邊鄙：指幽域。

18. **因此……短途**：這行的意思是：我想跟你一起走，所以不覺路途漫長。

22. **你用力甚勤……廣博**：維吉爾出於客氣，說斯塔提烏斯的智慧是自己用功的結果，並沒有靠他的啓迪。參看 Sapegno, *Purgatorio*, 243。

23-24. **「那麼……貪婪之所」**：這兩行的意思是：斯塔提烏斯有這樣的襟懷，何以會犯貪婪罪？

32-33. **我在生一前……類推**：意為：你見我處於懲罰貪婪罪的一圈，所以推斷我前生貪婪。

38-39. **「貪金之情啊，／……無所不至！」**：見《埃涅阿斯紀》第三卷五六—五七行："quid non mortalia pectora cogis, / auri sacra fames？"

42. **推運著巨石……廝打**：跟揮霍者一起，在地獄的第四層，推著巨石和貪婪者互撞。參看《地獄篇》第七章。

45. **餘罪**：指其他罪惡。

46. **復起**：指最後審判時，亡魂要起來接受審判。

47. **頭毛疏落**：指揮霍者。參看《地獄篇》第七章第五十七行及該行的註釋。

51. **兩者就乾枯**：指兩者互相消耗。Sapegno(*Purgatorio*, 245)的解釋是："si consuma, come una pianta che inaridisce"（「消損，如植物般乾枯」）。

54. **我的罪孽……乖邪**：指斯塔提烏斯所犯，是貪財罪的相反，即揮霍罪。

55. **「善行……於事無補」**：參看《地獄篇》第二章二九—三零行；《地獄篇》第四章三一—四二行；《希伯來書》第十一章第六節。

56. **《牧歌》的吟唱者**：指維吉爾。維吉爾著有《牧歌集》(*Eclogae*)。

56-58. **你的文字，／……雙重悲劇**：《忒拜戰紀》吟詠約卡絲妲的悲劇。約卡絲妲('Ιοκάστη, Jocasta)是古希臘神話人物，遭命運擺佈，誤與兒子奧狄浦斯(Οἰδίπους, Oedipus)結婚，生下兩個兒子：厄忒奧克勒斯('Ετεοκλῆς, Eteocles)和波呂尼克斯(Πολυνείκης, Polynices)。兄弟二人為爭奪王位而相殘，結果同歸於盡。**雙重悲劇**：指約卡絲妲兩個兒子同時死亡。

58-60. **詠史繆斯／……來歸之辭**：意為：在《忒拜戰紀》中，看不到你信仰基督的證據。維吉爾言下之意是：你沒有信仰基督，怎能來煉獄滌罪？**詠史謬斯**：意大利文 Cliò，希臘文 Κλειώ，拉丁文和英文為 Clio。一譯「克利娥」（見《希臘羅馬神話辭典》，頁二零六）。是宙斯(Ζεύς, Zeus)和記憶女神謨涅摩辛涅(Μνημοσύνη, Mnemosyne)所生的九個女兒

（九繆斯）之一，司歷史。繆斯的希臘原名單數爲Μοῦσα，複數Μοῦσαι，拉丁文單數爲 Musa，複數爲 Musae。按希臘原文單數譯爲「穆薩」或「穆莎」會更近原音。不過「繆斯」（英文 Muse 的漢譯）旣然成了俗，在此只好從俗。Bosco e Reggio(*Purgatorio*, 377)指出，維吉爾卒於公元前十九年，不可能認識他卒後才面世的作品《武拜戰紀》或書中人物（參看本章一零九——一一四行）。但丁這樣安排，大概出於筆誤。

61. **甚麼樣的太陽**：意爲：甚麼樣的聖光。

62. **甚麼樣的燭光**：意爲：甚麼樣的後天敎導。**驅暗**：在基督徒眼中，基督降生前的世界是黑暗世界。

63. **那位漁夫**：指彼得。彼得本來是漁人，後來因耶穌叫他「得人如得魚」，放棄了本身的職業。參看《馬太福音》第五章第十八——十九節；《馬可福音》第一章第十六——十七節；《路加福音》第五章第十節。**張起帆檣**：走信仰基督的航道。

64-65. **最先……是你**：最先敎我喝詩的靈感之泉的是你。**帕那索斯山**：希臘文Παρνασός，其後衍變爲Παρνασσός（拉丁文 Parnasus 或 Parnasos，英文 Parnassus），希臘福基斯(Φωκίς, Phocis)境內的一座山，是阿波羅、狄奧尼索斯、九繆斯的聖地。此山有二峰，德爾佛伊（Δελφοί，另一譯法爲「得爾斐」，是英語"Delphi"的譯音）位於其中一峰的山坡。帕那索斯山有聖泉，名叫卡斯塔利亞(Κασταλία, Castalia)。**喝洞中之水**：喝卡斯塔利亞聖泉之水。

66-69. **你是……啓迪**：維吉爾照亮了斯塔提烏斯走向基督的道路。但丁相信，基督之前的大賢大智，預示了基督降臨，就如擎著火炬的人照向背後，啓迪了來者，本身卻得不到救贖。

70-72. **「時代……下土」**：這幾行出自維吉爾的《牧歌集》。參看

Eclogae, IV, 5-7："magnus ab integro saeclorum nascitur ordo. / iam redit et Virgo, redeunt Saturnia regna；/ iam nova progenies caelo demittitur alto." (「偉大的新紀元接踵而來；／此刻，室女回歸了，薩圖恩的王朝也回歸；／一代新人從高天下降。」）這幾行其實在恭維奧古斯都，說黃金時代在他的治下重臨。詩中的室女指公正女神阿斯特瑞亞（Astrea 或 Astraea），並不指聖母瑪利亞。「薩圖恩王朝」指人類的淳樸時代。不過基督徒牽強附會，認爲這幾行詩在預言救世主基督降臨。在這裏，經過附會後，「薩圖恩王朝」指亞當和夏娃犯罪前的天眞時期。參看 Sapegno, *Purgatorio*, 247；*Monarchia*, I, XI, 1。

74-75. **爲了……顏彩**：爲了讓你把我的梗概看得更清楚，我會詳細解說。

76-77. **當時……眞正的信仰**：在斯塔提烏斯時期（也就是羅馬帝國時期），基督教信仰已經有許多人皈依，但是還沒有公開傳播。

78. **使者**：指耶穌的使徒。但丁相信，使徒由上帝遣派。

79. **上面引述的話語**：指本章七零—七二行所引述的維吉爾的話。

80. **話語……相承**：維吉爾的話語和傳播福音的人所講吻合，預示了救世主會降臨。**新敎士**：指最初傳播基督教信仰的人。

82. **他們的言行神聖**：指新教士的言行神聖。

83. **遭多米提安努斯迫害**：多米提安努斯 (Titus Flavius Domitianus Augustus)，公元五十一年生。韋斯帕斯阿努斯 (Titus Flavius Vespasianus)的次子，提圖斯(Titus Vespasianus) 的弟弟，公元八十一年繼承哥哥任羅馬皇帝，直到公元九十

六年。參看 Toynbee, 233-34, "Domiziano"條;《煉獄篇》第
二十一章第八十三行註。據基督教作家的說法,多米提安努
斯曾殘酷迫害基督教徒。參看奧古斯丁的 *De civitate Dei*,
xviii, 52。

84.　**飲泣中……悲哽**:指基督徒遭迫害時,斯塔提烏斯曾表示同
情而飲泣。

88-89.　**之後……河流**:斯塔提烏斯的《忒拜戰紀》第七卷四二四—
二五行有這樣的描寫:"Iam ripas, Aesope, tuas Boeotaque
ventum / flumina."(「埃索普斯呀,他們已來到你的河岸/
和波奧提亞的流川。」)有些論者認爲,指斯塔提烏斯當時
正在寫《忒拜戰紀》但還未寫到這兩行;有的論者認爲,這
裏泛指斯塔提烏斯還未開始寫《忒拜戰紀》。參看 Bosco e
Reggio, *Purgatorio*, 380;Sapegno, *Purgatorio*, 248;Singleton,
Puragorio 2, 530;Cary, *Purgatorio and Paradiso*, 165。

93.　**第四圈**:指煉獄的第四層,專供犯懶惰罪的亡魂滌罪。

94.　**我提到的美善**:指基督教的眞理。

96.　**趁我們……上蹈**:趁我們仍在上陟。

98.　**泰倫提烏斯**:Publius Terentius Afer,古羅馬著名喜劇作者,
公元前一九二年生於迦太基,公元前一五九年卒於希臘,生
年早於斯塔提烏斯。但丁對其作品的認識,大概來自西塞
羅。**凱奇利烏斯**:Caecilius Statius,古羅馬的喜劇作者,與
恩尼烏斯(Quintus Ennius,公元前二三九—公元前一六九)
同期,早於泰倫提烏斯。**普勞圖斯**:Titus Maccius Plautus
(約公元前二五四—公元前一八四),古羅馬喜劇家,是古
羅馬最早有完整作品傳世的作者。據說寫過百多部劇本。不
過經後人研究,證明只有二十一部爲其手筆。普勞圖斯對莎

士比亞、莫里哀都有影響。但丁對他的認識，可能來自奧古斯丁的《論上帝之城》(*De civitate Dei*)。

99. **瓦里烏斯**：Lucius Varius Rufus，古羅馬詩人，屬奧古斯都一朝，維吉爾和賀拉斯的好友。有史詩寫凱撒之死；有悲劇寫神話人物提厄斯忒斯(Θυέστης, Thyestes)。

100. **佩修斯**：Aulus Persius Flaccus（公元三四—六二），古羅馬作家，寫過諷刺作品。

101. **黑獄的第一圈**：指幽域。

102. **那位希臘人**：指荷馬。參看《地獄篇》第四章八六—八八行。

104. **那座大山**：指帕那索斯山。參看本章六四—六五行註。

105. **我們的聖女**：指九繆斯。

106. **歐里庇得斯**：Εὐριπίδης, Euripides（約公元前四八五—公元前四零六），希臘三大悲劇作家之一，出身貴族家庭。著有九十二部戲劇，得過五次獎。**安提芬**：Ἀντιφῶν, Antiphon，希臘悲劇作家，亞里士多德和普路塔克在作品裏曾提到他。

107. **西摩尼得斯**：Σιμωνίδης, Simonides（公元前五五六—公元前四六七），希臘克沃斯（Κέως，拉丁文 Ceos，Cea 或 Cia，英文 Ceos）島人，抒情詩和輓歌作者。但丁曾在《筵席》(*Convivio*, IV, XIII, 8)裏提到他。**阿噶同**：希臘悲劇作家（約公元前四四八—約公元前四零二），作品現已散佚。亞里士多德曾經提到他。

108. **戴過桂冠**：指這些詩人都有過殊榮。

109. **你所提的一夥**：指斯塔提烏斯在作品中所提的人物。

110. **安提戈涅**：Ἀντιγόνη(Antigone)，奧狄浦斯王和約卡絲姐的女兒。**德伊菲蕾**：又稱德伊皮蕾(Deipyle)，阿哥斯王阿德拉斯托斯(Ἄδραστος, Adrastus)的女兒，提丟斯(Τυδεύς,

Tydeus)的妻子，阿爾癸亞(Argeia, Argia)的姐妹。**阿爾癸亞**：Argeia 或 Argia，阿德拉斯托斯的女兒，波呂尼克斯(Πολυνείκης, Polynices)的妻子。波呂尼克斯曾以哈爾摩尼亞('Αρμονία, Harmonia)的項鏈，買通安菲阿拉奧斯('Αμφιάραος, Amphiaraus)的妻子厄里費勒('Εριφύλη, Eriphyle)，而得知其夫的行蹤。安菲阿拉奧斯預知自己會陣亡，於是藏匿起來，不願意參加忒拜之戰。後因行蹤洩露，被迫出戰，結果眞的陣亡。參看《煉獄篇》第十二章四九—五一行註。但丁(*Convivio*, IV, XXV, 8)以阿爾癸亞和德伊菲蕾爲淑德的典範。

111.　　**伊斯梅涅**：'Ισμήνη(Ismene)，奧狄浦斯王和約卡絲姐的女兒，安提戈涅的姐姐，厄忒奧克勒斯和波呂尼克斯是她的兄弟。**如昔日一般愁悵**：伊斯梅涅如昔日一般愁悵。所以如此，是因爲她目睹了家人的慘劇：未婚夫慘死，父親把自己的眼睛弄瞎，母親自殺，兄弟自相殘殺而同歸於盡。

112.　　**展示蘭格亞泉的人**：指希蒲西琵麗，列姆諾斯島的女王。列姆諾斯島的女人要把所有男人殺掉，只有希蒲西琵麗給父親托阿斯(Θόας,Thoas)網開一面。後來，阿爾戈船的英雄來到島上，與所有女人交歡，使她們成孕。希蒲西琵麗爲伊阿宋生下孿生子後，遭伊阿宋遺棄。島上的女人發覺她放過了父親，就要殺死她。希蒲西琵麗逃離列姆諾斯島後，遭海盜擄去，淪爲女奴，經重重波折後才返回故島。**蘭格亞泉**：伯羅奔尼撒(Πελοπόννησος, Peloponnesus)半島的一條泉水。阿德拉斯托斯('Αδραστος, Adrastus)及其戰友獲希蒲西琵麗帶引，曾經來過這裏。參看《地獄篇》第十八章第八十八行。

113.　　**得伊達彌亞**：Δηϊδάμεια(Deidamia)，斯克羅斯(Σκῦρος,

Scyros)島王呂科梅得斯(Λυκομήδης, Lycomedes)的女兒。忒提斯爲了保護兒子阿喀琉斯，不讓他參加特洛亞之戰，令他男扮女裝，在呂科梅得斯的宮廷受保護。得伊達彌亞受阿喀琉斯誘姦，生下皮洛斯(Πύρρος, Pyrrhus)，即涅奧普托勒摩斯(Νεοπτόλεμος, Neoptolemus)。**忒瑞西阿斯的女兒**：指曼托(Μαντώ, Manto)，能預知未來。阿吉甫人（即希臘人）攻陷忒拜城，把她俘虜，送到德爾佛伊（一譯「得爾斐」）阿波羅神廟。其子摩普索斯(Μόψος, Mopsus)，也有預知未來的能力。

114. **忒提斯**：海中仙女，佩琉斯(Πηλεύς, Peleus)的妻子，阿喀琉斯的母親。是《阿喀琉斯紀》中的人物。

118-20. **職司時辰的四個女僕……上翥**：時辰是待候太陽的女僕。參看《煉獄篇》第十二章八零—八一行註。此刻約爲上午十時半。**熊熊的尖端**：上午，日車的車轅指向子午圈，所以說尖端。這時日光大盛，所以說「熊熊」。

122. **右胛靠崖緣那邊**：也就是說，逆時針方向。

124. **習慣……指點**：但丁和維吉爾在其下各層已經熟習路途，登山變成了習慣，所以說「習慣給我們指點」。

125. **選魂**：指斯塔提烏斯。

133-34. **一般……收窄**：樹的形狀是一般樹形的顛倒：不是下闊上尖，而是下尖上闊。

137. **就在岩壁的一邊**：即但丁的左邊。

140. **聲音**：但丁雖聽到聲音，卻不知其來源，情形就像《煉獄篇》第十三章二八—三六行所描寫的一樣。在《煉獄篇》第二十三章一一—三行，但丁望入樹中找聲音的來源，卻徒勞無功。

142. **瑪利亞……得體美滿**：在加利利迦拿的娶親筵席中，酒用盡

了，瑪利亞說：「她們沒有酒了。」("Vinum non habent.")
於是耶穌施展神蹟，令水變酒。參看《約翰福音》第二章第
一—十一節。在本章所描寫的一層，滌罪的亡魂卒前是貪饕
者；瑪利亞是節制行爲的典範，是貪饕者的相反，所以但丁
在這裏以她爲例。

144. **正在發聲……回話交談**：指瑪利亞在天堂爲悔改者斡旋。這
一典故，在《煉獄篇》第十三章第二十九行也曾出現。
Benvenuto 的解釋是："quae bucca nunc orat ad Deum pro
nobis"（她的口爲我們向上帝祈求。）

145-46. **古羅馬的婦女……已經滿足**：參看 Valerius Maximus,
Factorum et dictorum memorabilium libri novem, II, I, 5："Vini
usus olim Romanis feminis ignotus fuit, ne scilicet in aliquod
dedecus prolaberentur."（「昔時，未聞有羅馬婦女飲酒的，
因爲她們怕飲酒失儀。」）（轉引自 Bosco e Reggio,
Purgatorio, 385；Singleton, *Purgatorio 2*, 537）這句話後來爲
阿奎那所引述："Mulieres apud Romanos antiquitus non
bibebant vinum."（「在古羅馬人當中，婦女並不喝酒。」）
參看 *Summa theologica* II-II, q. 149, a. 4, resp.。

146-47. **先知但以理，／……智慧**：但以理在尼布甲尼撒宮中，「立
志不以王的膳和王所飲的酒玷污自己」。參看《但以理書》
第一章三—二零節。該章第八節說："Proposuit autem Daniel
in corde suo ne pollueretur de mensa regis neque de vino potus
eius, et rogavit eunuchorum praepositum ne contaminaretur."
（「但以理卻立志不以王的膳和王所飲的酒玷污自己，所以
求太監長容他不玷污自己。」）第十七節說："Pueris autem
his dedit Deus scientiam et disciplinam in omni libro et

sapientia, Danieli autem intelligentiam omnium visionum et somniorum." (「這四個少年人， 神在各樣文字學問上賜給他們聰明知識；但以理又明白各樣的異象和夢兆。」)

148. **上古之世……時期**：參看奧維德《變形記》第一卷八九——一一二行。參看《煉獄篇》第二十八章一三九—四四行。

151. **施洗者**：指施洗約翰(John the Baptist)。

152. **蜜糖和蝗蟲**：參看《馬太福音》第三章第四節："Ipse autem Ioannes habebat vestimentum de pilis camelorum et zonam pelliceam circa lumbos suos；esca autem eius erat locustae et mel silvestre." (「這約翰身穿駱駝毛的衣服，腰束皮帶，吃的是蝗蟲、野蜜。」)同時參看《馬可福音》第一章第六節。

153-54. **可是……偉大特出**：參看《馬太福音》第十一章第十一節："Amen dico vobis, non surrexit inter natos mulierum maior Ioanne Baptista." (「我實在告訴你們，凡婦人所生的，沒有一個興起來大過施洗約翰的……。」)

第二十三章

但丁望進綠葉叢中，要看個究竟而不得要領。這時，一群貪饕的亡魂從後面紛紛趕來，其中一人是佛雷塞。佛雷塞就貪饕者所受的刑罰提出解釋，然後稱讚妻子內拉賢淑，譴責翡冷翠的婦女不守婦道。接著，但丁向佛雷塞介紹維吉爾和斯塔提烏斯。

正當我用盡目力，設法望進
　　綠葉叢中，像放鷹的人，因酷愛
　　捕鳥活動而虛耗畢生光陰，　　　　　　3
我親逾生父的老師說：「別再
　　躭擱了，孩子，我們手頭的時間
　　不能濫用，該好好加以安排。」　　　　6
我回過臉來，兩腳也迅速趨前，
　　緊跟著兩位智者。兩人的對話，
　　使我的步履變得從容而輕便。　　　　　9
突然，我聽到歌泣之聲迸發；
　　是"Labia mea，Domine"，聲調
　　叫人喜悅，也叫人戚然忉怛。　　　　　12
「慈愛的大人哪，是誰在歌唱號叫？」
　　我說。老師答道：「也許是幽靈，
　　在設法解除債結的絞繚。」　　　　　　15
接著，一群亡魂，沉默而虔敬，

以更快的腳步從後面紛紛

　　趕來，超越我們時，以驚愕的神情　　　18
向我們凝望，就像一群旅人

　　越過路上的陌生男女，出神間

　　一邊回顧，一邊繼續遠臻。　　　　　21
每個亡魂的眼睛都昏晦凹陷，

　　臉色蒼白難看，萎縮的身體

　　剩下外皮包著骨頭的表面。　　　　　24
相信厄利西克同最害怕萎縮之際，

　　也不會因飢餓而變得如此乾癟：

　　像一枚水果，一直向核心萎靡。　　　27
我在心中自言自語：「這些

　　亡魂失去耶路撒冷的時候，

　　瑪利亞正在把兒子啄剝咬嚙。」　　　30
亡魂的眼眶像戒指的寶石被摳。

　　有誰在眾臉讀出 OMO 這個字符，

　　就會輕易看見字母 M 的結構。　　　33
一個人，如果不知道其中緣故，

　　怎會相信，果香和水香引起

　　飢渴時，會把人類這樣擺佈？　　　　36
當時，我還不知道他們何以

　　會如此瘦削，被蒼白的疥癬覆蓋，

　　因此在思索，他們為什麼要捱飢。　　39
突然，一個幽靈轉過身來，

　　用頭顱深處的眼睛盯著我，

　　大聲喊道：「這是天恩所在！」　　　42

我完全認不出亡魂五官的輪廓；

　　不過，臉形雖然失去了痕跡，

　　身分卻可以瞭然藉聲音揣摩。　　　　　45

靈光一閃間記憶全部亮起，

　　讓我認出一張被毀的面目，

　　認出佛雷塞昔日的容貌威儀。　　　　　48

「噢，乾癟的瘡痂使我的皮膚

　　變色。請不要光留意瘡痂，」亡魂說：

　　「也不要介意我嶙峋的瘦骨。　　　　　51

請老實告訴我，你是誰；跟你一夥

　　前進的兩個亡魂是什麼來歷？

　　請儘快把事實的真相告訴我。」　　　　54

「你去世時，我曾為尊容飲泣。

　　現在見尊容損毀得這麼嚴重，」

　　我答道：「想哭的程度並沒有減低。　　57

請看在神的分上，告訴我，尊容

　　被什麼銷毀。別叫我邊說邊訝異；

　　心不在焉時，真是欲說無從。」　　　　60

亡魂聽後，對我說：「德性按天機

　　降落水中，降落後面那株樹，

　　結果使我日漸消瘦萎靡。　　　　　　　63

這些亡魂，生時都縱欲無度；

　　現在一邊哭泣一邊歌唱，

　　使自己在飢渴中重歸聖土。　　　　　　66

水花紛飛，灑落鮮碧的綠葉上。

　　溢自水花和果子的芬芳，點燃

貪饕者——佛雷塞

「噢，乾癟的瘡痂使我的皮膚／變色。請不要光留
意瘡痂，」亡魂說：／「也不要介意我嶙峋的瘦骨
。」

（《煉獄篇》，第二十三章，四九—五一行）

我們心中要吃要喝的欲望。　　　　69
在這層煉獄的路上，我們繞山
　　而走，要一次接一次吃盡苦頭。
　　我說『苦頭』；其實應該說『慰安』。　72
因為，基督立心給我們自由
　　而流血時，叫他欣然喊‘Eli’的意旨，
　　正引領我們走向果樹的四周。」　　75
於是我說：「佛雷塞，從你以塵世
　　交換永生的一天算到現在，
　　第五年仍在眼前淹留棲遲。　　　78
你的作孽能力結束時，安排
　　我們跟上主復合的悲喜時辰
　　還未來臨，你怎能成為例外，　　81
提前到這上界來淨化前身？
　　我以為在下面才會找到你；
　　以時在那裏贖時呀，才有這福分。」　84
亡魂說：「我能夠提前到這裏
　　吸飲苦痛的甜艾，是因為內拉
　　把我引領，為我悲慟地哭泣。　　87
她嘆息著，以虔誠的祈禱設法
　　把我從那個供亡魂等候的山坡
　　拉上來，助我從別的圈子自拔。　90
我極愛妻子內拉。自從我亡歿，
　　留下她一人，她行善時越孤獨，
　　上主就越喜悅，賜她的天恩就越多。　93
論婦德，撒丁島的巴爾巴扎也迥出

我們的巴爾巴扎。我死時，吾妻
　　就繼續留在這樣的一片故土。　　　　96
啊，你要我說什麼呢，好兄弟？
　　一個新時代已經向我展現。
　　屆時，教堂的講壇會制定法例，　　　99
禁止翡冷翠無恥的女人厚著臉
　　裸露胸前的大奶。而這一刻
　　和目前，只隔著很短的時間。　　　　102
自古迄今，何須立法定策──
　　包括精神律法和其他律法──
　　令蠻邦或撒拉遜婦人把身體掩遮？　105
不過，這些賤傢伙如果覺察，
　　飛穹怎樣為她們預設報應，
　　就一定會張著口呼號喧嘩。　　　　　108
如果我們真的有先見之明，
　　此刻聽安眠曲的嬰兒，頰上未長
　　毛髮，這些人就要哀號求情。　　　　111
兄弟呀，請不要再把實況隱藏。
　　你看，不僅是我，連芸芸鬼族
　　都望著你遮蓋太陽的地方。」　　　　114
於是，我對他說：「如果你回顧
　　我們在一起時彼此的身分，
　　往事還會給你我帶來愁苦。　　　　　117
幾天之前，走在我前面的人，
　　把我從他生帶到這裏。那時候，
　　日妹正向你盈照。」我一邊敷陳，　　120

一邊指了指太陽。「就是他，在前頭

　　帶我越過眞正的死靈魂，越過

　　深邃的黑夜，以凡軀在後面行走。　　123

他的扶持，助我把黑夜掙脫，

　　再攀繞這座高山。你們遭塵凡

　　扭曲，在這裏獲高山救偏改錯。　　126

他說，他會一直當我的旅伴，

　　到我遇上了貝緹麗彩才離開。

　　屆時，我們兩個人就要分散。　　129

這是維吉爾告訴我的梗概。」

　　我說時指了指維吉爾。「在他身旁

　　是另一個幽靈。剛才貴國搖擺　　132

所有的山坡，就是要把他釋放。」

註　釋：

1-2.　　**我用盡目力……綠葉叢中**：但丁設法找尋聲音的來源。

2.　　　**綠葉叢**：指《煉獄篇》第二十二章第一四零行的「枝葉叢」。

　　　　放鷹：古代的一種運動，以受過訓練的獵鷹獵捕雀鳥。

8.　　　**兩位智者**：原文"savi"，指維吉爾和斯塔提烏斯。《地獄篇》
　　　　第四章第一一零行，稱詩人爲"savi"（「聖哲」）。

11.　　　**"Labia mea, Domine"**：出自《詩篇》第五十一篇（《拉丁
　　　　通行本聖經》第五十篇），意爲「主啊，……我嘴唇」。原
　　　　文第十五節爲："Domine, labia mea aperies；et os meum
　　　　adnuntiabit laudem tuam."（「主啊，求你使我嘴唇張開，／

我的口便傳揚讚美你的話！」）《詩篇》第五十一篇又稱
"Miserere"（啓篇的第一字）。"miserere"是拉丁文，「求你
憐恤」之意。

13.　　**大人**：原文爲"padre"，直譯是「父親」。

15.　　**在設法解除債結的絞繚**：指亡魂在設法解除罪孽的捆綁。**債
結**：指亡魂所犯的罪孽。這一用法，已見於《煉獄篇》第九
章第一二六行："perch'ella è quella che nodo disgroppa"（「因
爲只有它，才能把頑結開解」）；《煉獄篇》第十六章第二
十四行："e d'iracundia van solvendo il nodo"（「他正在使暴
怒之結鬆弛」）。

25.　　**厄利西克同**：’Ερυσίχθων(Erysichthon)，色薩利王忒里奧帕
斯(Τριόπας, Triopas)之子。因爲罔顧警告，砍伐得梅忒爾
(Δημήτηρ, Demeter)的聖樹，遭得梅忒爾詛罰，要受飢餓之
苦，最後吃自己的身體充飢。參看《變形記》第八卷七三八—
八七八行。**害怕萎縮之際**：指厄利西克同害怕飢餓，而要吃
自己的身體之際。

29-30.　**亡魂……咬嚙**：提圖斯（Titus Vespasianus，公元三九—八
一），於公元七十年攻陷耶路撒冷時，有一個叫瑪利亞的婦
人餓極殺子，以其肉充飢。有關提圖斯的事跡，參看《煉獄
篇》第二十一章第八十三行註。

32-33.　**有誰……結構**：中世紀的人（尤其是神學家和傳道的教士）
相信，OMO（人）三個字母，可以在人的臉上看到。OMO
即拉丁語 homo，意大利語 uomo。M（指安式爾(uncial)字體
M 或哥特式大寫 M）這個字母，由兩顴、兩道眉彎、兩頰
的曲線和鼻子組成，鼻子是 M 的中間線。兩個眼眶是兩個
O，分別位於眉彎之下，M 的中線兩邊。這兩行的意思是：

有誰在人的臉龐看得出 OMO 三個字母，此刻就更能看出亡魂臉上的 M（由於亡魂飢餓，兩顴和眉骨特高，M 這個字母乃特別顯著）。Bosco e Reggio, *Purgatorio*, 397；Singleton, *Purgatorio 2*, 546 均有圖解，可參看。本頁圖解複製自 Singleton 譯本。

安色爾字體 M 與人類臉龐關係示意圖

34-36.　**一個人……擺佈？**：但丁在這裏預說六一──七五行的敘述，但暫時沒有詳細交代，以引起讀者的好奇，增加懸疑效果。

48.　**佛雷塞**：指佛雷塞・迪西莫內・多納提(Forese di Simone Donati)，綽號比奇・諾韋洛(Bicci Novello)，黑黨首領，科爾索(Corso)的兄弟，琵卡爾妲（見《煉獄篇》第二十四章第十行；《天堂篇》第三章第四十九行）所屬的黑黨就由他領導。卒於一二九六年七月二十八日，是但丁的好友。於一二九零後，但丁和他寫過爭論詩(tenzone)，在詩中互相諷謔。

59-60.　**別叫我……欲說無從**：但丁沒有答覆佛雷塞的詢問，卻首先要他說明，他的容顏爲何會異於往昔；不然，驚詫間自己會心不在焉。

61-69.　**德性按天機……要喝的欲望**：佛雷塞的意思是：德性按上帝的公正意旨降落樹中、水中。結果我因爲這德性而消瘦。換言之，德性降落樹中和水中後，樹的果子和水都發出香氣，叫亡魂亟欲吃喝；吃喝的欲望得不到滿足，亡魂就耗損消

瘦。不過在飢渴中，亡魂會滌去罪惡，回復上帝初造人類時的聖潔境界（「重歸聖土」）。參看《煉獄篇》第二十二章一三零—三八行。此外，參看 *Convivio*, IV, XXVIII, 2：“…ella〔la nobile anima ne l'ultima etade〕fa due cose：l'una, che ella ritorna a Dio, sì come a quello porto onde ella si partio quando venne ad intrare nel mare di questa vita；……”（「她〔晚年的崇高靈魂〕會做兩件事：第一，是重返上帝的懷抱，就像重返故港一樣。當年，她航進此生的大海時，就從該港口出發。……」

73-75. **「因爲……四周」**：意爲：叫基督欣然受難的意旨，也叫我們欣然走向果樹來受罰。「果樹」在原文是複數(“alberi”)，可見但丁所描寫的果樹不止一株。有關基督在十字架上臨終的情形，《馬太福音》第二十七章第四十六節有這樣的記載："Et circa horam nonam clamavit Iesus voce magna dicens：Eli, Eli, lamma sabachtani？Hoc est：Deus meus, Deus meus, ut quid dereliquisti me？"（「約在申初，耶穌大聲喊著說：『以利！以利！拉馬撒巴各大尼？』就是說：『我的神！我的神！爲甚麼離棄我？』」）《馬可福音》第十五章第三十四節有同樣的敘述。**給我們自由**：意爲：把我們從原罪裏救贖出來。**意旨**：指基督欣然受難、亡魂欣然受罰的意願。這一意願，與上帝的聖旨相符。

76-78. **從你以塵世／……淹留棲遲**：指佛雷塞離開塵世不足五年。這裏的「五年」與史實略有出入：《神曲》故事發生於一三零零年春天，佛雷塞卒於一二九六年七月二十八日，因此由佛雷塞辭世的一天算起，到但丁說話的一刻，實際上不足四年。

79-82. **你的作孽能力……淨化前身？**：但丁知道，佛雷塞卒時（也就是失去犯罪能力的一瞬）仍没有懺悔。這樣的人應該在煉獄前區等候；等候的時間相等於塵世的一生。然而佛雷塞不須等候，就上了煉獄山。爲此，但丁感到詫異。參看《煉獄篇》第四章一三零—三四行；第十一章一二七—三二行。**作孽能力結束時**：人一旦死亡，就不再有作孽能力。「作孽能力結束時」，指佛雷塞死亡的俄頃。**安排……時辰**：指凡人在塵世上懺悔的時辰。這裏的「我們」（原文"ne"）泛指人類。但丁的意思是：你卒前没有懺悔，怎能提前來到這裏（「上界」）淨化前身的罪孽呢？**悲喜**：原文爲"buon dolor"，直譯是「良好的悲戚」或「喜悲」。懺悔是悲戚之舉，但同時能洗脱罪愆，帶來永生，所以又是喜樂。參看 Sayers, *Purgatory*, 252。

83. **下面**：指煉獄前區(Antipurgatorio)。

84. **以時……贖時**：在凡間臨終前没有懺悔的亡魂，得在煉獄前區等候，等候的時間相等於該亡魂在塵世的一生。所以說「以時……贖時」。**才有這福分**：才能進煉獄滌罪。

86. **吸飲苦痛的甜艾**：指懺悔滌罪。艾是味苦的植物，在這裏代表煉獄的苦痛。不過苦痛後，亡魂可以得到永生，苦後有「甜」，所以說「甜艾」。**內拉**：原文"Nella"。佛雷塞之妻，生平事跡不詳。在爭論詩(tenzone)中，但丁描寫過內拉。Singleton 認爲"Nella"是 Giovanella 的縮寫，而 Giovanella 又是 Giovanna 的昵稱。參看 Singleton, *Purgatorio 2*, 552。

89. **供亡魂等候的山坡**：指煉獄前區的山坡。

90. **別的圈子**：指佛雷塞下面的煉獄各圈。由於妻子的助力，佛雷塞不必經其下各圈，就直接來到他此刻置身之所。

94. **撒丁島的巴爾巴扎**：巴爾巴扎(Barbagia)，撒丁島中部眞納爾眞圖(Gennargentu)一帶的地區。由於該地區的居民以野蠻見稱，巴爾巴扎的地名常叫人想起「蠻荒」。

94-95. **也迴出／我們的巴爾巴扎**：也迴出「翡冷翠」（「我們的巴爾巴扎」）。九四—九五行的意思是：論婦女的道德，撒丁島的巴爾巴扎遠勝於翡冷翠。

96. **這樣的一片故土**：指翡冷翠。

99. **屆時……法例**：樞機主教拉丁諾(Latino)頒過法令，禁止婦女穿曳地的長裙。

101. **裸露胸前的大奶**：Benvenuto 這樣描寫撒丁島巴爾巴扎的婦女："Pro calore et prava consuetudine vadunt indutae panno lineo albo, excollatae ita, ut ostendant pectus et ubera."（「由於天氣熱，加以習俗淫邪，婦女外出都穿低胸的白麻衣。她們頸項下袒，連大奶也露了出來。」）參看 Singleton, *Purgatorio* 2, 553。但丁在這裏指出，翡冷翠的婦女把乳房裸露，同樣沒有羞恥之心。

104. **精神律法**：教會所頒的律法。**其他律法**：世俗政府所頒的民事法。

105. **撒拉遜婦人**：原文（一零三行）爲"saracine"（saracino 陰性的複數，"saracino"又作"saraceno"），英語 Saracens，漢譯「撒拉遜人」，原指羅馬帝國時中東的一個游牧民族，居於敘利亞附近。後來這一詞也指伊斯蘭民族或抵抗十字軍的阿拉伯人。在但丁心目中，「撒拉遜人」是個貶義詞，與「野蠻」、「異教」、「不信基督」等含義相連。

107. **飛穹**：指旋動的諸天。**爲她們預設報應**：佛雷塞沒有明言是甚麼報應。

109-11. **如果……求情**：這三行強調報應來臨迅速，嬰兒的頰上未長鬍子，翡冷翠就會受懲。自一三零零年起，翡冷翠的確經歷種種災難；一三一五年更在蒙特卡提尼(Montecatini)戰役中嚐到敗績。不過有的論者認為，蒙特卡提尼一役不至於令人「張著口呼號喧嘩」（第一零八行）；認為報應大概指其他事件，如德意志國王兼神聖羅馬帝國皇帝亨利七世(Heinrich VII)入侵（一三一零──一三一二），富爾奇耶里・達卡爾波利(Fulcieri da Calboli)遭屠殺（參看《煉獄篇》第十四章），卡賴亞(Carraia)橋倒塌等等。參看 Bosco e Reggio, *Purgatorio*, 403。

112. **兄弟呀……隱藏**：意思是：告訴我，你怎能以活人之軀來到這裏；陪伴你的兩個幽靈又是誰。參看佛雷塞在本章五二──五四行所提的問題。該問題，但丁當時沒有答覆。

113-14. **你看……地方**：但丁再度強調他是活人，身體阻擋了太陽的光線。

115-17. **如果你回顧／……愁苦**：如果你回顧我們在陽間走過甚麼歧途（指佛雷塞和但丁荒唐貪饕的生活），此刻你和我仍會愀然（「給你我帶來愁苦」）。

118. **走在我前面的人**：指維吉爾。

119. **他生**：指一一五──一六行所寫的凡塵生活。

120. **日妹**：太陽的妹妹，指月亮。在希臘和羅馬神話中，太陽和月亮是兄妹。阿波羅（太陽神）和阿爾忒彌斯（月神）都是宙斯和麗酡的子女。有關阿波羅和阿爾忒彌斯的誕生，參看《煉獄篇》第二十章一三零──三二行。**盈照**：指月圓時。參看《地獄篇》第二十章第一二七行。

122. **真正的死靈魂**：指萬劫不復、在地獄接受永罰的陰魂。

123.　**深邃的黑夜**：指地獄的晦冥、黑暗。**以凡軀……行走**：指但丁以血肉之軀跟著維吉爾越過地獄。

125.　**這座高山**：指煉獄山。

125-26. **遭塵凡／扭曲**：遭塵世誘離正道，走向歧途。

126.　**在這裏……改錯**：在煉獄洗滌前生所犯的罪。

132.　**另一個幽靈**：指斯塔提烏斯。

132-33. **貴國搖擺／……釋放**：指剛才煉獄山震動，目的是釋放斯塔提烏斯，讓他升天。

第二十四章

佛雷塞提到妹妹琵卡爾妲，並且為但丁三人介紹同行的一些亡魂。
其中一個叫博納諄塔的預言，日後，一位女子會使但丁覺得盧卡妍
妮。博納諄塔和但丁談到可喜新風格。貪饕的眾亡魂離開後，剩下
佛雷塞。佛雷塞預言科爾索・多納提之死。佛雷塞告別後，三人來
到另一棵樹下，聽到綠葉叢中有聲音列舉貪饕的例子。三人繼續前
進，碰見節德天使。節德天使從但丁額上抹去另一個 **p**。

交談和趕路兩種活動，都沒有
　　使彼此減速。我們談著話急行，
　　就像一艘蒙惠風推動的飛舟。　　　　3
一個個的幽靈，像死了再死的魅影，
　　見我仍活著，都詫異地望著我，
　　從眼眶深處射出驚奇的神情。　　　　6
我呢，則繼續把未完的話題申說：
　　「為了遷就另一人，他的上蹐
　　也許慢了些，未能按心志移挪。　　　9
是了，你可知道，琵卡爾妲在哪裏。
　　告訴我，這些呆望著我的人之中，
　　可有哪一位值得我們去注意。」　　　12
「我不知道，我妹妹的品德和姿容，
　　哪一樣更出眾；只知道此刻，她已經

貪饕者
一個個的幽靈，像死了再死的魅影，／見我仍活著
，都詫異地望著我，／從眼眶深處射出驚奇的神情。
（《煉獄篇》，第二十四章，四—六行）

　　欣然戴冕，在奧林坡斯之巔受尊崇。」　15
接著，他繼續說：「在這裏，點名
　　說誰都可以——我們因為捱飢，
　　五官已經乾癟得失去了原形。　　　18
那是博納諄塔，」說時以手指示意：
　　「盧卡的博納諄塔。再過去是另一位。
　　他的臉，比其他亡魂都要萎靡。　　21
神聖的教會，曾落在他的懷抱內。
　　他來自圖爾，憑齋戒去滌清
　　波爾塞納的鰻鱺、維爾納查的酒穢」。　24
亡魂還一一提到了多人的姓名。
　　而這些人也似乎樂於被提起，
　　臉上並沒有露出不悅的反應。　　　27
我看見烏巴爾迪諾・達拉皮拉以及
　　波尼法佐，餓得以牙齒咬噬空無。
　　後者以手杖眷牧過許多庶黎。　　　30
我看見馬爾凱塞先生，曾經安舒
　　從容；旱況較輕時在佛爾利喝醉；
　　但是無論怎麼喝都不會滿足。　　　33
我們看人，有時會專注某一位。
　　我當時也如此：以盧卡人為中心。
　　這個盧卡人，似乎最清楚我是誰。　36
他正在喃喃自語，發出的聲音
　　好像是"Gentucca"。發音的部位，因眾魂
　　共受的懲罰而感到焦渴難禁。　　　39
「亡魂哪，」我說：「你既然充滿誠悃，

急於跟我說話，那就說吧！
　　我樂於聽你自得地發表高論。」　　42
「我的故城儘管會遭人辱罵，
　　一位女子出生後，未披上頭巾，」
　　亡魂說：「就使你覺得該城妍姹。　　45
這段預言，上路時要牢記在心。
　　如果你理解我的喃喃時有錯漏，
　　事實會向你說明後果前因。　　48
不過，告訴我，我眼前的人是否
　　新體詩歌的作者，第一首詩
　　以『心靈受愛所感悟的女士』開頭。」　51
於是，我對他說：「我這個人，心智
　　受愛的啓悟而留神，再追摹
　　內心的感應而記下它的訓敕。」　　54
「兄弟呀，可喜新風格我已經聽過；」
　　亡魂說：「現在才看出，公證人、圭托內
　　跟我都學不來，是受了死結牽拖。　　57
你們的筆，怎樣在後面緊隨
　　訓敕者，我已經看得十分清楚。
　　我們的筆，卻絕無這樣的作爲。　　60
有誰進一步把兩種風格評估，
　　也个會有別的見解提供。」
　　亡魂說完，就顯得心滿意足。　　63
鳥兒在尼羅河之畔過冬，
　　有時會在空中成群地擠聚，
　　然後以縱列疾飛，行色更加倥傯。　　66

所有的亡魂也是這樣前趨，

　　因爲體瘦心急而變得更輕靈。

　　他們一回臉，就加快了步履。　　　69

佛雷塞先讓聖寵的衆魂奔競

　　而過，然後和我走在一起，

　　就像一個人跑累了，一邊步行，　　72

一邊讓同伴超前；起伏的胸臆

　　平靜下來，才恢復原來的步伐。

　　然後，佛雷塞問：「何時才能再見你？」75

「我不知會活多久，」我這樣回答：

　　「不過，歸期不管來得多迅速，

　　我仍然希望登岸於刹那。　　　　78

因爲按神旨長育我的故土，

　　正一天復一天砍剝本身的優點；

　　看來終有一天在悲慘中傾覆。」　81

「別操心」亡魂說：「此刻，我看得見

　　罪魁被一頭畜生以尾部拖往

　　深谷，此後再無從洗脫前愆。　　84

畜生前進時一步比一步匆忙，

　　速度一直在增加，最後劈啪

　　一聲，把他摔得遍體鱗傷。　　　87

那些輪子，」亡魂一邊說話，

　　一邊仰望著天空：「轉不了多久，

　　我不能盡言的，你就會明察。　　90

再會了，這國度光陰寶貴；因停留

　　陪你，跟你肩並著肩一同

前進，太多的光陰已經白丟。」　　　　93
有時候，某個騎士會從騎隊中
　　勁射而出，高速向前方飛奔，
　　去奪取最先與敵方交鋒的殊榮。　　96
亡魂也這樣大踏步拋離我們，
　　讓我和兩位塵世的大統帥
　　立於路心，無從在後面緊跟。　　　99
正當亡魂遠遠地把我們拋開，
　　令我的目光難以在後面追捕，
　　一如我的心，難猜其語意所在，　　102
離我不遠處，出現另一株果樹，
　　枝椏長滿了果子，綠意油油。
　　這時候，我們剛拐彎來到該處。　　105
我看見樹下有人群高舉著雙手
　　向葉叢呼喊（喊甚麼呢？我也聽不明），
　　就像憨小孩，都在癡然張口，　　　108
向別人央求，結果得不到反應。
　　聆聽央求的，把他們央求的東西
　　張揚高舉，撩撥他們的癡情。　　　111
然後，他們彷彿擺脫了癡迷
　　而離開；我們也來到了那棵大樹。
　　那棵樹，總不理亡魂的祈禱和哭泣。　114
「不要靠近；繼續你們的征途。
　　上面的樹，曾經被夏娃偷吃。
　　這裏的一棵，就是該樹所出。」　　117
綠葉叢中，不知是誰在訓示。

煉獄之樹
我看見樹下有人群高舉著雙手／向葉叢呼喊（喊甚
麼呢？我也聽不明）……
（《煉獄篇》，第二十四章，一零六—一零七行）

我和維吉爾、斯塔提烏斯聞言，
都一起緊貼著岩壁登陟。　　　　　　120
那聲音說：「要記住那些在雲間
　成形的凶物。飽餐後，那些惡魔
　竟以雙胸與忒修斯搏擊爭先。　　　123
也不要忘記，希伯來人因喝水而示弱。
　結果基甸下山向米甸族
　進攻時，不願帶領示弱的一夥。」　126
就這樣，我們靠著路邊，再度
　向前登攀；並且得知，在往昔，
　暴飲暴食的結果是多麼痛苦。　　　129
之後，寂寞的路上，千多步的距離
　展開，引帶著我們繼續前行。
　大家都不發一言；沉思之際，　　　132
突然聽到話聲：「三個幽靈
　在踽踽，默想的是甚麼？」我大為驚訝，
　悚然像一頭膽小的牲畜受驚；　　　135
並且抬頭，看看是誰在說話。
　映入眼簾的人哪，熔爐的金屬
　或玻璃，也絕難如此紅光煥發。　　138
那人說：「如果你們要朝著高處
　攀升，就必須在這地方轉彎。
　凡是為安寧而來的，都要走這條路。」　141
說話者的容顏把視線切斷；
　我只好轉身，隨兩位老師摸索，
　就像失明的人憑聽覺往還。　　　　144

五月的微風宣示夜盡曉破，
　　就會帶著濃郁的花香草香
　　開始盪漾，使芬芳湧溢遠播。　　　　147
這時候，我感到一股風，也這樣
　　直吹前額；感到有翅膀輕扇，
　　使我聞到天香朝著我飄降。　　　　150
接著，我聽到有人說：「如此燦然
　　受天恩俯照的有福了。飲食之欲，
　　不會在他們懷中不羈地瀰漫；　　　153
他們飢餓時，也不過求其所需。」

註　釋：

4.　　　**死了再死**：原文"rimorte"，強調亡魂因消瘦耗損，像死了兩
　　　　次，比死一次還要淒慘。

8-9.　　**為了遷就另一人……移挪**：這兩行上承《煉獄篇》第二十三
　　　　章的結尾，仍是但丁跟佛雷塞說話。**另一人**：指維吉爾。**他**：
　　　　指斯塔提烏斯。斯塔提烏斯獲釋後，本可直接升天，但因仰
　　　　慕維吉爾，故意把步伐放緩，陪他一起慢走。這種欽敬情懷，
　　　　斯塔提烏斯已於《煉獄篇》第二十一章一零零——一零二行向
　　　　維吉爾表白。

10.　　　**琵卡爾妲**：全名琵卡爾妲・多納提(Piccarda Donati)，佛雷塞
　　　　的姐妹。年輕時當了修女。哥哥科爾索(Corso)為了私利，逼
　　　　她嫁給翡冷翠人羅塞利諾・德拉托薩(Rossellino della
　　　　Tosa)。出嫁後不久，因病去世。到了月亮天（天堂第一重

天），但丁會跟琵卡爾妲相遇。參看《天堂篇》第三章三四——一二三行。在本章八二——八七行，但丁會再度提到科爾索。

15. **戴冕**：指天堂福靈的榮耀。**奧林坡斯之巔**：「奧林坡斯」，一譯「奧林匹斯」（據英文"Olympus"的音譯），意大利文Olimpo，希臘文Ὄλυμπος。希臘北部的一座高山，位於馬其頓境內，海拔九千七百九十四英尺，在希臘神話中，是宙斯和衆神所居。在這裏，「奧林坡斯之巔」指天堂。

16-17. **「在這裏，點名／說誰都可以」**：Bosco e Reggio(*Purgatorio*, 407)和 Sapegno(*Purgatorio*, 265)均指出，這話用了曲言法(litote)，意思是：大家瘦得「失去了原形」，必須點名，才說得分明。

19. **博納諄塔**：全名博納諄塔・奧爾比查尼・德利奧維拉爾迪(Bonagiunta Orbicciani degli Overardi)，約生於一二二零年。是個公證人，嗜酒。與但丁相識（參看本章第三十六行），且為彼此寫過十四行詩。參看 Toynbee, 103-104, "Bonagiunta"條。但丁談到博納諄塔一類作家時說過："quorum dicta, si rimari vacaverit, non curialia, sed municipalia tantum invenientur."（「如果有空深究，就會發現，他們的作品狹隘而欠恢弘。」）參看 *De vulgari eloquentia*, I, XIII, 1；Bosco e Reggio, *Purgatorio*, 407。

20-24. **另一位。／……酒穢**：指教皇馬丁四世(Martin IV)，約於一二一零年生於法國布里(Brie)的蒙本塞(Montpincé)，曾任圖爾(Tours)聖馬丁教堂的司庫。一二八一至一二八五年任教皇。但丁的死敵本內迭托・卡耶塔尼(Benedetto Caetani)能成為樞機主教（最後更成為教皇卜尼法斯八世），完全得力於馬丁。馬丁是個老饕，喜歡以維爾納查白乾葡萄酒(vernaccia)

浸烤鰻鱺；有一次，因吃鰻鱺過飽而死。維爾納查葡萄酒，得名於產地維爾納扎(Vernazza)。參看 Bosco e Reggio, *Purgatorio*, 408；Toynbee, 433, "Martino[2]" 條；Singleton, *Purgatorio 2*, 561-62。

25.　**亡魂**：指佛雷塞。

28.　**烏巴爾迪諾・達拉皮拉**：全名烏巴爾迪諾・德利烏巴爾迪尼・達拉皮拉(Ubaldino degli Ubaldini dalla Pila)。大族出身，約卒於一二九一年，是樞機主教奧塔維阿諾（參看《地獄篇》第十章第一二零行註）和烏戈利諾・達佐（參看《煉獄篇》第十四章第一零四行註）的兄弟，大主教魯吉耶里（參看《地獄篇》第三十三章第十四行）的父親。以貪饕出名。參看 Sapegno, *Purgatorio*, 266；Singleton, *Purgatorio 2*, 563-65；Vandelli, 587；

29.　**波尼法佐**：全名波尼法佐・菲耶斯基(Bonifazio Fieschi)，熱那亞人，教皇英諾森四世(Innocent IV)的姪兒。一二七四—一二九五年任拉溫納大主教。財雄勢大，為人豪爽，卻因此贏來豪奢之名。參看 Toynbee, 107, "Bonifazio[2]" 條。

31.　**馬爾凱塞先生**：Marchese，佛爾利(Forlì)人，屬阿爾戈利奧西(Argogliosi)家族，一二九六年任法恩扎(Faenza)最高行政官(podestà)。一生嗜酒，說自己永遠口渴（即永遠要喝酒）。參看 Bosco e Reggio, *Purgatorio*, 409；Singleton, *Purgatorio 2*, 565。

32.　**旱況較輕**：指馬爾凱塞在世時酒癮比現在大。

35.　**盧卡人**：指第十九行的博納諄塔。

36.　**似乎最清楚我是誰**：原文據 Giorgio Petrocchi 版："…parea di me aver contezza."

38. **Gentucca**：這詞的正確意義，迄今未有定論。有的論者認爲是"gente"（人）的貶義詞，相等於"gentuccia"；有的論者認爲是一位女子的名字；但丁流放時，曾獲該女子款待。兩種說法之中，以第二種說法較爲可信。參看 Bianchi, 416; Bosco e Reggio, *Purgatorio*, 410；Singleton, *Purgatorio 2*, 566-67。
 發音的部位：指口。

43. **儘管會遭人辱罵**：參看《地獄篇》第二十一章三九—四二行但丁對盧卡的諷刺。

44. **未披上頭巾**：在中世紀，意大利的市鎮規定，女子婚後要披上頭巾。「未披上頭巾」，指未成年。

49. **我眼前的人**：指但丁。

51. **「心靈……女士」**：這是但丁《新生》(*Vita Nuova*)中的一首詩的第一行，原文爲："Donne ch'avete intelletto d'amore..." 參看 *Vita Nuova*, XIX。因爲這首詩以「可喜新風格」（參看第五十五行註，原文爲"dolce stil novo"）寫貝緹麗彩，所以稱爲「第一首詩」。但丁開創這一風格之前，意大利詩壇有西西里派和中心派。前者包括賈科莫・達倫提尼（Giacomo da Lentini，即第五十六行的「公證人」）、斯特凡諾・普羅托諾塔羅(Stefano Protonotaro)、皮耶・德雷維耶(Pier delle Vigne)等人。後者包括圭托内・達雷佐(Guittone d'Arezzo)和博納諄塔。當時的抒情詩，常以普羅旺斯作品爲楷模。參看 Sisson, 623-24。「賈科莫・達倫提尼」，Bosco e Reggio(*Purgatorio*, 412)的意大利文拼法是"Jacopo da Lentini"；Sapegno(*Purgatorio*, 269)的意大利文拼法是"Iacopo da Lentini"。

52-54. **「我這個人……訓敕」**：這三行是但丁謙遜之辭。指但丁只

是愛("Amor")的記錄者。不過從這行自白中，讀者也可以看出，「可喜新風格」的作者如何強調靈感。

55. **可喜新風格**：原文"dolce stil novo"。*Dizionario Garzanti della lingua italiana*(567)這樣解釋：" scuola di poesia dei secc. XIII e XIV i cui seguaci esaltarono l'amore come fonte di rinnovamento morale e mezzo di elevazione spirituale." (「十三、十四世紀的一個詩派。該派詩人歌頌愛情，認為愛情是道德更新的泉源、精神提升的手段。」) Sayers(*Purgatory*，261)說得更詳細：可喜新風格指翡冷翠一派詩人的作品風格。這些詩人受波隆亞(Bologna)詩人圭多・圭尼澤利（Guido Guinizelli）的影響，「形成可喜新風格」。這風格的信條，最初見於圭尼澤利的頌歌"Al cor gentil rempiara sempre Amore"（「愛情總藏在溫柔的心中」）。這一信條是：愛情經過淨化，脫離了感官之慾後，是一股神聖的力量，與崇高的靈魂渾然難分，能夠使人昇華。這派詩人包括拉坡・詹尼・德里切瓦提(Lapo Gianni de' Ricevati)、奇諾・達皮斯托亞(Cino da Pistoja)、圭多・卡瓦爾坎提(Guido Cavalcanti)，而以但丁為大師。但丁的可喜新風格，最早見於《新生》，再見於《筵席》，最後在《神曲》裏升到前所未有的高峰。有關圭尼澤利的描寫，參看《煉獄篇》第二十六章第九十一行及其後各行；有關卡瓦爾坎提的描寫，參看《地獄篇》第十章第六十行及該行的註釋。

56. **公證人**：指賈科莫・達倫提尼(Giacomo da Lentini)。賈科莫是個公證人(Notaro)，在意大利詩史中屬西西里派，受過普羅旺斯詩人的影響。約卒於一二五零年。西西里派活躍於腓特烈二世（見《地獄篇》第十章第一一九行）和曼弗雷德（見

《煉獄篇》第三章第一一二行）兩朝。**圭托內**：全名圭托內・達雷佐(Guittone d'Arezzo)，意大利詩人，屬圭爾佛黨。托斯卡納模仿普羅旺斯文學的詩人中，以他爲翹楚。約於一二三零年在阿雷佐(Arezzo)附近的菲爾米納(Firmina)出生，其後出家，在翡冷翠創立隱修院。約卒於一二九四年。但丁對他的評價不高。參看 *De vulgari eloquentia*, I, XIII, 1；II, VI, 8；《煉獄篇》第二十六章一二四—二六行。

57. **死結**：指障礙。

58. **你們的筆**：Singleton(*Purgatorio 2*, 571)指出，原文的複數 "le vostre penne"曾引起文學史家的爭論：有的論者認爲，「可喜新風格」是個詩派；有的則認爲，所謂「可喜新風格」，只是但丁一人的寫詩取向，並沒有蔚然成派。

59. **訓敕者**：指第五十三行的「愛」。

61-62. **有誰……提供**：佛雷塞的意思是：兩派的分別我已經說得透徹，其他人也不會說得更深入了。參看 Sapegno, *Purgatorio*, 269。

64-66. **鳥兒……倥傯**：這一意象，上承盧卡努斯。參看 Lucanus, *Pharsalia*, V, 711-13。

69. **一回臉**：指亡魂回過臉繼續前望。

77. **歸期**：指但丁卒後，經煉獄返回天堂的日期。

78. **登岸於刹那**：指但丁希望儘快（在「刹那」間）回歸天堂。

79. **按神旨……故土**：指翡冷翠。

83. **罪魁**：指科爾索・多納提(Corso Donati)。科爾索是佛雷塞和琵卡爾姐的兄弟、翡冷翠黑黨的領袖，與白黨傾軋。在但丁心目中，是翡冷翠禍亂之源。一三零零年，翡冷翠的行政長官（但丁是其中之一）爲了平息黨爭，決定把兩黨的首腦放

逐。科爾索得教皇卜尼法斯幫助，一三零一年大殺白黨。後來被黑黨追捕，竄逃間墮馬而死（一說被士兵殺死）。參看 Bosco e Reggio, *Purgatorio*, 414；Sapegno, *Purgatorio*, 270；Singleton, *Purgatorio 2*, 574-77。

83-84.　**一頭畜生……深谷**：有些論者按字面解釋這行，認爲科爾索被馬拖入地獄（「深谷」）。不過有的論者認爲，科爾索並非被馬拖死，而是被士兵殺死。把這兩行當作比喻來解釋，似乎更加穩妥。參看 Bosco e Reggio, *Purgatorio*, 415；Sapegno, *Purgatorio*, 270；Singleton, *Purgatorio 2*, 577-79。

88.　**那些輪子**：指旋動的諸天。

89.　**轉不了多久**：指過不了多少年。科爾索卒於一三零八年。

98.　**塵世的大統帥**：指維吉爾和斯塔提烏斯。

116.　**上面的樹**：指分別善惡樹。該樹位於煉獄山之頂的伊甸園。有關伊甸園，參看《創世記》第二章第十七節。

121-23.　**那些在雲間／……搏擊爭先**：指半人半馬部族肯陶洛斯人 (Κένταυροι, Centaurs)，色薩利王伊克西翁(Ἰξίων, Ixion)的後裔。在拉庇泰(Λαπίθαι, Lapithae)族君王庇里托奧斯 (Πειρίθοος, Pirithoüs) 和希波達彌亞 (Ἱπποδάμεια, Hippodamia)的婚宴上喝醉了酒，要強姦希波達彌亞和其他在場的女子，被忒修斯和拉庇泰人打敗。參看《變形記》第十二卷二一零—五三五行。伊克西翁以殘忍手段殺了岳父，罪孽纏身，獲宙斯打救，卻恩將仇報，企圖強姦宙斯的妻子赫拉。宙斯召來烏雲，伊克西翁以爲烏雲是赫拉，與之交歡，生下肯陶洛斯(Κένταυρος, Centaurus)。肯陶洛斯再生下肯陶洛斯人，所以這裏稱肯陶洛斯人爲「在雲間／成形的凶物」。

124-26.　**希伯來人……一夥**：基甸向米甸族進攻時，拒絕帶跪下喝水

的希伯來人（以色列人）同去。參看《士師記》第七章第一——
八節。

127.　　**路邊**：指近山的一邊。

137-38.　**映入……煥發**：這兩行描寫天使。Vandelli(594-95) 和 Singleton(*Purgatorio 2*, 587) 都指出，這一描寫上承《聖經》。參看《啓示錄》第一章第十四——十六節："Caput autem eius et capilli erant candidi tamquam lana alba et tamquam nix, et oculi eius tamquam flamma ignis, et pedes eius similes aurichalco, sicut in camino ardenti, et vox illius tamquam vox aquarum multarum. Et habebat in dextera sua stellas septem, et de ore eius gladius utraque parte acutus exibat, et facies eius sicut sol lucet in virtute sua."（「他的頭與髮皆白，如白羊毛，如雪；眼目如同火焰；腳好像在爐中鍛鍊光明的銅；聲音如同眾水的聲音。他右手拿著七星，從他口中出來一把兩刃的利劍；面貌如同烈日放光。」）此外，參看《以西結書》第一章第七節；《但以理書》第十章第六節。

142.　　**把視線切斷**：指天使的容顏叫但丁目眩，睜不開眼睛。

144.　　**憑聽覺**：指但丁在這裏失去了視力，要聽天使的指示。

149.　　**感到有翅膀輕扇**：但丁感到「有翅膀輕扇」，是因為天使以翅膀從他的額上抹去另一個 P。

150.　　**使我聞到……飄降**：這行描寫，與《埃涅阿斯紀》第一卷四零二——四零五行呼應："Dixit et avertens rosea cervice refulsit, /ambrosiaeque comae divinum vertice odorem / spiravere；pedes vestis defluxit ad imos, / et vera incessu patuit dea."（「維納斯說完就轉身，玫瑰色的頸項閃著光，／芬芳的秀髮在頭上飄散著天香；／麗裳向下，一直垂到雙足；／步姿顯示，

她是無可置疑的女神。」）

152-53. **飲食之欲，／……瀰漫**：意爲：他們會適可而止，不會貪求
過量的飲食。

第二十五章

但丁、維吉爾、斯塔提烏斯向煉獄山第七層上攀。斯塔提烏斯解釋
生命如何形成，靈魂如何進入肉體；人死後，魂魄會走甚麼樣的旅
程。到了煉獄山的第七層，但丁見崖壁向外激射著火焰，聽到邪淫
者在火中歌頌貞潔的範例。

上攀的旅程再不容我們久留，
　　因為此刻，黑夜和太陽
　　已把子午圈讓與天蝎和金牛。　　　　　3
一個人迫於情勢，就不再思量
　　前景是甚麼而只管走路，須臾
　　也不停息。我們的情形也相像：　　　　6
為了趕時間而向隘道急趨。
　　梯級太窄，我們攀登時要分離；
　　要一個在前，一個在後地上履。　　　　9
想飛的小鸛，由於缺乏勇氣
　　離巢，會首先鼓起翅膀，然後
　　再垂下。我呢，與小鸛的情形無異：　　12
我的心中燃起發問的念頭，
　　然後又熄滅。我當時欲言又止，
　　像一個人要說話，卻沒有啓口。　　　　15
旅程雖急，親如慈父的老師

卻没有沉默。老師說：「話語之弓

　　既套上了鐵鏃，就不妨鬆弛。」　　　　18

我聽了他的話，信心生於胸中，

　　啓口說：「這裏的人不需要食物，

　　怎麼仍會有這樣消瘦的臉容？」　　　　21

「如果你記得梅雷阿格羅斯的典故，

　　知道他怎樣壽終於焦木的火焰，」

　　老師說：「瞭解原因時就不再辛苦。　24

只要你想想，你微微搖晃間，

　　鏡中的影像怎樣緊緊跟隨你，

　　看似艱難的道理就變得顯淺。　　　　27

不過，爲了使你的求知欲平息，

　　這裏有斯塔提烏斯；讓我請他

　　在這一刻醫療你的瘡痍。」　　　　　30

「要是我在你面前向他傳達

　　永恆的景物，」斯塔提烏斯答道：

　　「唯一的藉口，是不能不聽你的話。」　33

然後他說：「孩子呀，你的頭腦

　　如果肯傾聽接受，我的話語

　　就會把事情的原因向你昭告。　　　　36

經脈即使口渴，也不會吸取

　　完美的血液；卻讓它像食物一樣

　　在桌上留下，被人拿了去存聚；　　　39

然後在心臟接受生化的力量，

　　再把力量傳送給肢體；一如

　　別的血，在經脈中給肢體形相。　　　42

經過再消化，這種精血就下輸，
　　從一個不便明言的部位中
　　滴入天造地設的器皿，接觸　　　　　45
另一人的血，並與之相融。
　　其中一種，因源頭美善而秉持
　　活躍的屬性；另一種則生性被動。　48
前者融入了後者，就蠢然開始
　　把它凝結；後者成了形，會再由
　　前者賦生，成爲可塑的物質。　　　51
主動的能量成爲靈魂的時候，
　　跟植物的靈魂相同；不同的地方，
　　在於後者已抵岸，前者在游走　　　54
生變，且具備感覺，可以弛張，
　　像海綿一樣。然後，它進一步
　　成爲種子，爲創造官能而派用場。　57
孩子呀，這能量會成長，也會伸舒；
　　它的源頭是生化者的心。
　　在那裏，天性會照顧所有的手足。　60
不過，一個人怎樣由動物演進，
　　你還未明白。說到這關鍵理論，
　　有人出過錯。這個人比你聰敏，　　63
在自己的申述裏把人的靈魂
　　跟潛在的心智截然剖劈，
　　因爲他見不到心智在器官寄存。　　66
你呀，請敞開胸懷去接受眞理。
　　告訴你，一旦腦部的接合過程

結束，在胎內變得完美無比，　　　　69
萬動之源就眷顧它，因自然的大能
　造出這樣的精品而欣悅，並呼入
　力量充盈的新精神為它催生。　　72
在腦裏，新精神見到活躍的外物
　就加以吸收而合為魂魄，靠自己
　就可以生長觀照，自給自足。　　75
上述的話，不該叫你太訝異。
　請你看看暖陽：暖陽一觸到
　滴自葡萄樹的汁液，就化為醇醴。78
拉克西斯再沒有麻紗可繞，
　魂魄就脫離肉體，潛帶著人性
　和神性的精華一起向遠方高翱。　81
其他官能，這時都瘖啞不靈。
　不過這時候，記憶、腦力、意志
　運作時，卻比以前更活躍、更澄明。84
說來神妙：魂魄並不會棲遲，
　卻自動向河岸之一下墮，
　在那裏首先對旅程取得認識。　　87
在那裏，一旦有空間把它包裹，
　生生不息的能力就射向四方，
　形態跟活於肢體的時候相若。　　90
大雨後，空氣中如果水雲茫茫，
　並且有外來的光線映照聚集，
　就會色彩繽紛而煥然成章。　　　93
魂魄的力量也如此：它停在哪裏，

就在哪裏以潛力蓋下印信，
　　使空氣的形態也隨著轉移。　　　　96
新的形態，會跟著魂魄前進，
　　就像火舌之於火燄：火焰
　　去到哪裏，火舌就同時來臨。　　　99
由於形態以這種方式彰顯，
　　因此又稱爲魂影。就這樣，魂影
　　爲視力等感覺而器官是添。　　　　102
因此，我們有了說笑的本領，
　　並且能流淚，能嘆息。我們的嘆息，
　　你在山上也許已聽得分明。　　　　105
就這樣，魂影按欲望和其他情意
　　對我們的影響而具備形態。
　　你所以驚詫，就是這個道理。」　　108
這時，我們來到了末圈一帶，
　　並且拐了個彎走向右邊，
　　開始叫另一景象牽縈心懷。　　　　111
眼前的崖壁向外激射著火焰；
　　平台的邊緣則向上噴出烈風，
　　把火焰吹退，使它射不到平台前。　114
於是，我們被迫沿外崖攀升，
　　而且要一個跟一個。結果
　　我一邊怕火，一邊怕墮入深坑。　　117
「在這個地方，」導師對我說：
　　「必須對眼睛嚴加羈牽，
　　因爲一不小心，就會出錯。」　　　120

煉獄第七層

眼前的崖壁向外激射著火焰；／平台的邊緣則向上
噴出烈風，／把火焰吹退，使它射不到平台前。

（《煉獄篇》，第二十五章，一一二一一四行）

"Summae Deus clementiae……"接著，我聽見

　　熊熊大火的中心有歌聲響起，

　　叫我回望的意欲沒有稍斂。　　　　123

我目睹一個個亡魂穿行於火裏，

　　就一邊凝眸，一邊望自己的腳步。

　　結果視線分散，要不時游移。　　　126

亡魂唱完了歌，把樂音收住，

　　就高喊"Virum non cognosco"的經文；

　　然後降低聲調，把聖歌重複。　　　129

聖歌唱完，眾亡魂再高叫：「女神

　　狄安娜留在森林裏，把身中

　　維納斯之毒的赫麗凱逐進荒榛。」　132

喊完了再唱歌，然後再高聲讚頌

　　貞潔的夫婦。這些夫婦，遵照

　　道德和婚姻的律法而嘉行是從。　135

我相信，只要亡魂受火焰焚燒，

　　這樣的情景就一直會繼續。

　　要有這樣的療程、這樣的菜餚，　138

最後的傷口才獲得縫合而痊癒。

註　釋：

1.　　**上攀……久留**：但丁攀登煉獄山的時間有限，因此不能稽
　　　延。「久留」的原文為"storpio"，現代意大利語解作「跛子」；
　　　這裏解作"impedimento"（「妨礙」）。參看 Rossi e Frascino,

煉獄第七層

"Summae Deus clementiae……"接著，我聽見／
熊熊大火的中心有歌聲響起，／叫我回望的意欲
沒有稍斂。

（《煉獄篇》，第二十五章，一二一—一二三行）

煉獄第七層——邪淫者

我目睹一個個亡魂穿行於火裏，／就一邊凝睇，一
邊望自己的腳步。／結果視線分散，要不時游移。

（《煉獄篇》，第二十五章，一二四—二六行）

Purgatorio, 337。

2-3. **此刻……金牛**：此刻是下午二時，位於白羊宮的太陽已經西
斜，把子午圈讓給了金牛宮；與太陽相對的黑夜，也在耶路
撒冷那邊西沉，把子午圈讓給了天蝎宮。也就是說，此刻在
煉獄中天的是金牛宮；在耶路撒冷中天的是天蝎宮。

黃道帶示意圖

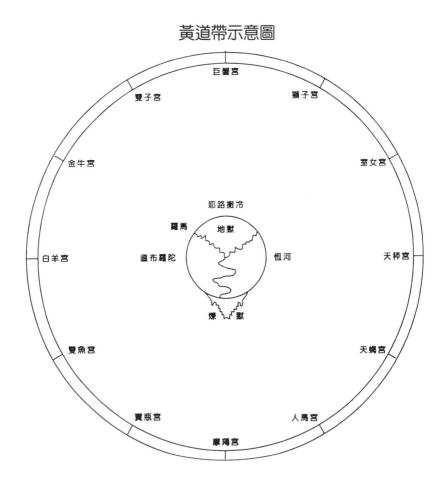

17-18. 　**「話語之弓／⋯⋯鬆弛」**：意思是：你要說的話既已如箭在
　　　　弦，就說出來吧。

22-24. 　**梅雷阿格羅斯⋯⋯不再辛苦**：梅雷阿格羅斯(Μελέαγρος,
　　　　Meleager)，卡呂冬(Καλυδών, Calydon)奧紐斯王(Οἰνεύς,
　　　　Oeneus)之子，阿爾戈船英雄，曾在卡呂冬參與會獵野豬的
　　　　行動。出生時，命運女神預言，爐中的焦木燒完，其生命就
　　　　會終結。其母阿爾泰亞('Αλθαία, Althaea)為了替愛兒延
　　　　壽，把焦木熄掉，然後收藏起來。眾英雄會獵成功，梅雷阿
　　　　格羅斯把野豬皮送給情人阿塔蘭忒('Αταλάντη, Atalanta)，
　　　　卻給兩個舅父普勒克西波斯(Πλήξιππος, Plexippus)和托克
　　　　修斯(Τοξεύς, Toxeus)搶去。梅雷阿格羅斯一怒之下，把兩
　　　　個舅父殺死。阿爾泰亞見兒子殺舅，把焦木投入火中，結束
　　　　了梅雷阿格羅斯的陽壽；自己也因兒子之死而上吊身亡。故
　　　　事見《變形記》第八卷二六零—五四六行。維吉爾引用這一
　　　　典故，是為了說明，肉體變化消亡的原因神秘莫測，就像梅
　　　　雷阿格羅斯之死，表面上跟焦木無關，其實卻關係密切。明
　　　　乎此，「瞭解原因時就不再辛苦」了。參看 Steiner, *Purgatorio,*
　　　　330。

25-27. 　**只要⋯⋯顯淺**：影子和肉體，表面上沒有關連，事實卻並非
　　　　如此：肉體稍微一動，鏡中的影子就馬上產生變化。

30. 　　　**瘡痍**：原文為"piage"。Singleton(*Purgatorio 2*, 594)指出，但
　　　　丁為了遷就韻腳，以「瘡痍」喻無知，詩義有點牽強。這行
　　　　的"piage"和第二十六行的"image"（「影象」）、第二十八
　　　　行的"adage"（「平息」）押韻。

37-42. 　**經脈⋯⋯形相**：斯塔提烏斯開始解釋生命如何形成。經脈中
　　　　的血，給肢體形相和營養。另一種更完美的血（即精液），

則由心臟形成，具有生化的力量。**生化的力量**：參看 *Convivio*, IV, XXI, 4 : "la vertù de l'anima generativa"（「靈魂的生化力量」）。

43-46. **經過再消化……相融**：意為：這些完美的血液，經歷了變化過程後，就成為精液，降落男性的生殖器（「一個不便明言的部位」），然後滴入子宮（「天造地設的器皿」），與女子的經血（「另一人的血」）相融。參看 Steiner, *Purgatorio*, 331。

47-48. **其中一種……被動**：男性的精子生性主動（「秉持活躍的屬性」），負責化生；女性的經血生性被動，負責接受。**源頭美善**：指心臟是美善的源頭。血液進了心臟，就變成精液。但丁的說法，源自亞里士多德和托馬斯・阿奎那。參看 *Summa theologica*, III, q. XXXII, a. 4。

49. **前者**：指精液。**後者**：指經血。這行描寫胚胎成形的過程。但丁時期的人，對生殖過程所知不多，乃有種種附會。

54-55. **後者……游走／生變**：意為：植物的靈魂一旦生成，就到了終點，不再發展；動物的靈魂則不然，生成後仍繼續發展。

56. **海綿**：意大利但丁學會版原文為 "fungo marino"；Giorgio Petrocchi 版原文為 "spungo（即 "spugna"）marino"。譯文以後者為準。

56-57. **它進一步／……派用場**：成為各種官能的種子。

59. **生化者**：指男子。

60. **手足**：指肢體。

61-62. **一個人……未明白**：指旅人但丁仍未明白，精子和經血結合成胚胎後，如何再由動物變為人。

63. **有人**：指阿威羅伊(Averroës)，即伊本・路西德（ibn-Rushd，

一一二六——一一九八）；「出生於伊斯蘭教徒統治下的西班
牙」，是個「哲學家、自然科學家、醫學家」，「認爲物質
和運動是永恆存在的，……否認個人靈魂不朽」（《辭海》
上册，頁三八零）；曾註釋亞里士多德的作品。參看《地獄
篇》第四章第一四四行。

64-66.　**在自己的申述裏……寄存**：阿威羅伊認爲，心智和靈魂分
離，彼此互不連屬。但丁和傳統的神學家一樣，反對這一論
點；因爲接受了這一論點，就等於否定基督教靈魂不朽之說。

70.　**萬動之源**：指上帝。原文"motor primo"，相等於英語的 "first
mover"（第一推動者，原始推動者）。

71-75.　**並呼入／……自給自足**：上帝賦胎兒以「新精神」。這「新
精神」就是潛在的心智，充滿了力量。潛在的心智把其他活
躍的官能（「活躍的外物」，也就是植物和動物的官能）集
中起來（「吸收」），胎兒就能生長、觀照、自省，知道自
己如何運動。

79.　**拉克西斯……可繞**：指死亡來臨時。命運三女神之一的拉克
西斯，再没有麻紗爲某人捲繞時，那人的陽壽就會結束。參
看《煉獄篇》第二十一章二五—二七行註。

80-81.　**潛帶著……精華**：人的陽壽結束，靈魂就潛帶著人的官能（包
括植物官能、感覺官能）和神的官能（心智）離開肉體。

82.　**其他官能**：指人的官能。

83-84.　**不過……更澄明**：這時候，神的官能（記憶、腦力、意志），
由於擺脫了肉體的羈牽，會變得更敏銳、更清晰。

85-87.　**説來神妙……認識**：由於上帝的神秘安排，靈魂脱離肉體
後，首先會向兩條河的岸邊下墮，在那裏知道該走甚麽樣的
旅程（「對旅程取得認識」）。所謂「兩條河」，指意大利

的特韋雷(Tevere)河和冥界五河之一的阿刻戎河(即禍川)。墮向特韋雷岸邊的,會往煉獄悔罪升天;墮向阿刻戎河畔的,會往地獄接受永罰。有關特韋雷河的描寫,參看《煉獄篇》第二章一零零——一零二行;有關阿刻戎河的描寫,參看《地獄篇》第三章一二二—二四行。

88.　　**把它包裹**:把靈魂包裹。

89-96.　**生生不息的能力……隨著轉移**:**生生不息的能力**:原文爲"virtù informativa",指子宮裏形成人體的能力,即本章第四十行的「生化的力量」(原文第四十一行的"virtute informativa")。這一能力,此刻再發揮作用,向空氣散射,組成另一形體,並且讓該形體重獲五種感官。**外來的光線**:指太陽的光線。**以潛力蓋下印信**:向周圍的空氣發生作用,賦予人體在生時所具的力量。**使空氣……轉移**:使空氣成爲人形。

100.　　**以這種方式彰顯**:藉著由空氣形成的肢體來彰顯。

101-02.　**就這樣……是添**:利用這樣的物質(「就這樣」),靈魂得以造就各種器官,包括視覺器官(即眼睛)。

103.　　**因此……本領**:藉著這個軀體,我們就能夠說笑。

106-08.　**就這樣……道理**:藉著上述過程,魂影會按照欲望或其他情意,以不同的形態出現。在煉獄的這一圈,魂影感到飢餓,要吃食物,因此顯得消瘦。換言之,亡魂所以消瘦,是因爲有吃的欲望,而不是因爲他們像陽間的人那樣捱餓。但丁不明白個中原因,乃感到驚詫(見本章二零—二一行)。

109.　　**末圈一帶**:原文"l'ultima tortura"的"tortura",既可解作「拷打」、「酷刑」、「折磨」、「痛苦」,也可解作「繞山的路程」。本譯文採取的是第二種解釋。參看 Sapegno,

Purgatorio, 283。

112-17. **眼前的崖壁……深坑**：近山的一邊，烈火平射而出；靠崖的
一邊，有烈風上噴，把烈火吹退，開出通路，讓斯塔提烏斯、
維吉爾、但丁一個跟著一個單行前進。但丁前進時，既怕左
邊的烈火，又怕右邊的深崖。

118-20. **「在這個地方……出錯」**：Sapegno(*Purgatorio*, 284)指出，
這三行有象徵意義：烈火象徵情慾；懸崖象徵危險；眼睛是
愛慾之所由入，一不小心，就會罹禍（墮落深崖）。

121. **"Summae Deus clementiae…"**：這三個拉丁詞的一般拼法是
"Summae Deus clementiae"。意大利但丁學會(Società
Dantesca Intaliana)版《神曲》的 Summae 和 clementiae 省去
a，變成 Summe 和 clementie，是天主教《日經課》的一首聖
詩之始，意爲：「至仁慈的天主」。不過根據《日經課》的
正式版本，這行的開頭該爲"summae parens clementiae"（「至
仁慈的天父」）。聖詩的主題在於警誡淫慾。參看 Garboli,
384。

123. **回望的意欲沒有稍斂**：但丁雖然要注意腳步所履，以免墮進
深崖，但仍然抑制不住回望的意欲。

126. **結果……游移**：意爲：結果要一邊望向亡魂，一邊注意步履，
不能把視線集中於同一焦點。

128. **"Virum non cognosco"**：拉丁文，意爲：「我沒有跟男人發
生過性關係」（和合本的譯文是「我沒有出嫁」，較拉丁原
文含蓄）。在英語中，"know"既可解作「認識」，也可解作
「與……發生性關係」。參看 *The Shorter Oxford English
Dictionary on Historical Principles*（一九七零年版）頁一零
九三"know"的定義 II,3：*"trans.* To have carnal acquaintance

with." 天使加百列告訴瑪利亞，說她要「懷孕生子」，瑪利亞就說了上引的話。參看《路加福音》第一章第三十四節："Quomodo fiet istud, quoniam virum non cognosco." （「我沒有出嫁，怎麼有這事呢？」）衆亡魂唱完聖詩，就喊出與貞潔典範有關的話語。

130-32. **「女神／狄安娜……荒榛」**：月神狄安娜（即希臘神話中的阿爾忒彌斯）是狩獵女神，也是貞潔之神。追隨她的山林仙女赫麗凱(Ἑλίκη, Helice)遭宙斯強姦成孕，出浴時被狄安娜發現，結果遭狄安娜驅逐。赫麗凱生下阿卡斯(Ἀρκάς, Arcas)後，被赫拉變爲母熊。阿卡斯長大，出獵時碰見母親，卻不知其眞正身分，於是舉矛直刺；千鈞一髮間，宙斯以旋風把母子倆捲到天上，分別變爲大熊星座和小熊星座。根據某些神話版本，赫麗凱又叫卡麗絲酡(Καλλιστώ,Callisto)，是阿卡迪亞(Ἀρκαδία, Arcadia)王呂卡翁(Λυκάων, Lycaon)的女兒。赫麗凱遭宙斯強姦成孕，是因爲宙斯心生愛慾，所以但丁說她「身中／維納斯之毒」。這一故事，見於《變形記》第二卷四零一——五三零行。《天堂篇》第三十一章第三十一行，再度提到赫麗凱。

134. **貞潔的夫婦**：爲彼此守貞的夫婦。

137. **這樣的情景**：指亡魂爲自己贖罪的做法：唱完聖歌，再高聲說出與嘉行典範有關的話；之後再唱聖歌……。

138. **這樣的療程**：指火焰。因爲火焰有治療罪惡之效，所以說「療程」。**這樣的菜餚**：指精神上的食糧，即聖歌和亡魂所喊的話。

139. **最後的傷口**：指亡魂因犯罪而招致的最後一道傷口，即但丁額上的第七個（也是最後一個）P。

第二十六章

煉獄第七層的亡魂，在凡間是邪淫者。這時都覺察但丁是個活人。
其中一個向但丁探詢究竟。但丁還未回答，另一群亡魂已經從另一
邊走來，與這邊的亡魂相遇；彼此打完親切的招呼後，就喊出所多
瑪、蛾摩拉、帕西法厄的淫亂事例。然後，但丁回答剛才發問的亡
魂。亡魂也向但丁解釋他和同伴所犯的罪和所受的刑；並且告訴但
丁，他是詩人圭多・圭尼澤利。但丁向圭尼澤利表示欽仰。圭尼澤
利向但丁介紹普羅旺斯行吟詩人阿諾・丹尼爾。丹尼爾和但丁說話。

就這樣，我們沿著平台之邊
　　魚貫前進。途中，賢師一再
　　提醒我：「小心哪，要注意路上的危險。」　3
這時候，太陽向我的右肩射來；
　　整個西天，由於斜暉的照耀，
　　漸漸由蔚藍的顏色變成淡白。　　　6
火焰因爲有我的身影相較，
　　也顯得更紅。然而，跡象雖微，
　　眼前的幽靈走動間已向我瞻瞧。　9
也因爲如此，他們在煉獄內
　　開始談論我，七嘴八舌地說：
　　「那個軀體，並不像空幻的鬼類。」　12
接著，有些人儘量向我移挪；

不過移挪時總小心翼翼，生怕
　　走出了焚燒他們的熊熊烈火。　　　　　15
「大概你出於虔敬——而並非想拖拉——
　　才會在後面跟隨其他同輩。
　　口渴和烈火在燒我。請給我回答。　　18
不僅是我急於要聆聽原委，
　　這些人的渴望之情，也甚於印度人
　　或埃塞俄比亞人想喝冷水。　　　　　21
告訴我們，你怎麼能夠把己身
　　化爲牆壁，擋住太陽——你彷彿
　　還沒有向死神的羅網投奔。」　　　　24
一個亡魂剛說完，我的雙目
　　就叫另一幕奇景吸引；不然
　　我早已把自己的身分表露。　　　　　27
就在熊熊的火道中心，另一班
　　亡魂正朝著這邊的亡魂走來，
　　令我屏著息，無比驚詫地觀看。　　　30
亡魂相會時，我看見人人都趕快
　　趨前，行進間親吻另一邊的同類，
　　並在短暫的團聚中暢然開懷。　　　　33
螞蟻在黑壓壓的隊伍裏，也會
　　這樣碰頭：彼此以鼻子相觸，
　　也許在問路和探詢前程的安危。　　　36
亡魂向彼此打完親切的招呼，
　　兩足還沒有在路上繼續前跨，
　　就竭力大喊，要聲壓整個隊伍。　　　39

後至者喊「所多瑪和蛾摩拉」；

　　先來者喊「帕西法厄鑽進母牛裏，

　　讓公牛衝過來幫她把淫慾散發。」　　42

然後，那些亡魂像灰鶴舉翼，

　　分別向里派山和沙漠飛翔而去。

　　後者避霜；前者避太陽的襲擊。　　45

兩批人，朝相反的方向踏出步履，

　　並且流著淚，繼續剛才的唱腔，

　　重喊最合他們身分的懺悔語。　　48

曾經求我的依舊朝我的方向

　　圍攏過來，靠近我的身邊，

　　臉上露出了凝神傾聽的模樣。　　51

他們的願望既然一再展現，

　　我只好對他們說：「諸位幽靈，

　　你們遲早都注定獲得安恬。　　54

我的肢體，是成熟還是年青，

　　都不在塵世那邊，而在此處，

　　有血，也有骨，正跟我一起前行。　　57

我攀登這裏，是不想繼續瞎目。

　　上方有女士為我祈求恩典，

　　讓我以凡軀越過你們的國度。　　60

不過（但願你們最大的渴念

　　快點得償；願天堂給你們居所。

　　天堂啊，至遼至廣，仁愛無邊），　　63

為了讓我記諸卷帙，告訴我，

　　你們是誰；在你們背後一起

　　朝另一方向遠去的又是哪一夥。」　　66
山民土頭土腦地走進城裏，

　　張望間會驚詫得說不出話來。

　　亡魂聽我說完，臉上的訝異　　69
不下於山民進城時流露的愕駭。

　　不過，當亡魂的高貴心靈

　　克服了訝異，讓他們釋然開懷，　　72
曾經向我提問的就這樣回應：

　　「你有福了。你呀，爲了善終，

　　到我們的國境運取內情！　　75
那些沒有跟我們同來的人叢

　　犯有罪愆。凱撒因同樣的過錯，

　　凱旋時有人喊著『王后』起鬨。　　78
因此，他們要喊著『所多瑪』奔波

　　自責。這情形，你剛才已經耳聞。

　　他們的內疚，會加強燃燒的烈火。　　81
我們所犯的，是兩性之間的淫奔。

　　不過我們違反了人間禮法，

　　像禽獸一般去縱慾忘身，　　84
因此離開時我們把自己辱罵，

　　辦法是呼喊那淫婦的惡名。那淫婦，

　　在木頭畜生裏像禽獸俯趴。　　87
現在，我們的罪行你已經清楚。

　　要是你想知道我們的姓名，

　　我既無時間，也不能一一講述。　　90
關於本人，我倒能按尊意回稟：

我是圭多・圭尼澤利。我還未死亡，

　　就已經用痛悔之情洗滌罪行。」　　　93

呂庫爾戈斯悲憤時，有兩個兒郎

　　因重見母親而欣悅。我當時的歡喜

　　雖略微收斂，卻大致和古人相仿。　　96

因爲，把大名向我宣告的，我自己

　　視爲慈父；詠情時風格婉柔，

　　且勝我一籌的，也拿他與顯考相比。　99

我耳無聞，口無語，沉思著向前走；

　　走了好久，仍對他目不轉睛；

　　卻由於烈火而沒有向他奔投。　　　102

我以雙目看飽了這個亡靈，

　　就全心全意地聽他吩咐；

　　爲了說服他，還懇切陳情。　　　　105

他答道：「你說的話清清楚楚，

　　在我腦裏留下深刻的印象，

　　經忘川洗滌也不會漫漶模糊。　　　108

假如事實就像你的表白所講，

　　告訴我，是甚麼原因，叫你用容顏、

　　用話語表示對我的敬愛欽仰。」　　111

我聽後回答說：「您的美妙詩篇，

　　只要白話仍流傳，在任何時候

　　都會使您所用的墨水榮顯。」　　　114

「兄弟呀，」亡魂說：「他是更佳的能手，」

　　說時用手指指著前面的幽靈：

　　「駕馭母語時比我要勝一籌。　　　117

作家以散文寫傳奇，以詩篇詠愛情，

　　都被他凌駕。——也有笨蛋在胡說，

　　認爲那個里摩日人更秀穎。　　　　　120

他們只相信浮名，不察看成果，

　　就對作家的高低下了定論；

　　也不問因由，不辨技藝的巧拙。　　　123

古人評圭托内，就往往用這種標準，

　　結果衆口交譽，所褒的都是他。

　　到的論贏得了大衆，謬獎才隱遁。　　126

既然你受的恩寵是那麼大，

　　有特別的權利向上面攀躋，

　　到基督治理的修道院去觀察，　　　　129

請爲我以天主經文在那裏求祈。

　　經文的長短，請按照這裏所需。

　　在這裏，我們再没有犯罪的能力。」　132

也許要給後來者讓路吧，這話語

　　說完，亡魂就隱入烈火深處，

　　就像魚兒，刹那間向水底疾趨。　　　135

我稍微前移，靠近被指的人物，

　　告訴他，我的渴求已經準備

　　府宅，接他的大名進裏面居住。　　　138

幽靈聽了我的話，就欣然應對：

　　"Tan m'abellis vostre cortes deman,

　　qu'ieu no me puesc ni voill a vos cobrire.　141

Ieu sui Arnaut, que plor e vau cantan；

　　consiros vei la passada folor,

e vei jausen lo joi qu'esper, denan.　　　144
Ara vos prec, per aquella valor
　　que vos guida al som de l'escalina,
　　sovenha vos a temps de ma dolor！"　　147
之後就隱沒，受烈火繼續淨化。

註　釋：

4.　　　**太陽向我的右肩射來**：這時，太陽正在西沉，但丁、維吉爾、
　　　　斯塔提烏斯正在煉獄西邊朝南方前進。

6.　　　**由蔚藍的顏色變成淡白**：太陽在高天時，天空的顏色蔚藍。
　　　　這時候，由於太陽西斜，天空的顏色變爲淡白。

8-9.　　**跡象雖微，／……瞻矚**：指但丁的血肉之軀雖然不太觸目
　　　　（「跡象雖微」），衆幽靈已經覺察，眼前出現的人與幽靈
　　　　有別，於是向但丁瞻望。

14-15.　**不過……烈火**：衆亡魂遵從懺悔的天律，樂意受煉獄之火淨
　　　　化，因此都設法留在烈火內，生怕離開了烈火，會失去滌罪
　　　　的機會。

16-17.　**「大概……跟隨其他同輩」**：衆亡魂見但丁跟在斯塔提烏斯
　　　　和維吉爾後面，於是揣測他落後的原因。

20-21.　**甚於印度人／……想喝冷水**：由於天氣酷熱，印度和埃塞俄
　　　　比亞的人都想喝冷水解渴。

22-24.　**告訴我們……投奔**：衆亡魂不知道但丁仍活著，因此都感到
　　　　奇怪，他怎能像個活人，以身體擋住陽光。

34-36.　**螞蟻……安危**：這三行的意象，上承《埃涅阿斯紀》第四卷

四零四—四零七行；《變形記》第七卷六二四—二六行；老
普林尼（Gaius Plinius Secundus，公元二三—七九）的《博
物志》(*Naturalis historia*, XI, 39)。

40.　　**後至者**：指剛到但丁面前的亡魂。這些亡魂所走的方向與但
丁所走相反，都在逆時針方向前進。**所多瑪和蛾摩拉**：《聖
經》中的兩座城市，因邪惡（同性戀）而遭上帝的天火燒燬。
參看《創世記》第十九章第一—二十九節；《地獄篇》第十
一章四九——五十行；《地獄篇》十四—十六章。眾亡魂喊
「所多瑪和蛾摩拉」，有警誡作用。

41-42.　**「帕西法厄……把淫慾散發」**：帕西法厄愛上了公牛，與之
行淫，結果生下人牛怪米諾陶洛斯。參看《地獄篇》第十二
章十二—十三行註。

43.　　**灰鶴**：這一意象，與《地獄篇》第五章第四十六行另一灰鶴
意象、《煉獄篇》第二十四章六四—六六行的飛鳥意象相呼
應。

44.　　**里派山**：希臘文Pîπαι，拉丁文 Rhipaei 或 Rhiphaei，是古希
臘傳說中歐洲窮北的一座高山，山頂終年積雪。不過，山的
確實位置迄今仍沒有定論。**沙漠**：指利比亞的沙漠。參看《地
獄篇》第二十四章第八十五行。

45.　　**後者**：指飛往沙漠的一批。**前者**：指飛往里派山的一批。

46.　　**兩批人……踏出步履**：喊「所多瑪和蛾摩拉」的眾亡魂，前
進時順時針方向；喊「帕西法厄……把淫慾散發」的，則逆
時針方向，也就是說，與但丁、斯塔提烏斯、維吉爾所走的
方向相同。

47.　　**剛才的唱腔**：指《煉獄篇》第二十五章第一二一行的
"Summae Deus clementiae"。

48. **重喊……懺悔語**：論者對這行有不同的解釋，但是都說得不清楚。Bosco e Reggio (*Purgatorio*, 444)也承認這點，並提出了自己的猜想。其實要解這句，也不必太落實。Singleon (*Purgatorio 2*, 630)的詮釋較可信：兩批亡魂喊出與他們身分有關的事例。參看《煉獄篇》第二十五章一二八─三五行。

49-51. **曾經求我的……模樣**：指本章十三─十五行所描寫的亡魂。

52. **願望……一再展現**：願望的首度展現，本章十九─二四行已經交代過。

58. **不想繼續瞎目**：意爲：不想讓邪行叫我的眼睛繼續瞎下去。參看《煉獄篇》第二十一章第一二四行。

59. **上方有女士**：指貝緹麗彩。有些論者（如 Scartazzini 和 Porena）認爲指聖母瑪利亞。不過，正如 Bosco e Reggio, *Purgatorio*, 445 所言，在《神曲》裏，維吉爾和但丁提到"donna del cielo"（「天上的女士」）時，總指貝緹麗彩。

60. **你們的國度**：指亡魂的國度。

61. **你們最大的渴念**：指亡魂要升天安享永福的願望。

62. **天堂**：指最高天。

63. **天堂啊……仁愛無邊**：參看《天堂篇》第三十章三九─四二行；*Convivio*, II, III, 11："Questo〔lo cielo Empireo〕è lo soprano edificio del mondo, nel quale tutto lo mondo s'inchiude, e di fuori dal quale nulla è；ed esso non è in luogo…"（「這〔最高天〕是宇宙的最高結構，整個宇宙都籠罩在裏面，其外再沒有任何事物；它不在空間之內……」）。在《地獄篇》第二章第八十三行（原文第八十四行），維吉爾稱最高天爲「廣居」("ampio loco")。

74.　**善終**：指臨終前能夠懺悔，感謝主恩。

75.　**我們的國境**：指煉獄。

76.　**那些……人叢**：指朝著相反方向離開的亡魂。

77-78.　**犯有罪愆**：走相反方向的人犯了雞姦罪。**凱撒……起鬨**：有一次，凱撒凱旋時，群眾中有人大喊「王后」("regina")。根據當時的傳言，凱撒在比提尼亞(Βιθυνία, Bithynia)時曾甘心當女人，讓該國君主尼科梅德斯(Νικομήδης, Nicomedes)雞姦。比提尼亞是古代的一個國家，位於小亞細亞西北。這兩行用了修辭學所謂的迂迴說法。

82.　**兩性之間的淫奔**：原文 "ermafrodito"，出自拉丁文 hermaphroditus，而拉丁文又出自希臘文 ἑρμαφρόδιτος。原指赫爾梅斯(Ἑρμῆς, Hermes)和阿芙蘿狄蒂(Ἀφροδίτη, Aphrodite) 之子赫爾瑪芙蘿蒂托斯(Ἑρμαφρόδιτος, Hermaphroditus)。赫爾瑪芙蘿蒂托斯生得異常俊美，湖中仙女薩爾瑪姬絲(Σαλμακίς, Salmacis)對他戀慕不已，向他示愛，卻遭斥拒，於是趁他到湖中洗澡時突然把他緊抱，並祈求天上諸神把兩人合為一體，此後永不分離。諸神應了薩爾瑪姬絲之請。此後，赫爾瑪芙蘿蒂托斯乃一人而兼具男女二性。

83.　**人間禮法**：人間禮法不容人獸交合。

86.　**那淫婦的惡名**：指帕西法厄的名字。

87.　**在木頭畜生……俯趴**：指帕西法厄鑽入木製的母牛中，像母牛一樣俯趴著，然後讓公牛騎上來，從後面肏她，幫她發洩淫慾。

90.　**我既無時間，也不能一一講述**：亡魂急於滌罪，因此沒有時間一一講述；何況犯罪者太多，亡魂也認識不了所有的人。

92.　　**圭多・圭尼澤利**：圭多・圭尼澤利(Guido Guinizelli)，十三
世紀意大利波隆亞詩人，生卒年份不可考，約卒於一二七六
年前。一度對圭托内・達雷佐推崇備至；著有抒情詩(canzoni)
和十四行詩(sonetti)；是當時的詩壇祭酒，可喜新風格由他
開創。其抒情詩(canzone)"Al cor gentil rempaira sempre
Amore"（「愛情總藏在溫柔的心中」）最為有名，與可喜
新風格的關係也最密切。在但丁的作品中，圭多・圭尼澤利
獲得很高的評價。參看 Bosco e Reggio, *Purgatorio*, 447-48,
Toynbee, 342-43, "Guido Guinizelli"條；*Convivio*, IV, XX, 7；
De vulgari eloquentia, I, IX, 3；I, XV, 6；II, V, 4；*Vita Nuova*,
XX, 3；《煉獄篇》第十一章九七—九八行。有關意大利的
可喜新風格，參看《煉獄篇》第二十四章第五十五行註。

92-93.　**「我還未死亡，／……洗滌罪行」**：指《煉獄篇》第十三章
一二四—二五行和第二十三章第八十行所提到的懺悔。

94-95.　**呂庫爾戈斯……而欣悦**：呂庫爾戈斯(Λυκοῦργος, Lycurgus)
是涅梅亞(Νεμέα, Nemea)的國王，託希蒲西琵麗('Υψιπύλη,
Hypsipyle) 照顧兒子阿爾凱摩洛斯('Αρχήμορος,
Archemorus)。希蒲西琵麗為了當嚮導，放下阿爾凱摩洛斯，
把攻打忒拜的七將帶往蘭格亞泉喝水（參看《煉獄篇》第二
十二章第一一二行註），回來時發覺阿爾凱摩洛斯被毒蛇咬
死。呂庫爾戈斯一怒之下，要把希蒲西琵麗宰殺。千鈞一髮
間，希蒲西琵麗的兒子托亞斯(Θόας, Thoas)和歐涅奧斯
(Εὔνεως, Euneus)趕到，拯救了母親。故事見《忒拜戰紀》
第五章四九九—七三零行。「兩個兒郎」，指托亞斯和歐涅
奧斯；「母親」指希蒲西琵麗。

99.　　**且勝我一籌的**：但丁在這裏自謙。不過沒有明言，勝過自己

「一籌」的是誰。一般論者認為，他大概指圭多・卡瓦爾坎提(Guido Cavalcanti)、奇諾・達皮斯托亞(Cino da Pistoia)、拉坡・詹尼(Lapo Gianni。)等人。參看 Bosco e Reggio, *Purgatorio*, 448。

112. **您的**：原文的"vostri"是敬稱，漢譯也用敬稱。

113. **白話**：指意大利口語詩，相對於拉丁文詩作而言。

115-17. **「他是更佳的能手……要勝一籌」**：指阿諾・丹尼爾(Arnaut Daniel)。普羅旺斯(Provence)的行吟詩人(troubadour，普羅旺斯語為 trobador)，以普羅旺斯語(Provençal)寫作。約生於一一八零年，卒於一二一零年。出身貴族之家，出入於理查一世（Richard I，即獅心王，一一五七——一一九九）的宮廷。可能與另一個普羅旺斯詩人貝特洪・德波恩（參看《地獄篇》第二十八章第一三四行註）認識。所創的六行詩(sestina)曾是但丁仿效的對象。參看 Toynbee, 59-60, "Arnaldo Daniello"條。阿諾・丹尼爾的抒情詩結構嚴謹，感情強烈。圭多・圭尼澤利聽了但丁的稱讚，為了表示謙虛，乃推崇另一位用母語寫作的詩人。但丁對阿諾的稱譽，見於 *De vulgari eloquentia*, II, II, 9；II, VI, 6；II, X, 2；II, XIII, 2。

118. **作家以散文寫傳奇**：指以奧依語(langue d'oïl)寫傳奇的作家。奧依語是中世紀法國盧瓦爾(Loire)河以北地區所用的方言。這一地區的人說「是」時，用"oïl"。"oïl"是古代法語詞，源出拉丁語 hoc + ille（hoc 是中性代名詞兼形容詞，意為「這」；ille 是指示代詞，意為「那」）。**以詩篇詠愛情**：指以奧克語(langue d'oc)寫成的愛情詩。奧克語是中世紀法國盧瓦爾河以南地區所用的方言。oc 是「是」的意思，相等於法語的 oui，源出拉丁語中性代名詞兼形容詞 hoc。有

的論者（如 Sapegno, *Purgatorio*, 294)認爲，這裏所謂的「愛情詩」，包括以普羅旺斯語、法語、意大利語寫成的抒情詩。

119. **都被他凌駕**：此語並不是說阿諾・丹尼爾用奧伊語寫過傳奇；只是說，他凌駕一一八行所提到的作家。

120. **那個里摩日人**：指另一個行吟詩人吉羅・德波内伊（Giraut de Bornelh 或 Giraut de Borneil）。約於十二世紀中在法國里摩日(Limoges)出生，約卒於一二二零年。博聞強識，與獅心王理查有交往，詩名極盛。但丁在作品中曾經提到他。參看 *De vulgari eloquentia*, I, IX, 4；II, II, 9；II, V, 4；II, VI, 6；*Convivio*, IV, XI, 10。

124-26. **古人評圭托内……隱遁**：參看《煉獄篇》第二十四章五六—五七行。但丁在這裏借圭尼澤利之口指出，古人未能看出新風格的優點，結果歪論流傳；到中肯的評論成立，大家才看得出，圭托内的成就並不是那麼高。

129. **基督治理的修道院**：指天堂。

130. **天主經文**：指《天主經》。原文 paternostro（意大利文還有 paternoster，Pater noster，padrenostro，Padre nostro 等寫法）。《天主經》，英文叫"Lord's Prayer"（《主禱文》），由耶穌授予門徒，以拉丁文"Pater noster"（「我們在天上的父」）啓篇，日後成爲基督教最常用的一篇禱文。見於《馬太福音》第六章第九—十三節。**在那裏**：指在天堂。

131-32. **經文的長短……犯罪的能力**：這行的意思是：唸《天主經》時，可省去最後一節，因爲在煉獄裏（「在這裏」），我們再没有犯罪的能力（也就是說，亡魂不再犯罪）。《天主經》最後一節（即《馬太福音》第六章第十三節）的拉丁文爲："ne nos inducas in tentationem, sed libera nos a malo"（「不叫

我們遇見試探；救我們脫離兇惡」）。由於亡魂不再犯罪，
不再受引誘，他們唸《天主經》時，就可以把這節省去。在
《煉獄篇》第十一章，亡魂求上帝「助我們脫險；／別考驗
我們」（二十—二一行）時，「並非爲自己……而是爲後人」
（二三—二四行）。

136. **被指的人物**：指阿諾・丹尼爾（參看本章一一五—一六行）。

137-38. **我的渴求……居住**：但丁的話，說得客氣而迂迴。簡單的說
法是：我渴望知道亡魂的名字。

140-47. **"Tan m'abellis……de ma dolor！"**：這八行是阿諾・丹尼爾
對但丁的回答，全用普羅旺斯語寫成。因此，下面的漢譯設
法以文言風格表達意大利語和普羅旺斯語的分別：

> 「承蒙垂詢，在下感到高興。
> 　在下既不能，也不想讓鄙貌隱沒。
> 鄙人是阿諾，前進時唱歌又涕零。
> 　過去的愚行，鄙人正憮然回望，
> 　也對期待中的歡欣雀躍憧憬。
> 偉力把閣下帶到梯頂之上。
> 　看在他分上，讓鄙人向閣下懇祈：
> 　機會來時，請眷念在下的怊悵！」

承蒙垂詢：指但丁在一三七—三八行以間接引語提出的請求
（請求亡魂說出名字）。**前進時唱歌又涕零**：前進時，一邊
唱「至仁慈的天主」("Summae Deus clementiae")；一邊哭泣，
爲過去的愚行懺悔。參看《煉獄篇》第二十五章第一二一行
註。**也對期待中的歡欣雀躍憧憬**：喜見我所盼望的歡樂在天

堂出現。**偉力**：原文為"valor"，指上帝。參看《煉獄篇》第十一章第四行的「力量」（意大利原文為"valore"）。**帶到梯頂之上**：攀登煉獄山的梯級，直到頂峰。Sapegno (*Purgatorio*, 296)指出，但丁在這裏以奧克語寫對話，語法並不純熟，字裏行間夾雜著意大利詞風，有些語句更引自其他詩人（包括阿諾・丹尼爾）的作品。儘管如此，以外國語（奧克語）寫阿諾・丹尼爾的話，能強調說話者超然離世的態度，使凡塵經驗與悔罪境況對照。

148.　**淨化**：原文"affina"，含有「精煉」（作動詞用）、「滌罪」的意思；同時又與普羅旺斯和西西里的情詩呼應。參看Bosco e Reggio, *Purgatorio*, 452。

第二十七章

白晝將盡之際，一位天使出現，叫但丁走入火裏。但丁恐懼不已；
經維吉爾鼓勵督促，才不再抗拒；行進間聽到歌聲在前方引領。黑
夜降臨時，趁天空尚有餘光，但丁、維吉爾、斯塔提烏斯躺了下來，
以石級爲枕牀。但丁入睡後，夢見利亞和拉結。破曉醒來，再隨兩
位詩人飛騰上升，不久就到了最高的一級梯階。維吉爾跟但丁告別
前，說了最後的一番話。

這時候，朝暉在造日者濺血處

   向下投射；天秤座懸在高天；

   其下是埃布羅河在逶迤匍匐；   3

恆河的波浪，正遭晌午烤煎。

   就在此刻，在白晝將盡之際，

   上主的天使欣然向我顯現。   6

天使在烈火外的平台上佇立，

   唱著"Beati mundo corde！"的佳音，

   歌聲遠比我們的嗓子清晰。   9

然後，天使見我們向他靠近，

   就說：「聖潔的靈魂哪，要走向前方，

   必須先經歷烈火刺螫的苦辛。   12

走進火裏呀，細聽更遠的歌唱。」

   我聽了這番話，不禁大驚，

就像一個活人遭到埋葬。　　　　15
我兩手相扣，身體前傾，
　　一邊望著烈火，極力追溯
　　以前遭焚的軀體是怎樣的情形。　18
兩位好嚮導轉身向我回顧。
　　「好孩子呀，」維吉爾對我說：
　　「這裏沒有死亡；只有痛苦。　　21
你忘了嗎？既然在格里昂的肩膊，
　　我都可以安全地把你引導，
　　難道靠近了神，我反而會出錯？　24
請放心，即使在烈火中央焚燒，
　　在裏面留足一千年的時間，
　　你的頭髮也不會受損分毫。　　27
嗯，你如果以爲我把你哄騙，
　　你可以走近烈火，去說服自己，
　　用雙手把衣服邊緣捻向紅焰。　30
現在，你可以拋掉所有的驚疑，
　　望過來……來呀，不要怕，走進去！」
　　我呢，卻違背心意，在原處呆立。　33
老師見我呆立著固守一隅，
　　就有點不悅，說：「孩子呀，你看，
　　要見貝緹麗彩，就別受這堵牆牽拘。」　36
昔日，皮拉摩斯在冥府之畔
　　聽到蒂絲貝的名字；於是啓眸，
　　看見了情人，桑樹就變爲朱丹。　39
同樣，我聽見英明的導師啓口，

說出我腦中一直湧現的芳名，
　　就向他回首，固執也變得溫柔。　　　42
「怎麼啦？」他見狀就搖著頭回應：
　　「都呆在這邊嗎？」說完就莞爾展顏，
　　彷彿大人以蘋果叫小孩忘形。　　　　45
然後，吩咐著斯塔提烏斯在後面
　　緊隨，導師先於我走進火裏
　　（好久了，斯塔提烏斯都走在中間）。　48
我一進火裏，就想立刻把自己
　　投進沸騰的玻璃去減低高溫。
　　火裏的酷熱呀，真是無從比擬。　　　51
慈父般的老師，前進間一直在談論
　　貝緹麗彩，好把我的痛苦減輕。
　　老師說：「我好像看見她眸光的渥潤。」54
我們前進時，有歌聲在遠方引領。
　　我們一邊走，一邊凝神緊隨，
　　終於來到了一條上升的陡徑。　　　　57
"Venite，benedicti Patris mei！"
　　一朵炯光裏，傳來這樣的聲音。
　　炯光太亮了，叫我無從凝窺。　　　　60
「太陽西斜了，暮色就要降臨，」
　　聲音繼續說：「快點走，不要延宕，
　　因為黑夜就要向西天逼近。」　　　　63
山徑穿過了巨石一直向上。
　　這時候，太陽已經低垂。前行間，
　　我的背部截斷了夕暉的光芒。　　　　66

只走了數級石梯，大家就發現
　　身影不見了。兩位智者和我
　　乃瞿然驚覺，太陽已沒在後邊。　　　　69
於是，趁地平線無垠的寥廓
　　尚未模糊而變得渾然難分，
　　趁天空尚未隱入黑夜的王國，　　　　72
我們躺下來，把石級當作牀枕，
　　因爲山規雖然使我們力竭，
　　卻沒有奪去我們上攀的精神。　　　　75
反芻前，高山的羊群迅疾而狂野；
　　反芻的時候，就會靜靜地俯伏，
　　在烈日曬不到的陰涼處一邊安歇，　　78
一邊溫馴地咀嚼口裏的食物。
　　看守羊群的牧人，則倚著木杖
　　在旁看管，讓它們歇得安舒。　　　　81
有時候，牧人會露宿野外的空曠，
　　在安靜的羊群旁通宵不寐，
　　防止猛獸把它們驅往四方。　　　　　84
我們三個人，此刻的情形也相類：
　　我像山羊，由兩位牧者照看，
　　兩邊都叫高峻的岩壁包圍，　　　　　87
外面的景物只容我稍稍上瞻。
　　但稍稍上瞻，就看見了星星。
　　這些星星，比平時更大更璀璨。　　　90
正在沉思，仰望得目不轉睛，
　　睡眠征服了我。而睡眠往往

在事件發生前向人透露隱情。　　　　93
仰觀的人看來，庫忒瑞亞似乎經常
　　煥發著愛火。當她從東方的海區
　　上升，剛剛向群山傾照光芒，　　　96
我似乎夢見一位少艾淑女，
　　在草地上一邊採花，一邊緩步，
　　並且歌詠著，唱出下面的話語：　　99
「不管是誰，要我把名字吐露，
　　都不妨記住，我叫利亞，要煩勞
　　纖手為我造花環而到處伸舒。　　　102
我在此飾容，好欣賞鏡中的美貌。
　　我的妹妹拉結，卻始終離不開
　　鏡子，整天在鏡前靜坐攬照。　　　105
她喜歡凝望自己眼睛的神朵；
　　我呢，則樂於為自己親手打扮。
　　她喜歡看；我呢，要動手才開懷。」108
此刻，破曉前的光彩已燦然
　　湧起；還家的朝聖者，故土將到
　　而投宿時，見了這曉輝就分外喜歡。111
這一刻，黑暗向四面八方竄逃，
　　睡夢隨黑暗潰散。我醒了過來，
　　見兩位大師比我醒得更早。　　　　114
「那甜蜜的果子，凡人為了採摘
　　而竭力在眾枝間尋覓。今天，
　　這枚果子會讓你嚐個痛快。」　　　117
上述的話，由維吉爾在我面前

利亞

我似乎夢見一位少艾淑女，／在草地上一邊採花，
一邊緩步……

（《煉獄篇》，第二十七章，九七—九八行）

　　爲我申說。叫人歡騰的禮物中，
　　　甚麼都比不上這樣的恩典。　　　　　120
　上升的衝動接著上升的衝動
　　　湧上心頭，結果我每走一步，
　　　都覺得飛羽添勁，要振翮上狌。　　　123
　我們飛騰著，把所有的梯階踩入
　　　下方，刹那間到了最高的一級。
　　　於是，維吉爾望著我這樣叮囑：　　126
　「孩子呀，短暫和永恆的烈火，都已
　　　叫你目睹。此刻，你置身的範圍，
　　　不容我繼續施展個人的智力。　　　129
　我帶你來到這裏，用的是巧慧。
　　　此後，你就以本身的意欲爲嚮導。
　　　你正在窄路陡徑的上方騰飛。　　　132
　看哪，太陽向你的前額映照。
　　　看哪，這些碧草、鮮花、綠樹，
　　　靠地面本身就可以茁長升高。　　　135
　眼淚盈眶間，曾經有一雙美目
　　　叫我找你。在美目欣然蒞臨前，
　　　你可以在花草樹木間休憩躑躅。　　138
　不必再等我吩咐，望我指點；
　　　你的意志自由、正直而健康，
　　　還不隨心所欲，就是差偏。　　　　141
　那麼，我就把冠冕戴在你頭上。」

註　釋

1-5. **這時候……白晝將盡之際**：這幾行以太陽的位置說時間：耶
路撒冷（「造日者濺血處」）是日出；西班牙（「埃布羅河」）
是子夜；印度（「恆河」）是正午；煉獄是黃昏。在但丁時
期，大家都認爲耶路撒冷是人類所居半球的中央，恆河是東
極（在耶路撒冷以東九十度），直布羅陀是西極（在耶路撒
冷以西九十度），煉獄和耶路撒冷是對蹠地。在《煉獄篇》
第二章一—九行、第三章二五—二七行、第四章一三七—三
九行、第九章一—九行，但丁也以類似的手法交代時間。

1. **造日者濺血處**：基督是三位一體的第二位格，是神，因此也
是太陽的創造者（「造日者」）。基督在耶路撒冷受難（「濺
血」），因此「造日者濺血處」指耶路撒冷。

2-3. **天秤座……葡匐**：埃布羅河（西班牙語 Ebro，意大利語 Ibero）
是西班牙的河流。西班牙此刻是子夜，因此埃布羅河在天秤
座之下。

4. **恆河的波浪**：指印度。**晌午**：原文"nona"，英語 None，源
自拉丁文 nona（複數 nonae）；在古羅馬指白晝的九點鐘，
相當於現代的下午三時。不過正如 Villani 所說，"nona"在這
裏指正午。太陽此刻在東亞的上空，位於白羊宮內。參看
Singleton, *Purgatorio, 2*, 650。

6. **上主的天使**：指守護煉獄第七圈的天使。

8. **"Beati mundo corde"**：出自《馬太福音》第五章第八節：
"Beati mundo corde, quoniam ipsi Deum videbunt."（「清心的
人有福了！／因爲他們必得見神。」）是耶穌山上寶訓中八

福中的第六福。在這裏，天使爲即將升天的福靈歌唱。

9.　　**我們的嗓子**：指凡人的嗓子。

12.　　**必須……苦辛**：這行有象徵意義，指亡魂必須以烈火滌罪。

13.　　**更遠的歌唱**：指另一位天使在烈火另一邊的歌唱。參看本章五五—五九行。

16.　　**我兩手相扣，身體前傾**：原文爲："In su le man commesse mi protesi"。不少論者解釋這句時都化簡爲繁，頗爲牽強。參看 Pietrobono, *Purgatorio*, 360；Bosco e Reggio, *Purgatorio*, 458-59。其實，這行的意思並不隱晦：但丁聽了天使的話，大爲驚慌，兩手從自然下垂的姿勢縮了上來，手指相扣，貼近腹部或胸部（不少論者說「高舉」雙手，是因爲未能準確想像人在驚恐時的姿勢），同時身體前傾，望入火中，要探看究竟。

22-23.　　**既然……把你引導**：參看《地獄篇》第十七章七九—一三六行所描寫的旅程。

33.　　**卻違背心意，在原處呆立**：由於恐懼，但丁雖想服從，卻仍然站著不動。

36.　　**這堵牆**：指厚牆一般的烈火。

37-39.　　**昔日……朱丹**：皮拉摩斯(Πύραμος, Pyramus)和蒂絲貝(Θίσβη, Thisbe)是一對少男、少女，活在古代的巴比倫，彼此相愛，因父母阻撓而不能結合。於是在夜裏隔牆談情，並約定在尼諾斯(Nívos, Ninus)的墳墓前幽會。蒂絲貝先到，見一隻獅子剛噬完一頭牛，滿口鮮血。蒂絲貝一驚之下，逃入洞中，慌忙間丟下一件衣服，被獅子撕爛，並把牛血沾在上面。後至的皮拉摩斯目睹蒂絲貝的破衣，以爲她遭了不測，絕望中拔劍自殺。鮮血濺在雪白的桑葚上，桑葚變成了

紫紅。不久,蒂絲貝從洞裏出來,見情人奄奄一息,口不能
言,不一瞬就氣絕身亡。蒂絲貝失去了情人,悲傷中自殺身
亡。皮拉摩斯和蒂絲貝的故事,見於奧維德的《變形記》第
四卷五五——一六六行。但丁在本章所述,直接與《變形記》
第四卷一四二——四六行呼應:

> vulnera supplevit lacrimis fletumque cruori
> miscuit et gelidis in vultibus oscula figens
> 'Pyrame,' clamavit, 'quis te mihi casus ademit?
> Pyrame, responde! tua te carissima Thisbe
> nominat;exaudi vultusque attolle iacentes!'
> ad nomen Thisbes oculos a morte gravatos
> Pyramus erexit visaque recondidit illa.

> 蒂絲貝的眼淚滴滿了他〔指皮拉摩斯〕的傷口,與鮮血
> 相混。她一邊吻著皮拉摩斯僵冷的嘴唇;
> 一邊喊:「是甚麼不測奪去了我的皮拉摩斯?
> 應我呀!皮拉摩斯!是你深愛的蒂絲貝
> 在喚你呀。聽見嗎?仰起你下垂的頭哇!」
> 皮拉摩斯聽見蒂絲貝的名字,就張開
> 奄奄的怠眸仰望;得睹情人的臉後再合上。

41.　　　**一直湧現的芳名**:指貝緹麗彩的名字。

49-50.　**我一進火裏……高溫**:這兩行極言火焰之熱,「沸騰的玻璃」
　　　　與之相比,也會變得涼快,有減低高溫之效。

58.　　　**"Venite, benedicti Patris mei!"**:這是煉獄最後一位天使
　　　　(即第五十九行的「一朵炯光」)所說的話,出自《馬太福

音》第二十五章第三十四節："Tunc dicet Rex his qui a dextris eius erunt：Venite, benedicti Patris mei, possidete paratum vobis regnum a constitutione mundi."（「於是王要向那右邊的說：『你們這蒙我父賜福的，可來承受那創世以來爲你們所預備的國……』」）根據福音，這是基督在最後審判時對選民（「綿羊」）所說的話。

59-60. **一朵炯光裏……無從凝窺**：說第五十八行的，是最後一位天使；不過這位天使所發的光芒太強，但丁只聽見炯光裏面的聲音，看不到天使的眞面目。

61-63. **「太陽西斜了……向西天逼近」**：這番話既有字面意義，也有象徵意義，叫人想起耶穌在《約翰福音》第十二章第三十五節所說："Ambulate dum lucem habetis, ut non vos tenebrae comprehendant."（「應當趁著有光行走，免得黑暗臨到你們……」）參看 Sapegno, *Purgatorio*, 301。

67-69. **大家就發現／……沒在後邊**：但丁的血肉之軀遮去了陽光，向前面投下影子。他雖在維吉爾和斯塔提烏斯後面，但影子投得遠，兩個亡魂也可以看見。現在影子突然消失，大家才「瞿然驚覺」，太陽已經西沉（「太陽已沒在後邊」）。

74-75. **山規……精神**：煉獄山有規定，黑夜降臨，亡魂就不可以上攀。

90. **這些星星……更璀璨**：但丁與恆星天的距離縮短，此刻的空間更清明，所以星星顯得更大、更璀璨。據 Landino 的說法，這行有象徵意義：精神越是向上，天上的事物就顯得越宏大。參看 Sapegno, *Purgatorio*, 303。

91. **沉思**：指但丁沉思所見的事物和剛發生的事情(Bosco e Reggio, *Purgatorio*, 464-65)。原文的"ruminando"既指「沉思」、「反覆思考」，也指「反芻」，與第七十六行、七十

七行的「反芻」、第七十九行的「咀嚼」呼應。在這裏，如把"ruminando"譯爲「反芻」，詩義會顯得突兀，只好取其轉義。**仰望得目不轉睛**：指但丁聚精會神地仰望天上的星星。

92-93. **而睡眠……隱情**：但丁時期的人相信，夢中所見會成爲事實。第九十七行及其後的描寫，是但丁的第三個夢。由於這個夢發生在黎明將臨的俄頃，預示的力量特強。參看《地獄篇》第二十六章第七行；《煉獄篇》第九章十三—十八行。至於破曉的夢如何靈驗，可參看《煉獄篇》第九章十三—十八行註。

94. **庫忒瑞亞**：指金星。庫忒瑞亞(Κυθέρεια, Cytherea)是愛神阿芙蘿狄蒂(即維納斯)的稱號，源自庫忒拉(Κύθηρα, Cythera)一詞。庫忒拉是希臘的一個島嶼，位於愛奧尼亞海，在拉科尼亞(伯羅奔尼撒半島的一個古國)之南。愛神曾到過這裏，因此以島名爲稱號。有關金星的描寫，參看《煉獄篇》第一章十九—二一行。

101. **利亞**：拉班的大女兒，嫁雅各，因眼睛無神，不爲雅各所寵。於是耶和華使她生育。在基督教傳統裏，利亞象徵動態生活（意大利語 vita attiva）；第一零四行的拉結象徵靜態生活（意大利語 vita contemplativa）。有關這一說法，參看阿奎那的 *Summa theologica*, II-II[ae], q. CLXXIX, a. 2："Istae duae vitae significantur per duas uxores Iacob：activa quidem per Liam, contemplativa vero per Rachelem."（「這兩種生活〔動態生活和靜態生活〕由雅各的兩個妻子代表：利亞代表動態生活；拉結代表靜態生活。」）參看《創世記》第二十九章第十六節及其後各節；第三十章第十七節及其後各節；第四十九章第三十一節。參看 Sapegno, *Purgatorio*, 304；Bosco e

Reggio, *Purgatorio*, 465。

102. **纖手為我造花環**：象徵建立有德行的事功 (Sapegno, *Purgatorio*, 304)。這些事功能給行事功的人榮耀（即一零三行的「飾容」）。

103. **鏡中**：指良心中。利亞行了事功，在良心中加以檢視，覺得事功美麗。也有論者認為，這裏的「鏡」指上帝。參看 Bosco e Reggio, *Purgatorio*, 465。

104. **拉結**：拉班的小女兒，利亞的妹妹，雅各的第二位妻子。樣貌美麗，卻不能生育。在基督教傳統中，拉結象徵靜態生活 (vita contemplativa)。靜態生活主沉思、冥想、默禱。參看 Bosco e Reggio, *Purgatorio*, 466。

105. **整天……攬照**：整天沉思、瞻想。

106. **她喜歡……神朵**：這行有象徵意義。參看 *Convivio*, IV, II, 18："…essa filosofia…se medesima riguarda, quando apparisce la bellezza de li occhi suoi a lei；…l'anima filosofante non solamente contempla essa veritade, ma contempla lo suo contemplare medesimo e la bellezza di quello…"（「當哲學雙眸的美妍向哲學顯現時，哲學就會自我諦視；……從事哲學活動的靈魂不單觀照真理，而且觀照本身的觀照，觀照本身觀照的美妍……」）

109-11. **此刻……分外喜歡**：這三行有象徵意義，暗示但丁快要歸家（到達天堂）。

114. **兩位大師**：指維吉爾和斯塔提烏斯。

115. **那甜蜜的果子**：指伊甸園的至樂。但丁說過："……beatitudinem……huius vite……per terrestrem paradisum figuratur…"（「此生的至福，由伊甸園為象徵……」）參看

Monarchia, III, XVI, 7。

120. **這樣的恩典**：指「上述的話」（第一一八行）。

124-25. **我們飛騰著……最高的一級**：但丁、維吉爾、斯塔提烏斯騰升的速度奇快，就像飛鳥在上翔，一如維吉爾的預言（參看《煉獄篇》第四章九一—九四行；第十二章一二一—二六行）。此刻，詩人但丁雖然沒有明言，最後的一個 P，已經從旅人但丁的額上抹去。

127. **短暫和永恆的烈火**：指煉獄和地獄的烈火。參看阿奎那，*Summa theologica*, Suppl., q. 1, a. 2：“Poena damnatorum est aeterna…sed purgatorius ignis est temporalis.”（「在地獄受罰者，所受之罰永無休止……而煉獄之火只焚燒於一時。」）

128-29. **此刻……個人的智力**：維吉爾承認，到了這一境界，自己的智力再也幫不了但丁。從這一刻開始，維吉爾就要把引導但丁的任務交與貝緹麗彩。換言之，人智與理性要退下，讓天啓之智和信德繼續未竟的任務。

131. **你就以本身的意欲為嚮導**：但丁獲得了自由，已能從心所欲。

132. **窄路**：「窄路」有象徵意義，暗示通向永生之路並不寬闊。參看《馬太福音》第七章第十四節：“Quam angusta porta et arcta via est quae ducit ad vitam, et pauci sunt qui inveniunt eam！”（「引到永生，那門是窄的，路是小的，找著的人也少。」）但丁通過了窄路，已具備到達永生的條件，能夠向天堂飛升。

133. **看哪，太陽……映照**：此刻，太陽照落但丁額上，表示他面向東方。這行也有象徵意義：但丁額上的 P 已全部消失（表示罪惡已經滌盡），開始接受神恩臨照。

134. **看哪……綠樹**：這行預示伊甸園即將出現（參看《天堂篇》

第二十八章）。

135. **靠地面本身……苗長升高**：「這些碧草、鮮花、綠樹」，何以「靠地面本身就可以苗長升高」，參看《煉獄篇》第二十八章一一九—二零零行的解釋。這裏的描寫與《變形記》第一卷一零一—一零二行所描寫的黃金時代呼應："ipsa quoque inmunis rastroque intacta nec ullis / saucia vomeribus per se dabat omnia tellus…"（「自然而然，大地就長出萬物／所需，不必鋤犁去觸動分毫……」）；與基督教傳統吻合：在伊甸樂園裏，人類偷吃禁果前絕無勞苦。

136-37. **眼淚盈眶間……叫我找你**：指貝緹麗彩流著淚，到幽域吩咐維吉爾拯救但丁。參看《地獄篇》第二章一一五—一一七行。
    一雙美目：指貝緹麗彩的眼睛。

138. **你可以……躑躅**：意爲：你可以像拉結那樣靜觀自己的美貌；或像利亞那樣採集花朵以飾容。參看 Pietrobono, *Purgatorio*, 371。

139. **不必……指點**：指但丁此刻不必等維吉爾吩咐，凡事都可以自己作主。

140. **你的意志自由、正直而健康**：但丁的自由意志，此刻是眞正自由，不會受邪思淫行左右。

142. **把冠冕戴在你頭上**：意爲：把君主的權力授予你。也就是說：「從現在開始，你是自己的主人。」原文的 "corono" 和 "mitrio"，拆開來的意思是：（爲人）戴上皇冠；（爲人）戴上主教冠。在這裏指「授予權力」，是兩詞一義；不必拆解爲「皇權」和「教權」。參看 Bosco e Reggio, *Purgatorio*, 468；Sapegno, *Purgatorio*, 307。

第二十八章

但丁進入聖林，來到忘川。瑪泰爾妲出現，告訴但丁，他此刻置身
的地方是伊甸園。然後向他解釋，伊甸園何以有風，聖土怎樣向凡
間播種，忘川和憶澗又有甚麼功能；並且推測，古人在詩歌裏頌讚
的黃金時代，可能就以伊甸園爲藍本。

這時候，我已急於在聖林內外
　　探索。那座聖林，茂密而碧鮮，
　　在我眼前給曉光調配柔彩。　　　　　　3
我迫不及待，匆匆離開了崖邊，
　　十分緩慢地走過眼前的平野，
　　踏過處處散發著芬芳的地面。　　　　　6
一股香風，溫軟而不衰歇，
　　正柔柔向我的前額吹拂，
　　其力度和輕颸並無分別。　　　　　　　9
在風中，樹枝都在搖晃輕舒。
　　在樹枝搖晃的方向，聖山
　　正讓影子開始在地面流佈。　　　　　　12
不過樹枝雖然在柔柔外彎，
　　樹身仍不失其正直，樹頂的小鳥
　　仍能把靈巧的歌技盡情施展。　　　　　15
綠葉叢中，小鳥在婉轉鳴叫，

以充滿欣喜的歌聲迎接黎明；

　　綠葉則發出低音來伴奏輕搖；　　　　18

就像風神把東南風泠泠

　　放出時，基亞西海岸的叢叢松樹

　　讓低吟湧起，彼此在枝葉間呼應。　　21

走著走著，我緩緩前進的雙足

　　已帶我深入古樹林。從那裏回望，

　　剛才入林的來處再也認不出。　　　　24

接著呢，是一條小溪把去路阻擋。

　　在小溪之畔，油油的綠草叫柔漪

　　漂浴，都紛紛擺動著盜向左方。　　　27

凡間最清澈的流水和小溪相比，

　　水質多少都顯得骯髒混濁。

　　流動的小溪長久隱在樹陰裏，　　　　30

終年照不到太陽和月亮，柔波

　　顯得幽暗；但是溪水澄清，

　　容不下任何外物在裏面藏躲。　　　　33

我的腳步停了下來，目光盈盈

　　向前方眺望，望過小溪的另一邊，

　　凝視嫩枝上繁花滿佈的美景。　　　　36

一位美女，突然在那裏出現，

　　像奇跡驀地彰顯，令目擊的人

　　在驚詫的剎那忘掉所有的思念。　　　39

女子在唱歌徘徊，孑然一身

　　在花叢裏採花，所踐的路上

　　是繁花處處，點染得七彩繽紛。　　　42

伊甸園
走著走著，我緩緩前進的雙足／已帶我深入古樹林
。從那裏回望，／剛才入林的來處再也認不出。
（《煉獄篇》，第二十八章，二二—二四行）

「美麗的女士呀，你以愛的光芒
　照暖自己。如果常言不虛：
　人的容貌神情是內心的顯彰，　　　　45
請俯允我的請求，稍微前趨，」
　我說：「走近這條小溪的邊沿，
　讓我聽聽你唱的是甚麼語句。　　　　48
你叫我想起佩瑟芙涅被擄的地點；
　想起她當時的模樣。當時，她母親
　失去了女兒；她本人失去了春天。」　51
像一位跳舞的女子，兩足緊緊
　在地面相靠，再蹁躚轉過身來，
　彼此不分先後地相牽相引，　　　　54
我眼前的美人踐著繽紛的色彩，
　在朱紅、燦黃的小花上轉向我，目光
　下垂，露出貞女端穆的神態，　　　　57
讓我在祈求之後願望得償。
　美人前趨的時候，歌聲柔美，
　歌詞隨歌聲向我耳際飄盪。　　　　60
離她不遠的地方，瑩麗的河水
　漂浴著芳草。她到了那裏，
　就惠然上盼，目光不再低垂。　　　　63
我相信，當維納斯誤遭兒子襲擊
　而中箭時，眼睫明亮地盼閃，
　也不能和眼前的女子相比。　　　　66
女子微笑著，婷婷佇立在對岸，
　編織著繽紛的色彩。這些色彩，

不需種子，就在高地上萌綻。　　　　　69
河流以三步的距離把我們隔開，
　　不讓我通過。我對該河的嫌憎，
　　甚於雷安德洛斯恨赫勒斯蓬的大海。　72
在塞斯托斯和阿布多斯間，該海曾翻騰，
　　淹死了雷安德洛斯；讓澤爾士橫渡後，
　　迄今依然是人類氣焰的韁繩。　　　　75
「此地是人類的家，由人類承受，」
　　那位女子說：「專供他們棲息。
　　你們初到，看見我笑著歌謳，　　　　78
驚詫之間也許會半信半疑。
　　不過，詩篇 Delectasti 會發出光輝，
　　驅散籠罩著你們心中的霧氣。　　　　81
你呀，求過我；現在又跟我相對。
　　有問題，請儘管提出。我到這裏來，
　　已準備爲你盡道諸事的原委。」　　　84
「我剛聽人描述過這裏的梗概，
　　且信以爲眞。」我說：「可是，這小溪，
　　這林音，卻否定我心中所想的狀態。」　87
女子答道：「那麼，我就告訴你，
　　令你驚詫的現象怎樣形成，
　　好把你心中瀰漫的陰霾蕩滌。　　　　90
至善按自己的意志施展大能，
　　造了向善的善人，把這片樂土
　　賜給他，當做他永享安寧的保證。　　93
不久，他因爲犯規而不能立足；

因爲犯規，他純眞的歡娛、
　　愜意的玩耍換來了憂慮和痛苦。　　　　96
在下方，陸地和大海的騷動狂遽，
　　緊隨著熱力向上方洶洶騰湧。
　　爲了防止動盪襲人而上趨，　　　　　　99
下面有屏障阻遏這紛擾的漩洞。
　　在屏障之上，大山向天堂上升，
　　上升的高度凌越了動盪的進攻。　　　　102
好了，空氣都隨天體的最外層
　　繞著圈子旋轉，如非在某一點
　　受阻，這樣的運動會持續到永恆，　　　105
並且激盪這高處的空間。
　　這高處，在清氣裏又完全超脫，
　　結果茂密的叢林乃發出喧闐。　　　　　108
林木受到激盪，氣勢磅礴，
　　雄壯的動力沛然貫注在空氣中，
　　再由旋動的空氣向四方散潑。　　　　　111
另一邊土地，因土質和氣候不同，
　　藉著各種力量，按本身的稟賦
　　而孕育萌發各式各樣的植物叢。　　　　114
明白了這一道理，當某類草木
　　無需有形的種子而扎根生枝，
　　你們在下方就不會感到突兀。　　　　　117
告訴你，此刻你在聖地上栖遲。
　　聖土裏，不同的種子應有盡有，
　　能長出凡界從未採過的果實。　　　　　120

你眼前的水流，不是一般的澗溝，

　　不必靠遇冷即凝的水氣挹注；

　　不像河流，把水勢放放收收。　　123

這些水，從穩定可靠的泉源流出，

　　再向兩邊傾瀉；失去的水量，

　　能按照神的意志獲得添補。　　126

在這邊下瀉的水，力量極強，

　　能夠令人類忘卻從前的罪愆；

　　那邊呢，則叫人把一切善行追想。　　129

這邊的河水叫做忘川；那邊

　　叫做憶澗。忘魂如果不先飲

　　此川，就無從領略彼澗的甘甜。　　132

彼澗之水，是百味當中的最上品。

　　此刻，即使我不再披露天機，

　　也已完全滿足了你求知之心。　　135

不過我樂於為你展釋義理。

　　我的話，在原定的範圍外舒張，

　　相信你也不會把它貶低。　　138

古代的詩人，曾在作品裏歌唱

　　黃金時代，歌唱該時代的幸福。

　　帕那索斯山上，他們或夢過這地方。　　141

在這裏，人類的本根天真而純樸。

　　這裏是終年皆春，是百果所在。

　　這就是瓊漿，獲所有詩人傳述。」　　144

我聽了這番話，馬上轉過身來

　　回顧；見兩位詩人，聽到末句

都微笑著露出欣悅的神態。　　　　　　　147
之後，我再度凝望那位美女。

註　釋：

1-2.　　**這時候……探索**：這時，但丁到了煉獄山的峰頂。峰頂是一
　　　　片平野，上面是個樹林。

2.　　　**那座聖林，茂密而碧鮮**：這座樹林與第一章的黑森林形成強
　　　　烈的對照。參看《地獄篇》第一章二——七行。

3.　　　**在我眼前……柔彩**：這行所描寫的時間是早晨，在這裏象徵
　　　　希望。

7.　　　**溫軟而不衰歇**：指「香風」柔柔吹拂，不強不弱，永遠不會
　　　　停止，也不受大氣干擾。參看 Mazzini, 367。

11.　　　**在樹枝搖晃的方向**：指西邊。**聖山**：指煉獄山。

19.　　　**風神**：意大利文"Eolo"，希臘文Aἴoλoς，拉丁文 Aeolus，音
　　　　譯「埃奧羅斯」，宙斯之子（一說希波塔斯之子），司風。
　　　　風神把各種風關在山洞中，然後釋放出來。**東南風**：原文（第
　　　　二十一行）"Scirocco"，從非洲北岸吹過意大利。

20.　　　**基亞西**：原文 Chiassi，今日的克拉塞(Classe)，在意大利，
　　　　古羅馬時期是拉溫納的一個海港。在基亞西一帶的亞得里亞
　　　　海沿岸，松樹綿延不絕，長達數英里。

22-23.　**走著走著……古樹林**：不知不覺間，但丁已深入古樹林。參
　　　　看 Pietrobono, *Purgatorio*, 374。

25.　　　**一條小溪**：指忘川。參看本章第一三零行註。

28-33.　**凡間……藏躲**：但丁在這裏不假雕飾，直接用白描手法寫小

溪，文字剔透晶瑩。

37. **一位美女**：美女的身分，但丁沒有交代。到了《煉獄篇》第三十三章第一一九行，讀者才知道這位美女叫瑪泰爾妲(Matelda)。瑪泰爾妲究竟是誰，迄今仍無定論。根據 Bosco et Reggio(*Purgatorio*, 477-78)的說法，古代的論者認爲她是瑪蒂爾德・迪卡諾薩(Matilde di Canossa)；現代的一些論者，則認爲她是《新生》(*Vita Nuova*)裏面的一個人物……。可謂眾說紛紜，誰也不能說服誰。至於這位女子的象徵意義，論者也莫衷一是；大概代表人類犯罪前的天眞至樂吧？瑪泰爾妲在《煉獄篇》的職責，是爲升天前的亡魂淨化，並引導但丁升天。

41. **在花叢裏採花**：女子採花的活動，與利亞的活動相呼應。參看《煉獄篇》第二十七章九七—九八行。

43. **愛的光芒**：這裏的「愛」指精神之愛、慈愛之愛(Bosco e Reggio，*Purgatorio*, 478)。

49. **佩瑟芙涅**：Περσεφόνη(Persephone, Proserpina, Proserpine)，宙斯和得梅忒爾(Δημήτηρ, Demeter)的女兒，在西西里的恩那(῎Εννα, Enna)平原採花時，遭冥王哈得斯(῎Αιδης, Hades)擄去陰間當冥后。得梅忒爾即羅馬神話中的農神兼穀物女神克瑞斯(Ceres)。哈得斯又叫普路托(Pluto)、普路同(Πλούτων, Pluton)、狄斯(Dis)。參看《希臘羅馬神話辭典》頁三零五「珀爾塞福涅」條。

51. **她本人失去了春天**：原文中的"primavera"通常指春天，也可指「開花季節」(fioritura)。佩瑟芙涅被擄時，懷裏的花掉到地上，象徵她失去花季，因此說「失去了春天」。參看 Bosco e Reggio, *Purgatorio*, 479。有關佩瑟芙涅被擄的故事，參看

《變形記》第五卷三八五—四零八行。

64-65. **當維納斯……中箭時**：丘比特（拉丁文 Cupido，英文 Cupid）親吻其母維納斯時，所佩之箭誤傷了維納斯胸部，令維納斯狂戀阿多尼斯("Αδωνις, Adonis)。「丘比特」，一譯「庫比德」（見《希臘羅馬神話辭典》頁二二零），希臘神話叫厄洛斯("Eρως)。有關丘比特誤傷維納斯的故事，參看《變形記》第五卷五二五—三二行。

68. **編織……色彩**：以繽紛的花朵（「色彩」）編織花環。

68-69. **這些色彩，／……萌綻**：參看《煉獄篇》第二十七章一三四—三五行；《創世記》第一章第二十九節。與這兩行呼應的，還有《變形記》第一卷一零七—一零八行有關黃金時代的描寫："ver erat aeternum, placidique tepentibus auris ∕ mulcebant zephyri natos sine semine flores…"（「那時候，終年皆春，和風暖暖∕輕拂著不種而生的百花。」）

72-75. **雷安德洛斯……韁繩**：雷安德洛斯（希臘文 Λείανδρος 或 Λέανδρος，拉丁文和英文 Leander，一譯「利安得」），小亞細亞阿布多斯（"Αβυδος, Abydos 或 Abydus）城的一個青年，與阿芙蘿狄蒂的女祭司赫蘿('Hρώ, Hero)相愛。赫蘿住在赫勒斯蓬海（'Eλλήσποντος，拉丁文 Hellespontus，英文 Hellespont）另一邊的塞斯托斯（Σηστός，拉丁文和英文 Sestus 或 Sestos）。每天夜裏，雷安德洛斯憑赫蘿所點的燈引導，游過大海與赫蘿幽會。可是，在一個暴風雨之夜，大風吹滅了引導之燈，結果雷安德洛斯迷失了方向，在海中遇溺。第二天，赫蘿發現了情人的屍體，悲傷不已而自盡。故事見奧維德《列女志》(*Heroides*)第十九卷一三九—四六行。**澤爾士**：指澤爾士一世（Xerxes I，約公元前五一九—公

元前四六五，又譯「薛西斯一世」），古波斯帝國國王，大流士一世（Darius I 或 Dareios I）之子。公元前四八零年以戰船爲橋，橫渡赫勒斯蓬海，發動希波戰爭。戰爭初期獲勝，其後在薩拉米(Σαλαμίς, Salamis)海戰中大敗，倉皇竄逃時要乘小漁船經過赫勒斯蓬，震慄驚慌，不復昔日的勇武。參看《世界歷史詞典》頁四三九；Singleton, *Purgatorio 2*, 674-75。**迄今……人類氣焰的韁繩**：澤爾士一世過於囂張，才會遠征希臘。澤爾士一世慘敗後，赫勒斯蓬海足以成爲韁繩，約束後來者的氣焰。

80.　　**詩篇 Delectasti**：指《詩篇》第九十二篇第四—五節（《拉丁通行本聖經》第九十一篇第五—六節）：

> Quia delectasti me, Domine, in factura tua；
> Et in operibus manuum tuarum exsultabo.
> Quam magnificata sunt opera tua, Domine.
> 因你——耶和華藉著你的作爲叫我高興，
> 我要因你手的工作歡呼。
> 耶和華啊，你的工作何其大！

85-87.　**「我剛聽人……狀態」**：在《煉獄篇》第二十一章四三—七二行，斯塔提烏斯向但丁解釋說，煉獄山本身，「不會受制於任何變易」，也就是說，不受氣象影響；唯一的例外，是亡魂滌罪完畢，煉獄山就會震動。但丁此刻見伊甸園既有風，又有水，因此大惑不解，覺得所見「否定我心中所想的狀態」。

91.　　**至善**：指上帝。

92.　**向善的善人**：由上帝初造時，人是十全十美的，而且有趨善的稟賦。

93.　**當做他永享安寧的保證**：伊甸園只是上帝給人類的信物；人類在裏面逗留一段時間後，就會到天堂安享永寧。

94.　**犯規**：指人類的始祖亞當和夏娃偷吃禁果，犯了上帝所立的規則。

95-96.　**純真的歡娛、／愜意的玩耍**：瑪泰爾姐的歡娛、玩耍就屬這類。

97.　**在下方**：指煉獄山下方。

97-98.　**陸地……騰湧**：陸地和大海的濕蒸氣會變成雨（參看《煉獄篇》第五章一一零──一一行）；乾蒸氣會變成風，不能吹上煉獄梯階最上的一級，也就是說，升不到煉獄山本身（參看《煉獄篇》第二十一章五二──五四行）。

103-105.　**好了……持續到永恆**：原動天旋轉，把運動傳給其他諸天，一直傳到地球的大氣層。由於運動自東向西，結果地球之上的空氣也自東向西旋動。

106.　**這高處**：指煉獄山之顛。

107.　**這高處……超脫**：煉獄山巍峨高峻，峰頂位於清純而不受大地變化影響的空氣（「清氣」）中，因此不受任何干擾，「完全超脫」。未經瑪泰爾姐解釋，斯塔提烏斯本人也不明白這道理。參看《煉獄篇》第二十一章五六──五七行。

109-11.　**林木……散潑**：林木受空氣激盪，把生發力量（「雄壯的動力」）貫注在空氣中。這一生化力量，是有形或無形的種子，由旋動的空氣播向四方（包括大地）。

112.　**另一邊土地**：指北半球，即人類所居的半球。

113.　**藉著各種力量**：指空氣所散潑的各種生化力量（即各類種

子）。**本身的稟賦**：指北半球各地的特性。

115-17. **明白了……突兀**：意爲：你們明白了這一道理，看見北半球彷彿不需種子而長出各種植物，就不會感到奇怪了。托馬斯・阿奎那相信，世界所有的植物都由伊甸園衍生。這一說法，爲但丁所採納。參看 *Summa theologica*, I, q. LXIX, a. 2。

119-20. **聖土裏……果實**：參看《創世記》第二章第九節："Produxitque Dominus Deus de humo omne lignum pulchrum visu et ad vescendum suave, lignum etiam vitae in medio paradisi, lignumque scientiae boni et mali."（「耶和華　神使各樣的樹從地裏長出來，可以悅人的眼目，其上的果子好作食物。園子當中又有生命樹和分別善惡的樹。」）

121-26. **你眼前的水流……獲得添補**：這幾行解答了但丁的另一疑問：煉獄山之顛何以有河流？

127. **這邊**：在瑪泰爾姐和但丁的一邊。

130. **忘川**：又叫「勒忒河」（希臘文 Λήθη，英文 Lethe），原意爲「遺忘」。忘川是冥河之一，亡魂喝了裏面的水，就會忘記前生的罪愆。古希臘和古羅馬的文學中，忘川位於陰間（參看《埃涅阿斯紀》第六卷七一三——一五行；第六卷七四九行）。出於藝術的需要，但丁把這條河置於煉獄山之顛。維吉爾在《地獄篇》第十四章一三六——三八行，圭多・圭尼澤利在《煉獄篇》第二十六章第一零八行，都分別提到忘川。

131. **憶潤**：原文"Eunoè"，是但丁所創之詞，出自希臘文εὔνους（「心善」之意）。而εὔνους又是εὔνοος的阿蒂卡（Attic，即雅典）縮音寫法。但丁在 *Convivio*，II, III, 11 提到"Protonoè"（元神）一詞；在這裏以希臘文的 eu（好；佳；優）+ noè（神）自鑄"Eunoè"。參看 Singleton，*Purgatorio 2*,

686-87。

131-32. **亡魂如果……甘甜**：亡魂要先飲忘川之水，才能領略憶潤的
甘甜。對於這一行，論者有兩種詮釋：一派認爲：原文一二
一行的 "L'acqua" 是一三一——三二行 "si chiama；e non
adopra, / se quinci e quindi pria non è gustato" 的主詞。亡魂必
須同喝兩泉之水，才能領略其甘甜。另一派認爲：亡魂必須
先喝忘川之水，才能領略憶潤的甘甜。Singleton(*Purgatorio*
2, 687) 採取前說；Bosco e Reggio(*Purgatorio*, 484) 採取後
說。就詩義、邏輯、上下文理，以至作品的藝術效果而言，
後說優於前說。因此譯者在這裏採取了後說。

134-35. **此刻……求知之心**：瑪泰爾妲的意思是：即使我不再說下
去，我已經完全解答了你的疑難。

136-38. **不過……貶低**：意爲：我決定「在原定的範圍外」提出進一
步的解釋，相信你也不會輕視我所說的話。有關「原定的範
圍」，參看本章八八——九零行。

139-40. **古代的詩人……幸福**：在但丁之前，不少詩人吟詠過人類的
黃金時代。在這裏，但丁主要指奧維德《變形記》第一卷八
九——一一二行的描寫。

141. **帕那索斯山**：阿波羅和九繆斯的聖山，象徵詩歌的靈感。參
看《煉獄篇》第二十二章六四——六五行註。**他們或夢過這地
方**：基督降生前，詩人不知有伊甸園，但在創作中已經憧憬
類似的樂土，給當時的人某種預示。

142. **人類的本根**：指人類的始祖亞當和夏娃。**天眞而純樸**：亞當
和夏娃未犯原罪前，天眞而純樸。參看奧維德《變形記》第
一卷八九——九零行："Aurea prima sata est aetas, quae vindice
nullo, / sponte sua, sine lege fidem rectumque colebat."（「第

一時代是黃金時代。不需強制，／不需法律，大家就自然奉
公守誡。」）

143. **這裏是終年皆春，是百果所在**：但丁的描寫，上承維吉爾《農
事詩》(*Georgica*)第二卷第一四九行："hic ver adsiduum atque
alienis mensibus aestas..."（「這裏四季如春，眾月皆
夏……」）；奧維德的《變形記》第一卷第一零七、一零九
行："ver erat aeternum... /mox etiam fruges tellus inarata
ferebat..."（「那時候，終年皆春……土地不需耕作，就直
接長出莊稼……」）。

144. **這就是瓊漿……傳述**：參看《變形記》第一卷第一一一行：
"flumina iam lactis, iam flumina nectaris ibant..."（「牛奶之
河、瓊漿之河在流溢……」）

146. **兩位詩人**：指維吉爾和斯塔提烏斯。**聽到末句**：指維吉爾和
斯塔提烏斯聽了有關黃金時代的進一步闡發（也就是瑪泰爾
妲對伊甸園的描寫）。

147. **露出欣悅的神態**：指維吉爾和斯塔提烏斯都露出「莫逆於心」
的欣悅，同意瑪泰爾妲的說法。

第二十九章

瑪泰爾妲説完了話，就逆水流的方向沿溪畔前趨；但丁則在另一邊
跟隨。走了沒多久，歌聲飄盪間，一列凱旋隊伍出現：七枝大燭台
在前，後面依次跟著二十四位穿白衣的長老、四頭六翅生物、一隻
拉著一輛雙輪凱旋車的鷹獅。凱旋車右邊是三位女子，分別穿紅衣、
綠衣、白衣；左邊是四位穿紫衣的姑娘。凱旋車後面，有七個人物
在跟隨。車子駛到但丁對面時，隆然一聲霹靂，凱旋隊伍停了下來。

那位美女說完了上述的話，

　　就像熱戀的情人唱著歌，繼續說：

　　"Beati quorum tecta sunt peccata！"　　　3

然後，像仙女獨自婀婀娜娜

　　漫步過林蔭，或迎向太陽的溫煦，

　　或避開太陽，在樹叢裏閃躲，　　　6

美女逆水流的方向沿溪畔前趨。

　　我則在另一邊，以相同的速度

　　緩緩前進，伴隨她姍姍的步履。　　　9

我和她隔水前進，不足一百步，

　　溪的兩岸就平行地彎向一邊，

　　結果前進時，我再度向東方舉足。　　　12

走著走著，走了沒多長的時間，

　　女子一旋踵，全然回過身來，

對我說：「兄弟呀，請側耳睜眼。」　　15
接著呀，是爟然一道奪目的光彩
　　射過大森林，照亮了每個角落，
　　使我以爲是電閃而驚疑滿懷。　　18
不過由於電閃是陡起陡没，
　　而光彩卻炯炯然越來越亮，
　　我不禁自忖：「是甚麼呢，這昭焯？」　21
接著，悅耳的旋律開始飄揚，
　　盪過發光的空氣。我見狀，正義
　　陡生，於是怪夏娃大膽逞強。　　24
連天堂和塵世都服從天機，
　　區區一個小女子，且剛剛成形，
　　竟不甘在任何薄紗下安分守禮。　　27
在薄紗下，如果她一直虔敬，
　　這不可名狀的欣悅我早已嚐到，
　　而且嚐得比現在更長久更充盈。　　30
永樂的第一批鮮果十分繁茂。
　　我在果子間前行，一邊屏息，
　　一邊渴望在更多歡樂中饜飽，　　33
突然間，在翠綠的枝幹下，空氣
　　在我們面前火焰般發出光輝，
　　而妙音也變成歌聲在飄盪湧溢。　　36
至聖的衆貞女呀，爲了你們，饑餒、
　　寒冷、齋戒，我已經一一親嚐。
　　此刻，容我向你們乞取厚饋：　　39
赫利孔聖泉務必爲我湧漲，

446

烏拉尼亞也要派歌手相助，

　　讓我把難描的事物識諸詩行。　　42

稍微前行，只見七棵金樹

　　虛幻地出現——那是因爲該景

　　與我們之間，還有一段長路。　　45

共感客體，自遠處雖無從看清，

　　卻沒有因此而失去任何特徵。

　　當我靠近它，察看眞實的情形，　　48

爲我們思考時提供資料的官能，

　　就認出一個枝形大燭台的形狀，

　　也聽到「和散那」的頌讚歌聲。　　51

在上面，華麗的燭台吐燄揚光。

　　在望月的夜半，皓月在青天

　　照耀，也遠遜於燭台此刻的輝煌。　　54

我滿懷驚愕地轉身，向後面

　　回望賢師；賢師也對我凝眸；

　　唯一的答覆是同樣詫異的容顏。　　57

於是，我再向高華的景物回首，

　　見燭火移向我們，緩慢而安舒，

　　和新娘並行也會落在後頭。　　60

這時，女士怫然說：「怎麼只顧

　　把視線投落那充滿生氣的光輝，

　　不看光輝後面的人物前徂？」　　63

於是我前望，看見一群人，跟隨

　　領袖似的跟隨著燭光，身上

　　白衣皓皓，非塵俗可以得窺。　　66

溪水在我的左邊反映著光芒；

　　我向下俯望，溪面就像明鏡

　　把我左邊的身軀反映於左方。　　　　　69

然後，我在河畔的某一處暫停。

　　在該處，只有河面把我們隔離。

　　我停了步，以便看得更分明。　　　　　72

只見火焰在前進，沒有稍息；

　　火焰過處，空中留下了彩痕。

　　這時候，眾焰恍若飄揚的旌旗，　　　　75

使七色在河岸上空粲然紛陳，

　　彷彿是七條帶子。太陽造弓弩，

　　黛麗亞織腰帶，也用相同的成分。　　　78

這些旗幟向後方延伸，直伸出

　　視域之外。就個人的判斷而言，

　　旗幟的兩邊，相距有十步之數。　　　　81

在美如我所描述的天穹下面，

　　二十四位長老，每兩位組成一排，

　　戴著百合花的冠冕在緩步向前，　　　　84

一起歌唱著：「你呀，為神所愛，

　　是亞當的好女兒。願你的麗容

　　永遠獲得保佑。善哉，善哉。」　　　　87

不久，那些獲上帝甄選的徒眾

　　離開，留下對岸的繁花翠卉

　　依然對著我，獨自舒展鬱蔥。　　　　　90

接著，如天光去後有天光追隨，

　　四頭生物在後面迅疾趕上，

啓示式巡遊隊伍

二十四位長老，每兩位組成一排，／戴著百合花的
冠冕在緩步向前……

（《煉獄篇》，第二十九章，八三—八四行）

頭頂都有翠綠的葉冠披垂。　　　　　　93

四頭生物，都有六隻翅膀，

　　翅羽上滿是眼睛；阿爾戈斯的衆目

　　如果不死，會與它們相仿。　　　　96

要寫它們的形狀，也沒有篇幅

　　可用了，讀者呀──別的景物正催我

　　命筆；眼睛呢，我不能詳加敍述。　99

不過，請看以西結如何描說

　　自己所見：這些生物從寒地

　　馳來，挾著旋風雲氣和烈火。　　　102

在他的章節裏，你看到的威儀

　　一如我所見──只是就翅膀而言，

　　約翰和以西結有別而和我相契。　　105

在上述的四頭生物之間，

　　一輛雙輪凱旋車向前馳去，

　　車子由一隻鷹獅用脖子拉牽。　　　108

鷹獅讓左右兩翼高高地上舉，

　　三帶之內掖著中帶的兩旁；

　　這樣，就沒有翼切光帶的顧慮。　　111

鷹翼上舉間，巍峨得無從仰望。

　　像鳥的部分，黃金爲頸翼頭顱；

　　其餘部分，是雪白和朱紅互彰。　　114

羅馬賀阿非利加（甚至賀奧古斯都），

　　所用的車子也沒有這麼華麗；

　　即使太陽的戰車，也會相形見絀。　117

（太陽的戰車出軌，曾遭焚於往昔。

當時，大地虔誠地祈禱鳴冤，
　　宙斯乃在淵默中主持正義。）　　　　120
在右輪旁邊，三位女子繞著圈
　　跳舞前進。一位渾身赤紅，
　　在火中會難以覺察而叫人迷眩。　　123
另一位全身艷綠，頭頂至腳踵
　　恍如綠寶石造成的肉體和筋骨。
　　第三位則如初雪飄降自天空。　　　126
白姑娘和紅姑娘，似乎輪流以舞步
　　帶頭蹁躚；而紅姑娘的歌聲，
　　則調節其餘兩位的旋舞速度。　　　129
車子的左邊，有四位姑娘在歡騰。
　　她們都穿紫衣。其中一位
　　頭有三目，以步伐引領著友朋。　　132
整列隊伍之後，還有人跟隨：
　　我看見兩位老者，衣飾互殊，
　　舉止卻同樣嚴肅，同樣尊貴。　　　135
其中一位的樣貌姿態，表現出
　　希波克拉底一族的特徵——大自然
　　為至愛之靈造就這顯赫的大夫。　　138
另一位關心的，則恰恰相反：
　　手握寶劍，劍刃明亮而鋒利，
　　隔著小溪，也叫我恐懼不安。　　　141
接著，是樣貌謙卑的四個人一起。
　　而在隊伍的最後面，是一個老者，
　　臉容矍鑠，打著盹獨自前移。　　　144

愛德、望德、信德
一位渾身赤紅，／在火中會難以覺察而叫人迷眩。
／另一位全身艷綠，頭頂至腳踵／恍如綠寶石造成
的肉體和筋骨。／第三位則如初雪飄降自天空。
（《煉獄篇》，第二十九章，一二二—二六行）

這七個人，衣服的樣子、顏色

　　和第一批相同；只是，他們

　　並沒有百合花冠覆繞著頭額——　　　147

他們的花冠以玫瑰和紅花編紐。

　　從稍遠的距離觀看，你會斷言，

　　他們的眼眉之上在熊熊燒焚。　　　150

當車子駛到我對面，突然間

　　隆然一聲霹靂，尊貴的隊伍

　　彷彿聽到了禁令，不敢再向前，　　153

當場跟著領先的旌旗駐足。

註　釋：

2.　　**就像熱戀的情人唱著歌**：Bosco e Reggio(*Purgatorio*, 492)指
　　　出，這行叫人想起卡瓦爾坎提(Cavalcanti)詩作 "In un
　　　boschetto"（《在一個小林中》）的第七行："cantava come
　　　fosse 'namorata."（「她唱著歌，彷彿在熱戀中。」）

3.　　**"Beati, quorum tecta sunt peccata"**：出自《詩篇》第三十二
　　　篇（《拉丁通行本聖經》第三十一篇）第一節："Beati quorum
　　　remissae sunt iniquitates, et quorum tecta sunt peccata."（「得
　　　赦免其過、遮蓋其罪的，／這人是有福的！」）。Buti 指出，
　　　由於但丁即將越過洗罪之河，引文特別切當。參看 Sapegno,
　　　Purgatorio, 322。

7.　　**逆水流的方向**：Singleton(*Purgatorio* 2, 694)指出，忘川此刻
　　　流向北邊；「逆水流的方向」就是朝南。

11. **彎向一邊**：右轉九十度，開始向東（參看第十二行的「向東方舉足」）。

12. **向東方**：基督徒祈禱時都向東方。東方代表希望，代表聖恩之所自來。參看 Singleton, *Purgatorio 2*, 694-95。

19-20. **不過……越來越亮**：電閃是一閃即沒；但丁眼前所見，卻沒有一閃即沒，而是越來越亮。

23. **正義**：參看《煉獄篇》第八章第八十二行的「義憤」（即原文第八十三行的 "dritto zelo"）；《天堂篇》第二十二章第八行的「義誠」（原文第九行的 "buon zelo"）。

24. **怪夏娃大膽逞強**：怪夏娃膽大妄爲，偷吃禁果。在阿奎那的心目中，夏娃是禍首，所犯的罪比亞當所犯的大。參看 *Summa theologica*, II-II, q. 163, a. e, resp.。

25. **連天堂……天機**：意爲：連天堂的天使和地上的萬物（「塵世」）都服從上帝的意旨。

26. **且剛剛成形**：指夏娃剛由上帝創造。

27. **薄紗**：指上帝給夏娃的規限。這規限把她與善惡隔離。稱爲「薄」，是因爲按照常理，要遵守這規限並不難。所謂「薄紗」，有的論者認爲是「無知之紗」（"il velo dell'ignoranza"）；有的論者認爲是「對律法謙從之紗」（"di umile obbedienza alla legge"）。參看 Bosco e Reggio, *Purgatorio*, 494；Sapegno *Purgatorio*, 323；Singleton, *Purgatorio 2*, 697。

37. **至聖的眾貞女**：指九繆斯。在《地獄篇》第二章第七行、第三十二章十一—十二行、《煉獄篇》第一章七—十二行，但丁已向九繆斯祈求過；現在再度向她們祈求。Anonimo fiorentino(Tomo 2, 469)指出，這裏的祈求有「比喻意義」（"senso tropologica"），強調一切事功都需神的幫助。

40. **赫利孔聖泉**：赫利孔('Ηλικών, Helicon)是希臘玻奧提亞 (Βοιωτία, Boeotia)的一座山，海拔一千七百四十八公尺，是阿波羅和九繆斯的聖山。山上有兩道泉水，叫阿噶尼佩 ('Αγανίππη, Aganippe) 和希波克瑞涅 ('Ιππουκρήνη, Hippocrene)，都是九繆斯的聖泉。後者由雙翼飛馬帕伽索斯 (Πήγασος, Pegasus)之蹄蹴踏而成。有的論者指出，但丁誤認赫利孔爲聖泉，所以在原文用「湧漲」一詞。其實，但丁並沒有出錯，因爲說"Or convien che Elicona per me versi"，不等於肯定赫利孔山("Elicona")是泉水。赫利孔山既然有聖泉，但丁自然可以叫該山傾瀉（聖泉）。這裏的祈呼上承維吉爾《埃涅阿斯紀》第七卷六四一──四二行："Pandite nunc Helicona, deae, cantusque movete, / qui bello exciti reges…" （「諸位女神哪，請打開赫利孔山，並鼓動詩興！／是哪些君王因激勵而奮然出戰？……」）參看 Bosco e Reggio, *Purgatorio*, 495；Sapegno, *Purgatorio*, 324；Singleton, *Purgatorio 2*, 702。

41. **烏拉尼亞**：希臘文Ούρανία或Ούρανίη(Urania)，九繆斯之一，司天文。其名源出希臘文ούρανός（天）。《煉獄篇》開始時（第一章第九行），但丁祈呼的對象是卡莉奧佩（希臘文Καλλιόπη，拉丁文 Calliope 或 Calliopea），即司史詩的繆斯。此刻，但丁即將吟詠天堂的事物，所以向烏拉尼亞祈呼。參看《煉獄篇》第一章七──十一行註。

46. **共感客體**：原文"obietto comun"，即亞里士多德和經院哲學家所謂的"sensibile commune"，指多種感官都可以感覺到的客體或對象，如形狀、大小、多少、運動、靜止，相對於「專感客體」（如顏色、聲音、味道）而言。「專感客體」不會

叫感官出錯。譬如耳朵，聽到聲音，雖然未必會知道聲音來
自哪裏，卻一定辨得出，入耳的是聲音。「共感客體」則不
然。譬如運動，視覺和觸覺都可以辨別，可是判斷時可能出
錯。對於這一問題，亞里士多德、阿奎那、但丁都有詳細討
論，但丁學者也有解釋。參看 Sapegno, *Purgatorio*, 325；Bosco
e Reggio, *Purgatorio*, 496；Pietrobono, *Purgatorio*, 392；
Singleton, *Purgatorio 2*, 703-704。

49.　**為我們……官能**：指知覺能力。

50.　**一個枝形大燭台**：這個燭台分為七枝（即第四十三行的「七
　　　棵金樹」），有象徵意義，使人想起《啓示錄》第一章第十
　　　二—十三節："Et conversus vidi septem candelabra aurea, et in
　　　medio septem candelabrorum aureorum similem filio hominis."
　　　（「旣轉過來，就看見七個金燈臺。燈臺中間有一位好像人
　　　子……」）燭台出現，象徵基督降臨世界。在《啓示錄》中，
　　　七個金燈臺象徵亞洲的七個教會（參看《啓示錄》第一章第
　　　二十節）；象徵「神的七靈」（參看《啓示錄》第四章第五
　　　節："et septem lampades ardentes ante thronum, qui sunt
　　　septem spiritus Dei."（「又有七盞火燈在寶座前點著；這七
　　　燈就是　神的七靈。」））；象徵聖靈的七種恩賜（參看《以
　　　賽亞書》第十一章第二節）。但丁的描寫既以《啓示錄》為
　　　藍本，這裏的象徵也應該相同。參看 Bosco e Reggio
　　　(*Purgatorio*, 497)和 Singleton(*Purgatorio 2*, 705-706)的論
　　　述。

51.　**和散那**：《基督教詞典》（頁一九八）指出，「和散那」，
　　　又譯「賀三納」，是讚美上帝的用語，阿拉米文的音譯，「求
　　　你拯救」的意思。「耶穌進耶路撒冷時」，眾人曾一起呼喊

「和散那」。《馬太福音》第二十一章第九節有這樣的記載：
"Hosanna filius David；benedictus qui venit in nomine Domini；hosanna in altissimis." (「和散那歸於大衛的子孫！／奉主名來的是應當稱頌的！／高高在上和散那！」)。

61. **女士**：指瑪泰爾姐。到了這裏，但丁仍不向讀者交代女子的名字，以增加故事的懸疑氣氛。

67. **溪水在我的左邊**：此刻，但丁在沿河向東前進。

71. **只有河面把我們隔離**：只有河面把但丁、維吉爾等人和前進的隊伍隔開。

77. **七條帶子**：七條帶子，象徵七種真福(le sette Beatitudini)。參看 Bosco e Reggio, *Purgatorio*, 499。**太陽造弓弩**：指太陽造彩虹。在這裏，但丁以弓弩喻彩虹。

78. **黛麗亞**：原文"Delia"，指月神。月神生於得洛斯(Δῆλος, Delos)島，黛麗亞為其代號。**織腰帶**：指造月暈。**也用相同的成分**：也用彩虹的七種顏色。

81. **十步之數**：象徵十誡。遵守十誡，人類就可享聖恩。參看 Chiappelli, 316。

82. **天穹**：指色如彩虹的旗幟。

83-84. **二十四位長老……戴著百合花的冠冕**：參看《啓示錄》第四章第四節："Et in circuitu sedis sedilia vigintiquattuor, et super thronos vigintiquattuor seniores sedentes circumamicti vestimentis albis, et in capitibus eorum coronae aureae." (「寶座的周圍又有二十四個座位；其上坐著二十四位長老，身穿白衣，頭上戴著金冠冕。」)這裏的二十四位長老相等於《啓示錄》的二十四位長老，象徵《聖經・舊約》二十四篇（根據哲羅姆的劃分）。「百合」色白，象徵純潔。

85-87.　**「你呀……善哉」**：天使加百列向瑪利亞報喜時，說了類似的話。參看《路加福音》第一章第二十八節："Et ingressus angelus ad eam dixit：Ave，gratia plena, Dominus tecum, benedicta tu in mulieribus."（「天使進去，對她說：『蒙大恩的女子，我問你安，主和你同在了！』」）

91.　**如天光去後有天光追隨**：如一個星座去後，另一個星座出現。這行象徵《舊約》二十四篇在基督降臨前給人啓示；去後有福音書相繼，帶來更大的光明。參看 Bosco e Reggio, *Purgatorio*, 500；Singleton, *Purgatorio 2*, 714。

92.　**四頭生物**：象徵四部福音（又稱「福音書」），即《新約聖經》第一—四卷：《馬太福音》、《馬可福音》、《路加福音》、《約翰福音》。四部福音，記述耶穌的生平事跡。

93.　**翠綠的葉冠**：在《神曲》裏，綠色是希望的顏色。在這裏，綠葉象徵希望，象徵人類會得救，也可以象徵福音書萬古長青。

94-96.　**四頭生物……相仿**：但丁的描寫源自《以西結書》第一章第四—十四節；第十章第一—二二節；《啓示錄》第四章第六—八節（參看本章第一零零行、第一零五行）。「六隻翅膀」象徵福音書四處宏揚，導人向上；「滿是眼睛」，象徵福音書能知過去未來，其視力、先見無處不在。在基督教傳統中，馬太是天使，馬可是獅子，路加是牛，約翰是鷹。

95.　**阿爾戈斯**：希臘文 Ἄργος（Argos 或 Argus），是個百眼巨怪。宙斯對伊那科斯(Ἴναχος, Inachus)的女兒伊娥(Ἰώ, Io)產生愛慾；為了隱瞞妻子赫拉，把伊娥變成一頭小牛。赫拉出於妒忌，派阿爾戈斯看守伊娥。阿爾戈斯對主人盡忠職守，卻遭宙斯派赫爾梅斯殺死。阿爾戈斯死後，眾多的眼睛

被赫拉鑲在孔雀尾的羽毛上。

100-02. **不過……烈火**：參看《以西結書》第一章第四節。

103-04. **在他的章節裏……一如我所見**：但丁的描寫和以西結的描寫
相同；相異之處在於翅膀。

105. **約翰……相契**：約翰所描寫的活物有六隻翅膀（見《啓示錄》
第四章第六—八節）；以西結所描寫的只有四隻（見《以西
結書》第一章第四—十四節）。約翰的描寫與但丁的描寫相
同（「相契」），都有六隻翅膀。

107. **一輛雙輪凱旋車**：這一描寫象徵教會。雙輪的象徵意義有不
同的說法：基督的神性和人性；《舊約》和《新約》；動態
生活(vita attiva)和靜態生活(vita contemplativa)。不過有的論
者(如 Chiappelli, 317)指出，基督的神性和人性已由鷹獅象徵
（第一零八行），再動用雙輪就會犯重複之忌。

108. **鷹獅**：原文 grifon，grifone 的縮音拼法。鷹獅是鷹頭、鷹翼、
獅身的動物，象徵基督。**用脖子拉牽**：教會由基督拉牽的意
象，出自《雅歌》第一章第四節（《拉丁通行本聖經》第一
章第三節）新娘對新郎所說的話："Trahe me, post te
curremus."（「願你吸引我，我們就快跑跟隨你。」）在基
督教傳統中，教會是基督的新娘。拉丁文的"Trahe"是祈使
式（不定式 trahere），也可解作「拉」或「牽」。

109-11. **鷹獅……顧慮**：鷹獅的左翼插在最左三帶和中間一帶之間；
右翼插在最右三帶和中間一帶之間。有的論者(Singleton,
Purgatorio 2, 718)認爲，「三」字象徵三位一體；有的論者
(Sapegno, *Purgatorio*, 329)認爲，「没有翼切光帶的顧慮」一
語，象徵耶穌教義和聖靈智慧融和一致，彼此没有矛盾。

112. **鷹翼……無從仰望**：象徵鷹翼直通上帝的聖智。聖智的高

度，人智無從企及。

113-14. **像鳥的部分……互彰**：鷹的部分（像鳥的部分）象徵基督的神性；獅的部分（其餘部分）象徵基督的人性。金色象徵基督的神性不朽；白色象徵基督的人性純潔；朱紅象徵基督爲拯救人類而受難流血。

115. **阿非利加**：指大斯克皮奧（Publius Cornelius Scipio Africanus，一譯「大西庇阿」，公元前二三六—公元前一八四），古羅馬軍隊的統帥，率軍與迦太基鏖戰；公元前二零九年佔領迦太基；公元前二零二年打敗迦太基統帥漢尼拔。由於戰功彪炳，有「阿非利加斯克皮奧」之稱。大斯克皮奧打敗迦太基的軍隊後凱旋，獲羅馬人夾道歡迎。參看《地獄篇》第三十一章一一六—一一七行註。**奧古斯都**：奧古斯都凱旋時，也獲羅馬人熱烈歡迎。但丁所指，見於《埃涅阿斯紀》第八卷七一四—二八行。該卷第七一四行這樣描寫奧古斯都："…Caesar, triplici invectus Romana triumpho / moenia……"（「……凱撒〔指奧古斯都〕三度大捷，進入羅馬／城牆……」）此外，參看蘇維同尼烏斯(Suetonius)的《十二凱撒傳記》(*De vita Caesarum*)第二卷第二十二節第一段(II, xxii, 1)。

117-20. **即使太陽的戰車……主持正義**：奧維特《變形記》第二卷一零五—一一零行，這樣描寫阿波羅（又叫「佛伊波斯」，希臘文Φοῖβος，拉丁文和英文 Phoebus）的戰車：

> ergo, qua licuit, genitor cunctatus ad altos
> deducit iuvenem, Vulcania munera, currus.
> aureus axis erat, temo aureus, aurea summae

curvatura rotae, radiorum argenteus ordo；

per iuga chrysolithi positaeque ex ordine gemmae

clara repercusso reddebant lumina Phoebo.

於是，父親〔阿波羅〕拖延到最後，只好

把兒子〔法厄同〕帶到武爾坎所造的巍巍戰車前。

戰車以黃金爲軸，黃金爲轅；輞緣

也是黃金；眾輻則爲燦銀打造；

車軛上，貴橄欖石和燁燁鑲嵌的

眾寶石，煌煌反射著佛伊波斯的輝光。

此外，參看《地獄篇》第十七章第一零六行的註釋中，有關法厄同闖禍的故事；並參看《變形記》第二卷二七九—八一行大地向宙斯的祈告。**淵默中主持正義**：上帝或宙斯的法則，不是凡人所能窺測，所以說「淵默中」。「淵」，極言其深；「默」，形容其靜。

121.　**在右輪旁邊**：Singleton(*Purgatorio 2*, 721)指出，右邊的地位比左邊顯要。**三位女子**：象徵三超德(virtù teologali)，即信德(Fede)、望德(Speranza)、愛德(Carità)。三超德能帶人走向永生，地位高於一三零行所寫的四樞德，所以在右輪旁邊。參看 Sisson, 641。

122.　**一位渾身赤紅**：指三超德中的愛德。在《神曲》裏，紅色象徵愛。

124.　**另一位全身艷綠**：指三超德中的望德。在《神曲》裏，綠色象徵希望。

126.　**第三位**：指三超德中的信德。在《神曲》裏，白色象徵信仰、信念。

127-29. **白姑娘……速度**：Pietrobono(*Purgatorio*, 398)認爲，三者當中，信德（「白姑娘」）的地位似乎最高，因爲沒有信德，就不會有望德(一二四行的「另一位全身艷綠」)和愛德(「紅姑娘」)。而愛德是其餘兩者的動力；沒有愛德，信德就會死亡。《雅各書》第二章第二十六節說："Fides sine operibus mortua est"（「信心沒有行爲也是死的。」）此外，參看《哥林多前書》第十三章第十三節。

130. **車子的左邊**：左邊的地位次於右邊。**四位姑娘**：象徵四樞德，即智德(Prudenza)、勇德(Fortezza)、義德(Giustizia)、節德(Temperanza)。四樞德的地位次於三超德，所以在車子的左邊。

131. **穿紫衣**：在中世紀，所謂「紫」，常指深紅。四樞德「穿紫衣」，象徵四者都受愛德感染。參看 Singleton, *Purgatorio 2*, 723。有的論者（如 Sapegno, *Purgatorio*, 331)則認爲，「紫衣」象徵王者之權；四樞德「穿紫衣」，表示四者負責駕馭、調節世俗的行爲、舉止。

131-32. **其中一位／頭有三目**：指智德。Singleton(*Purgatorio 2*, 723)指出，「三目」象徵智德能知過去、現在、未來。四樞德之中，以智德的地位最高，負責領導其餘三德。參看 *Convivio*, IV, XXVII, 5。

134-41. **我看見兩位老者……恐懼不安**：兩位老者當中，第一位是路加；第二位是保羅。路加象徵《使徒行傳》（一譯《宗徒大事錄》）。保羅象徵使徒書信。根據《歌羅西書》第四章第十四節，路加是「所親愛的醫生」，因此在這裏「表現出／希波克拉底一族的特徵」。

137. **希波克拉底**：ʿΙπποκράτης(Hippocrates)，希臘愛琴海科斯

（Kῶs，Kόως，拉丁文 Cos，Cous，Coos）島人，約生於
公元前四六零年，卒於公元前三七七年，是西方醫學之父。
創立體液說，「認爲人體由血液、黏液、黃膽〔、〕黑膽四
種體液組成」（《辭海》第二册，頁五七四）；人的體質，
由體液分配的多寡來決定。希波克拉底醫理圓通，認爲醫生
不但要治病，也要治人；指出一個人要身體健康，必須同時
注意飲食和衛生。

137-38. **大自然／……大夫**：大自然爲人類（「至愛之靈」）造就了
希波克拉底（「這顯赫的大夫」），讓他護理人類。參看《地
獄篇》第四章第一四三行註。

139. **另一位關心的，則恰恰相反**：保羅要傷害邪惡；路加要救治
人類。兩人所關心的恰巧相反：分別以傷害和救治爲己任。

140. **手握寶劍**：自十二世紀起，在基督教的傳統形象中，保羅常
常握劍，一如《以弗所書》第六章第十七行所述：拿著「聖
靈的寶劍，就是　神的道」("gladium Spiritus, quod est verbum
Dei")，與邪惡作戰。這裏的描寫上承基督教傳統。

141. **隔著小溪，也叫我恐懼不安**：這行形容「神的道」("verbum
Dei")如何犀利。

142. **樣貌謙卑的四個人**：這四個人象徵雅各、彼得、約翰、猶大
的使徒書信。「謙卑」指這些作品的地位比不上《聖經》其
他各篇。不過也有論者持不同的看法，認爲「四個人」另有
象徵意義。參看 Sapegno, *Purgatorio*, 331—32。

143. **而在隊伍的最後面……老者**：這個老者象徵《啓示錄》。《啓
示錄》是《聖經》的最後一篇，所以說「在隊伍的最後面」。

144. **臉容矍鑠**：象徵《啓示錄》能預言未來，直探神秘(Sapegno,
Purgatorio, 331)。**打著盹**：《啓示錄》寫靈魂出竅時所見的

聖景，與夢幻相像，是約翰「打盹」時所見。

145.　**這七個人**：指一三四行的「兩位老者」，一四二行的「四個人」，一四三行的「一個老者」，一共是「七個人」。

145-46.　**衣服的樣子、顏色／……相同**：「這七個人」就像第八十三行的「二十四位長老」（「第一批」）一樣，所穿的衣服也是白色。

148.　**以玫瑰和紅花編紐**：玫瑰和其他紅花都是紅色，在這裏象徵三超德中的愛德。《舊約》二十四篇，期待並預言救世主降臨，建基於信仰，因此以白花爲冠（象徵信仰）；《新約》寫於基督降臨後，象徵愛德的體現，因此以玫瑰和其他紅花爲冠。參看 Bosco e Reggio, *Purgatorio*, 505。

150.　**他們……燒焚**：形容花冠如火，強調愛德熾盛。

152.　**隆然一聲霹靂**：Bosco e Reggio(*Purgatorio*, 505)指出，這是天上發出的信號，命巡遊隊伍停止前進。由於煉獄的這一高度，不再受大氣影響，「霹靂」不可能是自然現象。

154.　**領先的旌旗**：指第五十行的「枝形大燭台」，也就是第四十三行的「七棵金樹」。

第三十章

凱旋隊伍一停，二十四位長老就轉向車子，三唱"Veni, sponsa, de Libano"。接著，千百名天使在空中散花，貝緹麗彩在花雲中出現。忐忑不勝間，但丁轉向左邊，要跟維吉爾說話，卻發覺維吉爾早已離開。之後，貝緹麗彩斥責但丁。天使見但丁受責，表示慈憐。貝緹麗彩回答天使，說明但丁所犯是甚麼過錯。

> 第一重天的北斗七星，從來
> 　　不知道何謂升，何謂降；除非罪過
> 　　遮蔽，也不會有霧靄覆蓋。　　　　　　3
> 這天上的七顆星，為人人申說
> 　　職守，就像下界的北斗，指引
> 　　掌舵者歸航。當七點星火　　　　　　　6
> 停了下來，前些時在緩步前進、
> 　　置身鷹獅和七星間的慇慇群賢
> 　　就轉向車子，彷彿等安寧降臨。　　　　9
> 其中一人，彷彿由上天派遣，
> 　　三唱"Veni, sponsa, de Libano"；禮成，
> 　　其餘的人也跟著唱了三遍。　　　　　　12
> 有福的眾生聽到最後的號聲，
> 　　都會從墓中翻身，迫不及待，
> 　　以新聲唱著「哈利路亞」上騰。　　　　15

這時候，聖車也是這樣的情態：
　　聖車之上，ad vocem tanti senis，
　　千百名安享永生的使臣升起來，　　　　　18
齊聲高唱："Benedictus qui venis！"
　　並且把鮮花撒向天空和四周。
　　"Manibus o date lilia plenis！"　　　　21
黎明將臨，帶來晨曦的時候，
　　我見過東方叫彩霞染成絳紅，
　　其餘的天域也明麗無儔；　　　　　　　　24
太陽呢，露臉時為雲霞輕籠，
　　強光在霧氣裏變得柔美，
　　讓觀者之眸長時間望入光中。　　　　　　27
我的眼前也如此：花雲紛飛，
　　從天使手裏上升再向下飄散，
　　降落車上和四周。鮮花的彩雲內，　　　　30
是一位女士，戴著橄欖葉冠，
　　披著雪白的面紗；翠綠的披風下，
　　長袍的顏色如烈火熊熊欲燃。　　　　　　33
我的魂魄，在她跟前驚訝
　　顫抖，是多年前的事了；現在，
　　這魂魄還未獲視覺感官增加　　　　　　　36
它對外間的認識，僅僅依賴
　　這位女士隱而不宣的懿能，
　　就感到巨大的力量發自舊愛。　　　　　　39
當年，我童齡還未結束，就親承
　　這偉力刺穿。此刻，我的視線

貝緹麗彩

鮮花的彩雲內，／是一位女士，戴著橄欖葉冠，／
披著雪白的面紗；翠綠的披風下，／長袍的顏色如
烈火熊熊欲燃。

（《煉獄篇，第三十章，三零—三三行》

再受到轟擊，刹那間忐忑不勝。 　　42
於是，一如小孩子受驚或逢艱，
　　期盼地奔向媽媽去尋求慰解，
　　我馬上以同樣的心理轉向左邊， 　　45
對維吉爾說：「我體內的血液，
　　這時候沒有一滴不在顫抖；
　　舊焰的標誌，此刻我可以識別。」 　　48
但是，維吉爾已不在我們四周；
　　維吉爾，我最和藹的父執師長；
　　維吉爾，我為了得救，曾向他奔投。 　　51
我的雙頰曾經用露水滌蕩；
　　此刻再遭到沾污。元古先妣
　　所失的一切，也難阻眼淚流淌。 　　54
「但丁啊，不要因維吉爾離開了你
　　而流淚。請你暫時不要流淚；
　　你的淚，會為另一把寶劍下滴。」 　　57
如艦隊司令在艦首、艦尾來回，
　　看其他艦隻的船員如何服務，
　　並鼓勵他們，叫他們不要氣餒， 　　60
我聽到聲音響起，並且直呼
　　我的名字時（在這裏只好按實況
　　記錄下來），我看見了最初 　　63
出現在天使花雲中的女子在車上
　　再度出現，並靠著車子的左邊，
　　隔著溪流在對岸向我凝望， 　　66
頭頂以彌涅爾瓦的葉飾為冕；

從頭頂下垂的面紗，雖然

　　不讓人瞭然看到她的容顏，　　　　　69

但嚴峻高貴的儀態仍可仰瞻。

　　聽她說話的語調，彷彿在等待

　　訓詞結束時向我厲斥一番：　　　　　72

「留神看我。我就是，就是貝緹麗彩。

　　這座山峰，你怎會紆尊攀躋？

　　你不知這裏的人都幸福和愷？」　　　75

我聽後，目光望落清澈的泉水裏；

　　一瞥見自己，就立刻望向青草，

　　感到額上的羞赧沉重無比。　　　　　78

貝緹麗彩展示的，是嚴厲的容貌，

　　如母親之於孩子；因為，

　　嚴峻的慈恩總帶點苦澀的味道。　　　81

她話聲一停，就揚起天使的讚美

　　歌聲："In te, Domine, speravi"；

　　但到了"pedes meos"，就不再飄飛。　84

沿著意大利山脊的巍峨高地，

　　受斯拉沃尼亞的寒風吹凌，

　　飄雪就會在活橡間凝結堆積；　　　　87

然後，只要失影的地區輕輕

　　呵氣，融雪就會向本身滴注，

　　看來彷彿是火融蠟燭的情景；　　　　90

就像我那樣：在眾天使唱出

　　頌讚前沒有流淚，也沒有欷歔

　　（那歌聲，總隨永恆的天籟飄舞）；　93

可是一聽到歌聲和諧的旋律

　　有天使的慈悲，勝過以下的說明：

　　「女士呀，何必給他這樣的委屈？」　　96

剎那之間，把我心緊封的寒冰

　　就融化爲氣，爲水，挾悲痛

　　經嘴巴和雙目，源源由胸中外傾。　　99

這時，貝緹麗彩仍動也不動，

　　佇立在車子的左邊，然後以申陳

　　回答滿懷悲憫的芸芸大衆：　　102

「在永晝裏，你們用志不分，

　　看得見塵世在路上所走的每一步，

　　黑夜和睡夢都不能盜實亂眞。　　105

因此，我得加倍用心地答覆，

　　讓那邊哭泣的人聽個明白，

　　讓罪咎得到分量相等的愁苦。　　108

每顆種子，按所屬星辰的形態，

　　由巨大的轉輪導向不同的目標。

　　爲蕩蕩聖恩醞釀甘霖的雲靄　　111

在高天氤氳，我們的目光仰眺，

　　也無從靠近。藉著聖恩的洪典，

　　而不是光靠巨輪運行的機巧，　　114

這個人，年輕的時候極具先天；

　　本身所具的每種善性，本可以

　　使他成爲非凡的大聖大賢。　　117

不過，越是肥沃堪耕的土地，

　　一旦荒棄而又爲稗子纏爬，

就越易淪爲蕪穢有害的劣泥。　　　　120
有一個時期，我曾經以面容支持他，
　粲然對著他展示年輕的雙眸，
　引導他在路上邁出正確的步伐。　　123
不過我一轉生，在形骸的出口
　越門檻進入靈魂的第二階段，
　他就離開了我，向別人奔投。　　　126
當我脫離了肉身向靈界上搏，
　比昔日凡塵之我更美麗更端淑，
　他就賤視我，見了我也不再心歡；　129
然後，步子離開了眞理的道路，
　去追隨一些僞善虛假的幻影。
　這些幻影，總不把承諾付足。　　　132
我爲他祈求啓悟，也徒勞神明；
　藉著這啓悟，我在夢内和夢外
　喊他歸來，都難以叫他傾聽！　　　135
他墮落得厲害，一切安排
　都不能在歧途中把他拯救——
　除非帶他去目睹亡魂的悲哀。　　　138
這，就是我親臨冥界的緣由。
　也是同樣的緣故，我才潸然
　求那人帶他上攀，當他的領袖。　　141
如果不流點眼淚，爲哀懺
　付一點點的代價，以補贖過失，
　就越過忘川，親嚐裏面的甘瀾，　　144
上主崇高的天命就會廢弛。」

註　釋：

1-9.　　**第一重天……等安寧降臨**：意爲：帶領隊伍的枝形大燭台（見《煉獄篇》第二十九章第五十行）一停，二十四位長老（見《煉獄篇》第二十九章第八十三行）就轉向車子。但丁在這裏故意用繁複的說法表現簡單的意思，是爲了把文字提升到高華層次，以配合莊嚴的主題。

1.　　**第一重天**：指最高天。**北斗七星**：比喻七枝燭台。而七枝燭台又象徵「神的七靈」。參看《煉獄篇》第二十九章第五十行註。

1-2.　　**從來／不知道……何謂降**：「神的七靈」永恆不滅，沒有所謂上升或下降，日出或日落，也沒有所謂開端或結束；就像凡間所見的北斗七星一樣，永無升降。

2-3.　　**除非……覆蓋**：最高天沒有霧靄、氛埃，不受凡間的大氣影響；能影響最高天的，只有罪惡（另一種霧靄、氛埃）。

4-5.　　**爲人人申說／職守**：爲二十四位長老中的每一位申說，告訴他們該履行甚麼責任。

5.　　　**下界的北斗**：北斗在第八重天，處於最高天之下，所以說「下界」。下界的北斗七星，英文有多種說法：the Big Dipper, Charles's Wain, the Wain, the Wagon，由大熊座的 α、β、γ、δ、ε、ζ、η 七星組成；中國的名稱是天樞（北斗一）、天璇（北斗二）、天璣（北斗三）、天權（北斗四）、玉衡（北斗五）、開陽（北斗六）、搖光（北斗七）。七星中的前四顆（即天樞、天璇、天璣、天權）組成斗形，叫斗魁，又叫魁星，又名璇璣。後四顆（玉衡、開陽、搖光）組成斗柄，

又叫玉衡。天樞和天璇相距五度。把二星連成一線，由天璇至天樞的方向延長約五倍，就是北極星（引自《中國大百科全書・天文學》，頁十五）。「北斗七星」，原文爲"settentrion"（settentrione 的縮音拼法），由拉丁文 septem（七）和 triones（耕牛）組成。由於意大利文的 settentrione 又可解作小熊座，有的論者（如 Bosco e Reggio, *Purgatorio*, 512；Sapegno, *Purgatorio*, 334；Singleton, *Purgatorio 2*, 727）認爲，但丁在這裏指小熊座七星。

5-6. **北斗……指引／掌舵者歸航**：航海者憑藉北斗七星，可以找到北極星，然後靠北極星辨別方向，所以說「北斗……指引／掌舵者歸航」。

9. **轉向車子**：象徵《舊約》二十四篇轉向由基督教建立的教會。基督的降臨，由《舊約》預示。此刻，二十四篇轉向車子，彷彿「等安寧降臨」。參看《以弗所書》第二章第十四節："Ipse enim est pax nostra."（「因他使我們和睦。」）《聖經》這一句的拉丁原文，也可譯爲「因他使我們安寧」。

10. **其中一人**：象徵《舊約》中的《雅歌》。

11. **"Veni, sponsa, de Libano"**：引自《舊約・雅歌》第四章第八節。原文爲："Veni de Libano, sponsa mea, veni de Libano, veni."（「我的新婦，求你與我一同離開黎巴嫩，／與我一同離開黎巴嫩。」）在天主教傳統中，教會是基督的新娘；不過這裏的「新婦」指上帝的啓示、上帝的智慧，由即將出現的貝緹麗彩代表。參看 *Convivio*, II, XIV, 20；III, XV, 16。

12. **其餘的人……三遍**：指《舊約》其餘各篇也一起應和了三遍。

13-15. **有福的眾生……上騰**：最後審判時，福靈（在基督右邊的靈魂）就會與他們在墓中的肉體結合。福靈一旦和肉體結合，

靈魂和聲音就重新穿上了衣服（他們的肉體），所以稱爲「新聲」（原文"revestita voce"，直譯是「重新穿上了衣服的聲音」）。有的版本（如 Società Dantesca Italiana 版）中，"revestita voce"爲"revestita carne"（重新穿上了衣服的肉體）。不過就東、西方的文學傳統而言，詩人通常都以衣服喻肉體，表示肉體的地位低於靈魂；說"revestita carne"，等於以靈魂喻衣服；不但主（靈魂）從（肉體）顛倒，藝術效果也大爲遜色。

15. **唱著「哈利路亞」**：原文"alleluiando"是現在分詞，不定式爲"alleluiare"，意爲「唱『哈利路亞』」。「哈利路亞」，意大利文"alleluia"，英文 halleluiah 或 hallelujah，源出希伯來文 hallĕlū.yāh，是猶太教和基督教的歡呼語，意爲「讚美神」。hallĕlū＝讚美（第二人稱複數）；jah = Jah = Jehovah（耶和華）。參看 *The Shorter Oxford English Dictionary on Historical Principles*（third edition）"Hallelujah"條。

17. **ad vocem tanti senis**：拉丁文，意爲：「蒙德高望重的長者邀請」。原文的結構如用英語表達，相等於"at the voice of such an elder"（直譯是「聽到這樣的大長者的聲音」）。Singleton (*Purgatorio 2*, 732)指出，在這裏，但丁不用意大利文而用拉丁文，一方面由於押韻的需要，一方面爲了使作品的語調顯得更莊嚴。

18. **千百名**：原文（第十七行）"cento"，直譯是「一百」；不過"cento"在這裏泛指數目之多，不必實指「一百」。參看 Singleton, *Purgatorio 2*, 732。**安享永生的使臣**：指天使。**升起來**：原文（第十七行）"si levar"（即 si levarono），直譯是「站起來」；不過按照原詩語境，應解作「飄飛而起」，相等於"si levarono in volo"。參看 Bosco e Reggio, *Purgatorio*,

513。

19. **"Benedictus qui venis！"**：拉丁文，意爲：「即將來臨的應
當稱頌」。指貝緹麗彩即將出現，並且該受到稱頌。出自《馬
太福音》第二十一章第九節："Turbae autem quae
praecedebant et quae sequebantur clamabant dicentes：Hosanna
filio David！ Benedictus qui venit in nomine Domini；hosanna
in altissimis！"（「前行後隨的人喊著說：和散那歸於大衛
的子孫！／奉主名來的是應當稱頌的！／高高在上和散
那！」）《聖經》的這一節寫耶穌進耶路撒冷時衆人對他的
歡呼。但丁的引文把原文的"venit"（第三人稱單數）改爲
"venis"（第二人稱單數）。過去有的論者認爲，"Benedictus
qui venis"這句話應該指耶穌或但丁，因爲"Benedictus"（「應
當稱頌」）是陽性。但今日的論者（如 Bocso e Reggio,
Purgatorio, 513-14）指出，陽性可以泛指另一性別的人；此
刻，貝緹麗彩尚未出現，用陽性的"Benedictus"既合邏輯，
也合語法。《馬太福音》的引文也見於《馬可福音》第十一
章第十節、《路加福音》第十九章第三十八節。

21. **"Manibus o date lilia plenis！"**：拉丁文，意爲：「給我盈
手的百合呀！」引自維吉爾《埃涅阿斯紀》第六卷八八三——
八六行："manibus date lilia plenis / purpureos spargam flores
animamque nepotis / his saltem accumulem donis, et fungar
inani / munere."（「給我盈手的百合呀！／讓我拋撒紫花；
至少讓我向子孫之靈／堆放這些禮物，以履行徒勞的／職
責。」在這段文字裏，安基塞斯(Anchises)預言馬爾克路斯
(Marcellus)早夭。爲了湊合音節的數目，但丁引述時在
"manibus"和"date"之間增添了一個感歎詞"o"（有的版本爲

"oh"）。由於《埃涅阿斯紀》原文的後半部充滿傷悲，不是但丁所需，讀者在這裏要「斷章取義」；因爲此刻，貝緹麗彩即將出現，是應該歡騰的俄頃，與「向子孫之靈／堆放這些禮物，以履行徒勞的／職責」所表現的氣氛迥異。

22-27. **黎明將臨……望入光中**：貝緹麗彩的出現，既有日出的赫戲，也有柔光的和諧。

30-31. **鮮花的彩雲內，／是一位女士**：這一意象，與 *Vita Nuova*, XXIII, 7, 25 相呼應，可參看。

31-33. **戴著橄欖葉冠，／……熊熊欲燃**：橄欖葉象徵和平；而且因爲與彌涅爾瓦（即智慧女神雅典娜）有關（參看本章第六十七行），又象徵智慧。白色的面紗象徵信德。翠綠的披風象徵望德。紅色的長袍象徵愛德。參看《煉獄篇》第二十九章一二一—二六行有關三超德的象徵。貝緹麗彩在生時，曾穿過紅色和白色的衣裳在但丁眼前出現（見 *Vita Nuova*, II, 3；III, 1, 4；XXXIX, 1）。在夢中，但丁也見過貝緹麗彩穿白色的衣裳（見 *Vita Nuova*, XXIII, 8）。

34-35. **我的魂魄……是多年前的事了**：指但丁在貝緹麗彩生時，見其麗顏而驚爲天人。貝緹麗彩卒於一二九零年，到現在（一三零零年，即但丁身在煉獄的時間）已有多年。有關貝緹麗彩的出現，參看 *Vita Nuova*, II, 4；XI, 1-3；XIV, 4-6；XXIV, 1）。

35-39. **現在，／……發自舊愛**：此刻，貝緹麗彩披著面紗，但丁看不見她的眞顏；但僅憑貝緹麗彩以往引起的愛（「舊愛」），就感覺到她的力量巨大。

40-41. **當年……刺穿**：但丁九歲，初見貝緹麗彩，如遭電殛。*Vita Nuova*, II, 1-2 有以下的描寫：

Nove fiate già appresso lo mio nascimento era tornato lo cielo de la luce quasi a uno medesimo punto, quanto a la sua propria girazione, quando a li miei occhi apparve prima la gloriosa donna de la mia mente, la quale fu chiamata da molti Beatrice li quali non sapeano che si chiamare. Ella era in questa vita già stata tanto, che ne lo suo tempo lo cielo stellato era mosso verso la parte d'oriente de le dodici parti l'una d'un grado, sì che quasi dal principio del suo anno nono apparve a me, ed io la vidi quasi da la fine del mio nono.

此刻，我心之目看見了那位女士，光華璀璨。她初次在我眼前出現時，光芒之天，從我出生的一刻算起，已自轉了九次，幾乎返回了起點。許多人都叫她貝緹麗彩，雖然然這些人不知道這名字的眞義。當時，她在塵世的年齡，相等於恆星天東轉了十二分之一度的時間。因此，她在我眼前出現時，剛滿九歲不久；而我初見她的時候，是將近十歲。

48. **舊焰的標誌……識別**：這行原文是："conosco i segni dell'antica fiamma"；譯自維吉爾《埃涅阿斯紀》第四卷第二十三行："agnosco veteris vestigia flammae."（「我仍感覺到舊焰的餘烈。」）是蒂朶(Διδώ, Dido)所說的話。但丁的意思是：昔日，貝緹麗彩曾在我懷裏燃起愛焰；此刻我仍能感覺那愛焰所留的溫暖。

49-51. **但是……奔投**：但丁在這裏一連三行都用「維吉爾」("Virgilio")，目的是強調自己一直在信靠老師。

52. **我的雙頰……滌蕩**：指維吉爾用露水爲但丁潔臉，抹去地獄的穢氣（見《煉獄篇》第一章一二一——二九行）。

53. **此刻再遭到沾污**：指但丁不見了維吉爾，慌得哭了起來，眼淚再度把雙頰沾污。

53-54. **元古先妣／……流淌**：指夏娃（「元古先妣」）因偷吃禁果而失去的樂園（「所失的一切」），也不能使但丁止哭。也就是說，但丁置身樂園，應該歡欣；但因爲不見了維吉爾，還是悲從中來，淚流不止。

57. **另一把寶劍**：指更大的悲傷。參看下文（七三—七五行；九七—九九行；一零六——一四五行）貝緹麗彩對但丁的訓斥。

58. **如艦隊司令**：這一比喻強調貝緹麗彩的嚴峻。

62-63. **在這裏只好按實況／記錄下來**：在但丁時期，作家通常不在自己的作品中自道名字，以免罹自誇之嫌。因此但丁引述了自己的名字後（見第五十五行），要提出解釋。有關作家不可以自道的說法，參看 *Convivio*, I, II, 3: "Non si concede per li retorici alcuno di se medesimo sanza necessaria cagione parlare…"（「修辭學有這樣的規矩：如無必要理由，作者不可以自道……」）

67. **以彌涅爾瓦的葉飾爲冕**：彌涅爾瓦(Minerva)是羅馬神話中的女神，相等於希臘神話中的雅典娜，是戰神，也是智慧女神；橄欖是她的聖樹。「以彌涅爾瓦的葉飾爲冕」，指貝緹麗彩戴著以橄欖葉編成的冠冕。彌涅爾瓦，又譯「米涅爾瓦」、「密涅瓦」。

74. **這座山峰……攀躋**：貝緹麗彩這句話顯然有諷刺意味。「紆尊攀躋」，原文爲"Come degnasti d'accedere al monte"。有的論者認爲"degnasti"該解作「值得」或「能夠」；整行的

意思應該是：「你怎能攀上這座山峰呢？」這樣解釋，既不能配合貝緹麗彩此刻的嚴峻，也使她顯得囉唆或明知故問；因為她一早知道，但丁能到達伊甸園，完全因為她從天堂降落幽域，吩咐維吉爾當但丁的嚮導。從上下文判斷，貝緹麗彩的話也不是客觀求證的問題。

82-84. **她話聲一停……就不再飄飛**：天使（第十八行的「使臣」）等貝緹麗彩的話聲一停，就齊唱《詩篇》第三十一篇第一—八節（《拉丁通行本聖經》第二—九節）："In te, Domine, speravi, non confundar in aeternum；in iustitia tua libera me....In manus tuas commendo spiritum meum；redemisti me, Domine, Deus veritatis...nec conclusisti me in manibus inimici：statuisti in loco spatioso pedes meos."（「耶和華啊，我投靠你；／求你使我永不羞愧；／憑你的公義搭救我！／……我將我的靈魂交在你手裏；／耶和華誠實的 神啊，你救贖了我。／……你未曾〔譯為「你沒有」較符合拉丁文原意〕把我交在仇敵手裏；／你使我的腳站在寬闊之處。」）眾天使唱完了"statuisti in loco spatioso pedes meos"（「你使我的腳站在寬闊之處」），就沒有唱下去（「歌聲」……「不再飄飛」）。Bosco e Reggio(*Purgatorio*, 518) 和 Singleton(*Purgatorio 2*, 746)指出，在這裏，眾天使一方面頌讚上帝，一方面代但丁向貝緹麗彩求情。

85. **意大利山脊**：原文（第八十六行）為"dosso d'Italia"，直譯是「意大利之脊」，指亞平寧山脈。

86. **斯拉沃尼亞的寒風**：指來自意大利東北斯拉沃尼亞(Slavonia)的寒風。

87. **活樑**：指山上的樹。山上的樹木可以成為房屋的棟樑；未砍

時，則是「活樑」。

88. **失影的地區**：非洲的太陽有時直射而下，到處都找不到投影，所以稱爲「失影的地區」（原文第八十九行"la terra che perde ombra"）。

88-89. **輕輕／呵氣**：指南風從非洲吹來。南風柔和，所以說「輕輕」。

89. **融雪就會向本身滴注**：指雪融時，雪水首先會下滲，不會橫流。

91-92. **在眾天使唱出／……也沒有欷歔**：但丁遭貝緹麗彩訓斥，內心如寒冰凝結，失去了流淚或欷歔的能力。

93. **那歌聲……飄舞**：天使總跟隨諸天的和諧運行（「永恆的天籟」）而歌唱。

94-95. **可是一聽到……天使的慈悲**：但丁聽得出天使歌唱《詩篇》，是爲他求情。

95-96. **勝過……「女士呀……委屈？」**：眾天使雖沒有明言，可是但丁聽來，其歌聲勝過以「女士呀……委屈？」的話語爲他求情。

97. **把我心緊封的寒冰**：指但丁因貝緹麗彩的訓斥而產生的委屈、悲傷。

102. **滿懷……大眾**：指眾天使。

103. **永晝**：指永恆的白天，即上帝不滅的光明。**用志不分**：指時刻警醒，精神永遠集中。

104. **塵世**：指凡間的人。

105. **黑夜**：比喻無知、愚昧的狀態。**睡夢**：比喻糊塗、昏瞀的狀態。**不能盜實亂眞**：天使能直接諦視上帝的聖智，凡間的一舉一動都瞞不過他們，所以「黑夜和睡夢都不能盜實亂眞」。

106. **因此……答覆**：Bosco e Reggio(*Purgatorio*, 510)指出，貝緹

麗彩「得加倍用心地答覆」，不是要向天使說明甚麼（因為天使甚麼都明白），而是要讓但丁聽到她的訓斥。

107.　**哭泣的人**：指但丁。

109-10.　**每顆種子……目標**：每個由上帝創造的生靈（「種子」），會由諸天（「巨大的轉輪」）按照他出生時所屬的星座，決定他此後的發展和結局（「導向不同的目標」）。參看《煉獄篇》第十六章第七十三行；《天堂篇》第八章九七——一三五行。在 *Convivio*, IV, XXI, 7 裏，但丁也說：

> E però che la complessione del seme puote essere migliore e men buona, e la disposizione del seminante puote essere migliore e men buona, e la disposizione del Cielo a questo effetto puote essere buona, migliore e ottima（la quale si varia per le constellazioni, che continuamente si transmutano），incontra che de l'umano seme e di queste vertudi più pura〔e men pura〕anima si produce；e, secondo la sua puritade, discende in essa la vertude intellettuale possibile che detta è, e come detto è.
>
> 由於種子的質地優劣不同，播種者的稟賦互異，而諸天施功，又有「佳」、「較佳」、「最佳」的幾種可能（諸天施功，因星座的不同而有所分別，而星座本身也不斷變化），結果人類的種子以及上述的潛能 就會造就純度不一的靈魂；而心智的潛力也會降落靈魂之中（多寡視乎靈魂的純度）。至於何謂心智的潛力，心智的潛力如何降落靈魂之中，上面已經談過。

111-12. **爲蕩蕩聖恩……在高天氤氳**：比喻上帝的聖恩如潤物的雨水，由雲靄形成。參看 *Convivio*, IV, XXI, 11。

112-13. **我們的目光……靠近**：意爲：即使貝緹麗彩和天使，也無從看到神恩的源頭。

114. **而不是……機巧**：種子有甚麼結果，也要看上帝如何賞賜神恩，不光靠諸天施功（「巨輪運行的機巧」）。

121. **有一個時期**：指但丁九歲初見貝緹麗彩的一年（一二七四年）到貝緹麗彩去世的一年（一二九零年）。有關貝緹麗彩對但丁產生的鼓舞，參看 *Vita Nuova*, XI, 1；XIX, 9, XX1, 2；XXVI, 1, 3。

124. **轉生**：原文（第一二五行）爲"mutai vita"，指貝緹麗彩去世。

124-25. **在形骸的出口／越門檻進入靈魂的第二階段**：貝緹麗彩卒年二十四。據但丁的說法，人的一生分爲四個時期：青年期(Adolescenzia)、盛年期(Gioventute)、老年期(Senettute)、暮年期(Senio)。第一、第二、第三時期，分別於二十五歲、四十五歲、七十歲結束。七十歲後，一個人的生命約剩十年左右，約可活到八十歲。這個時期，稱爲暮年。貝緹麗彩於二十四歲卒，青年期即將結束，已置身生命「第二階段」的「門檻」。有關人生四個時期的劃分，參看 *Convivio*, IV, XIV, 1-6。

126. **他就離開了我，向別人奔投**：在《新生》(XXXV, 2)裏，但丁說過，他在貝緹麗彩卒後，愛上了一位「高貴而年輕的絕色女士」("gentile donna giovane e bella molto")。歷來的論者，就這位「女士」的身分提出了不同的假設，但迄今未有公認的結論。參看 *Vita Nuova*, XXXV-XXXVII。其實，這位「女士」不必是歷史人物；可以是寓言或象徵，泛指但丁對哲學或其他事物的愛好（即《煉獄篇》第三十一章五八—

五九行所提到的「不管是小女孩，還是同樣易湮／而空虛的
東西」）。這樣的愛好，偏離了天啓的神道，因此遭貝緹麗
彩指責。這樣解釋，才能與《新生》的寓言和象徵意義配合，
與貝緹麗彩在下面所說的話（一二七—三八行）呼應。參看
Bosco e Reggio, *Purgatorio*, 522；Sapegno, *Purgatorio*, 343；
Vandelli, 658。

127.　**當我……上搏**：指貝緹麗彩離開凡界，升上天堂。

128.　**比昔日……更端淑**：參看 *Vita Nuova*, XXXIII, 8：

> perché 'l piacere de la sua bieltate,
>
> partendo sé da la nostra veduta,
>
> divenne spiral bellezza grande,
>
> che per lo cielo spande
>
> luce d'amor, che li angeli saluta,
>
> e lo intelletto loro alto, sottile
>
> face maravigliar, sì v'è gentile.
>
> 因爲，她的美麗所生的欣悅
>
> 離開後，再不讓我們瞻窺；
>
> 卻化爲靈體之美，勝於塵凡，
>
> 在天堂上面朝八方舒展
>
> 向芸芸天使致敬的愛輝。
>
> 那愛輝，婉然叫天使旣細
>
> 且深的靈智爲之驚詫不已。

130.　**然後……眞理的道路**：這行與《地獄篇》第一章第三行的「正
確的道路消失中斷」呼應。

131-32. **去追隨……總不把承諾付足**：參看《煉獄篇》第十六章九一—
九三行；第十七章九七—九九行，一三三—三五行。波伊提
烏(Boethius)在《哲學的慰藉》(*De consolatione philosophiae*)
第三章第八節說："Non igitur dubium est, quin hae ad
beatitudinem viae devia quaedam sint, nec perducere
quemquam eo videant, ad quod se perducturas esse promittunt."
（「因此，毫無疑問，這些道路，本該導人走向至福，其實
卻並非正路，而是歧途；答應帶人走向至福，結果卻不能履
諾。」）在第三章第九節裏面，波伊提烏繼續說："Haec〔res
mortales et caducae〕igitur vel imagines veri boni, vel
imperfecta quaedam bona dare mortalibus videntur; verum
autem atque perfectum bonum conferre non possunt."（「因此，
這些東西〔塵世易逝的東西〕似乎能給人眞善之象或某些不
全之善；卻不能給人眞正而完美之善。」）

133-35. **我爲他祈求……叫他傾聽**：有關但丁的夢境，參看 *Vita
Nuova*, XXXIX, 1; XLII, 1; *Convivio*, II, VII, 6。

136. **他墮落得厲害**：指但丁在陽間有過荒唐的日子。參看《煉獄
篇》第二十三章一一五—一一七行及註釋。

138. **目睹亡魂的悲哀**：指目睹地獄亡魂的悲哀。

139. **冥界**：指地獄。在《地獄篇》第二章，貝緹麗彩親臨幽域（地
獄邊境），吩咐維吉爾幫助但丁。Porena, Bosco e Reggio 都
指出，原文的"l'uscio de' morti"，相等於《聖經》的"portae
inferi"（指地獄，直譯是「地獄之門」）。參看 Singleton,
Purgatorio 2, 755；Bosco e Reggio, *Purgatorio*, 522。

140. **我才潸然**：指貝緹麗彩流淚。參看《地獄篇》第二章一一五—
一一六行；《煉獄篇》第二十七章一三六—一三七行。

141. **那人**：指維吉爾。

143. **過失**：指但丁在陽間偏離正道的行為。

144. **甘瀾**：原文（第一四三行）"vivanda"，通常指食物，糧食，給養，軍需；在這裏指忘川的水。

145. **上主崇高的天命**：原文（第一四二行）"Alto fato"。關於這一詞組，奧古斯丁《論上帝之城》第一卷第八章第九節(*De civitate Dei*, I, VIII, 9)有這樣的解釋：“ipsa Dei voluntas vel potestas, fati nomine appellatur." （「神本身的意旨或力量，稱為"fatum"〔拉丁引文中"fati"的主格〕。」）此外，參看阿奎那 *Summa theologica*, I, q. CXVI, a. 4。一四二—一四五行的意思是：上主懲惡的天律嚴峻，不容違反。如果但丁不「補贖過失」就「越過忘川」，等於違反上主的天律。

第三十一章

貝緹麗彩繼續斥責但丁，直到但丁昏厥為止。但丁蘇醒後，由瑪泰爾妲拉入忘川；接近彼岸時喝了川中之水。接著，瑪泰爾妲帶但丁走入四美的舞蹈中。四美則帶引但丁走近鷹獅，讓他諦視貝緹麗彩的雙眸，看眸中鷹獅的形象以雙重屬性閃耀游走。另外三位女子，則跟隨天使的迴旋曲向前跳著舞，以歌聲求貝緹麗彩把顏貌和朱唇向但丁揭示。

「你呀，在聖河的另一邊徙倚，」
　　她語氣一轉，辭劍的尖端指向我。
　　光看側刃，我已覺辭劍鋒利。　　　　3
她話聲未落，就一口氣繼續說：
　　「你說，說呀！我可有說錯？我的話，
　　需要你回答，並承認自己的過錯。」　6
我聞言，神志不禁惶亂驚悝，
　　想要回答；聲音剛要上揚，
　　就已經消失，不能由喉口抒發。　　　9
她停了一下，繼續說：「你跟我講，
　　心中在尋思甚麼？那河水汩汩，
　　還未曾滌盡你對愁苦的回想。」　　　12
慌亂的心情渾然夾雜了惶怖，
　　把一個「是」字擠出我的唇間。

但聲音太低，耳目並用才聽得出。　　15
如勁弩發射時，由於過猛的扳牽，
　　使弓、弦在強力下砰然折斷，
　　以致箭桿觸鵠時力度大斂，　　18
在沉重的責備下，我塌然崩渙，
　　欷歔太息間眼淚在潸潸滂沱，
　　而聲音也哽咽得無從外傳。　　21
於是，貝緹麗彩說：「由於愛我，
　　你曾讓愛意把你向至善引牽。
　　至善外，再無他物值得你求索。　　24
在向善途中，有甚麼壕溝或鎖鏈
　　橫亙於你的去路，逼你半途
　　放棄繼續向前方探索的意念？　　27
追尋別的事物時，有甚麼好處、
　　甚麼引誘出現於它們的面容，
　　使得你這樣低首下心地奔逐？」　　30
我嘆了口氣，感到滿懷悲痛，
　　鮮有聲音去回答她的問題。
　　但兩唇還是勉強把答案傳送。　　33
「您的容顏一消失，」我一邊飲泣，
　　一邊回答：「眼前的事物就獻陳
　　虛假的福樂，使我向歧路徙移。」　　36
貝緹麗彩說：「你即使沉默，或否認
　　剛才的口供，所犯的愆尤
　　也同樣昭彰，逃不了法官的裁審！　　39
不過，當犯罪的人親口譴咒

自己的過失，在我們的法庭上，

　　砂輪會逆轉，磨鈍利劍的鋒口。　　　42

可是，你想好好地承受放蕩

　　所帶來的羞恥，想在下一回

　　聽到岩礁女妖的歌聲時更堅剛，　　　45

就別再撒播眼淚；請靜聽原委。

　　這樣，你才會知道，我的肉身

　　下葬後該把你帶往怎樣的正軌。　　　48

天工或人巧把美貌向你獻陳，

　　從來比不上我的形體。那形體

　　曾裹我靈魂；現在已化為塵粉。　　　51

既然至美的容顏也會萎靡，

　　隨我的死亡離開你，凡間何物，

　　能把你的神魂吸引牽繫？　　　　　　54

其實，當虛幻的形體不再我屬，

　　換言之，當虛幻向你射出第一箭，

　　你就該跟在我後面一起上翥。　　　　57

不管是小女孩，還是同樣易湮

　　而空虛的東西，都不該把你的翅膀

　　下壓，再去冒利箭穿射的危險。　　　60

初生的幼鳥會受一兩次箭傷；

　　壯禽呢，目光銳利，不會受迷惑，

　　足以叫利箭空射，網羅徒張。」　　　63

小孩子感到羞愧，就會沉默；

　　兩眼只望著地下，一邊聆聽，

　　一邊滿懷悔疚地承認過錯。　　　　　66

當時，我也是如此。見了這情形，

　　貝緹麗彩就說：「你聞過而愁。仰起

　　鬍子上望，你會有更大的悲情。」　　　69

罡風無論從我們北方的土地

　　還是從伊亞爾巴斯的國疆吹來，

　　把勁櫟拔起時，都會遭遇阻力；　　　　72

卻不若貝緹麗彩命令我舉腮。

　　她要我仰臉時，卻叫我仰鬍——

　　我十分明瞭話中所含的毒害。　　　　　75

我仰起臉來，向前方盼顧，

　　只見剛才那一群太初之靈

　　停了下來，不再把花朵撒佈。　　　　　78

接著，怯畏驚惶間，我的眼睛

　　見貝緹麗彩轉身望向那異獸。

　　那異獸，一身而兼具兩重屬性。　　　　81

清溪外，貝緹麗彩以輕紗蒙頭，

　　仍艷勝往昔；其顏貌之於前身，

　　甚於她在凡塵時凌駕同儔。　　　　　　84

於是，我遭到懺悔的蕁麻砭針，

　　結果其他所有的事物，一度

　　最叫我戀慕的，此刻變得最可恨。　　　87

自譴咬著我的心；一陣痛苦

　　使我昏了過去。接著的情形，

　　叫我失去知覺的人最清楚。　　　　　　90

其後，當知覺重返我的心靈，

　　發覺不久前獨自出現的女士

立於上方。「拉住我！」在吩咐的俄頃，93
她把我拉進了河中，讓河水淹至

　　喉部；然後把我牽曳著，翩然

　　如投梭一般，在水上盈盈飛馳。　　96
當我接近那充滿幸福的彼岸，

　　我聽見"Asperges me"的聖謳。那聖謳，

　　美妙得無從追憶；要描述就更難。　99
那位綽約的女士張開雙手，

　　摟住我的頭，把我按入河裏，

　　讓河水汨汨嗆進我的喉頭。　　102
我沐浴完畢，她把我從河中提起，

　　然後帶著我，走入四美的舞蹈中。

　　四美都伸出手來，把我覆庇。　　105
「我們是這裏的仙女，天上的星叢；

　　貝緹麗彩下凡前，我們奉令

　　當她的侍女，供她差遣使用。　　108
我們會引領你，讓你看她的眼睛。

　　不過那三位眺得更深遠，可以

　　替你拭目，看眸內欣悅的光明。」　111
她們就這樣開始歌唱，隨即

　　帶著我，讓我走向鷹獅的胸膛。

　　那裏，貝緹麗彩正向著我們佇立。　114
眾仙女說：「不要退縮呀，你的目光。

　　我們把你帶到了綠寶石之前。

　　寶石內，小愛神曾發箭把你射傷。」　117
千百種欲望，剎那間熾如火焰，

但丁受忘川浸洗

那位綽約的女士張開雙手，／摟住我的頭，把我按
入河裏，／讓河水汩汩嗆進我的喉頭。

（《煉獄篇》，第三十一章，一零零──一零二行）

逼我的目光諦視光輝的雙眸。
　　那雙眸，這時仍以鷹獅爲焦點。　　　　120
一如鏡中的太陽，那頭異獸
　　以雙重的屬性閃耀於眸裏；
　　時而如此，時而又如彼游走。　　　　123
讀者呀，當我看見事物的本體
　　凝寂不動，其影像卻一直在變，
　　你自能推想我當時的驚疑。　　　　126
我的心，在無比駭詫和欣悅間，
　　品嚐著眼前的食物；而這一品嚐，
　　就更把我當時的胃口增添。　　　　129
這時候，三位女子，儀態萬方，
　　隨天使的迴旋曲向前跳著舞。
　　看樣子，她們的地位似乎更顯彰。　　　　132
「回眸哇，貝緹麗彩，讓你的聖目
　　回顧你的信徒，」衆女子唱道：
　　「爲了見你，他走了漫長的旅途。　　　　135
請你爲我們展佈懿恩，把顏貌
　　和朱唇揭示；讓他知道，隱在
　　面紗內的第二美顏是何等姣好。」　　　　138
永恆的活光啊，你充滿了神采。
　　你在空中盡顯眞顏的瑰瑋，
　　天穹就翕然爲你垂下華蓋。　　　　141
詩人喝了帕那索斯山的泉水，
　　或在山影中勞碌得血色退減，
　　然後設法把你的樣貌描繪，　　　　144

仍覺得神思受到妨礙和拘牽。

註　釋：

1.　　**聖河**：指忘川。

2-3.　**辭劍的尖端……鋒利**：這一比喻，極言貝緹麗彩的詞鋒凌厲。參看《煉獄篇》第三十章第五十七行。

11.　　**那河水汩汩**：指忘川之水流動。

12.　　**還未曾滌盡你對愁苦的回想**：指但丁所犯的罪愆仍留在他的記憶裏。

15.　　**聲音太低……聽得出**：但丁說「是」的時候，聲音太低，聽者要靠眼睛唇讀，才知道他說「是」。

17.　　**弓、弦**：原文"la sua corda e l'arco"，指弓和弦。

18.　　**鵠**：原文"il segno"，指箭靶的中心。

23.　　**至善**：指上帝。

29.　　**它們的面容**：指第二十八行「別的事物」的面容。

30.　　**奔逐**：指追逐第二十八行的「別的事物」。

34.　　**您的容顏一消失**：指貝緹麗彩一去世。「您的」，原文（第三十六行）為"vostro"，是敬稱，因此不譯「你的」。

39.　　**法官**：指上帝。上帝無所不知，犯人的罪惡逃不過他的聖目。

40.　　**犯罪的人親口譴咒**：指犯人開口自責。「口」原文為"gota"（一般指面頰或臉腮），在這裏可以指「口」或「唇」。參看 Bosco e Reggio, *Purgatorio*, 530。

41.　　**我們的法庭**：天上的法庭。

42.　　**砂輪……鋒口**：「砂輪」是磨刀匠用來磨刀的圓輪。這一比

喻的意思是：犯人如親自懺悔，天上的法庭就會開恩，把犯人該受的懲罰寬減。

43-44. **好好地……羞恥：**好好地承受犯罪後所感覺到的羞恥。感到羞恥，才會認真懺悔。

45. **岩礁女妖的歌聲：**指塵世的各種引誘，如第三十六行的「虛假的福樂」。參看但丁的 *Epistole*, V, 13："……cupiditas, more Sirenum nescio qua dulcedine vigiliam rationis mortificans." (「貪婪像岩礁女妖，利用柔情撤除理智的警惕；至於是甚麼樣的柔情，我也不知道。」)「岩礁女妖」，原文"serene"，又叫「海妖」（見《煉獄篇》第十九章第十九行）或「塞壬」。有關「岩礁女妖」的解釋，參看《煉獄篇》第十九章七—九行註。

52-54. **既然……牽繫？：**意為：既然至美如我，也會消逝，凡間還有甚麼事物能吸引你呢？言下之意是：但丁不應再追求世間的虛幻事物。

55. **當虛幻……不再我屬：**貝緹麗彩的意思是：當我離開塵世，不再有虛幻的形體。

56. **當虛幻向你射出第一箭：**貝緹麗彩之逝，是虛幻向但丁襲擊，證明至美短暫，並不實在。

57. **你就該……上翥：**意為：你（指但丁）就該拋棄塵世的虛幻，以天堂為目標。也就是說，在精神上，該隨貝緹麗彩向天堂飛升。

58. **小女孩：**原文（第五十九行）"pargoletta"。由於但丁在《詩歌集》(*Rime*) 裏，也用過"pargoletta"一詞（參看 *Rime*, LXXXVII, LXXXIX），論者乃提出各種猜測，認為但丁在這裏實指歷史上某一人物。不過這些猜測都止於猜測。在這

裏，就詩義而言，「小女孩」不必落實，泛指情愛或異性就夠了。Singleton(*Purgatorio* 2, 764)指出，要「小女孩」實指某人，反而叫貝緹麗彩的心胸顯得狹隘，不配天上福靈的身分。此外，參看 Bosco e Reggio(*Purgatorio*, 531-32)的論析。

59-60. **都不該……下壓**：意為：都不該把你上翥的心志（「翅膀」）壓回塵世。

60. **再去冒利箭穿射的危險**：意為：再讓虛幻的事物利箭般射你；也就是說，再度讓這些事物欺騙你，向你襲擊。

69. **鬍子**：原文（第六十八行）"barba"，既可指「鬍子」，也可指「臉孔」或「下巴」；翻譯成漢語只能保留其中一義。貝緹麗彩訓斥旅人但丁時，語調刻薄辛辣，"barba"一詞與訓斥口吻配合；言下之意是：「你呀，不再是小孩了，該為自己的行為負責。」

你會有更大的悲情：貝緹麗彩的意思是：但丁仰臉，見了她此刻的麗顏，驚覺自己在凡間逐幻追虛，錯過了真正的福樂，會更感懊悔傷悲。

70. **罡風**：凜烈的寒風。**我們北方的土地**：歐洲北方的土地。

71. **伊亞爾巴斯**：Ἰάρβας(Iarbas)，非洲國王，是宙斯和一個仙女所生的兒子。曾賜蒂朵土地，讓她在上面建立迦太基；向蒂朵求婚不遂。就意大利而言，「從伊亞爾巴斯的國疆吹來」的風指南風。

73. **卻不若……舉腮**：指但丁抗拒貝緹麗彩的命令，比勁櫟抗拒北風或南風還要堅決。換言之，但丁極不願意仰望。

75. **我十分……毒害**：指但丁十分明白貝緹麗彩的用語是何等尖刻。

77. **太初之靈**：原文為"prime creature"，指天使。天使由上帝創

造，時間在太初，早於萬物，所以叫「太初之靈」。即《地獄篇》第七章第九十五行的「上帝所造的太初眾生」。Bosco e Reggio(*Purgatorio*, 533)指出，"prime"可以指天使受造的時間最早，也可以指他們的地位高於萬物。漢譯只能保留其中一義。

80. **那異獸**：指鷹獅，象徵基督。

81. **一身而兼具兩重屬性**：指基督一身而兼具神性和人性。

83-84. **其顏貌……凌駕同儕**：在凡間，貝緹麗彩的麗顏遠勝其他女子。此刻的貝緹麗彩，比凡間的貝緹麗彩還美；前後的差別，大於貝緹麗彩當日和其他女子的差別。

85. **蕁麻**：「多年生草本植物，……莖和葉子都有細毛，皮膚接觸時能引起刺痛。」（《現代漢語詞典》（一九九六年版）頁一零一零。）

90. **叫我失去知覺的人**：指貝緹麗彩。

92. **不久前獨自出現的女士**：指瑪泰爾姐。瑪泰爾姐在《煉獄篇》第二十八章第三十七行（原文第四十行）初度出現。不過，到了《煉獄篇》第三十三章一一九行，但丁才交代她的名字。

94. **把我拉進了河中**：把我拉進了忘川裏。

96. **梭**：原文"scola"。有的論者(Chiappelli, 327；Bosco e Reggio, *Purgatorio*, 535)認為"scola"指"gondola"（威尼斯輕舟）；有的論者(Sapegno, *Purgatorio, 351*；Sinclair, *Purgatorio*, 407；Singleton, *Purgatorio 2*, 769)認為指「梭」。兩種說法都言之成理，不過「梭」的輕盈意象，似乎更配合詩意。**在水上盈盈飛馳**：但丁浸在忘川裏，由瑪泰爾姐牽曳；瑪泰爾姐本人則在水面馳行。凡人和福靈之別，但丁在短短的一兩行內就交代得活靈活現。

97. **那充滿幸福的彼岸**：指忘川的另一岸。說另一岸「幸福」，是因爲天使、瑪泰爾妲、貝緹麗彩都在那裏；而且一到彼岸，但丁就可以踏上眞福之途。有關各個論者的說法，參看 Bosco e Reggio, *Purgatorio*, 535。

98. **"Asperges me"**：出自《詩篇》第五十一篇第七節（《拉丁通行本聖經》第五十篇第九節）："Asperges me hyssopo, et mundabor；lavabis me, et super nivem dealbabor."（「求你用牛膝草潔淨我，我就乾淨；／求你洗滌我，我就比雪更白。」）在天主教赦罪儀式中歌唱。在但丁的洗滌儀式中，衆天使唱出詩篇的句子（「聖謳」），與詩的情節配合。

100. **那位綽約的女士**：指瑪泰爾妲。

102. **讓河水……喉頭**：瑪泰爾妲讓但丁喝忘川之水，目的是叫他忘記以前的罪愆。

104. **走入四美的舞蹈中**：「四美」，指象徵四樞德的四位女子。這時候，四位女子正在凱旋車的左邊，圍成一個圓圈跳舞，所以說「走入」。

105. **四美都伸出手來，把我覆庇**：象徵四樞德給但丁護佑。原文 "e ciascuna del braccio mi coperse"，没有具體說明四美的動作。Singleton(*Purgatorio 2*, 773)認爲，四位女子，大概圍著中心的但丁，同時伸出互握的雙手，放在但丁頭頂的上空，表示護佑。

106. **天上的星叢**：即《煉獄篇》第一章二二—二四行所描寫的「四顆星」。

107. **奉令**：奉上帝之令。

108. **當她的侍女，供她差遣使用**：這行有象徵意義：貝緹麗彩是四樞德的主人。由於貝緹麗彩代表天啓的智慧，因此四美是

她的「侍女」。四樞德是人力可致的最高德境，在基督降生前遙呼天啓的智、德。《地獄篇》第二章第七十六行稱貝緹麗彩爲"donna di virù"（「賢慧的娘娘」；可直譯爲「賢德的女主人」）；*Vita Nuova*, X, 2 稱她爲 "regina de le vertudi"（「德行的女王」）；都與這行呼應。

109. **看她的眼睛**：Singleton(*Purgatorio 2*, 773)指出，貝緹麗彩象徵智慧，而智慧的擬人描寫，在《聖經・箴言》第九章第一節已經出現："Sapientia aedificavit sibi domum, excidit columnas septem……"（「智慧建造房屋，／鑿成七根柱子……」）。四樞德要但丁透過貝緹麗彩的眼睛看上帝的聖智。

110-11. **「不過那三位……光明」**：不過象徵三樞德的三位（在凱旋車右邊跳舞的美女），看得更深、更遠，更能助但丁望入貝緹麗彩的眼睛，窺看裏面的聖智（「欣悅的光明」）。

114. **那裏……佇立**：在《煉獄篇》第三十章第六十五行，貝緹麗彩「靠著車子的左邊」；在同一章一零一行，「佇立在車子的左邊」；現在則把但丁帶領到鷹獅的胸前。

115. **「不要退縮呀，你的目光」**：四樞德在鼓勵但丁凝望貝緹麗彩的雙眸。

116. **綠寶石**：指貝緹麗彩的眼睛。在中世紀，綠寶石象徵貞潔、正直，最能形容貝緹麗彩的眼睛。

117. **寶石內……射傷**：指但丁年輕時碰到貝緹麗彩，一見鍾情，無異遭她眼神中的小愛神（即愛神維納斯的兒子丘比特）發箭射傷。

118-20. **千百種欲望……焦點**：但丁受多種欲望驅使，不得不凝視貝緹麗彩的眼睛；貝緹麗彩則望著象徵基督人神二性的鷹獅。

但丁的千百種欲望，包括對貝緹麗彩的敬愛和追求聖智的意
願。貝緹麗彩凝望鷹獅，象徵她的智慧得自神授，是神智和
聖光的反映。

121-23. **一如鏡中的太陽……游走**：鷹獅映入貝緹麗彩的眼睛，向但
丁展示基督既神且人的屬性。兩種屬性在但丁凝望時一直游
走，象徵基督教教義中最大的神秘，即使有貝緹麗彩傳遞，
也只能向但丁展示部分。到了《天堂篇》（第三十三章一一
五一四五行），但丁直接目睹聖光時，會再度窺看基督教最
深的天機。「太陽」在這裏象徵大光明，也就是神的光明。
貝緹麗彩的眼睛是鏡子，表示她能傳達聖智。
Singleton(*Purgatorio 2*, 775)指出，拉丁文 Sapientia(「智慧」)
是貝緹麗彩的名字之一。但丁在這裏間接引用了《聖經・智
慧篇》第七章第二十六節：「她〔指智慧〕是永遠光明的反
映，是天主德能的明鏡」（見思高聖經學會一九六八年版《聖
經》頁一零七三）。因此，貝緹麗彩在這裏反映的是「永遠
〔的〕光明」和「天主德能」。

124. **事物的本體**：指鷹獅本身。

125. **其影像**：指鷹獅在貝緹麗彩眼中反映出來的影像。**卻一直在
變**：鷹獅本身一直不變，在貝緹麗彩眼中的影像卻一直在
變：時而是神，時而是人，叫但丁難以捉摸。換言之，但丁
此刻的智慧仍無從揣摩基督教最深的義理。

128. **眼前的食物**：指但丁所見的景象。

128-29. **而這一品嚐，／……增添**：指但丁越是凝望，就越想凝望。

130. **三位女子**：指原先在凱旋車右邊跳舞的三位女子（見《煉獄
篇》第二十九章一二一一二九行）。上面已經說過，三位女
子象徵三超德。

131. **迴旋曲**：意大利的一種舞曲。

132. **她們……顯彰**：三超德（「她們」）的地位高於四樞德。

138. **第二美顏**：原文"seconda bellezza"，指貝緹麗彩升天後的美麗容顏。有的論者認為指貝緹麗彩的嘴唇。不過按原文第一三六——三八行("Per grazia fa noi grazia che disvele / a lui la bocca tua, sì che discerna / la seconda bellezza che tu cele")，第一種解釋較有說服力。因為第一三七行已經說了"bocca"（「朱唇」），下一行再說，就會顯得囉唆，不像大師簡練的筆法；何況貝緹麗彩此刻的顏貌，是真正的天人之貌，早已超越凡俗的肉體或肉慾層次；把焦點集中在嘴唇上，未免過於形而下。有的論者(Sinclair, *Purgatorio*, 410)認為「第二美顏」指貝緹麗彩的微笑。這一解釋捨實務虛，也不圓滿。有關"seconda bellezza"的各種詮釋，參看 Bosco e Reggio, *Purgatorio*, 538；Chiappelli, 328；Sapegno, *Purgatorio*, 353；Singleton, *Purgatorio 2*, 777-78。

139. **永恆的活光**：貝緹麗彩反映上帝的光華，所以稱為「永恆的活光」。

141. **天穹就翕然……華蓋**：諸天和諧地（「翕然」）運轉間，天穹把貝緹麗彩蔭庇。

142-45. **詩人喝了……妨礙和拘牽**：詩人喝了繆斯聖山（「帕拿索斯山」）的卡斯塔利亞聖泉，或為了詩藝，「在山影中」勞碌，以致身體受損（「血色退減」），也無法描繪你的美顏。有關帕那索斯山和該山的卡斯塔利亞聖泉，參看《煉獄篇》第二十二章六四—六五行註。

第三十二章

但丁凝望著貝緹麗彩，剎那間完全失明。恢復視力後，發覺凱旋隊
伍已經轉向；於是和瑪泰爾妲、斯塔提烏斯在後面跟隨。隊伍在一
棵樹前停下。貝緹麗彩下車。鷹獅把車子的轅木向樹上繫掛，本來
枯禿的樹枝就添上了新彩。但丁入睡，醒來時見貝緹麗彩坐在樹根
上，有一群人把她圍繞；另一群人則跟隨鷹獅升向天國。貝緹麗彩
看管著凱旋車，七個仙女把她護衛。突然，一隻神鷹從高處疾掠而
下，摧毀了樹的葉子、花朵、表皮，把車子擊打得左右蹉跌。一隻
狐狸，朝凱旋車內猛衝，遭貝緹麗彩斥逐。剛才下掠的神鷹再降到
車裏，留下自己的羽毛。接著，一條龍從地下冒出，以尾巴插穿車
底，扯走了車底的一部分。然後是七個怪頭從車子萌生，一個娼妓
在車上向四方拋著媚眼，旁邊站著一個巨人。巨人和娼妓接吻；發
覺娼妓向但丁拋送秋波，就把她鞭打。最後，巨人把怪物解開，連
娼妓一起拖進林裏。

我的眼睛聚精會神地凝望，
　　設法把長達十載的渴念紓解，
　　結果，其餘的官能全部淪喪；　　　　3
無論在左邊或右邊，視線都分別
　　遭冷漠之牆阻隔；那聖潔的笑容，
　　以昔日之網把我的眼睛拘曳。　　　　6
而這時候，我不得不把面孔

　　轉過來，向左，望向三女神那邊。

　　因爲她們說：「目光不應太集中。」　　9

我的雙眸，像剛遭太陽的光焰

　　炫擊，在刹那之間完全失明，

　　對周圍的景象一無所見。　　12

不過，當眼睛逐漸調整了感應，

　　能察看細物（我所謂的「細物」，

　　相對於逼我他望的巨物偉景），　　15

就發覺輝煌的隊伍已悉數

　　轉向右邊；這時正向著太陽，

　　也向著原先的七朵火焰前赴。　　18

一中隊士兵，爲了自衛而轉向

　　舉盾時，會與旗幟一起旋動，

　　先於行伍的其他士兵和戰將。　　21

眼前的天國之軍，情形也相同：

　　所有前衛都到了我們前面，

　　車子才擺動車轅開始跟從。　　24

之後，衆女士返回了車輪旁邊；

　　鷹獅也拉著受福的負擔緩馳，

　　前進時，半根羽毛都沒有翻掀。　　27

把我牽過清溪的那位女士，

　　則和我、和斯塔提烏斯追隨以小弧

　　轉彎的車輪，並沒有在後面停滯。　　30

當我們穿過高大空虛的林木，

　　步伐就跟隨天樂而行止得宜。

　　林木會空虛，歸咎於信蛇的愚婦。　　33

貝緹麗彩從車子下降之際，
　　我們已向前走了一段路；其遠近，
　　約等於利矢在空中三射的距離。　　　36
「亞當啊，」衆人低沉地發出柔音，
　　然後向一棵樹圍攏。那棵樹，
　　花葉全無，枝椏變成了禿薪。　　　　39
這些枝椏，越是向上方高矗，
　　面積就越廣；樹的高峻崔嵬，
　　會在森林裏叫印度人驚呼。　　　　　42
「鷹獅呀，你有福了；你沒有伸喙
　　去啄食果子。果子有甜的味道，
　　吃後卻會叫肚子絞扭摧頹。」　　　　45
其餘的人，就這樣圍著又高
　　又大的樹榦呼喊。二形獸則回答：
　　「這樣，公義的種子才可以確保。」　48
說完就回身繼續把車轅牽拉，
　　到了守寡的樹才停下來，
　　把該樹所出向原處繫掛。　　　　　　51
當大光融入天魚後的星彩，
　　再照落凡間的草木，草木就紛紛
　　充盈萌發，挾更生的意態，　　　　　54
一一披上簇新的色彩，且棼棼
　　茁長；到草木都換了新顏，太陽
　　才在別的星子下拴馬停奔。　　　　　57
那棵樹的情形也如此：樹枝一向
　　枯禿；這時都添了新彩，比玫瑰

要紫些，卻比堇荣更接近紅絳。　　　60
人群所唱的頌讚我不能領會；
　　在凡間，我從未聽過這樣的歌聲，
　　雖然我當時也沒有聽到末尾。　　　63
無情的百眼，聽到絮玲絲的遭逢
　　而迷糊入睡，因長期警醒而付出
　　沉重的代價。這入睡的過程　　　66
如能複述，我也會像繪畫的師傅，
　　按原物繪畫我怎樣進入夢海。
　　這過程，要由勝任的人去描述；　　69
我呢，就只能敘說醒後的情態：
　　強烈的光華一閃，把睡夢的紗帷
　　撕破。然後有人喊：「怎麼不起來？」　72
那株神聖的蘋果樹，叫婚宴的盛會
　　在天國永不停息；它的鮮果，
　　叫天使嘴饞。因獲得引導而覷窺　　75
樹花時，彼得、約翰、雅各一夥
　　被完全震懾，直到話聲響起
　　才恢復過來，發覺隊伍單薄，　　　78
不見了摩西、以利亞；老師的裳衣
　　也變回了原狀。更深沉的睡眠
　　曾經因上述的話聲破裂分擗。　　　81
我當時也這樣醒轉：仰視時看見
　　那位帶領過我、沿河畔一帶
　　前行的善女子，立在我身邊。　　　84
我茫然問道：「去了哪裏呢，貝緹麗彩？」

「坐在新樹的根上，」那女子回答說：

「你看，此刻她正受嫩葉叢蔭蓋。　　87

你看，一群人正圍著她；另一夥

　則唱著更美妙、更深永的頌歌上翥，

　跟隨著鷹獅冉冉升向天國。」　　90

我不知道那女子有否進一步

　描敘。我的雙眸，只向心上人凝望；

　其他事物，早已被她覆堵。　　93

貝緹麗彩一個人坐在空地上，

　為了看管那一輛由雙形野獸

　繫在樹幹的大車而留在現場。　　96

七個仙女，這時在她的四周

　環繞著把她護衛，所握的火炬

　長明，再不怕南風或北風鞭抽。　　99

「在這片林地上，你會逗留須臾，

　然後再跟我成為永久的羅馬人。

　這個羅馬，是基督所在的城區。　　102

因此，為了幫助作孽的凡塵，

　請你凝望著車子。之後，當你

　返回了人間，請把你所見寫真。」　　105

貝緹麗彩說話時，我肅然旁立，

　恭聽訓諭，並且虔敬地按叮囑

　把注意力和目光向車子推移。　　108

突然，我目睹宙斯的神鳥從高處

　疾掠而下；電火在長空至遼

　至夐處從濃雲下砸的奇快高速，　　111

也絕不會如此迅疾。神鳥

　　猛撲過樹中，不但摧毀了嫩葉

　　和花朵，還把枝幹的表皮撕掉；　　　114

擊打車子時，力度是無比猛烈，

　　使它像舟楫一樣，在暴風雨中

　　遭浪濤拍打得向左右兩舷蹉跌。　　117

然後，我看見一隻狐狸，顏容

　　羸頓，彷彿長期吃不到好食物

　　而上撲，朝著凱旋車的內部猛衝；　120

卻遭到我所尊敬的女士斥逐。

　　狐狸見穢行遭譴，剎那間拚命

　　竄逃，用盡了瘦骨的所有力度。　　123

然後，我看見剛才下掠的神鷹

　　從原處再次飛降到車身裏，

　　並且在上面鋪蓋自己的毛翎。　　126

接著，我聽到天上有聲音響起，

　　彷彿滿心哀傷的人在發言：

　　「你負載的禍患真重啊，小舟楫。」　129

然後，在大車的兩輪間，地面

　　彷彿在坼裂；一條龍從地下冒出，

　　尾巴插穿了車底再伸向上邊；　　132

接著，如黃蜂把螫針收回腹部，

　　惡龍把毒尾從車上扯回來，

　　扯走了部分車底再浪蕩他赴；　　135

其餘的面積則為羽毛所覆蓋，

　　就像肥沃的泥土被狗牙根鋪纏；

兩個輪子和車上轅木，也很快　　　　　138
被羽毛掩埋，比張開兩唇嗟嘆
　　所需的時間還短。神鷹把羽毛
　　獻給車子，也許是誠心為善。　　　141
那輛聖車經過了這樣的改造，
　　一個個怪頭就從各部位萌生；
　　四角各一個，轅上是三個一道。　　144
轅上的三個，像公牛有利角橫撐；
　　其餘四個，前額有獨角齼齼。
　　這樣的怪物真是逢所未逢。　　　　147
車子之上，我看見一個娼妓，
　　帶弛衣寬，向四方拋著媚眼，
　　恍如堅堡在高山之上矗立。　　　　150
一個巨人，站在娼妓的身邊，
　　生怕第三者隨時把她搶走。
　　兩個人，就這樣一起接吻連連。　　153
不過，因娼妓以淫蕩的眼眸
　　向我拋送秋波，結果由頭顱
　　到腳踵，都遭兇狠的情夫鞭抽。　　156
之後，懷著猜忌和狂怒，情夫
　　解開了怪物，把它拖進林裏，
　　直到林木變成了屏障，把怪物　　159
和娼妓掩蓋，遮去兩者的蹤跡。

註　　釋：

娼妓與巨人
一個巨人，站在娼妓的身邊，／生怕第三者隨時把
她搶走。／兩個人，就這樣一起接吻連連。
（《煉獄篇》，第三十二章，一五一—一五三行）

2.　　**長達十載的渴念**：貝緹麗彩於一二九零年卒，此刻是一三零零年。十年來，但丁一直想見貝緹麗彩，所以說「長達十載的渴念」。參看《煉獄篇》第三十章三四—三五行。

3-5.　　**結果……冷漠之牆阻隔**：但丁凝望貝緹麗彩，視覺太集中，結果其他感官全部停頓，眼睛不能注意周圍的事物（「左邊或右邊」）。參看《煉獄篇》第四章一—十六行及有關註釋。

5.　　**聖潔的笑容**：指貝緹麗彩的笑容。

6.　　**昔日之網**：指貝緹麗彩昔日笑容的魅力，像網一樣把但丁「拘曳」。

8.　　**三女神**：指象徵三超德的三位女神。

9.　　**「目光不應太集中」**：這行的解釋頗為紛紜。有的論者（如Bosco e Reggio, *Purgatorio*, 540-41；Singleton, *Purgatorio 2*, 781）認為：貝緹麗彩象徵智慧，與凡間的情愛再無關係；但丁卻視之為昔日的貝緹麗彩，因此三超德要提醒她，不要再涉凡情。不過按照下文（十一—十二行）的描寫，Mandelbaum (*Purgatorio*, 400)、Musa(*Purgatory*, 348)、Sayers(*Purgatory*, 328)的解釋較有說服力：但丁的眼睛仍禁受不住貝緹麗彩顏容的光華，因此不要凝望得太集中。

10-12.　　**我的雙眸……一無所見**：指但丁的雙眼暫時被「擊盲」。由此可見，貝緹麗彩的光華有多強大。

15.　　**逼我他望的巨物偉景**：指貝緹麗彩的笑顏。貝緹麗彩的笑顏，光輝太盛，逼但丁的眼睛他望。

16-18.　　**就發覺……前赴**：巡遊隊伍轉右，跟著七枝燭台（「原先的七朵火焰」）朝東方（「向著太陽」）前進。

25.　　**眾女士**：指四樞德和三超德。

26.　　**受福的負擔**：指凱旋車。凱旋車受天之佑，所以說「受福」。

27. **前進時……沒有翻掀**：論者對這行的解釋也頗爲紛紜。
    Benvenuto 的解釋是："quia nichil de divinitate mutatum est,
    quamvis mutaretur forma Ecclesiae."（「雖然教會的形式有
    變，神性卻完全不變。」參看 Bosco e Reggio, *Purgatorio*,
    542；Sapegno, *Purgatorio*, 542；Singleton, *Purgatorio 2*, 783。
    其實，「鷹獅……前進時，半根羽毛都沒有翻掀」，是顯示
    基督引導教會時極其從容。其他各種說法，都有點牽強。

28. **把我……女士**：指瑪泰爾姐。

29-30. **以小弧／轉彎的車輪**：指凱旋車的右輪。車子右轉時，左輪
    所轉的彎較大，右輪所轉的彎較小。

32. **天樂**：原文（第三十三行）"angelica nota"，指動聽的音樂
    或歌曲。

33. **信蛇的愚婦**：指夏娃。在《創世記》裏，夏娃聽信蛇的引誘
    而偷吃禁果。

37. **「亞當啊，」眾人……發出柔音**：亞當偷吃禁果，違背了上
    帝的聖旨。「眾人」「低沉」的「柔音」，既蘊傷悲，也含
    譴責。參看 Sapegno, *Purgatorio*, 358；Bosco e Reggio,
    Purgatorio, 543。

38. **一棵樹**：指「分別善惡的樹」。參看《創世記》第二章第九
    節；第十六—十七節；第三章第一——六節。這棵樹象徵上帝
    的律法。這一律法，即《煉獄篇》第三十三章第七十二行（原
    文第七十一行）的「上主的公正法規」（"la giustizia di Dio"）。

39. **花葉全無……禿薪**：象徵上帝的律法，因亞當和夏娃偷吃禁
    果而受損；到鷹獅把凱旋車繫向該樹（象徵基督替世人贖
    罪，上帝的律法復原），葉子才再度萌生（見四九—六零行）。

40-41. **這些枝椏……就越廣**：這棵樹的形狀和一般的樹有別：一般

的樹是下寬上窄；這棵樹是下窄上寬。在懲罰貪饕罪的一層，也出現過同一形狀的樹（見《煉獄篇》第二十二章一三零—三五行）。該樹是伊甸園「分別善惡的樹」所出（參看《煉獄篇》第二十四章一一五—一七行）。

41-42.　**樹的高峻……驚呼**：印度森林的樹木特別高大。分別善惡樹會叫印度人驚呼，高大到甚麼程度就可以想見了。有關印度森林的描寫，參看維吉爾 *Georgica*, II, 122-24：“aut quos Oceano propior gerit India lucos, / extremi sinus orbis, ubi aëra vincere summum / arboris haud ullae iactu potuere sagittae？”（「也不必說印度所植的森林；這些森林，／更靠近海洋，位於天涯的一角；在那裏，／沒有任何勁矢，可以凌越樹頂的空間。」）此外，參看老普林尼的 *Naturalis historia*, VII, 2。

43-45.　**「鷹獅呀……摧頹」**：這是眾人歌頌基督之詞：歌頌他遵從天父的法令，行為與亞當相反，不吃有害（「吃後……會叫肚子絞扭摧頹」）的果子。

47.　**二形獸**：指兼具神性和人性的鷹獅。

48.　**「這樣……確保」**：這行是基督（「二形獸」）的話，回應他在《馬太福音》第三章第十五節所說：“Sic enim decet nos implere omnem iustitiam.”（「因為我們理當這樣盡諸般的義。」）

50.　**守寡的樹**：指失去了花葉的樹。禿幹禿枝，就像守寡的女子。參看第三十九行。

51.　**把該樹所出向原處繫掛**：「該樹所出」，指車轅，象徵十字架。「原處」，指樹。鷹獅把車轅繫在樹幹上（「原處」），象徵基督救贖世人，恢復天父的律法。據中世紀的傳說，製造十字架的木材，伐自伊甸園的分別善惡樹。

52. **當大光……星彩**：指時間正值春天。春天，太陽未到金牛宮(Taurus)，卻已進入雙魚宮(Pisces)後的白羊宮(Aries)，所以說「大光（太陽光）融入天魚後的星彩」（指白羊座的星光）。原文（第五十四行）指雙魚宮的"celeste"（天）和"lasca"（軟口魚屬），是意大利文的常用字，因此譯文用「天魚」而不用較正式的「雙魚宮」。

56-57. **到草木……拴馬停奔**：「太陽……停奔」，指太陽才進入黃道的下一宮（即金牛宮）。兩行的意思是：一個月的時間結束前，「草木」已「換了新顏」。太陽拴馬的典故，出自《埃涅阿斯紀》第一卷第五六八行："nec tam aversus equos Tyria Sol iungit ab urbe."（「太陽繫馬處，離提羅斯城也不太遠。」）

59-60. **比玫瑰／……紅絳**：指介乎紅色和紫色之間，即紫紅色；在這裏象徵基督的血，也象徵基督救贖世人。基督的血，又是教會的基礎。

63. **雖然……末尾**：由於歌聲太悅耳，結束前但丁已經入睡。

64-66. **無情的百眼……沉重的代價**：百眼巨怪阿爾戈斯，奉赫拉之命監視宙斯的情人伊娥，結果遭赫爾梅斯殺害。赫爾梅斯殺害阿爾戈斯，是奉了宙斯之命；下手前，先以牧神潘(Πάν, Pan)追求絮玲絲(Σύριγξ, Syrinx)的故事把他催眠。絮玲絲（一譯「緒任克斯」），阿卡迪亞的一個樹仙，因為被牧神潘追戀而變成蘆葦。其後，牧神把蘆葦折下，製成排簫（又稱「牧神排管笛」），即英文的 syrinx。赫爾梅斯擊殺阿爾戈斯的故事，見奧維德《變形記》第一卷五六八—七四七行；故事的撮要見《煉獄篇》第二十九章第九十五行註。

69. **這過程……去描述**：但丁的意思是：沒有人能描述自己由清醒到入睡的經過。這經過，要由勝任的人去記摹。

71. **強烈的光華**：「強烈的光華」究竟何指，迄今未有定論：或指巡遊的隊伍「升向天國」（八八—九零行）；或指四樞德和三超德握著七枝燭台圍繞貝緹麗彩時（九七—九九行）所發的光芒。參看 Bosco e Reggio, *Purgatorio*, 546。

72. **有人**：指瑪泰爾妲。

73. **那株神聖的蘋果樹**：指基督。以蘋果樹比喻基督的說法，出自《雅歌》第二章第三節："Sicut malus inter ligna silvarum, sic dilectus meus inter filios."（「我的良人在男子中，／如同蘋果樹在樹林中。」）

73-74. **叫婚宴的盛會／在天國永不停息**：意為：叫天國的天使永享盛大的婚宴。在天主教傳統中，婚宴比喻天堂的永福（意大利文 beatudine celeste；英文 beatitude of Heaven），也就是享見天主（意大利文 visione di Dio，英文 beatific vision）。

74. **它的鮮果**：指享見基督。

75. **叫天使嘴饞**：指基督的聖顏叫天使渴望而不感饜足。

75-81. **因獲得引導……破裂分辨**：這七行寫耶穌向彼得、約翰、雅各顯聖。事見《馬太福音》第十七章第一—八節：

Et post dies sex assumit Iesus Petrum et Iacobum et Ioannem fratrem eius ; et ducit illos in montem excelsum seorsum. Et transfiguratus est ante eos ; et resplenduit facies eius sicut sol, vestimenta autem eius facta sunt alba sicut nix. Et ecce apparuerunt illis Moyses et Elias cum eo loquentes. Respondens autem Petrus dixit ad Iesum : Domine, bonum est nos hic esse ; si vis, faciamus hic tria tabernacula, tibi unum, Moysi unum, et Eliae unum.

Adhuc eo loquente, ecce nubes lucida obumbravit eos, et ecce vox de nube dicens：Hic est Filius meus dilectus, in quo mihi bene complacui；ipsum audite. Et audientes discipuli ceciderunt in faciem suam, et timuerunt valde. Et accessit Iesus, et tetigit eos, dixitque eis：Surgite, et nolite timere. Levantes autem oculos suos, neminem viderunt, nisi solum Iesum.

過了六天，耶穌帶著彼得、雅各，和雅各的兄弟約翰，暗暗地上了高山，就在他們面前變了形像，臉面明亮如日頭，衣裳潔白如光〔譯者按：拉丁文"nix"該譯「雪」；和合本的的「光」和《英譯欽定本聖經》的"light"相同〕。忽然，有摩西、以利亞向他們顯現，同耶穌說話。彼得對耶穌說：「主啊，我們在這裏真好！你若願意，我就在這裏搭三座棚〔譯者按：拉丁文"faciamus"（搭）是第二人稱複數，主詞該作「我們」〕，一座爲你，一座爲摩西，一座爲以利亞。」說話之間，忽然有一朵光明的雲彩遮蓋他們，且有聲音從雲彩裏出來，說：「這是我的愛子，我所喜悅的。你們要聽他！」門徒聽見，就俯伏在地，極其害怕。耶穌進前來，摸他們，說：「起來，不要害怕！」他們舉目不見一人，只見耶穌在那裏。

耶穌改變形像的經過，也見於《馬可福音》第九章第二—八節（《拉丁通行本聖經》第一—七節）；《路加福音》第九章第二十八—三十六節。

75-76. **覘窺／樹花時**：指預先享見基督的光華。

77. **直到話聲響起**：直到「耶穌進前來，摸他們，說：『起來，

不要害怕！』」

79. **不見了摩西、以利亞**：指摩西、以利亞消失。參看七五—八
一行註的《聖經》引文："Et ecce apparuerunt illis Moyses et
Elias cum eo loquentes."（「忽然，有摩西、以利亞向他們顯
現，同耶穌說話。」）

79-80. **老師的裳衣／也變回了原狀**：指耶穌的衣裳不再「潔白如
光」。

80-81. **更深沉的睡眠／……破裂分辦**：指死亡（「更深沉的睡眠」）
也被耶穌的聲音打破。這兩行指耶穌使人復活的神跡。參看
《路加福音》第七章第十一—十五節；《約翰福音》第十一
章第三十八—四十四節。

83-84. **那位……善女子**：指瑪泰爾姐。

86. **坐在新樹的根上**：指坐在分別善惡樹（見五八—六零行）的
根上。這棵樹，此刻長出了新葉，象徵上帝的律法因基督受
難而復原，此刻由貝緹麗彩守護。

87. **此刻……蔭蓋**：象徵貝緹麗彩受上帝蔭庇。

88. **一群人**：指四樞德和三超德。參看本章九七—九八行；《煉
獄篇》第三十一章一零六—一零八行。**另一夥**：指第二十九
章第八十三行的「二十四位長老」（象徵《舊約》二十四
篇）、第九十二行的「四頭生物」（象徵四部福音書）、一
三四—四四行的七位老者（象徵《使徒行傳》、使徒書信、
雅各、彼得、約翰、猶大的使徒書信、《啟示錄》）都跟隨
鷹獅（基督）升了天。

89. **更美妙……頌歌**：比六一—六三行所描寫的頌讚「更美妙」、
「更深永」。

91-93. **我不知道……覆堵**：但丁聚精會神地凝望貝緹麗彩，再沒有

留意瑪泰爾妲有沒有說下去。也就是說，但丁的神志全被貝緹麗彩佔據，再不能兼顧別的事物。

94. **空地**：大多數論者都認為，「空地」象徵原始教會樸素貧困。參看 Bosco e Reggio, *Purgatorio*, 547-48；Sapegno, *Purgatorio*, 361。

95-96. **為了看管……留在現場**：象徵基督（「雙形野獸」）把教會（「大車」）和上帝的律法（「分別善惡樹」）結合在一起（「繫在樹幹」）。兩者的新關係，此刻由貝緹麗彩守護（「看管」）。

97. **七個仙女**：指象徵四樞德和三超德的七個美女。

98. **所握的火炬**：指七枝燭台。

100-02. **在這片林地上……所在的城區**：貝緹麗彩預言但丁會升天。但丁卒後，會先到煉獄，在伊甸園（「這片林地上」）逗留一段時間，然後成為天國的人（「羅馬人」）。「羅馬」在這裏指天國，即上帝之城，遙應奧古斯丁的《論上帝之城》(*De civitate Dei*)。

104-05. **當你／返回了人間，請把所見寫真**：貝緹麗彩叫但丁記錄所見，以教導凡間的人。這兩行與《啟示錄》第一章第十一節呼應："quod vides, scribe in libro…"（「你所看見的當寫在書上……」）

109-17. **突然……向左右兩舷蹉跌**：指「宙斯的神鳥」（指鷹）襲擊分別善惡樹和凱旋車。據 Singleton(*Purgatorio 2*, 798)的引述，這一襲擊行動，象徵羅馬帝國由尼祿（Nero Claudius Caesar，三七—六八）到戴克里先（Gaius Aurelius Valerius Diocletianus，約二四三—約三一三）對基督徒的鎮壓迫害。Bosco e Reggio(*Purgatorio*, 549)則引 Chimenz 的說法，認為

天鷹把枝榦的表皮撕掉，象徵上帝的律法遭侵襲；嫩葉和花朵遭摧毀，象徵基督救贖人類的成果遭破壞。

109. **宙斯的神鳥**：在古希臘、古羅馬的神話中，「宙斯的神鳥」都指鷹。《埃涅阿斯紀》第一卷三九四行稱鷹為"Iovis ales"（「宙斯之鳥」）；但丁《天堂篇》第六章第四行稱鷹為"l'uccel di Dio"（「神鷹」，直譯為「神之鳥」）。

118-23. **然後，我看見一隻狐狸……所有力度**：Singleton(*Purgatorio 2*, 799)引 Moore 的說法，指出狐狸「朝著凱旋車的內部猛衝」然後「遭到我所尊敬的女士斥逐」，象徵異端侵襲教會，結果遭神聖的教理斥逐。

119. **吃不到好食物**：指異端所吃，都是壞食物。

124-29. **然後，我看見剛才……小舟楫**：中世紀有這樣的傳說：羅馬帝國君主君士坦丁大帝患了麻瘋，藥石無靈，後來由教皇西爾維斯特一世（Sylvester I，三一四－三三五）治癒。君士坦丁遷都拜占庭後，把羅馬帝國西部地區的世俗統治權、羅馬以外四個教區及一切宗教事務的管轄權，贈予教皇西爾維斯特一世及其繼承者。這一舉動，世稱「君士坦丁贈禮」(Donation of Constantine)，指君士坦丁以羅馬帝國君主的身分給教會的贈禮。這一做法，但丁絕不贊同，認為會導致帝權旁落，教會腐敗，君權和教權混淆。在《地獄篇》第十九章一一五－一一七行；《煉獄篇》第十六章一零九－一一一行，一二七－一二九行；《天堂篇》第二十七章一三九－四零行；但丁都提出了反對意見。這六行象徵羅馬帝國（「剛才下掠的神鷹」）從樹上（「原處」）飛下來，給教會（「車身裏」）贈禮（「鋪蓋自己的毛翎」），結果有聲音（「天上有聲音」）為教會（「小舟楫」）惋惜。有關「君士坦丁贈禮」，參看

《地獄篇》第十九章一一五——一七行註。

127. **天上有聲音**：大多數論者都認為指彼得的聲音；也有論者認為指基督的聲音。參看 Singleton, *Purgatorio 2*, 801；Bosco e Reggio, *Purgatorio*, 551。

129. **小舟楫**：原文"navicella"，指教會。"navicella"是 nave（船）的指小詞或昵稱(diminutivo)。意大利語"la navicella di Pietro"(「彼得的小舟」)指"la Chiesa"(教會)。參看 *Dizionario Garzanti della lingua intaliana* 頁一一零五"navicella"條。但丁在本章一一六行稱凱旋車為「舟楫」("nave")；在《天堂篇》第十一章一一九—二零行以"barca / di Pietro"（「彼得的巨舶」）比喻教會；在《書信集》第六篇第三句(*Epistole*, VI, 3)稱教會為"navicula Petri"（「彼得的小舟」）。

130-40. **然後，在大車的兩輪間……所需的時間還短**：象徵教會分裂或教會遭敵對力量（如異端）攻擊，並因帝國的贈禮（參看一二四—二九行註）而走上蕪穢敗壞之途。

131. **一條龍**：有關「龍」在這裏的象徵意義，意見紛紜：或指撒旦，或指穆罕默德，或指伊斯蘭教，或指敵基督（又稱「假救主」、「假耶穌」）。眾說都言之成理。總而言之，是破壞教會的力量。

135. **扯走了部分車底**：象徵基督教的敵對勢力把教會的基礎破壞，或把信眾誘走。**浪蕩他赴**：象徵基督教的敵對勢力在世上到處招搖撞騙。

136. **其餘的面積……覆蓋**：指教會受了君士坦丁的贈禮後，已被貪欲玷污，不再聖潔。

137. **狗牙根**：原文（第一三六行）"gramigna"，又稱「絆根草」，學名 *Cynodon dactylon*（《意漢詞典》頁三四九），是一種

莠草，生長極其迅速。

139-40. **比張開……還短**：指教會在極短的時間內，遭世俗的貪欲玷
污。

140-41. **神鷹把羽毛／……誠心為善**：指君士坦丁施贈，可能出於好
意，結果卻做了壞事。參看《天堂篇》第二十章第五十七行：
「他用意雖好，卻以惡果為收成」（原文第五十六行："sotto
buona intenzion che fé mal frutto"）。在 *Monarchia*, II, XII, 8，
但丁也提到"pia intentio"（「好意」）。

143-47. **一個個怪頭……逢所未逢**：這裏的描寫源出《啟示錄》第十
二章第三節："Et ecce draco magnus rufus, habens capita
septem et cornua decem."（「有一條大紅龍，七頭十角……」）
第 十 七 章 第 三 節 ："vidi…bestiam coccineam plenam
nominibus blasphemiae, habentem capita septem et cornua
decem."（「我就看見……朱紅色的獸……有七頭十角，遍
體有褻瀆的名號。」）《地獄篇》第十九章一零九—一一一
行有類似的描寫。參看該章一零六—一一一行註。不過在《地
獄篇》第十九章裏面，七頭象徵聖神七恩或七件聖事，十角
象徵十誡，有正面意義；在這裏，根據 Benvenuto 的說法，
七頭只有負面意義：象徵教會有了世俗的財富後變得貪婪。
這裏的七頭象徵七大罪(i peccati capitali)。車轅的三頭，各
有二角（「像公牛有利角橫撐」），象徵較嚴重的三大罪：
驕傲(superbia)、嫉妒(invidia)、憤怒(ira)；其餘四頭，各有
一角，象徵較輕的四大罪：懶惰(accidia)、貪婪(avaritia)、
邪淫(luxuria)、貪饞(gula)。前三罪屬精神層次；後四罪屬肉
體層次。屬精神層次的罪更犯神怒。參看 Sapegno,
Purgatorio, 364。

148-49. **一個娼妓，／帶弛衣寬**：娼妓象徵羅馬教廷，尤其是教皇卜尼法斯八世（一二九四——一三零三年在任）和克萊門特五世（一三零五——一三一四年在任）任內的教廷；也可專指阿維雍教廷(Avignon Papacy)。「帶弛衣寬」，原文為"sciolta"，有的論者(Sapegno, *Purgatorio*, 364；Bosco e Reggio, *Purgatorio*, 552)解作"sfrontata, senza retegno"（厚顏無恥），也說得通。不過「帶弛衣寬」的形象鮮明，與前面各項描寫一樣逼真，更能配合上下文風格。Chimenz 和 Sinclair 都以「帶弛衣寬」解"sciolta"。這裏的娼妓形象，大概出自《啟示錄》第十七章第一——五節：

> "Veni, ostendam tibi damnationem meretricis magnae, quae sedet super aquas multas. Cum qua fornicati sunt reges terrae et inebriati sunt qui inhabitant terram de vino prostitutionis eius…" Et vidi mulierem sedentem super bestiam…Et in fronte eius nomen scriptum… : "Babylon magna, mater fornicationum et abominationum terrae."
>
> 「你到這裏來，我將坐在眾水上的大淫婦所要受的刑罰指給你看。地上的君王與她行淫，住在地上的人喝醉了她淫亂的酒。」……我就看見一個女人騎在……獸上；……在她額上有名寫著說：「大巴比倫，作世上的淫婦和一切可憎之物的母。」

149. **向四方拋著媚眼**：參看一五四行的「淫蕩的眼眸」。

151. **一個巨人**：象徵操控教廷的法國王朝，尤其是腓力四世（美男子）（Philippe IV le Bel，一二六八——一三一四）。腓力

四世與卜尼法斯八世有過衝突，教皇克萊門特五世聽命於他。

154-56. **不過……鞭抽**：象徵教廷（以教皇卜尼法斯八世為代表）一有異心或違抗法國王朝（以腓力四世為代表）之命，就會遭到懲罰。

158. **解開了怪物**：把變了怪物的凱旋車（象徵教會）從樹上解下來。**拖進林裏**：象徵法國於一三零五年把教廷遷到法國阿維雍(Avignon)，教皇克萊門特五世完全由法王操控。參看《地獄篇》第十九章八二—八三行註。

159-60. **直到……蹤跡**：此刻是一三零零年；一三零五年發生的事已屬預言，其後如何，但丁無從得見（「林木變成了屏障，把怪物／和娼妓掩蓋」）。這章共一百六十行，是《神曲》中最長的一章。《地獄篇》第六章、第十一章各有一百一十五行，是《神曲》中最短的兩章。

第三十三章

眾仙女流著淚，唱出了讚美詩。貝緹麗彩一邊傾聽，一邊欷歔太息。
然後預言未來，並吩咐但丁把信息向塵世傳達。但丁不明白預言所
指，就向貝緹麗彩詢問。貝緹麗彩趁機告訴但丁，他在凡間追隨的
學派有何不足。然後，瑪泰爾妲帶但丁和斯塔提烏斯到憶澗喝水。
喝完憶澗之水後，但丁像新苗新青，全部換上了新嫩的葉子，美善
而純潔，隨時可以飆舉向群星。

    "Deus，venerunt gentes，"眾仙女流著淚，
        時而三個人、時而四個人一組，
        唱出了讚美詩，聲音婉轉而柔美。   3
    貝緹麗彩傾聽著，一邊流露
        悲憫的神情，一邊在欷歔太息，
        不下於十字架旁聖母的愁苦。   6
    不過，當其餘的童貞女一起
        讓她說話，她就站起來，娓娓
        發言，彤彤如火焰一樣明麗：   9
    "Modicum, et non videbitis me；
        et iterum，親愛的姐妹呀，
        modicum, et vos videbitis me。"   12
    說完就命七貞女在前面並駕，
        同時以手勢叫我和賢婦人

跟隨，也叫沒走的智者別留下。　　　15
安排停當後，她就繼續前臻。
　　可是，相信她走不上十步，
　　我的視線就觸到她的眼神。　　　18
然後，她藹然望著我，向我招呼：
　　「快點哪。這樣，聽我說話的時候，
　　你才能靠近我，好好聽清楚。」　21
當我按吩咐趨前和她一起走，
　　她就對我說：「兄弟呀，跟我在一起，
　　該提出問題呀！怎麼不開口？」　24
一個人說話時，如果面對上級，
　　往往因過於跋躇而言辭不清，
　　無從把明確的聲音向口齒傳遞。　27
我也是一樣：回答時戰戰兢兢，
　　嗓子含糊：「娘娘啊，您已經明白
　　我要問甚麼；知道該怎樣回應。」　30
她聽後，就對我說：「羞恥和惶駭，
　　從現在開始，希望你能夠擺脫。
　　這樣，說話就沒有做夢的癡態。　33
告訴你，器皿已經被毒蛇打破
　　而原狀不再；但罪人可以肯定，
　　啖食濕麵包，神譴仍無從閃躲。　36
那隻老鷹在車上留下羽翎，
　　使車子變成惡魔，再變成獵物。
　　老鷹無後繼，也只是短暫的情形。　39
我看得明白，所以在這裏講述：

吉星已靠近，要把良辰帶來。
　　屆時，誰也不能夠妨礙攔阻。　　　　42
一個數字屬五百一十五的英才，
　　會遵照上主的命令來擊殺賊婦人，
　　擊殺與賊婦人行淫的巨怪。　　　　45
也許我述說的話晦澀陰沉，
　　就像忒彌斯和斯芬克斯的謎語，
　　惑智歪理而缺少可信的成分。　　　48
不過轉眼間事實會變成仙女，
　　把這個艱難的謎語破解，
　　不必有羊群、穀物受損的顧慮。　　51
請注意，此刻我對你說的一切，
　　你務必向塵世的人一一傳達：
　　他們的一生都在急奔向幻滅。　　　54
請記住，當你在凡間記錄我的話，
　　不要隱瞞所見的景象；要說出
　　這棵樹怎樣一而再遭到剝伐。　　　57
為了自奉，上主創造了這聖樹。
　　誰把它剝伐，或者把它折斷，
　　誰的行動就已經把上主褻瀆。　　　60
第一個生靈，以此樹為私饌，
　　結果要五千多年在痛苦、渴望中
　　期待救贖他的人降臨塵寰。　　　63
如果你不明白這棵樹頂部倒拱，
　　上摩霄漢，是因為有特別緣故，
　　你的腦筋就仍然遲鈍惺忪。　　　66

在你的腦子裏，妄念當初
　　要不是變成艾爾薩河的流水，
　　妄喜又不像皮拉摩斯把桑葉玷污，　　69
光看上面提到的特徵，你就會
　　從道德的觀點認識，禁果
　　怎樣體現上主的公正法規。　　72
不過，既然我發覺你腦筋混濁，
　　變成石頭後不再通透清晰，
　　見我的話語發光而感到眩惑，　　75
那就請你把上述的道理銘記；
　　不形諸文字，也得加以繪描，
　　像棕櫚繫在手杖上離開聖地。」　　78
於是我說：「像印章蓋於蠟料，
　　留下不變的痕跡，您的懿行
　　已留在我的腦中，再也忘不掉。　　81
可是，您的嘉言，為甚麼會飛凌
　　我的視域，叫我越是渴求，
　　就越難到手，最後是全功難竟？」　　84
「這樣一來，」貝緹麗彩答道：「你就
　　了解你追隨的學派，知道其學說
　　跟我的話並行時有沒有悖謬；　　87
知道你們所走的道路距天國
　　極遙，遠離了神道，一如陸地
　　看至高至疾的天體運行於碧落。」　　90
我聽她說完，就答道：「我記不起
　　自己有疏遠你的任何行為，

也沒有疏遠的感覺啃咬胸臆。」　　　　93
「這經驗，如果你不能記憶追推，
　　請回想一下，」貝緹麗彩笑了起來：
　　「今天你怎樣吸飲忘川的流水。　　96
如果煙能證實火的存在，
　　你的善忘正好清楚地說明，
　　你心不在焉，曾經對我懈怠。　　99
不過，為了遷就你凡俗的眼睛，
　　從現在開始，我的話語會按照
　　需要，坦然展露實際的情形。」　102
此刻，太陽移動得更慢，杲杲
　　發出更奪目的光芒，並且升入
　　隨視點移動的子午圈中輝耀。　105
七位女士，也突然之間止步，
　　同時停留在一個疏陰的影沿，
　　就像嚮導，在眾人的前面引路，　108
驀地看見了奇景而駐足路邊。
　　那疏陰柔淡，一如山影寂寂，
　　在綠葉黑枝下投落涼涼的山澗。　111
眾女之前，我彷彿看見幼發拉底
　　和底格里斯河自同一源頭上湧，
　　然後像朋友話別，緩緩分離。　114
「光芒啊，你給人類帶來殊榮。
　　這是甚麼水呢？自同一源流
　　瀉出，本身分支後再向前湧動。」　117
我問。貝緹麗彩答道：「祈求

　　瑪泰爾姐解釋吧。」美麗的瑪泰爾姐
　　　聞言，彷彿要洗脫自己的罪咎，　　　　120
回答時這樣說：「我已經向他闡發
　　這一點和其他道理。我可以肯定，
　　忘川之水不會把這一點洗抹。」　　　　123
貝緹麗彩說：「也許他心靈的眼睛
　　被更大的困苦遮蔽。這種困苦，
　　往往會奪去一個人的記性。　　　　　　126
不過，你看那邊，憶澗正汩汩
　　流湧而出；你就帶他到澗中，
　　按常法使虛弱的官能康復。」　　　　　129
瑪泰爾姐聞言，立即付諸行動，
　　像賢婦見示，知道別人的心意後，
　　就毫不推託，叫自己的心意服從。　　　132
秀麗的瑪泰爾姐拉著我的手，
　　舉步時，淑然對斯塔提烏斯說：
　　「誒，你也來呀，跟他一起走。」　　　135
讀者呀，此章的篇幅如果增多，
　　我至少可以歌頌一下河水
　　多甜美，無論喝多久仍然想吸啜。　　　138
不過，詩歌的第二篇已寫到末尾，
　　供我使用的紙張已全部寫滿；
　　藝術之韁啊，不容我繼續發揮。　　　　141
我飲完至聖之水後重返河岸，
　　已經脫胎換骨，像新苗新青，
　　全部換上了新嫩的葉子，美善　　　　　144

憶澗

讀者呀，此章的篇幅如果增多，╱我至少可以歌頌
一下河水╱多甜美，無論喝多久仍然想吸啜。

（《煉獄篇》，第三十三章，一三六─三八行）

而純潔，能夠隨時飆舉向群星。　　　145

註　釋：

1.　**"Deus，venerunt gentes"**：這是《詩篇》第七十九篇（《拉丁通行本聖經》）第七十八篇）第一節的開頭。原文為："Deus, venerunt gentes in hereditatem tuam, polluerunt templum sanctuam tuum, posuerunt Ierusalem in pomorum custodiam." （「神啊，外邦人進入你的產業，／污穢你的聖殿，使耶路撒冷變成荒堆。」）《詩篇》哀悼的是耶路撒冷被外邦人摧毀的聖殿。在這裏，但丁引用《聖經》，指教會遭教皇破壞，遙呼貝緹麗彩在三四—五一行的的預言。《詩篇》第七十九篇其餘各節，還交代了許多細節，並且祈求耶和華出面干預。**眾仙女**：指四樞德和三超德。

2.　**時而三個人……一組**：指七個仙女輪流歌唱，就像凡間的禮拜儀式那樣。

6.　**十字架旁聖母的愁苦**：耶穌在十字架上受難時，十字架下的聖母愁苦異常。這行極言貝緹麗彩充滿悲憫。

8.　**她就站起來**：在《煉獄篇》第三十二章八六—八七行，貝緹麗彩本來坐在樹根上，現在站了起來。

9.　**彤彤如火焰**：彼得聲討腐敗的教皇時，容顏也差不多：「變得彤彤如烈火」。參看《天堂篇》第二十七章十一—十五行。

10-12.　**"Modicum, et non videbitis me；／ et iterum,… ／ modicum, et vos videbitis me"**：拉丁文，引自《約翰福音》第十六章第十六節，是耶穌在最後晚餐中所說的話。在這段話裏，他

向使徒預言自己死亡，然後復活。《和合本聖經》的漢譯是：
「等不多時，你們就不得見我；再等不多時，你們還要見我。」
對於這段引文，有兩種解釋。有些論者（如 Pietrobono,
Purgatorio, 446）認為，貝緹麗彩在這裏預言，羅馬教廷不
久就要遷到法國阿維雍(Avignon)；但過了不久，仍會遷返
羅馬。另一些論者（如 Bosco e Reggio, *Purgatorio*, 557-58；
Sapegno, *Purgatorio*, 368；Singleton, *Purgatorio 2*, 809-10）
則認為，貝緹麗彩在泛指教會走上敗壞之途，但不久之後會
重返正路。兩種詮釋，都不能叫讀者完全信服。

13.　**七貞女**：指四樞德和三超德。

14.　**賢婦人**：指瑪泰爾姐。

15.　**沒走的智者**：指斯塔提烏斯。兩位詩人（「智者」）之中，
維吉爾已離開，只剩下斯塔提烏斯。

17.　**走不上十步**：即走了九步。有的論者認為，這行象徵教廷遷
往阿維雍後，不到十年，就會重返羅馬，恢復原狀，。參看
Sapegno，*Purgatorio*, 368；Bosco e Reggio, *Purgatorio*, 558。
這一詮釋，迄今仍非定論。

29.　**您**：原文（第三十行）"voi"，是敬稱。

29-30.　**已經明白／……怎樣回應**：但丁這樣說，是因為他知道，自
己心中想甚麼，貝緹麗彩一目暸然。

33.　**說話……癡態**：意為：說話就不會口齒不清，像做夢那樣。

34.　**器皿**：指凱旋車。**毒蛇**：指毀壞凱旋車的龍（見《煉獄篇》
第三十二章一三零—三五行）。

35.　**原狀不再**：原文"fu e non è"，與《啟示錄》第十七章第八節
呼應："Bestiam quam vidisti fuit et non est."（「你所看見的
獸，先前有，如今沒有……」）指教堂遭毀，不復原貌。《天

堂篇》二十七章二六—二七行有類似的話：「不過在聖子眼
中，／那宗座依然是無人填補的空廓。」（原文二三—二四
行："che vaca / ne la presenza del Figliuol di Dio."）**罪人**：指
敗壞的教皇和有罪的法國君主。

36.　　**啖食……閃躲**：據說古代的翡冷翠有這樣的習俗：殺人犯在
死者墓前，一連九天吃濃湯（原文"suppe）"，就可以贖罪；
死者的家人和市政府就不會追究。對於這一說法，不少論者
仍有保留。這行的意思大概是：無論如何，罪人都逃不過天
譴。參看 Bosco e Reggio, *Purgatorio*, 559-60；Pietrobono,
Purgatorio, 448-49；Chiappelli, 335；Sinclair, *Purgatorio*, 442。

37-38.　**那隻老鷹……變成獵物**：指神聖羅馬帝國（「老鷹」）給教
會贈禮，導致教會敗壞（見《煉獄篇》第三十二章一二四—
四七行）。**變成獵物**：指教會成為法國（「巨人」）的獵物，
最後被「拖進林裏」（見《煉獄篇》第三十二章一五一—一六
零行）。

39.　　**老鷹無後繼……情形**：意為：神聖羅馬帝國（「老鷹」）沒
有君主，也只是短暫的情形。在但丁心目中，腓特烈二世
（Friedrich II，一一九四—一二五零）卒後，神聖羅馬帝國
的帝位一直虛懸。這行預言上帝會出面干預。

41.　　**吉星**：帶來好運的星辰。

43.　　**一個數字屬五百一十五的英才**：泛指會拯救教會、打敗法國
的英雄。至於究竟指誰，論者的意見紛紜。有的論者認為指
亨利七世（參看《煉獄篇》第六章一零零—一零二行註）。
不過「英才」如果指亨利七世，這行詩就應在一三一三年（亨
利七世卒年）之前寫成。有的論者認為「英才」指基督。有
的(Sayers, *Purgatorio*, 336)認為指《地獄篇》第一章一零一

行的「獵狗」(Veltro)，即《煉獄篇》第二十章第十五行的「那動物」（原文"per cui"，暗指「叫老狼逃竄」的獵狗）。參看《地獄篇》第一章九四—一零二行註；《煉獄篇》第二十章第十五行註。古代的論者大都認為「五百一十五」的羅馬數目寫法是"DXV"。三個字母的次序稍為變動，就是"DVX"。由於拉丁文的 V 和 U 相通，"DVX"就是"DUX"，即「領袖」、「君主」的意思。換言之，「數字屬五百一十五的英才」泛指某位「領袖」、某位「君主」；至於確指何人，則無從肯定。有關各種說法，參看 Bosco e Reggio, *Purgatorio*, 560-61；Sapegno, *Purgatorio*, 370, Madelbaum, *Purgatorio*, 405-406。

47.　**忒彌斯**：Θέμις(Themis)，女巨人（或稱「巨神」，「提坦神」），烏拉諾斯(Οὔρανος, Uranus)和蓋亞(Γαῖα, Gaia)的女兒，巨人伊阿佩托斯('Ιαπετός, Iapetus)的妻子，掌秩序和法律。其形象是一手執劍，一手持天平，表示嚴明無私。洪水後，曾教導丟卡利翁(Δευκαλίων, Deucalion)和皮拉(Πύρρα, Pyrrha)重造人類。有些神話版本說忒彌斯是普羅米修斯(Προμηθεύς, Prometheus)之母，能預知未來。有關忒彌斯的典故，參看奧維德《變形記》三七九—九四行。**斯芬克斯**：Σφίγξ(Sphinx)，是個女怪，獅爪，獅胸，鳥翼。為提風(Τυφών, Typhon)和半人半蛇女怪厄基德那("Εχιδνα, Echidna)所生（一說為雙頭狗怪奧爾托斯(Orthos)和噴火女怪基邁拉（Χίμαιρα，拉丁文 Chimaera，英文 Chimera 或 Chimaera）所生）。最早見於赫西奧德('Ησίοδος, Hesiod)的《神譜》(Θεογονία，拉丁文 *Theogonia*，英文 *Theogony*)。據說斯芬克斯總喜歡伏在岩石上，要路過的人猜她的謎，猜

不中的就會遭她殺害。後來，奧狄浦斯(Οἰδίπους, Oedipus)
猜中了，結果斯芬克斯要跳崖自盡。

49-50. **不過……破解**：意為：不過，以後的發展，很快就會向人揭
示，這位「英才」（見第四十三行）是誰。在奧維德的《變
形記》中，破解斯芬克斯謎語的並非仙女，而是奧狄浦斯。
但丁說「仙女」，是因為他所讀的《變形記》與正版《變形
記》有別。正版《變形記》第七卷七五九—六零行這樣敘述
斯芬克斯的故事："Carmina Laiades non intellecta priorum／
solverat ingeniis…"（「拉伊奧斯之子奧狄浦斯解開了謎語。
該謎語／以前無人可懂……」但丁所讀的版本，與正本有二
字之別："Carmina Naiades non intellecta priorum solvunt
ingeniis…"正本的 "Laiades"（「拉伊奧斯之子奧狄浦斯」）
在訛本中變成了"Naiades"（「仙女」）；過去完成時第三
人稱單數的"solverat"（「解開了」）變成了現在時第三人稱
複數的 "solvunt"（「解開」）。參看 Bosco e Reggio，*Purgatorio*，
562 引 F. Ghisalberti 的考證。拉伊奧斯(Λάιος, Laius)，奧狄
浦斯的父親，約卡絲妲（Ἰοκάστη，英文 Jocasta）的丈夫。

51. **不必……顧慮**：據奧維德《變形記》第七卷七六二—六五行
的敘述，斯芬克斯死後，忒彌斯大怒，派怪物蹂躪忒拜人的
羊群和穀物。這行的意思是：我的謎語破解後，卻不會有這
樣的惡果（羊群和穀物不會遭蹂躪）。

54. **他們的一生都在急奔向幻滅**：此語源出奧古斯丁的 *De
civitate Dei*（《論上帝之城》），I, XIII, 10："…ut omnino nihil
sit aliud tempus vitae huius, quam cursus ad mortem..."（「因
此，人生不過是朝著死亡的奔競……」）

57. **這棵樹……剝伐**：亞當、夏娃偷吃禁果，是對「這棵樹」的

第一次「剝伐」；第三十二章一零九——一六零行所描寫的蹂
躪是第二次「剝伐」。因此說「一而再」。

58. **為了自奉……這聖樹**：意思是：上帝創造分別善惡的「聖
樹」，是拿來自用的（即把該樹當做律法的象徵），不是給
凡人吃的。

59. **把它折斷**：《煉獄篇》第三十二章一一二——一一四行的鷹（羅
馬帝國），就折斷了聖樹。

61. **第一個生靈……私饌**：「第一個生靈」指亞當。亞當違反了
上帝的意旨，偷吃這株分別善惡樹的果子，就等於以「此樹」
為自己的食物（「為私饌」）。

62-63. **五千多年……塵寰**：據說亞當偷吃禁果後，仍活了九百三十
年（參看《創世記》第五章第五節）；然後在幽域（地獄邊
境）逗留了四千三百零二年（參看《天堂篇》第二十六章一
一九——二零行），基督（「救贖他的人」）才降臨。

64-65. **如果……霄漢**：分別善惡樹下窄上寬，形狀與一般的樹相反
（參看《煉獄篇》第三十二章四零——四二行）。如果但丁不
明所以，其「腦筋就仍然遲鈍」（第六十六行）。

67-69. **在你的腦子裏……玷污**：這幾行的意思是：如果你的腦子沒
有障蔽，不受玷污。**艾爾薩河**：阿爾諾河的支流，發源於錫
耶納以西；其水多石灰（即今日所謂的硬水），物體經河水
洗浴，就有石灰黏附。**皮拉摩斯**：參看《煉獄篇》第二十七
章三七——三九行及其註釋。這句的言下之意是：妄念、妄喜
玷污了但丁的腦子，就像艾爾薩河玷污物件，皮拉摩斯的血
玷污雪白的桑葚。

70-72. **光看……法規**：這幾行的意思是：分別善惡樹象徵上帝公正
的律法。而公正的律法，必然包含「禁止」、「服從」等觀

念。這株樹下窄上寬,而且巍峨,是要禁止凡人去觸摸、攀摘。但丁如非因腦子受到障蔽玷污,光看樹形,就會明白其象徵意義。參看《煉獄篇》第三十二章第三十八行註。**從道德的觀點**:原文為"moralmente"。但丁認為,《聖經》可以從四種觀點去理解:字面(litterale)觀點、寓言(allegorico)觀點、道德(morale)觀點、神秘(anagogico)觀點。所謂「道德觀點」,指理解《聖經》時從中吸取道德教訓。有關這四種觀點,參看 Convivio, II, I, 5;IV, XVII, 11。從道德觀點看分別善惡樹,就是從中知道,禁果象徵上帝公正的律法,人類必須服從。

73-74. **發覺你腦筋混濁……不再通透清晰**:發覺你的腦筋遭「妄念」石化、玷污,不再澄明通達(參看本章六七—六九行)。

78. **像棕櫚……聖地**:古代的聖徒朝聖,還家前會把聖地的棕櫚纏在手杖上,證明自己曾參加朝聖之旅。

86. **你追隨的學派**:指但丁昔日追隨的學派(包括亞里士多德)。

86-90. **知道其學說/……運行於碧落**:但丁昔日追求的學問,缺乏啟示神學的引導,只是知識(意大利文 scienza,拉丁文 scientia),而非智慧。結果所走的路遠離神道。二者(但丁昔日追求的學問和啟示神學)的距離,猶地球和原動天(「至高至疾的天體」)的距離。但丁在《地獄篇》第一章一—三行說自己迷失方向時,表達了多重意義,其中包括:他昔日追求凡間的學問,不靠啟示神學的引導,結果迷了途。在《煉獄篇》第三十章一三零—三五行,貝緹麗彩曾就這點指責過但丁。有關啟示神學的重要性,阿奎那有詳細的闡釋。參看 Summa theologica, I, a. I, a. 6, ad 1:"Sacra doctrina non supponit sua principia ab aliqua scientia humana, sed a scientia divina, a qua, sicut a summa sapientia, omnis nostra cognitio ordinatur." （「神聖的教義並非建基於凡間的某一學說，而是建基於神道。藉著神道，我們一切的認知才井然有序，服從於至高的智慧。」）

96.　　**今天……流水**：但丁喝了忘川之水，不再記得過去所犯的罪愆。因此貝緹麗彩叫他回想「吸飲忘川」之水的經驗。參看《煉獄篇》第二十八章一三零—三二行。

97-99.　**如果……懈怠**：在這裏，貝緹麗彩是以果證因：忘川能滌去昔日的罪愆；現在你忘了我所指的罪愆，證明你有過該罪愆。這一論證，犯了邏輯上的謬誤；因為但丁「記不起」罪愆，也可以因為他根本從未有過罪愆。

100-02.　**不過……實際的情形**：指但丁的領悟力有限，貝緹麗彩會遷就他，把道理說個明白。

103-05.　**此刻……輝耀**：此刻是正午，太陽位於子午圈。太陽在中天時，好像移動得較慢，不若在地平線的時辰。子午圈的位置，會隨觀者的位置（「視點」）變化。

106.　　**七位女士**：指四樞德和三超德。

112-13.　**幼發拉底／和底格里斯河**：「幼發拉底」，意大利文"Eufratès"，拉丁文和英文"Euphrates"。「底格里斯河」，意大利文"Tigri"，拉丁文和英文"Tigris"。兩者均為西亞河流，都發源於土耳其的不同地區。幼發拉底河發源後，經敘利亞、伊拉克流入波斯灣，中途與底格里斯河匯合。《創世記》第二章第十—十四節提到伊甸園有河水流出，然後分而為四：比遜、基訓、底格里斯、幼發拉底。

113.　　**自同一源頭上湧**：Singleton(*Purgatorio 2*, 822-23)指出，在現實世界，幼發拉底和底格里斯兩河並非同源。但丁這樣描

寫，大概受了波伊提烏(Boethius)的影響。參看波伊提烏 De *consolatione philosophiae*, V, 1, 3-4："Tigris et Euphrates uno se fonte resolvunt / et mox abiunctis dissociantur aquis."（「底格里斯和幼發拉底同源湧出；／然後分支，成為不同的水流。」）

115. **光芒啊**：這裏的「光芒」指貝緹麗彩。

119. **瑪泰爾妲**：這是但丁首次（也是唯一的一次）提到這女子的名字。

120. **彷彿……罪咎**：從但丁的觀點看，瑪泰爾妲向貝緹麗彩解釋，彷彿為自己開脫，以免她（貝緹麗彩）誤會自己（瑪泰爾妲）沒有盡責。

127. **憶澗**：參看《煉獄篇》第二十八章一三一行註。

129. **按常法**：瑪泰爾妲恢復其他亡魂的記憶時，也用同一方法（讓亡魂吸飲忘川和憶澗的水）。**使虛弱的官能康復**：指恢復但丁憶記善行的能力。

133-34. **秀麗的瑪泰爾妲……舉步時**：作品沒有交代，但丁是否浸進了水中。

134-35. **淑然……「……跟他一起走」**：瑪泰爾妲吩咐斯塔提烏斯跟但丁一起走，以便完成滌罪過程，向天堂飛升。

136. **讀者呀**：Bosco e Reggio(*Purgatorio*, 569)指出，在地獄、煉獄、天堂的旅程中，到了關鍵時刻，但丁就會直接向讀者說話。但丁這樣做，有兩個目的：第一，要讀者分享特殊的精神狀態；第二，要他們注意特殊的一刻。在這裏，但丁是要讀者注意特殊的一刻，因為這時候，旅人但丁已經「脫胎換骨」（第一四三行）。

139-41. **不過……繼續發揮**：Singleton(*Purgatorio 2*, 824)指出，《神

曲》三篇的長度大致相若：《地獄篇》長四千七百二十行；《煉獄篇》長四千七百五十五行；《天堂篇》長四千七百五十八行；各章的長度相差也不太大。但丁在這裏的意思是：為了保持各篇、各章的長度相近，此刻要服從藝術的制約，不能進一步描摹憶潤。**篇**：原文"cantica"。在 *Epistole*（《書信集》），XIII, 26 裏，但丁這樣提到《神曲》的結構："…totum opus dividitur in tres canticas…quelibet cantica dividitur in cantus."（「……整部作品分為三篇〔即《地獄篇》、《煉獄篇》、《天堂篇》〕；每篇分為若干章。」）

142. **至聖之水**：指憶潤之水。**重返河岸**：重返憶潤的河岸，回到貝緹麗彩身邊。

143-45. **已經脫胎換骨……飆舉向群星**：在原詩裏（"rifatto sì come piante novelle / rinovellate di novella fronda, / puro e disposto a salire a le stelle."），"novelle"（「新」）、"rinovellate"（「新青」）、"novella"（「新嫩」）三詞利用相近的語義、相同的元音(o、e、a)彼此呼應交響，產生顯著的音樂效果，強調了但丁要表達的題旨。為了保留原詩效果，漢譯也一再重複「新」字。**群星**：原文"stelle"，是《地獄篇》、《煉獄篇》、《天堂篇》最後一字。三篇的最後一行，分別為"e quindi uscimmo a riveder le stelle."（「一出來，更再度看見了群星。」）"puro e disposto a salire a le stelle."（「美善／而純潔，能夠隨時飆舉向群星。」）"l'amor che move il sole e l'altre stelle."（「那大愛，迥太陽啊動群星。」）但丁藝術的對稱手法，遍佈《神曲》；在這裏可見一斑。

九　　歌　　譯　　叢　　9　　5　　1

神曲 II：煉獄篇（全三冊）
La Divina Commedia: Purgatorio

國家圖書館出版品預行編目 (CIP) 資料

神曲 . II , 煉獄篇 / 但丁·阿利格耶里 (Dante Alighieri) 著；黃國
彬譯註 . -- 增訂新版 . -- 臺北市：九歌 , 2020.07
面； 公分 . -- (九歌譯叢)
譯自：La Divina Commedia: Purgatorio
ISBN 978-986-450-299-8(平裝)

877.51　　　　　　　　　　　　　　　109007939

著　　　者──但丁·阿利格耶里（Dante Alighieri）
譯　註　者──黃國彬
插　　　畫──古斯塔夫·多雷（Gustave Doré）
創　辦　人──蔡文甫
發　行　人──蔡澤玉
出　　　版──九歌出版社有限公司
　　　　　　　臺北市八德路 3 段 12 巷 57 弄 40 號
　　　　　　　電話 / 02-25776564·傳真 / 02-25789205
　　　　　　　郵政劃撥 / 0112295-1

九歌文學網　www.chiuko.com.tw

印　　　刷──晨捷印製股份有限公司
法律顧問──龍躍天律師 · 蕭雄淋律師 · 董安丹律師
初　　　版──2003 年 9 月
增訂新版──2020 年 7 月
新版 2 印──2022 年 7 月
定　　　價──550 元
書　　　號──0130056
I S B N──978-986-450-299-8